U0554320

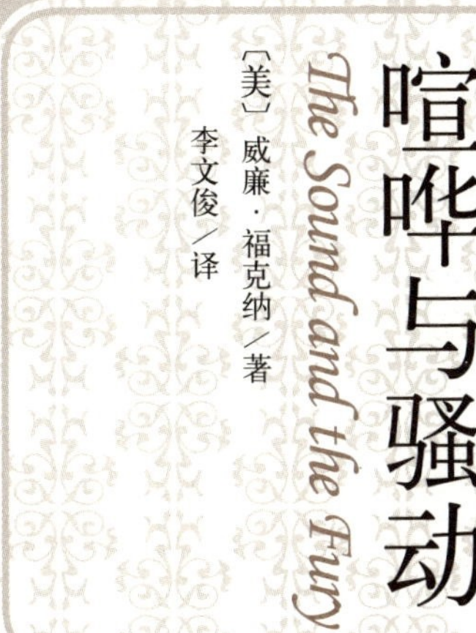

喧哗与骚动

The Sound and the Fury

〔美〕威廉·福克纳／著

李文俊／译

名著名译丛书

人民文学出版社
PEOPLE'S LITERATURE PUBLISHING HOUSE

William Faulkner
THE SOUND AND THE FURY
根据 Random House,1958 年版译出。

图书在版编目(CIP)数据

喧哗与骚动/(美)威廉·福克纳著;李文俊译. —北京:人民文学出版社,2017
(2025.4 重印)
(名著名译丛书)
ISBN 978-7-02-012508-1

Ⅰ.①喧… Ⅱ.①威…②李… Ⅲ.①长篇小说—美国—现代 Ⅳ.①I712.45

中国版本图书馆 CIP 数据核字(2017)第 040599 号

责任编辑 张海香
装帧设计 刘 静 陶 雷
责任印制 苏文强

出版发行 人民文学出版社
社　　址 北京市朝内大街 166 号
邮政编码 100705

印　　刷 三河市中晟雅豪印务有限公司
经　　销 全国新华书店等

字　　数 279 千字
开　　本 890 毫米×1290 毫米 1/32
印　　张 10 插页 3
印　　数 33001—36000
版　　次 2019 年 6 月北京第 1 版
印　　次 2025 年 4 月第 9 次印刷

书　　号 978-7-02-012508-1
定　　价 37.00 元

威廉·福克纳

威廉·福克纳（1897—1962）

美国作家。意识流文学在美国的代表。一生共写了十九部长篇小说与一百二十多篇短篇小说，最有代表性的作品是《喧哗与骚动》。1949年因“对当代美国小说强有力的、艺术上无与伦比的贡献”获诺贝尔文学奖。他在授奖演说中表示：“诺贝尔文学奖不是授予我个人，而是授予我的劳动——一辈子处在人类精神的痛苦和烦恼中的劳动。”

《喧哗与骚动》是威廉·福克纳的经典作品。小说讲述的是南方没落地主康普生一家的家族悲剧，通篇蕴含着强烈的情感力量、沉重的道德感、精湛的写作技巧以及丰富多样的主题。作品大量运用多视角叙述方法及意识流写作手法，是意识流小说乃至整个现代派小说的经典名著，与《追忆似水年华》《尤利西斯》并称为意识流小说的三大杰作。

译　者

李文俊（1930—　），广东中山人，英美文学翻译家，福克纳研究专家。1952年毕业于复旦大学新闻系。历任《译文》及《世界文学》主编，中国社科院外国文学研究所学术委员。翻译了福克纳的大部分作品，包括《喧哗与骚动》《押沙龙，押沙龙！》《我弥留之际》《去吧，摩西》等。

出版说明

人民文学出版社从上世纪五十年代建社之初即致力于外国文学名著出版，延请国内一流学者研究论证选题，翻译更是优选专长译者担纲，先后出版了“外国文学名著丛书”“世界文学名著文库”“二十世纪外国文学丛书”“名著名译插图本”等大型丛书和外国著名作家的文集、选集等，这些作品得到了几代读者的喜爱。

为满足读者的阅读与收藏需求，我们优中选精，推出精装本“名著名译丛书”，收入脍炙人口的外国文学杰作。丰子恺、朱生豪、冰心、杨绛等翻译家优美传神的译文，更为这些不朽之作增添了色彩。多数作品配有精美原版插图。希望这套书能成为中国家庭的必备藏书。

为方便广大读者，出版社还为本丛书精心录制了朗读版。本丛书将分辑陆续出版。

人民文学出版社

2015年1月

前　言

《喧哗与骚动》(*The Sound and the Fury*,1929)是福克纳第一部成熟的作品,也是福克纳心血花得最多、他自己最喜爱的一部作品。书名出自莎士比亚悲剧《麦克白》第五幕第五场麦克白的有名台词:"人生如痴人说梦,充满着喧哗与骚动,却没有任何意义。"

小说的故事发生在杰弗生镇上的康普生家。这是一个曾经显赫一时的望族,祖上出过一位州长、一位将军。家中原来广有田地,黑奴成群。如今只剩下一幢破败的宅子,黑用人也只剩下老婆婆迪尔西和她的小外孙勒斯特了。一家之长康普生先生是一九一二年病逝的。他在世时算是一个律师,但从不见他接洽业务。他整天醉醺醺,唠唠叨叨地发些愤世嫉俗的空论,把悲观失望的情绪传染给大儿子昆丁。康普生太太自私冷酷,无病呻吟,总感到自己受气吃亏,实际上是她在拖累、折磨全家人。她念念不忘南方大家闺秀的身份,以致仅仅成了一种"身份"的化身,而完全不具有作为母亲与妻子应有的温情,家中没有一个人能从她那里得到爱与温暖。女儿凯蒂可以说是全书的中心,虽然没有以她的观点为中心的单独的一章,但书中一切人物的所作所为都与她息息相关。物极必反,从古板高傲、规矩极多的旧世家里偏偏会出现浪荡子女。用一位外国批评家的话来说,是:"太多的责任导致了不负责任。"[①]凯蒂从"南方淑女"的规约下冲出来,走过了头,成了一个轻佻放荡的女子。她与男子幽会,有了身孕,不得不与另一男子结婚。婚后丈夫发现隐情,抛弃了她。她只得把私生女(也叫昆丁)寄养在母亲家,自己到大城市去闯荡。哥哥昆丁和凯蒂儿时感情很好。作为没落的庄园主阶级的最后一代的代表者,一种没落感始终追随着昆丁。这

① Ann Massa:*American Literature in Context*,Ⅳ,1900—1930,Methuen,1982,第192页。

个“簪缨之家”的子遗极其骄傲,极其敏感,却又极其孱弱(精神上、肉体上都是如此)。他偏偏又过分重视妹妹的贞操,把它与门第的荣誉甚至自己生与死的问题联系在一起。凯蒂的遭遇一下子使他失去了精神平衡。就在妹妹结婚一个多月后,他投河自尽了。对昆丁来说,“未来”是看不见的,“现在”则是模糊不清的一片混沌,只有“过去”才是真实清晰的。昆丁本也想与妹妹“一起进地狱”,因为只有这样才可以与蔑视、鄙视他们的世界隔绝开来。这一点既然办不到,他只得采用结束自己生命的办法,免得自己看到事态朝他不喜欢的方向发展。表面上他是为妹妹而死,实际上则是为家庭的没有前途而亡。归根结蒂,康普生一家的种种不幸都是庄园主祖先造孽的恶果。蓄奴制固然损害了黑奴,它也给奴隶主阶级及其后裔种下了祸根。

杰生是凯蒂的大弟。他和昆丁相反,随着金钱势力在南方上升,他已顺应潮流,成为一个实利主义者,仇恨与绝望有时又使他成为一个没有理性、不切实际的复仇狂与虐待狂。由于他一无资本,二无才干,只能在杂货铺里做一个小伙计。昆丁对凯蒂的感情是爱,杰生对她的感情却只有恨。因为他认为凯蒂的行为使他失去了本应得到的银行里的职位。他恨凯蒂,也连带着恨她的私生女小昆丁,恨关心凯蒂母女的黑女佣迪尔西。总之,他恨周围的一切,从他嘴里吐出来的每一个字仿佛都含有酸液,使人听了感到发作并不值得,强忍下去又半天不舒服。除了钱,他什么都不爱。连自己的情妇,也是戒备森严,仅仅看作是做买卖交易的对手。他毫无心肝,处处占人便宜,却总是做出一副受害者的样子。他玩弄了一系列花招,把姐姐历年寄来的赡养费据为己有,并从中吮吸复仇的喜悦。书中描写得最令人难忘的一个细节,是康普生先生殡葬那天,凯蒂从外地赶回来,乘机想见亲生女儿一面的那一段。凯蒂丧魂失魄地追赶载有小昆丁的马车那一情景,感染力极强,使人认识到凯蒂尽管有种种不能令人满意的行为,本质上还是一个善良的女子。而对比之下,杰生的形象愈益令人憎厌。另外,他用免费的招待券作弄黑小厮勒斯特,对外甥女小昆丁的扭打(不无色情动机的)与“教育”,也都是使人物性格显得更加突出的精彩的细节。杰生是福克纳笔下最鲜明、突出的形象之一。作为恶人的典型,其鲜明饱满,达到了莎士比亚笔下经典式恶人(如埃古、麦克白夫人)的地步。然而,对杰生的揭露,却偏偏是通过杰生的自我表白与自我辩解来完成的。这正是福克纳艺术功力深厚的表现。杰生和“斯诺普斯”三部曲中的弗莱姆·斯诺普斯一样,都是资本主义化的“新南方”的产物。如果说,通过对康普生一家其他人的描写,福克纳表达了他对南方旧制度的绝望,那么,通过对杰生的漫画式的刻画,福克纳又鲜明地表示了他对“新秩序”的憎厌。福克纳说过,“对我来说,杰生纯粹是恶的代表。依我看,从我的想象里产生出来的形象里,他是最最邪恶的一个。”

班吉是凯蒂的小弟弟,他是个先天性白痴。一九二八年,他三十三岁了,但是智力水平只相当于一个三岁的小孩。他没有思维能力,脑子里只有感觉和印象,而且还分不清它们的先后,过去的事与当前的事都一起涌现在他的脑海里。通过他的意识流,我们能够体会到:他失去了姐姐的关怀,非常悲哀。现在家中唯一关心并照顾他的,只有黑女佣迪尔西了。虽然按书名的出典理解,班吉这一章可以说是“一个白痴讲的故事”,事实上福克纳还是通过这个杂乱的故事有意识地传达了他想告诉读者的一系列的信息:家庭颓败的气氛、人物、环境……按照批评家克林斯·布鲁克斯的说法,这一章是“一种赋格曲式的排列与组合,由所见所闻所嗅到的与行动组成,它们有许多本身没有意义,但是拼在一起就成了某种十字花刺绣般的图形”。

小昆丁是凯蒂寄养在母亲家的私生女。康普生太太的冷漠与杰生的残酷(虐待狂者的残酷)使小昆丁在这个家里再也待不下去。一九二八年复活节这一天,康普生家发现,小昆丁取走了杰生的不义之财,与一流浪艺人私奔了。这自然激起了杰生的“狂怒”(书名中的“骚动”原意即为狂怒)。杰生驱车追寻小昆丁,想追回他偷来的那笔钱,他在火车上惹出乱子,差一点送了命。

据《圣经·路加福音》载,耶稣复活的那天,彼得去到耶稣的坟墓那里,“只见细麻布在那里,”耶稣的遗体已经不见了。在《喧哗与骚动》里,一九二八年复活节这一天,康普生家的人发现,小昆丁的卧室里,除了她匆忙逃走时留下的一些杂乱衣物外,也是空无一物。在《圣经》里,耶稣复活了。但是在《喧哗与骚动》里,如果说有复活的人,也不体现在康普生家后裔的身上。福克纳经常在他的作品里运用象征手法,这里用的是“逆转式”的象征手法。

在小说中,与杰生相对立并且体现了福克纳的积极思想的是迪尔西。福克纳说过:“迪尔西是我自己最喜爱的人物之一,因为她勇敢、大胆、豪爽、温存、诚实。她比我自己勇敢得多,也豪爽得多。”同情心永不枯竭似的从她身上涌流出来。她不畏惧主人的仇视与世俗观念的歧视,勇敢地保护弱者。在整幅阴郁的画卷中,只有她是一个亮点;在整幢坟墓般冷冰冰的宅子里,只有她的厨房是温暖的;在整个摇摇欲坠的世界里,只有她是一根稳固的柱石。她的忠心、忍耐、毅力与仁爱同前面三个叙述者的病态的性格形成了对照。通过她,作者讴歌了存在于纯朴的普通人身上的精神美。迪尔西这个形象体现了福克纳“人性的复活”的理想。福克纳把迪尔西作为主人公的这一章安排在复活节,这绝不是偶然的。当然,迪尔西不等于基督,但如果说福克纳有意引导读者作这样的类比与联想,也不是没有根据的。

从《喧哗与骚动》中,我们可以看到福克纳对生活与历史的高度的认识和概括能力。尽管他的作品显得扑朔迷离,有时也的确如痴人说梦,但是实际上还是通过一个旧家庭的分崩离析和趋于死亡,真实地呈现了美国南方历史性变化的一个侧面。我们可以看到,旧南方的确不可挽回地崩溃了,它的经济基础早已垮台,它的残存的上层建筑也摇摇欲坠。凯蒂的堕落,意味着南方道德法规的破产。班吉四肢发达,却没有思想的能力,昆丁思想复杂,偏偏丧失了行动的能力。另一个兄弟杰生眼睛里只看到钱,他干脆抛弃了旧的价值标准。但是他的新的,也即是资产者们的价值标准,在作者笔下,又何尝有什么新兴、向上的色彩呢?联系福克纳别的更明确谴责“斯诺普斯主义”(也就是实利主义)的作品,我们完全有理由认为:《喧哗与骚动》不仅提供了一幅南方地主家庭(扩大来说又是种植园经济制度)解体的图景,在一定程度上,也包含有对资本主义价值标准的批判。

另外,从这部作品中可以看出,福克纳也是爱憎分明的,他是有他的善恶是非标准的。在他的人物画廊中,他鞭挞、嘲笑的是杰生、康普生太太、康普生先生、毛莱舅舅、赫伯特·海德、杰拉德太太和杰拉德等,他同情的是凯蒂、昆丁、小昆丁与班吉,他满怀激情歌颂的则是地位卑微的黑女佣迪尔西。熟悉福克纳的人都一致认为,迪尔西的原型是福克纳自己家里的黑女佣卡罗琳·巴尔大妈。巴尔大妈进入晚年后,与其说是她服侍福克纳,不如说福克纳像对待长辈那样照顾她。一九四〇年大妈以百岁高龄病逝,福克纳在她墓前发表演说,并在她墓碑上刻了“为她的白种孩子们所热爱”这样的铭言。一九四二年,福克纳出版《去吧,摩西》,又将此书献给她。如果我们说得概括些,那么,福克纳的所憎所厌莫不与蓄奴制和实利主义有关,而他的所敬所爱则都与劳动与大自然联系在一起。

在艺术表现方面,福克纳写《喧哗与骚动》时用了一些特殊的手法,这里不妨作些简略的介绍。

首先,福克纳采用了多角度的叙述方法。传统的小说家一般或用“全能角度”亦即作家无所不在、无所不知的角度来叙述,或用书中主人公自述的口吻来叙述。发展到亨利·詹姆士与康拉德,他们认为“全能角度”难以使读者信服,便采用书中主人公之外的一个人物的眼睛来观察,通过他(或她)的话或思想来叙述。福克纳又进了一步,分别用几个人甚至十几个人(如在《我弥留之际》中)的角度,让每一个人讲他这方面的故事。这正如发生一个事件后,新闻记者不采取自己报道的方式,却分别采访许多当事人与见证人,让他们自己对着话筒讲自己的所知。一般地说,这样做要比记者自己的叙述显得更加真实可信。

在《喧哗与骚动》中,福克纳让三兄弟,班吉、昆丁与杰生各自讲一遍自己的故事,随后又自己用“全能角度”,以迪尔西为主线,讲剩下的故事,小说出版十五年之后,福克纳为马尔科姆·考利编的《袖珍本福克纳文集》写了一个附录,把康普生家的故事又作了一些补充(中译文见本书附录)。因此,福克纳常常对人说,他把这个故事写了五遍。当然,这五个部分并不是重复、雷同的,即使有相重叠之处,也是有意的。这五个部分像五片颜色、大小不同的玻璃,杂沓地放在一起,从而构成了一幅由单色与复色拼成的绚烂的图案。

“班吉的部分”发生的时间是一九二八年四月七日。通过他,福克纳渲染了康普生家颓败的气氛。另一方面,通过班吉脑中的印象,反映了康普生家那些孩子的童年。“昆丁的部分”发生在一九一〇年六月二日，这部分一方面交代昆丁当天的所见所闻和他的活动，同时又通过他的思想活动，写凯蒂的沉沦与昆丁自己的绝望。“杰生的部分”发生在一九二八年四月六日，这部分写杰生当家后康普生家的情况，同时引进凯蒂的后代——小昆丁。至于“迪尔西的部分”，则是发生在一九二八年四月八日（复活节），它纯粹写当前的事：小昆丁的出走、杰生的狂怒与追寻以及象征着涤罪与净化的黑人教堂里的宗教活动。这样看来，四个部分的叙述者出现的时序固然是错乱的，不是由应该最早出场的昆丁先讲，而是采用了“CABD”这样的方式，但是他们所讲的事倒是顺着正常的时序，而且衔接得颇为紧密的。难怪美国诗人兼小说家康拉德·艾肯对《喧哗与骚动》赞叹道：“这本小说有坚实的四个乐章的交响乐结构，也许要算福克纳全部作品中制作得最精美的一本，是一本詹姆士喜欢称为‘创作艺术’的毋庸置疑的杰作。错综复杂的结构衔接得天衣无缝，这是小说家奉为圭臬的小说——它本身就是一部完整的创作技巧的教科书……”①

“意识流”是福克纳采用的另一种手法。传统的现实主义小说中也常写人物的内心活动，意识流与之不同之处是：一、它们仿佛从人物头脑里涌流而出直接被作者记录下来，前面不冠以“他想”、“他自忖”之类的引导语；二、它们可以从这一思想活动跳到另一思想活动，不必有逻辑，也不必顺时序；三、除了正常的思想活动之外，它们也包括潜意识、下意识这一类的意识活动。在《喧哗与骚动》中，前三章就是用一个又一个的意识，来叙述故事与刻画人物的。在叙述者的头脑里，从一个思绪跳到另一个思绪，有时作者变换字体以提醒读者，有时连字体也不变。但是如果细心阅读，读者还是能辨别出来的，因为每一段里都包含着某种线索。另外，思绪的变换，也总有一些根据，如看到一样东西，听到一句话，闻到一种香味等。据统计，在“昆丁的部分”里，这样的“场景转移”发生得最多，超过二百次；“班吉的部分”里也有一百多次。传统的现实主义艺术，一般都是通过外表（社会、环境、家庭、居室、家

① 见《福克纳评论集》（中国社会科学出版社，1980年），第78页。

具、衣饰……)的描写,逐渐深入到人物的内心世界。福克纳与别的一些作家却采取了颠倒的程序。他首先提供给读者混沌迷乱的内心世界的没有规律、逻辑的活动,然后逐步带引读者穿过层层迷雾,最终走到阳光底下明朗、清晰的客观世界里来。这时,读者再回过头来一看,也许会对整幅图景具有更深刻的印象与理解。

译者个人认为,福克纳之所以如此频繁地表现意识流,除了他认为这样直接向读者提供生活的片段能更加接近真实之外,还有一个更主要的原因,这就是:服从刻画特殊人物的需要。前三章的叙述者都是心智不健全的人。班吉是个白痴,他的思想如果有逻辑、有理性反倒是不真实、不合逻辑的。昆丁在六月二日那一天决定自杀。他的精神状态处于极度亢奋之中。到该章的最后一段,他的思绪已经迹近一个发高烧病人的谵语了。杰生也多少有些不正常,他是个偏执狂,又是一个虐待狂,何况还有头痛病。福克纳有许多作品手法上与传统的现实主义作品并无太大区别。他的别的作品若是用意识流,也总有其特殊原因。如《村子》中写 I. O. 斯诺普斯对一头母牛的感情,那是因为这个 I. O. 斯诺普斯是一个半白痴。读者们如果有点耐心,在最初的不习惯之后,定然会通过这些不平常的思绪活动逐渐看清一系列相当鲜明、丰满的人物形象。这些形象的外貌我们不一定说得清(直到读了"迪尔西的部分"我们才知道班吉的模样),但是我们却能相当准确地把握他们的精神状态。书中的主要人物如此,一些次要人物形象也莫不如此。如赫伯特·海德,只出现在昆丁的几次意识流里,但是那一副庸俗、无耻的嘴脸便已跃然纸上。其他如杰拉德太太、毛莱舅舅,形象也都相当鲜明突出。即使像勒斯特这样一个黑人小厮,我们掩卷之后,也不容易把他那既调皮又可怜巴巴的形象从我们的脑子里排除出去。

"神话模式"是福克纳在创作《喧哗与骚动》时所用的另一种手法。所谓"神话模式",就是在创作一部文学作品时,有意识地使其故事、人物、结构,大致与人们熟知的一个神话故事平行。如乔伊斯的《尤利西斯》,就套用了荷马史诗《奥德修纪》的神话模式,艾略特的《荒原》则套用了亚瑟王传说中寻找圣杯的模式。在《喧哗与骚动》中,三、一、四章的标题分别为一九二八年四月六日至八日,这三天恰好是基督受难日到复活节。而第二章的一九一〇年六月二日在那一年又正好是基督圣体节的第八天。因此,康普生家历史中的这四天都与基督受难的四个主要日子有关联。不仅如此,从每一章的内容里,也都隐约可以找到与《圣经》中所记基督的遭遇大致平行之处。但是,正如乔伊斯用奥德修的英雄业绩反衬斯蒂芬·德迪勒斯的软弱无能一样,福克纳也是要以基督的庄严与神圣使康普生家的子孙显得更加委琐,而他们的自私、得不到爱、受挫、失败、互相仇视,也说明了“现代人”违反了基督死前对门徒所作的“要你们彼此相爱”①的教导。

福克纳运用这样的神话模式,除了给他的作品增添一层反讽色彩外,也有使他的故事从描写南方一个家庭的日常琐事中突破出来,成为一个探讨人类命运问题的寓言的意思。这个问题离题较远,这里就不多赘述了。

最后想就译文所加的注作一说明。为了帮助中国读者理解本书,译者根据有关资料与个人的理解加了几百个注,可能有理解不妥之处,也可能过于烦琐。读者初次阅读时可以先不看注,以免破坏自己的第一印象。

李文俊

① 见《圣经·约翰福音》第13章第34节。

目　录

1928 年 4 月 7 日[*]

透过栅栏,穿过攀绕的花枝的空当,我看见他们在打球。他们朝插着小旗的地方走过来,我顺着栅栏朝前走。勒斯特在那棵开花的树旁草地里找东西。他们把小旗拔出来,打球了。接着他们又把小旗插回去,来到高地①上,这人打了一下,另外那人也打了一下。他们接着朝前走,我也顺着栅栏朝前走。勒斯特离开了那棵开花的树,我们沿着栅栏一起走,这时候他们站住了,我们也站住了。我透过栅栏张望,勒斯特在草丛里找东西。

"球在这儿,开弟②。"那人打了一下。他们穿过草地往远处走去。我贴紧栅栏,瞧着他们走开。

"听听,你哼哼得多难听。"勒斯特说,"也真有你的,都三十三了,还这副样子。我还老远到镇上去给你买来了生日蛋糕呢。别哼哼唧唧了。你就不能帮我找找那只两毛五的镚子儿,好让我今儿晚上去看演出。"

他们过好半天才打一下球,球在草场上飞过去。我顺着栅栏走回到小旗附近去。小旗在耀眼的绿草和树木间飘荡。

"过来呀。"勒斯特说,"那边咱们找过了。他们一时半刻间不会再过来的。咱们上小河沟那边去找,再晚就要让那帮黑小子捡去了。"

小旗红红的,在草地上呼呼地飘着。这时有一只小鸟斜飞下来停

---

* 这一章是班吉明("班吉")的独白。这一天是他三十三岁生日。他在叙述中常常回想到过去不同时期的事。下文中译者将一一加注说明。

① 指高尔夫球的发球处。

② "开弟",原文为 caddie,本应译为"球童",但此词在原文中与班吉姐姐的名字"凯蒂"(Caddy)恰好同音,班吉每次听见别人叫球童,便会想起心爱的姐姐,哼叫起来。

歇在上面。勒斯特扔了块土过去。小旗在耀眼的绿草和树木间飘荡。我紧紧地贴着栅栏。

“快别哼哼了。”勒斯特说，“他们不上这边来，我也没法让他们过来呀，是不是。你要是还不住口，姥姥[1]就不给你做生日了。你还不住口，知道我会怎么样。我要把那只蛋糕全都吃掉。连蜡烛也吃掉。把三十三根蜡烛全都吃下去。来呀，咱们上小河沟那边去。我得找到那只镚子儿。没准还能找到一只掉在那儿的球呢。哟。他们在那儿。挺远的。瞧见没有。”他来到栅栏边，伸直了胳膊指着，“看见他们了吧。他们不会再回来了。来吧。”

我们顺着栅栏，走到花园的栅栏旁，我们的影子落在栅栏上，在栅栏上，我的影子比勒斯特的高。我们来到缺口那儿，从那里钻了过去。

“等一等。”勒斯特说，“你又挂在钉子上了。你就不能好好地钻过去不让衣服挂在钉子上吗。”

凯蒂把我的衣服从钉子上解下来，我们钻了过去。[2] 凯蒂说，毛莱舅舅关照了，不要让任何人看见我们，咱们还是猫着腰吧。猫腰呀，班吉。像这样，懂吗。我们猫下了腰，穿过花园，花儿刮着我们，沙沙直响。地绷绷硬。我们又从栅栏上翻过去，几只猪在那儿嗅着闻着，发出了哼哼声。凯蒂说，我猜它们准是在伤心，因为它们的一个伙伴今儿个被宰了。地绷绷硬，是给翻掘过的，有一大块一大块土疙瘩。

把手插在兜里，凯蒂说。不然会冻坏的。快过圣诞节了，你不想让你的手冻坏吧，是吗。

“外面太冷了。”威尔许说，[3]“你不要出去了吧。”

“这又怎么的啦。”母亲说。

---

① 指康普生家的黑女佣迪尔西，她是勒斯特的外祖母。

② 班吉的衣服被钩住，使他脑子里浮现出另一次他的衣服在栅栏缺口处被挂住的情景。那是在 1900 年圣诞节前两天（12 月 23 日），当时，凯蒂带着他穿过栅栏去完成毛莱舅舅交给他们的一个任务——送情书去给隔壁的帕特生太太。

③ 同一天，时间稍早，在康普生家。威尔许是康普生家的黑小厮，迪尔西的大儿子。前后有三个黑小厮服侍过班吉。1905 年前是威尔许，1905 年以后是 T. P.（迪尔西的小儿子），“当前”（1928 年）则是勒斯特（迪尔西的外孙）。福克纳在本书中用不同的黑小厮来标明不同的时序。

“他想到外面去呢。”威尔许说。

“让他出去吧。”毛莱舅舅说。

“天气太冷了。”母亲说，“他还是待在家里得了。班吉明。好了，别哼哼了。”

“对他不会有害处的。”毛莱舅舅说。

“喂，班吉明。”母亲说，“你要是不乖，那只好让你到厨房去了。”

“妈咪说今儿个别让他上厨房去。”威尔许说，“她说她要把那么些过节吃的东西都做出来。”

“让他出去吧，卡罗琳。”毛莱舅舅说，“你为他操心太多了，自己会生病的。”

“我知道。”母亲说，“有时候我想，这准是老天对我的一种惩罚。”

“我明白，我明白。”毛莱舅舅说，“你得好好保重。我给你调一杯热酒吧。”

“喝了只会让我觉得更加难受。”母亲说，“这你不知道吗。”

“你会觉得好一些的。”毛莱舅舅说，“给他穿戴得严实些，小子，出去的时间可别太长了。”

毛莱舅舅走开去了。威尔许也走开了。

“别吵了好不好。”母亲说，“我们还巴不得你快点出去呢。我只是不想让你害病。”

威尔许给我穿上套鞋和大衣，我们拿了我的帽子就出去了。毛莱舅舅在饭厅里，正在把酒瓶放回到酒柜里去。

“让他在外面待半个小时，小子。”毛莱舅舅说，“就让他在院子里玩得了。”

“是的，您哪。”威尔许说，“我们从来不让他到外面街上去。”

我们走出门口。阳光很冷，也很耀眼。

“你上哪儿去啊。”威尔许说。“你不见得以为是到镇上去吧，是不是啊。”我们走在沙沙响的落叶上。铁院门冰冰冷的。“你最好把手插在兜里。”威尔许说。“你的手捏在门上会冻坏的，那你怎么办。你干吗不待在屋子里等他们呢。”他把我的手塞到我口袋里去。我能听见他踩在落叶上的沙沙声。我能闻到冷的气味①。铁门是冰冰冷的。

“这儿有几个山核桃。好哎。蹿到那棵树上去了。瞧呀,这儿有一只松鼠,班吉。”

我已经一点也不觉得铁门冷了,不过我还能闻到耀眼的冷的气味。

“你还是把手插回到兜里去吧。”

凯蒂在走来了。接着她跑起来了,她的书包在背后一跳一跳,晃到这边又晃到那边。

“嗨,班吉。”凯蒂说。她打开铁门走进来,就弯下身子。凯蒂身上有一股树叶的香气。“你是来接我的吧。”她说。“你是来等凯蒂的吧。你怎么让他两只手冻成这样,威尔许。”

“我是叫他把手放在兜里的。”威尔许说,“他喜欢抓住铁门。”

“你是来接凯蒂的吧。”她说,一边搓着我的手。“什么事。你想告诉凯蒂什么呀。”凯蒂有一股树的香味,当她说我们这就要睡着了的时候,她也有这种香味。

你哼哼唧唧的干什么呀,勒斯特说。② 等我们到小河沟你还可以看他们的嘛。哪。给你一根吉姆生草③。他把花递给我。我们穿过栅栏,来到空地上。

“什么呀。”凯蒂说,④“你想跟凯蒂说什么呀。是他们叫他出来的吗,威尔许。”

“没法把他圈在屋里。”威尔许说,“他老是闹个没完,他们只好让他出来。他一出来就直奔这儿,朝院门外面张望。”

“你要说什么呀。”凯蒂说。“你以为我放学回来就是过圣诞节了吗。你是这样想的吧。圣诞节是后天。圣诞老公公,班吉。圣诞老公公。来吧,咱们跑回家去暖和暖和。”她拉住我的手,我们穿过了亮晃晃、沙沙响的树叶。我们跑上台阶,离开亮亮的寒冷,走进黑黑的寒冷。

---

① 班吉虽是白痴,但感觉特别敏锐,各种感觉可以沟通。

② 这一段回到“当前”。

③ 一种生长在牲口棚附近的带刺的有恶臭的毒草,拉丁学名为“Datura stramonium”,开喇叭形的小花。

④ 又回到 1900 年 12 月 23 日,紧接前面一段回忆。

毛莱舅舅正把瓶子放回到酒柜里去。他喊凯蒂。凯蒂说，

“把他带到炉火跟前去，威尔许。跟威尔许去吧。”她说，“我一会儿就来。”

我们来到炉火那儿。母亲说：

“他冷不冷，威尔许。”

“一点儿不冷，太太。”威尔许说。

“给他把大衣和套鞋脱了。”母亲说，“我还得跟你说多少遍，别让他穿着套鞋走到房间里来。”

“是的，太太。”威尔许说。“好，别动了。”他给我脱下套鞋，又来解我的大衣纽扣。凯蒂说：

“等一等，威尔许。妈妈，能让他再出去一趟吗。我想让他陪我去。”

“你还是让他留在这儿得了。”毛莱舅舅说，“他今天出去得够多的了。”

“依我说，你们俩最好都待在家里。”母亲说，“迪尔西说，天越来越冷了。”

“哦，妈妈。”凯蒂说。

“瞎说八道。”毛莱舅舅说，“她在学校里关了一整天了。她需要新鲜空气。快走吧，凯丹斯①。”

“让他也去吧，妈妈。”凯蒂说，“求求您。您知道他会哭的。”

“那你干吗当他的面提这件事呢。”母亲说，“你干吗进这屋里来呢。就是要给他个因头，让他再来跟我纠缠不清。你今天在外面待的时间够多的了。我看你最好还是坐下来陪他玩一会儿吧。”

“让他们去吧，卡罗琳。”毛莱舅舅说，“挨点儿冷对他们也没什么害处。记住了，你自己可别累倒了。”

“我知道。”母亲说，“没有人知道我多么怕过圣诞节。没有人知道。我可不是那种精力旺盛能吃苦耐劳的女人。为了杰生②和孩子

---

① “凯蒂”是小名，正式的名字是“凯丹斯”。

② 康普生先生的名字叫“杰生”，他的二儿子也叫“杰生”。这里指的是康普生先生。

们,我真希望我身体能结实些。"

"你一定要多加保重,别为他们的事操劳过度。"毛莱舅舅说,"快走吧,你们俩。只是别在外面待太久了,听见了吗。你妈要担心的。"

"是咧,您哪。"凯蒂说。"来吧,班吉。咱们又要出去啰。"她给我把大衣扣子扣好,我们朝门口走去。

"你不给小宝贝穿上套鞋就带他出去吗?"母亲说,"家里乱哄哄人正多的时候,你还想让他得病吗。"

"我忘了。"凯蒂说,"我以为他是穿着呢。"

我们又走回来。"你得多动动脑子。"母亲说。别动了,威尔许说。他给我穿上套鞋。"不定哪一天我就要离开人世了,就得由你们来替他操心了。"现在顿顿脚,威尔许说。"过来跟妈妈亲一亲,班吉明。"

凯蒂把我拉到母亲的椅子前面去,母亲双手捧住我的脸,接着把我搂进怀里。

"我可怜的宝贝儿。"她说。她放开我。"你和威尔许好好照顾他,乖妞儿。"

"是的,您哪。"凯蒂说。我们走出去。凯蒂说,

"你不用去了,威尔许。我来管他一会儿吧。"

"好咧。"威尔许说。"这么冷,出去是没啥意思。"他走开去了,我们在门厅里停住脚步,凯蒂跪下来,用两只胳膊搂住我,把她那张发亮的冻脸贴在我的脸颊上。她有一股树的香味。

"你不是可怜的宝贝儿。是不是啊。是不是啊。你有你的凯蒂呢。你不是有你的凯蒂姐吗。"

你又是嘟哝,又是哼哼,就不能停一会儿吗,勒斯特说。[①] 你吵个没完,害不害臊。我们经过车房,马车停在那里。马车新换了一只车轱辘。

---

① 回到"当前"。

“现在,你坐到车上去吧,安安静静地坐着,等你妈出来。”迪尔西说。① 她把我推上车去。T. P. 拉着缰绳。“我说,我真不明白杰生干吗不去买一辆新的轻便马车。”迪尔西说,“这辆破车迟早会让你们坐着坐着就散了架。瞧瞧这些破轱辘。”

母亲走出来了,她边走边把面纱放下来。她拿着几枝花儿。

“罗斯库司在哪儿啦。”她说。

“罗斯库司今儿个胳膊举不起来了。”迪尔西说,“T. P. 也能赶车,没事儿。”

“我可有点担心。”母亲说,“依我说,你们一星期一次派个人给我赶赶车也应该是办得到的。我的要求不算高嘛,老天爷知道。”

“卡罗琳小姐②,罗斯库司风湿病犯得很厉害,实在干不了什么活,这您也不是不知道。”迪尔西说,“您就过来上车吧。T. P. 赶车的本领跟罗斯库司一样好。”

“我可有点儿担心呢。”母亲说,“再说还带了这个小娃娃。”

迪尔西走上台阶。“您还管他叫小娃娃。”她说。她抓住了母亲的胳膊。“他跟 T. P. 一般大,已经是个小伙子了。快走吧,如果您真的要去。”

“我真担心呢。”母亲说。她们走下台阶,迪尔西扶母亲上车。“也许还是翻了车对我们大家都好些。”母亲说。

“瞧您说的,您害臊不害臊。”迪尔西说,“您不知道吗,光是一个十八岁的黑小伙儿也没法能让‘小王后’撒腿飞跑。它的年纪比 T. P. 跟班吉加起来还大。T. P. ,你可别把‘小王后’惹火了,你听见没有。要是你赶车不顺卡罗琳小姐的心,我要让罗斯库司好好抽你一顿。他还不是打不动呢。”

---

① 下面一大段文字,是写班吉看到车房里的旧马车时所引起的有关坐马车的一段回忆。事情发生在 1912 年。康普生先生已经去世。这一天,康普生太太戴了面纱拿着花去上坟。康普生太太与迪尔西对话中提到的昆丁是个小女孩,不是班吉的大哥(这个昆丁已于 1910 年自杀),而是凯蒂的私生女。对话中提到的罗斯库司,是迪尔西的丈夫。

② 美国南方种植园中的黑女佣,从小带东家的孩子,所以到她们长大结婚后仍然沿用以前的称呼。

“知道了,妈。”T. P. 说。

“我总觉得会出什么事的。”母亲说,“别哼哼了,班吉明。”

“给他一枝花拿着。”迪尔西说,“他想要花呢。”她把手伸了进来。

“不要,不要。”母亲说,“你会把花全弄乱的。”

“您拿住了。”迪尔西说,“我抽一枝出来给他。”她给了我一枝花,接着她的手缩回去了。

“快走吧,不然小昆丁看见了也吵着要去了。”迪尔西说。

“她在哪儿。”母亲说。

“她在屋里跟勒斯特一块儿玩呢。”迪尔西说,“走吧,T. P. ,就按罗斯库司教你的那样赶车吧。”

“好咧,妈。”T. P. 说,“走起来呀,‘小王后’。”

“小昆丁。”母亲说,“可别让她出来。”

“当然不会的。”迪尔西说。

马车在车道上颠晃、碾轧着前进。“我把小昆丁留在家里真放心不下。”母亲说,“我还是不去算了。T. P. 。”我们穿过了铁院门,现在车子不再颠了。T. P. 用鞭子抽了“小王后”一下。

“我跟你说话呢,T. P. 。”母亲说。

“那也得让它继续走呀。”T. P. 说,“得让它一直醒着,不然就回不到牲口棚去了。”

“你掉头呀。”母亲说,“把小昆丁留在家里我不放心。”

“这儿可没法掉头。”T. P. 说。过了一会儿,路面宽一些了。

“这儿总该可以掉头了吧。”母亲说。

“好吧。”T. P. 说。我们开始掉头了。

“你当心点,T. P. 。”母亲说,一面抱紧了我。

“您总得让我掉头呀。”T. P. 说。“吁,‘小王后’。”我们停住不动了。

“你要把我们翻出去了。”母亲说。

“那您要我怎么办呢。”T. P. 说。

“你那样掉头我可害怕。”母亲说。

“驾,‘小王后’。”T. P. 说。我们又往前走了。

“我知道得很清楚，我一走开，迪尔西准会让小昆丁出什么事的。”母亲说，“咱们得快点回家。”

“走起来，驾。”T. P. 说。他拿鞭子抽“小王后”。

“喂，T. P. 。”母亲说，死死地抱住了我。我听见“小王后”脚下的嘚嘚声，明亮的形体从我们两边平稳地滑过去，它们的影子在“小王后”的背上掠过。它们像车轱辘明亮的顶端一样向后移动。接着，一边的景色不动了，那是个有个大兵的大白岗亭①。另外那一边还在平稳地滑动着，只是慢下来了。

“你们干什么去。”杰生说。他两只手插在兜里，一支铅笔架在耳朵上面。

“我们到公墓去。”母亲说。

“很好。”杰生说，“我也没打算阻拦你们，是不是。你来就是为了跟我说这一点，没别的事了吗。”

“我知道你不愿去。”母亲说，“不过如果你也去的话，我就放心得多了。”

“你有什么不放心的。”杰生说，“反正父亲和昆丁也没法再伤害你了。”

母亲把手绢塞到面纱底下去。“别来这一套了，妈妈。”杰生说，“您想让这个大傻子在大庭广众又吼又叫吗。往前赶车吧，T. P. 。”

“走呀，‘小王后’。”T. P. 说。

“我这是造了什么孽呀。”母亲说，“反正要不了多久我也会跟随你父亲到地下去了。”

“行了。”杰生说。

“吁。”T. P. 说。杰生又说，

“毛莱舅舅用你的名义开了五十块钱支票。你打算怎么办？”

“问我干什么。”母亲说，“我还有说话的份儿吗。我只是想不给你和迪尔西添麻烦。我快不在了，再往下就该轮到你了。”

“快走吧，T. P. 。”杰生说。

---

① 指在小镇广场上的南方同盟士兵铜像。

“走呀，‘小王后’。”T. P. 说。车旁的形体又朝后面滑动，另一边的形体也动起来了，亮晃晃的，动得很快，很平稳，很像凯蒂说我们这就要睡着了时的那种情况。

整天哭个没完的臭小子，勒斯特说。① 你害不害臊。我们从牲口棚当中穿过去，马厩的门全都敞着。你现在可没有花斑小马驹骑啰，勒斯特说。泥地很干，有不少尘土。屋顶塌陷下来了。斜斜的窗口布满了黄网丝。你干吗从这边走。你想让飞过来的球把你的脑袋敲破吗。

“把手插在兜里呀。”凯蒂说，“不然的话会冻僵的。你不希望过圣诞节把手冻坏吧，是不是啊。”②

我们绕过牲口棚。母牛和小牛犊站在门口，我们听见“王子”、“小王后”和阿欢在牲口棚里顿脚的声音。“要不是天气这么冷，咱们可以骑上阿欢去玩儿了。”凯蒂说。“可惜天气太冷，在马上坐不住。”这时我们看得见小河沟了，那儿在冒着烟。“人家在那儿宰猪。”凯蒂说。“我们回家可以走那边，顺便去看看。”我们往山下走去。

“你想拿信。”凯蒂说。“我让你拿就是了。”她把信从口袋里掏出来，放在我的手里。“这是一件圣诞礼物。”凯蒂说。“毛莱舅舅想让帕特生太太喜出望外呢。咱们交给她的时候可不能让任何人看见。好，你现在把手好好地插到兜里去吧。”我们来到小河沟了。

“都结冰了。”凯蒂说。“瞧呀。”她砸碎冰面，捡起一块贴在我的脸上。“这是冰。这就说明天气有多冷。”她拉我过了河沟，我们往山上走去。“这事咱们跟妈妈和爸爸也不能说。你知道我是怎么想的吗。我想，这件事会让妈妈、爸爸和帕特生先生都高兴得跳起来，帕特生先生不是送过糖给你吃吗。你还记得夏天那会儿帕特生先生送糖给你吃吗。”

我们面前出现了一道栅栏。上面的藤叶干枯了，风把叶子刮得格格地响。

“不过，我不明白为什么毛莱舅舅不派威尔许帮他送信。”凯蒂说。

---

① 回到“当前”。

② 班吉看到牲口棚，脑子里又出现圣诞节前与凯蒂去送信，来到牲口棚附近时的情景。

“威尔许是不会多嘴的。”帕特生太太靠在窗口望着我们。“你在这儿等着。”凯蒂说。“就在这儿等着。我一会儿就回来。把信给我。”她从我口袋里把信掏出来。“你两只手在兜里搁好了。”她手里拿着信,从栅栏上爬过去,穿过那些枯黄的、格格响着的花。帕特生太太走到门口,她打开门,站在那儿。

帕特生先生在绿花丛里砍东西。[①] 他停下了手里的活,对着我瞧。帕特生太太飞跑着穿过花园。我一看见她的眼睛我就哭了起来。你这白痴,帕特生太太说,我早就告诉过他[②]别再差你一个人来了。把信给我。快。帕特生先生手里拿着锄头飞快地跑过来。帕特生太太伛身在栅栏上,手伸了过来。她想爬过来。把信给我,她说,把信给我。帕特生先生翻过栅栏。他把信夺了过去。帕特生太太的裙子让栅栏挂住了。我又看见了她的眼睛,就朝山下跑去。

“那边除了房子别的什么也没有了。”勒斯特说,[③]“咱们到小河沟那边去吧。”

人们在小河沟里洗东西。其中有一个人在唱歌。我闻到衣服在空中飘动的气味,青烟从小河沟那边飘了过来。

“你就待在这儿。”勒斯特说,“你到那边去也没有什么好干的。他们会打你的,错不了。”

“他想要干什么。”

“他根本不知道自己要干什么。”勒斯特说,“他兴许是想到那边人们打球的高地上去。你就在这儿坐下来玩你的吉姆生草吧。要是你想看什么,就看看那些在河沟里玩水的小孩。你怎么就不能像别人那样规规矩矩呢。”我在河边上坐了下来,人们在那儿洗衣服,青烟在往空中冒去。

“你们大伙儿有没有在这儿附近捡到一只两毛五的镚子儿。”勒斯

---

① 这一段写另一次班吉单独一个人送信给帕特生太太,被帕特生先生发现的情形。时间是1908年的春天或夏天,这时花园里已经有了“绿花丛”。在班吉的脑子里“花”与“草”是分不清的。

② 指她的情人毛莱舅舅。

③ 又回到“当前”。

特说。

“什么镚子儿。”

“我今天早上在这儿的时候还有的。”勒斯特说，“我不知在哪儿丢失了。是从我衣兜这个窟窿里掉下去的。我要是找不到，今儿晚上就没法看演出了。”

“你的镚子儿又是从哪儿来的呢，小子。是白人不注意的时候从他们衣兜里掏的吧。”

“是从该来的地方来的。”勒斯特说，“那儿镚子儿有的是。不过我一定要找到我丢掉的那一只。你们大伙儿捡到没有。”

“我可没时间来管镚子儿。我自己的事还忙不过来呢。”

“你上这边来。”勒斯特说，“帮我来找找。”

“他就算看见了也认不出什么是镚子儿吧。”

“有他帮着找总好一点。”勒斯特说，“你们大伙儿今儿晚上都去看演出吧。”

“别跟我提演出不演出了。等我洗完这一大桶衣服，我会累得连胳膊都抬不起来了。”

“我敢说你准会去的。”勒斯特说，“我也敢打赌你昨儿晚上准也是去了的。我敢说大帐篷刚一开门你们准就在那儿了。”

“就算没有我，那儿的黑小子已经够多的了。至少昨儿晚上是不少。”

“黑人的钱不也跟白人的钱一样值钱吗，是不是。”

“白人给黑小子们钱，是因为他们早就知道要来一个白人乐队，反正会把钱都捞回去的。这样一来，黑小子们为了多赚点钱，又得干活了。”

“又没人硬逼你去看演出。”

“暂时还没有。我琢磨他们还没想起这档子事。”

“你干吗跟白人这么过不去。”

“没跟他们过不去。我走我的桥，让他们走他们的路。我对这种演出根本没兴趣。”

“戏班子里有一个人，能用一把锯子拉出曲调来。就跟耍一把班卓琴似的。”

“你昨儿晚上去了。”勒斯特说，“我今儿晚上想去。只要我知道在哪儿丢的镚子儿就好了。”

“我看，你大概要把他带去吧。”

“我。”勒斯特说，“你以为只要他一吼叫，我就非得也在那儿伺候他吗。”

“他吼起来的时候，你拿他怎么办。”

“我拿鞭子抽他。”勒斯特说。他坐在地上，把工装裤的裤腿卷了起来。黑小子们都在河沟里玩水。

“你们谁捡到高尔夫球了吗。”勒斯特说。

“你说话别这么神气活现。依我说你最好别让你姥姥听见你这样说话。”

勒斯特也下沟了，他们都在那里玩水。他沿着河岸在水里找东西。

“我们早上到这儿来的时候还在身上呢。”勒斯特说。

“你大概是在哪儿丢失的。”

“就是从我衣兜的这个窟窿里落下去的。”勒斯特说。他们在河沟里找来找去。接着他们突然全都站直身子，停住不找了，然后水花乱溅地在河沟里抢夺起来。勒斯特抢到了手，大家都蹲在水里，透过树丛朝小山冈上望去。

“他们在哪儿。”勒斯特说。

“还看不见呢。”

勒斯特把那东西放进兜里。他们从小山冈上下来了。

“瞧见一只球落到这儿来了吗。”

“该是落到水里去了。你们这帮小子有谁瞧见或是听见了吗。”

“没听见什么落到水里来呀。”勒斯特说，“倒是听见有一样东西打在上面的那棵树上。不知道滚到哪儿去了。”

他们朝河沟里看了看。

“妈的。在沟边好好找找。是朝这边飞过来的。我明明看见的。”

他们在沟边找来找去。后来他们回到山冈上去了。

“你拾到那只球没有。”那孩子说。

“我要球干什么。”勒斯特说，“我可没看见什么球。”

那孩子走进水里。他往前走。他扭过头来又看看勒斯特。他顺着河沟往前走着。

那个大人在山冈上喊了声“开弟”。那孩子爬出河沟，朝山冈上走去。

“瞧，你又哼哼起来了。”勒斯特说，“别吵了。”

“他这会儿哼哼唧唧的干什么呀。”

“天知道为的是什么。”勒斯特说，“他无缘无故就这样哼起来。都哼了整整一个上午了。也许是因为今天是他的生日吧，我想。”

“他多大了。”

“他都三十三了。”勒斯特说，“到今天早上整整三十三岁了。”

“你是说，他像三岁小孩的样子都有三十年了吗。”

“我是听我姥姥说的。”勒斯特说。“我自己也不清楚。反正我们要在蛋糕上插三十三根蜡烛。蛋糕太小。都快插不下了。别吵了。回这边来。”他走过来抓住我的胳膊。“你这老傻子。”他说。“你骨头痒痒欠抽是吗。”

“我看你才不敢抽他呢。”

“我不是没有抽过。马上给我住声。”勒斯特说。“我没跟你说过那边不能上去吗。他们打一个球过来会把你脑袋砸碎的。来吧，上这儿来。”他把我拽回来。“坐下。”我坐了下来。他把我的鞋子脱掉，又卷起我的裤管。“好，现在下水去玩，看你还哭哭啼啼、哼哼唧唧不。”

我停住哼叫，走进水里①*这时罗斯库司走来说去吃晚饭吧，凯蒂就说，*

还没到吃晚饭的时候呢。我可不去。

她衣服湿了。② 我们在河沟里玩，凯蒂往下一蹲把衣裙都弄湿了，威尔许说，

“你把衣服弄湿了，回头你妈要抽你了。”

---

① 以上叙述的是“当前”的事，但班吉一走进水里，马上想起他小时候和凯蒂在小河沟里玩水的情形。那是在1898年，当时班吉三岁，昆丁也只有八岁。

② 从这里起是1898年那一天稍早一些时候的事。这一天，班吉的奶奶死去。

“她才不会做这样的事呢。”凯蒂说。

“你怎么知道。”昆丁说。

“我当然知道啦。”凯蒂说，“你又怎么知道她会呢。”

“她说过她要抽的。”昆丁说，“再说，我比你大。”

“我都七岁了。”凯蒂说，“我想我也应该知道了。”

“我比七岁大。”昆丁说，“我上学了。是不是这样，威尔许。”

“我明年也要上学。”凯蒂说，“到时候我也要上学的。是这样吗，威尔许。”

“你明知道把衣服弄湿了她会抽你的。”威尔许说。

“没有湿。”凯蒂说。她在水里站直了身子，看看自己的衣裙。“我把它脱了。”她说，“一会儿就会干的。”

“我谅你也不敢脱。”昆丁说。

“我就敢。”凯蒂说。

“我看你还是别脱的好。”昆丁说。

凯蒂走到威尔许和我跟前，转过身去。

“给我把扣子解了，威尔许。”她说。

“别替她解，威尔许。”昆丁说。

“这又不是我的衣服。”威尔许说。

“你给我解开，威尔许。”凯蒂说，“不然，我就告诉迪尔西你昨天干的好事。”于是威尔许就帮她解开了扣子。

“你敢脱。”昆丁说。凯蒂把衣裙脱下，扔在岸上。这一来，她身上除了背心和衬裤，再没有别的东西了，于是昆丁打了她一下耳光，她一滑，跌到水里去了。她站直身子后，就往昆丁身上泼水，昆丁也往她身上泼水。水也溅到威尔许和我的身上，于是威尔许抱我起来，让我坐在河岸上。他说要去告诉大人，于是昆丁和凯蒂就朝他泼水。他躲到树丛后面去了。

“我要去告诉妈咪你们俩都淘气。”威尔许说。

昆丁爬到岸上，想逮住威尔许，可是威尔许跑开了，昆丁抓不到他。等昆丁拐回来，威尔许停住了脚步，嚷嚷说他要去告发。凯蒂跟他说，如果他不去告发，他们就让他回来。威尔许说他不去告发了，于是他们就让他回来。

“这下你该满意了吧。”昆丁说，“我们两个都要挨抽了。”

“我不怕。”凯蒂说，“我要逃走。”

“哼，你要逃走。”昆丁说。

“我是要逃走，而且永远也不回来。”凯蒂说。我哭了起来。凯蒂扭过头来说，“别哭。”我赶紧收住声音。接着他们又在河沟里玩起来了。杰生也在玩。他一个人在远一点的地方玩。威尔许从树丛后面绕出来，又把我抱到水里。凯蒂全身都湿了，屁股上全是泥，我哭起来了，她就走过来，蹲在水里。

“好了，别哭。”她说。“我不会逃走的。”我就不哭了。凯蒂身上有一股下雨时树的香味。

你倒是怎么的啦，勒斯特说。① 你就不能别哼哼，跟大家一样好好玩水吗。

你干吗不带他回去。他们不是关照过你别让他跑出院子的吗。

他仍旧以为这片牧场还是他们家的呢，勒斯特说。反正从大房子那里谁也看不到这地方。

我们可看到了。谁愿意看见傻子啊。看见了要倒霉的。

罗斯库司走来说去吃晚饭吧，凯蒂说还没到吃晚饭的时候呢。②

“不，已经到了。”罗斯库司说。“迪尔西说让你们全都回去。威尔许，把他们带回来。”他往小山上走去，那头母牛在那里哞哞地叫唤。

“没准等我们走到家，我们身上就会干了。”昆丁说。

“都怪你不好。”凯蒂说。“我倒希望咱们真的挨上一顿鞭子。”她套上衣裙，威尔许帮她扣好扣子。

“他们不会知道你们弄湿过衣服的。”威尔许说，“看不出来。除非我和杰生告发你们。”

“你会告发吗，杰生。”凯蒂说。

“告谁的事啊。”杰生说。

---

① 又回到“当前”。

② 又回到 1898 年那一天。

“他不会告发的。”昆丁说，“你会吗，杰生。”

“我看他肯定会。”凯蒂说，“他会去告诉大姆娣①的。”

“他可告诉不了大姆娣了。”昆丁说，“她病了。要是我们走得慢点，天就会黑得让他们看不出来。”

“我才不在乎他们看出来看不出来呢。”凯蒂说，“我自己跟他们说去。你背他上山吧，威尔许。”

“杰生是不会说的。”昆丁说，“你还记得我给你做过一副弓箭吧，杰生。”

“都已经断了。”杰生说。

“让他去告发好了。”凯蒂说，“我一点儿也不怕。你背毛莱②上山呀，威尔许。”威尔许蹲下身来，我趴到他的背上去。

*今儿晚上咱们看演出时见，勒斯特说。我们走吧。咱们非得找到那只镚子儿不可。*③

“如果我们慢慢走，等我们回到家天已经黑了。”昆丁说。④

“我不想慢慢走。”凯蒂说。我们朝山冈上爬，可是昆丁却不跟上来。等我们走到能闻到猪的气味的地方，他还待在河沟边。那些猪在角落里猪槽前哼着拱着。杰生跟在我们后面，两只手插在兜里。罗斯库司在牲口棚门口挤牛奶。

*那些母牛奔跑着从牲口棚里跳出来。*⑤

“又吼了。”T. P. 说。“吼个没完。我自己也想吼呢。哎唷。”昆丁又踢了 T. P. 一脚。他把 T. P. 踢进猪儿吃食的木槽，T. P. 就躺倒在那里。“好家伙。”T. P. 说，“他以前也是这样欺侮我的。你们都看见这个

---

① 原文为 Damuddy，这是康普生家孩子对他们奶奶的特殊的爱称。

② “毛莱”是班吉的原名。康普生太太发现小儿子是个低能儿后，便把他的名字从“毛莱”（这也是她弟弟的名字）改为“班吉明”。“改名”一事发生在 1900 年。她以为，这样就可以摆脱自己这方面的责任。

③ 回到“当前”。勒斯特带班吉离开河沟。

④ 又回到 1898 年那一天。

⑤ 回到“当前”。他们俩又走到牲口棚前，使班吉勾起了下面那一段回忆。那是在凯蒂结婚的那天——1910 年 4 月 25 日。那天，黑小厮 T. P. 与班吉偷酒喝。下面写他们喝醉后的事。

白人又踢我了吧。哎唷。”

我先没哭，可是我脚步停不下来了。我先没哭，可是地变得不稳起来，我就哭了。[1] 地面不断向上斜，牛群都朝山冈上奔去，T. P. 想爬起来。他又跌倒了，牛群朝山冈下跑去。昆丁拉住我的胳膊，我们朝牲口棚走去。可是这时候牲口棚不见了，我们只得等着，等它再回来。我没见到它回来。它是从我们背后来的，接着昆丁扶我躺在牛吃食的木槽里。我抓紧了木槽的边儿。它也想走开，我紧紧地抓住了它。牛群又朝山冈下跑去，穿过了大门。我脚步停不下来。昆丁和 T. P. 一边打架一边上山冈。T. P. 从山冈上滚下来，昆丁把他拽上山冈。昆丁又打 T. P.。我脚步停不下来。

“站起来。”昆丁说，“你给我老老实实待在这儿。我不回来你不许走。”

“我和班吉还要回进去看结婚呢。”T. P. 说，“哎唷。”

昆丁又揍了 T. P. 一下。接着他把 T. P. 按在墙上撞。T. P. 在笑。每回昆丁把他往墙上撞他都想叫哎唷，可是他嘻嘻地笑着喊不出来。我不哭了，可是我脚步停不下来。T. P. 跌倒在我身上，牲口棚的门飞了开去。门朝山冈下滚去，T. P. 自己一个人在乱打乱蹬，他又倒了下来。他还在笑，可是我脚步停不下来，我想爬起来却又倒了下来，我脚步停不下来。威尔许说，

“你们闹够了。真要闹翻天了。别吼啦。”

T. P. 还在嘻嘻地笑。他重重地瘫倒在门上，笑了又笑。“哎唷。”他说。“我和班吉还要回进去看结婚呢。沙示汽水[2]啊。”T. P. 说。

“轻点儿。”威尔许说，“你在哪儿弄到的。”

“在地窖里拿的。”T. P. 说，“哎唷。”

“轻点儿。”威尔许说，“地窖的什么地方。”

“到处都是。”T. P. 说。他笑得更疯了。“还有一百多瓶呢。有一百多万瓶呢。注意啦，黑小子，我可要吼啦。”

---

① 班吉也摔倒在地，这几段描写他失去了方向感后的感觉。

② 实际上该是结婚用的香槟酒。

昆丁说:“把他拖起来。”

威尔许把我拖了起来。

“把这个喝下去,班吉。”昆丁说。玻璃杯是热的。① “别喊了,快。”昆丁说,“把这个喝下去。”

“沙示汽水。”T. P. 说,“让我来喝,昆丁少爷。”

“你给我闭嘴。”威尔许说,“昆丁少爷要把你抽得昏过去呢。”

“按住他,威尔许。”昆丁说。

他们按住了我。那东西流在我下巴上和衬衫上,热乎乎的。“喝下去。”昆丁说。他们抱住我的头。那东西在我肚子里热烘烘的,我又忍不住了。我现在大叫起来了,我肚子里出了什么事儿,我叫唤得更厉害了,他们就一直按住了我,直到肚子里平静下来了。这时我住声了。那东西还在周围转悠,接着一些人影出现了。把谷仓的门打开,威尔许。他们走得很慢。把那些空麻袋铺在地上。他们走得快些了,可以说是很快了。好,现在提起他的脚。他们继续往前走,又平稳又明亮。我听见 T. P. 在笑。我随着他们往前走,爬上明亮的山坡。②

到了小山冈顶上威尔许把我放下来。“上来呀,昆丁。”他喊道,回头朝山冈下望去。昆丁仍然站在河沟边。他正朝阴影笼罩的河沟扔石子。

“让这个傻瓜蛋待在那儿好了。”凯蒂说。她拉着我的手,我们就往前走,经过了牲口棚,走进院门。砖砌的走道上有一只癞蛤蟆,它蹲在路当中。凯蒂从它头上跨了过去,拉着我继续往前走。

“来呀,毛莱。”她说。它还蹲在那儿,杰生用脚尖去捅捅它。

“它会让你长一个大疣子的。”威尔许说。癞蛤蟆跳了开去。

“来呀,毛莱。”凯蒂说。

“家里今儿晚上有客人。”威尔许说。

“你怎么知道的。”凯蒂说。

---

① 昆丁给班吉喝的大概是醒酒用的热咖啡。

② 实际上是班吉这时在麻袋上渐渐睡去,他蒙眬中感到好像在上山。当时的感觉又使处在“当前”的他回想起 1898 年那一天的情景。

“灯全亮着。”威尔许说，“每扇窗子里都亮着灯呢。”

“依我看，只要高兴，没有客人也可以把灯全都开着的。”凯蒂说。

“肯定是有客人。”威尔许说，“你们最好还是打后门进去，悄悄地溜上楼去。”

“我不怕。”凯蒂说，“我要大大咧咧地走到客人坐着的客厅里去。”

“你这样做，你爸爸准会抽你一顿。”威尔许说。

“我才不怕呢。”凯蒂说，“我要大大咧咧地走到客厅里去。我要大大咧咧地走进餐厅去吃晚饭。”

“有你坐的地方吗。”威尔许说。

“我就坐在大姆娣的座位上。”凯蒂说，“她现在在床上吃饭。”

“我饿了。”杰生说。他越过我们，在走道上跑了起来。他双手插在兜里，他摔倒了。威尔许过去把他扶了起来。

“你把手从兜里拿出来，走路就稳当了。”威尔许说，“你这么胖，等快摔跤时，再把手从兜里抽出来稳住身子，可就来不及了。”

父亲站在厨房台阶前。

“昆丁在哪儿。”他说。

“他正在小道上走来呢。”威尔许说。昆丁在慢慢地走来。他的白衬衫望过去白蒙蒙的一片。

“哦。”父亲说。灯光顺着台阶照下来，落在他身上。

“凯蒂和昆丁方才打水仗了。”杰生说。

我们等待着。

“真的吗。”父亲说。昆丁走过来了，父亲说：“今天晚上你们在厨房里吃饭。”他弯下身子把我抱起来，顺着台阶泻下来的灯光也落到了我的身上，我可以从高处望着凯蒂、杰生、昆丁和威尔许。父亲转身朝台阶走去。“不过，你们得安静些。”他说。

“干吗要我们安静，爸爸。”凯蒂说，“家里来客人了吗。”

“是的。”父亲说。

“我早告诉你们家里有客人嘛。”威尔许说。

“你没说。”凯蒂说，“是我说有客人的。反正我有这个意思。”

“别吵了。”父亲说。他们不作声了，父亲开了门，我们穿过后廊走进厨房。迪尔西在厨房里,父亲把我放进椅子,把围嘴围好,又把椅子推到桌子跟前。桌子上放着热气腾腾的饭菜。

“你们现在都听从迪尔西的指挥。”父亲说,“迪尔西,让他们尽量声音轻点儿。”

“好的,老爷。”迪尔西说。父亲走了。

“记住了,现在要听迪尔西指挥了。”他在我们背后又说了一句。我把脸伛到饭菜上去。热气直往我脸上冲来。

“今天晚上让大伙儿听我指挥吧,爸爸。”凯蒂说。

“我不要。”杰生说,“我要听迪尔西的。”

“要是爸爸说了,那你就得听我的。”凯蒂说,“让他们听我的吧。”

“我不嘛。”杰生说,“我不要听你的。”

“别吵了。”父亲说,“那你们就听凯蒂的得了。迪尔西,等他们吃完了,就走后楼梯把他们带上楼去。”

“好咧,老爷。”迪尔西说。

“行了吧。”凯蒂说,“现在,我看你们都得听我的了吧。”

“你们都给我住嘴。”迪尔西说,“今天晚上你们得安静点。”

“干吗我们今天晚上得安静呀。”凯蒂压低声音问道。

“不用多问。”迪尔西说。“到时候你们自会知道的。”她拿来了我的碗。碗里热气腾腾的,挠得我的脸直痒痒。“过来,威尔许。”迪尔西说。

“什么叫‘到时候’,迪尔西。”凯蒂说。

“那就是星期天。”①昆丁说,“你怎么连这个也不懂。”

“嘘。”迪尔西说。“杰生先生没说你们都得安安静静的吗。好,快吃晚饭吧。来,威尔许。把他的勺子拿来。”威尔许的手拿着勺子过来了,勺子伸进碗里。勺子升高到我的嘴边。那股热气痒酥酥地进入我的嘴里。这时,大家都停了下来,你看着我,我看着你,一声不吭,接着我们又听见了,这时我哭了起来。

“那是什么声音。”凯蒂说。她把手按在我的手上。

---

① 上句的“到时候”原文为“Lawd’s own time”,亦可理解为“星期天”。

“那是妈妈。”昆丁说。勺子上来了，我又吃了一口，接着我又哭了。

“别响。”凯蒂说。可是我没有住声，于是她走过来用胳膊搂着我。迪尔西走去把两扇门都关上了，我们就听不见那声音了。

“好了，别哭了。”凯蒂说。我收住声音，继续吃东西。昆丁没在吃，杰生一直在吃。

“那是妈妈。”昆丁说。他站了起来。

“你给我坐下。”迪尔西说，“他们那儿有客人，你们一身泥，不能去。你也给我坐下，凯蒂，快把饭吃完。”

“她方才是在哭。”昆丁说。

“像是有人在唱歌。”凯蒂说，“是不是啊，迪尔西。”

“你们全都给我好好吃晚饭，这是杰生先生吩咐了的。”迪尔西说，“到时候你们自然会知道的。”凯蒂回到自己的座位上。

“我没告诉你们这是在开舞会吗。”她说。

威尔许说：“他全都吃下去了。”

“把他的碗拿来。”迪尔西说。碗又不见了。

“迪尔西。”凯蒂说，“昆丁没在吃。他是不是得听我的指挥呀。”

“快吃饭，昆丁。”迪尔西说，“你们都快点吃，快给我把厨房腾出来。”

“我吃不下了。”昆丁说。

“我说你得吃你就非吃不可。”凯蒂说，“是不是这样，迪尔西。”

那只碗又热气腾腾地来到我面前，威尔许的手把勺子插进碗里，热气又痒酥酥地进入我的嘴里。

“我一点儿也吃不下了。”昆丁说，“大姆娣病了，他们怎么会开舞会呢。”

“他们可以在楼下开嘛。”凯蒂说，“她还可以到楼梯口来偷看呢。待会儿我换上了睡衣也要这么做。”

“妈妈方才是在哭。”昆丁说，“她是在哭，对吧，迪尔西。”

“你别跟我烦个没完，孩子。”迪尔西说，“你们吃完了，我还得给那么些大人做饭吃呢。”

过了一会儿，连杰生也吃完了，他开始哭起来了。

“好，又轮到你哭哭啼啼了。”迪尔西说。

“自从大姆娣病了，他没法跟她一起睡以后，他每天晚上都要来这一套。”凯蒂说，“真是个哭娃娃。”

“我要告诉爸爸妈妈。”杰生说。

他还在哭。“你已经告诉过了。”凯蒂说，“你再也没什么可以告诉的了。”

“你们都应该上床去了。”迪尔西说。她走过来，把我从椅子上抱下来，用一块热布擦我的脸和手。“威尔许，你能不能从后楼梯把他们悄悄地带到楼上去。行了，杰生，别那样呜噜呜噜的了。”

“现在去睡还太早。”凯蒂说，“从来没人这么早就让我们睡觉。”

“你们今天晚上就是得这么早就睡。”迪尔西说，“你爸爸说了，让你们一吃完饭就马上上楼。你自己听见的。”

“他说了要大家听我的。”凯蒂说。

“我可不想听你的。”杰生说。

“你一定得听。”凯蒂说，“好，注意了。你们全都得听从我的指挥。”

“叫他们轻着点儿，威尔许。”迪尔西说，“你们都得轻手轻脚的，懂了吗。”

“干吗今天晚上我们得轻手轻脚呀。”凯蒂说。

“你妈妈身体不太好。”迪尔西说，“现在你们都跟着威尔许走吧。”

“我跟你们说了是妈妈在哭嘛。”昆丁说。威尔许抱起我，打开通往后廊的门。我们走出来，威尔许关上门，周围一片黑暗。我能闻到威尔许的气味，能触摸到他。大家安静。我们先不上楼去。杰生先生说过叫大家上楼去。他又说过叫大家听我指挥。我并不想指挥你们。可是他说过大家要听我的话。他说过的吧，昆丁。我能摸到威尔许的头。我能听见大家的出气声。他说过的吧，威尔许。是这样的吧，没错儿。好，那我决定咱们到外面去玩一会儿。来吧。威尔许打开门，我们都走了出去。

我们走下台阶。

“我的意思是，咱们最好到威尔许的小屋[①]去，在那儿人家就听不见咱们的声音了。”凯蒂说。威尔许把我放下来，凯蒂拉着我的手，我们沿着砖砌的小路往前走。

“来呀。”凯蒂说。“那只蛤蟆不在了。到这会儿它准已经跳到花园里去了。没准咱们还能见到另外一只。”罗斯库司提了两桶牛奶走来。他往前走去了。昆丁没有跟过来。他坐在厨房的台阶上。我们来到威尔许的小屋前。我喜欢闻威尔许屋子里的气味。[②] 屋子里生着火，T. P. 正蹲在火前，衬衫后摆露在外面，他把一块块木柴添进火里，让火烧旺。

后来我起床了，T. P. 给我穿好衣服，我们走进厨房去吃饭。迪尔西在唱歌[③]，我哭了，于是她就不唱了。

“这会儿别让他进大屋子。”迪尔西说。

“咱们不能朝那边走。”T. P. 说。

我们就到河沟里去玩。

“咱们可不能绕到那边去。”T. P. 说，“你没听妈咪说不能去吗。”

迪尔西在厨房里唱歌，我哭起来了。

“别哭。”T. P. 说，“来吧。咱们上牲口棚去吧。”

罗斯库司在牲口棚里挤牛奶。他用一只手挤奶，一边在哼哼。有几只鸟雀停在牲口棚大门上，在瞅着他。一只鸟飞了下来，和那些母牛一起吃槽里的东西。我看罗斯库司挤奶，T. P. 就去给“小王后”和“王子”喂草料。小牛犊关在猪圈里。它用鼻子挨擦着铁丝网，一边哞哞地叫着。

“T. P. 。”罗斯库司说。T. P. 在牲口棚里应了句“啥事，爹”。阿欢把脑袋从栅门上探了出来，因为 T. P. 还没喂它草料。“你那边完事啦。”罗斯库司说，“你得来挤奶啊。俺的右手一点不听使唤了。”

T. P. 过来挤奶了。

---

① 指康普生家用人的下房。

② 以上写大姆娣逝世那天的事。接着，班吉从威尔许的小屋联想到 1910 年 6 月昆丁自杀的消息传到家中后，自己住在用人下房里的情景。

③ 实在是因为听到了昆丁自杀的消息，她在哭泣。

“您干吗不找大夫去瞧瞧。”T. P. 说。

“大夫有什么用。”罗斯库司说，“反正在这个地方不管用。”

“这个地方又怎么啦。”T. P. 说。

“这个地方不吉利。”罗斯库司说，你挤完奶就把牛犊关进来。”

这个地方不吉利，罗斯库司说。[①] 火光在他和威尔许的背后一蹿一蹿，在他和威尔许的脸上掠动。迪尔西安顿我上床睡觉。床上的气味跟 T. P. 身上的一样，我喜欢这气味。

“你知道个啥。”迪尔西说，“莫非你犯傻了。”

“这干犯傻什么事。”罗斯库司说，“这兆头不正躺在床上吗。这兆头不是十五年来让人家看得清清楚楚的吗。”

“就算是吧。”迪尔西说，“反正你跟你这一家子也没吃亏，不是吗。威尔许成了个壮劳力，弗洛尼[②]让你拉扯大嫁人了，等风湿病不再折磨你，T. P. 也大了，满可以顶替你的活儿了。”

“这就是俩了。”[③]罗斯库司说，“还得往上饶一个呢，俺都见到兆头了，你不也见到了吗。”

“头天晚上我听见一只夜猫子在叫唤。”T. P. 说，“丹儿[④]连晚饭都不敢去吃。连离开牲口棚一步都不干。天一擦黑就叫起来了。威尔许也听见的。”

“要往上饶的哪止一个啊。”迪尔西说，“你倒指给我看看，哪个人是长生不死的，感谢耶稣。”

“光是人死还算是好的呢。”罗斯库司说。

“我知道你在想些什么。”迪尔西说，“你把那个名字说出来可要倒霉的，除非他哭的时候你跟他一起坐起来[⑤]。”

“这个地方就是不吉利。”罗斯库司说，“俺早先就有点看出来，等到他们给他换了名字，俺就一清二楚了。”

---

① 这是上一晚的情形，在用人屋里。

② 弗洛尼是罗斯库司与迪尔西的女儿，勒斯特的母亲。

③ 指大姆娣病死和昆丁自杀身亡。

④ 狗名。

⑤ 黑人的一种迷信，他们认为这样可以禳灾。

“再别说了。”迪尔西说。她把被子拉上来。被子的气味跟 T. P. 身上的一样。“你们都别说话,先让他睡着了。”

“俺是看到兆头了。”罗斯库司说。

“兆头。T. P. 不得不把你的活儿全都接过去呗。”迪尔西说。[①] T. P.,把他和小昆丁带到后面的小屋去,让他们跟勒斯特一起玩儿,弗洛尼可以看着他们的,你呢,帮你爹干活儿去。

我们吃完了饭。T. P. 抱起小昆丁,我们就上 T. P. 的小屋去。勒斯特正在泥地里玩儿。T. P. 把小昆丁放下,她也在泥地上玩儿。勒斯特有几只空线轴,他和小昆丁打了起来,小昆丁把线轴抢到手。勒斯特哭了,弗洛尼过来给了勒斯特一只空罐头玩儿,接着我把线轴拿了过来,小昆丁打我,我哭了。

“别哭了。”弗洛尼说,“你不觉得害臊吗,去抢一个小娃娃的玩意儿。”她从我手里把线轴拿走,还给了小昆丁。

“好了,别哭了。”弗洛尼说,“别哭,听见没有。”

“别哭呀。”弗洛尼说。“真该抽你一顿,你骨头痒痒了。”她把勒斯特和小昆丁拉起来。“上这儿来。”她说。我们来到牲口棚。T. P. 正在挤奶。罗斯库司坐在一只木箱上。

“他这会儿又怎么啦。”罗斯库司说。

“你们得把他留在这儿。”弗洛尼说,“他又跟小娃娃打架了。抢他们的玩意儿。你跟着 T. P. 吧,看你能不能安静一会儿。”

“现在把奶头好好擦干净。”罗斯库司说,“去年冬天你挤的那头小母牛后来都不出奶了。要是这一头也不出奶,他们就没牛奶喝了。”

迪尔西在唱歌。[②]

“别上那儿去。”T. P. 说,“你不知道妈咪说了你不能上那边去吗。”

他们在唱歌。

“来吧。”T. P. 说,“咱们跟小昆丁、勒斯特一块儿去玩吧。来呀。”

---

① 班吉回忆到这里,想起了迪尔西在 1912 年康普生先生去世的那天讲的类似的话。

② 班吉总是把哀悼死者的哭喊声说成是唱歌。大姆娣死的那次也是如此。

小昆丁和勒斯特在T.P.小屋前的泥地上玩。屋子里有堆火,火头一会儿高一会儿低,罗斯库司坐在火前,像一团黑影。

"这就是仨了,老天爷啊。"罗斯库司说,"两年前俺跟你们说过的。这个地方不吉利。"

"那你干吗不走呢。"迪尔西说。她在给我脱衣服。"你尽唠叨什么不吉利,都让威尔许动了念头跑到孟菲斯①去了。这下你该满意了吧。"

"但愿威尔许就只有这么点晦气,要那样倒好了。"罗斯库司说。

弗洛尼走了进来。

"你们活儿都干完了吗。"迪尔西说。

"T.P.也马上完了。"弗洛尼说,"卡罗琳小姐要你伺候小昆丁上床睡觉。"

"我也只能干完了活尽快地去。"迪尔西说,"这么多年了,她也应该知道我没生翅膀。"

"俺不是说了吗?"罗斯库司说,"一个人家,连自己的一个孩子的名儿都不许提起,②这个地方是肯定不会吉利的。"

"别说了。"迪尔西说,"你想把他吵醒,让他哭闹吗。"

"养育一个孩子,连自己妈妈叫什么也不让知道,这算是哪档子事呢。"罗斯库司说。

"你就甭为她瞎操心了。"迪尔西说,"他们家小孩都是我抱大的,再抱大一个又怎么啦,别瞎叨叨了。他想睡了,快让他入睡吧。"

"你们就指名道姓地说好了。"弗洛尼说,"说谁的名儿他都不懂的。"

"你倒说说看,瞧他懂不懂。"迪尔西说,"你在他睡着的时候说,我敢说他也听得见。"

"他懂得的事可比你们以为的要多得多。"罗斯库司说,"他知道大家的时辰什么时候来到,就跟一只猎犬能指示猎物一样。要是他能开

---

① 田纳西州西南端的一个大城市,离本书故事发生地点密西西比州北部很近。

② 凯蒂生了私生女,又被丈夫抛弃。康普生太太觉得丢脸,不许凯蒂回家,连她的名字也不让大家提起。

口说话，他准能告诉你他自己的时辰什么时候来到，也可以说出你的或是我的时辰。”

“你把勒斯特从那张床上抱出来吧，妈咪。”弗洛尼说，“那孩子会让他中邪的。”

“给我住嘴。”迪尔西说，“你怎么这么糊涂。你干吗去听罗斯库司的胡言乱语。上床吧，班吉。”

迪尔西推推我，我就爬上了床，勒斯特已经在上面了。他睡得很熟。迪尔西拿来一块长长的木板，放在勒斯特和我当中。“你就睡在自己的一边。”迪尔西说，“勒斯特小，你不要压着了他。”

你还不能去，T. P. 说。你等着。[①]

我们在大房子的拐角上望着一辆辆马车驶走。

“快。”T. P. 说。他抱起小昆丁，我们跑到栅栏的拐角上，瞧它们经过。“他走了。”T. P. 说，“瞧见那辆有玻璃窗的了吗。好好瞧瞧。他就躺在那里面。你好好看看他。”

走吧，勒斯特说，[②]*我要把这只球带回家去，放在家里丢不了。不行，少爷，这可不能给你。要是那帮人看见你拿着球，他们会说你是偷来的。别哼哼了，好不好。不能给就是不能给。你拿去又有什么用呢。你又不会玩球。*

弗洛尼和 T. P. 在门口泥地上玩。[③] T. P. 有一只瓶子，里面装着萤火虫。

“你们怎么又全都出来了。”弗洛尼说。

“家里来了客人。”凯蒂说，“爸爸说今天晚上小孩子都听我的。我想你和 T. P. 也必须听我指挥。”

“我不听你的。”杰生说，“弗洛尼和 T. P. 也用不着听你的。”

“我说了要听他们就得听。”凯蒂说，“没准我还不打算叫他们听呢。”

---

① 班吉联想到第二天他父亲的柩车去墓地时的情景。

② 又回到“当前”。

③ 班吉听勒斯特讲到“玩球”，又回想到大姆娣去世那天晚上，凯蒂提议大家到威尔许的小屋去玩的情景。

“T. P. 是谁的话都不听的。”弗洛尼说，“他们的丧礼开始了吗。”

“什么叫丧礼呀。”杰生说。

“妈咪不是叫你别告诉他们的吗。”威尔许说。

“丧礼就是大家哭哭啼啼。”弗洛尼说，“贝拉·克莱大姐①死的时候，他们足足哭了两天呢。”

他们在迪尔西的屋子里哭。② 迪尔西在哭。迪尔西哭的时候，勒斯特说，别响，于是我们都不出声，但后来我哭起来了，蓝毛③也在厨房台阶底下嗥叫起来了。后来迪尔西停住了哭，我们也不哭不叫了。

“噢。”凯蒂说，④“那是黑人的事。白人是不举行丧礼的。”

“妈咪叫我们别告诉他们的，弗洛尼。”威尔许说。

“别告诉他们什么呀。”凯蒂说。

迪尔西哭了，声音传了过来，我也哭起来了，蓝毛也在台阶底下嗥叫起来。⑤ 勒斯特，弗洛尼在窗子里喊道，把他们带到牲口棚去。这么乱哄哄的我可做不成饭啦。还有那只臭狗。把他们全带走。

我不去嘛，勒斯特说。没准会在那儿见到姥爷的。昨儿晚上我就见到他了，还在牲口棚里挥动着胳臂呢。

“我倒要问问为什么白人就不举行丧礼。”弗洛尼说，⑥“白人也是要死的。你奶奶不就跟黑人一样死了吗。”

“狗才是会死的。”凯蒂说，“那回南茜掉在沟里，罗斯库司开枪把它打死了，后来好些老雕飞来，把它的皮都给撕碎了。”

骨头散落在小沟外面，阴森森的沟里有些黑黢黢的爬藤，爬藤伸到月光底下，像一些不动的死人。接着他们全都不动了，周围一片昏黑，等我睡醒重新睁开眼睛时，我听到了母亲的声音，听到急匆匆地走开去的脚步声，我闻到了那种气味。⑦ 接着房间的样子显出来了，但我却闭

---

① 迪尔西的朋友，一个黑人妇女。

② 班吉听弗洛尼谈到“哭”，回想到老黑人罗斯库司去世时的情况。

③ 狗名。当地习俗认为，家中有人死去，狗会觉察出并且吼叫。

④ 又回到大姆娣去世那天晚上。

⑤ 罗斯库司去世那天。

⑥ 大姆娣去世那天。

⑦ 班吉又联想到 1912 年他父亲去世那晚他醒过来闻到了“死”的气味。

上了眼睛。可是我并没有睡着。我闻到了那种气味。T. P. 把我被子上扣的别针解开。

“别出声。”他说,“嘘——”

可是我闻出了那种气味。T. P. 把我拖起来,急急忙忙地帮我穿好衣服。

“别出声,班吉。”他说,“咱们上我家的小屋去。你喜欢上咱们家去,是不,弗洛尼在那儿呢。别出声。嘘——”

他给我系上鞋带,把帽子扣在我头上,我们走出房间。楼梯口亮着一盏灯。从走廊那头传来了母亲的声音。

“嘘——班吉。”T. P. 说,“咱们马上就出去。”

有一扇门打开了,这时候那种气味更浓了,有一个脑袋从门里探出来。那不是父亲。父亲生病了,在里面躺着呢。

“你把他带到外面去好吗。”

“我们正是要到外面去呢。”T. P. 说。迪尔西正在楼梯上走上来。

“别出声。”她说,“别出声。带他到咱们家去,T. P. 。让弗洛尼给他铺好床。你们都好好照顾他。别出声,班吉。跟 T. P. 去吧。”

她上母亲发出声音的那个地方去了。

“最好让他待在那儿。”说话的人不是父亲。他关上了门,可是我仍然能闻到那种气味。

我们走下楼去。楼梯朝下通进黑黢黢的地方,T. P. 拉着我的手,我们走出门口,进入外面的黑暗之中。丹儿坐在后院的地上,在嗥叫。

“它倒也闻出来了。”T. P. 说,“你也是这样知道的吗。”

我们走下台阶,我们的影子落在台阶上。

“我忘了拿你的外衣了。”T. P. 说,“你应该穿外衣的。可是我又不想回去拿。”

丹儿在嗥叫。

“你别哼哼了。”T. P. 说。我们的影子在移动,可是丹儿的影子并不移动,不过它嗥叫时,那影子也跟着嗥叫。

“你这样嚷嚷,我可没法带你回家。”T. P. 说,“你以前就够叫人讨厌的了，何况现在又换上了这副牛蛙一样的嗓子。走吧。”

我们拖着自己的影子，顺着砖砌的小道往前走。猪圈发出了猪的气味。那头母牛站在空地上，对着我们在咀嚼。丹儿又嗥叫了。

“你要把全镇都吵醒了。”T. P. 说，“你就不能不喊吗。”

我们看见阿欢在河沟边吃草。我们走到沟边时月亮照在水面上。

“不行，少爷。”T. P. 说，“这儿还太近。咱们不能在这儿停下来。走吧。好，你瞧你。整条腿都湿了。跨过来，上这边来。”丹儿又在嗥叫。

在沙沙响着的草丛里，那条小沟显现出来了。那些白骨散落在黑藤枝的四周。

“好了。”T. P. 说，“你想吼你就只管吼吧。你前面是黑夜和二十英亩牧场，你吼得再响也不要紧。”

T. P. 在小沟里躺下来，我坐了下来，打量着那些白骨，以前那些老雕就是在这儿啄食南茜的，后来慢腾腾、沉甸甸地拍打着黑黑的翅膀，从沟里飞出来。

我们早先上这儿来的时候，它还在我身上呢，勒斯特说。[①] 我拿出来给你看过的。你不是也看见的吗。我就是站在这儿从兜里掏出来给你看的。

“你以为老雕会把大姆娣的皮撕碎吗。”凯蒂说，[②]“你疯了。”

“你是大坏蛋。”杰生说。他哭起来了。

“你才是个大浑球呢。”凯蒂说。杰生哭着。他两只手插在兜里。

“杰生长大了准是个大财主。”威尔许说，“他什么时候都攥紧了钱不松手。”

杰生哭着。

“瞧你又弄得他哭起来没个完了。”凯蒂说，“别哭了，杰生。老雕又怎么能飞到大姆娣的房间里去呢。爸爸才不会让它们去呢。你会让老雕来给你脱衣服吗。好了，别哭了。”

---

① 回到“当前”。勒斯特还在找他那个硬币。

② 又回到大姆娣去世那晚。

杰生收住了哭声。“弗洛尼说那是丧礼。”他说。

“谁说的，不是的。”凯蒂说，“是在举行舞会。弗洛尼知道个屁。他想要你的萤火虫呢，T. P. 。给他拿一会儿吧。”

T. P. 把那只装着萤火虫的瓶子递给我。

“我说。要是咱们绕到客厅窗子底下去，咱们肯定能瞧见点什么的。”凯蒂说，“到时候你们就会信我的话了。”

“我已经知道了。”弗洛尼说，“我用不着去看了。”

“你快别说了，弗洛尼。”威尔许说，“妈咪真的要抽你的。”

“那你说是什么。”凯蒂说。

“反正我知道。”弗洛尼说。

“来吧。”凯蒂说，“咱们绕到屋子前面去。”

我们动身走了。

“T. P. 要他的萤火虫了。”弗洛尼说。

“让他再拿一会儿怕什么，T. P. 。”凯蒂说，“我们会还给你的。”

“你们自己从来不逮萤火虫。”弗洛尼说。

“要是我让你和 T. P. 也去，你让他拿着不。”凯蒂说。

“没人关照过我和 T. P. 也得听你的指挥。”弗洛尼说。

“要是我说你们可以不听，那你让他拿着不？”凯蒂说。

“那也行。”弗洛尼说，“让他拿着吧，T. P. 。我们去看看他们是怎样哭哭啼啼的。”

“他们不会哭哭啼啼的。”凯蒂说，“我跟你们说了是在举行舞会。他们是在哭哭啼啼吗。威尔许。”

“我们老站在这儿，怎么能知道他们在干什么呢。”威尔许说。

“走吧。”凯蒂说，“弗洛尼和 T. P. 可以不用听我的指挥。其他的人可都得听。你还是把他抱起来吧，威尔许。天擦擦黑了。”

威尔许抱起了我，我们绕过了厨房的拐角。

我们从屋子拐角朝外看，可以看到马车的灯光从车道上照射过来。[①] T. P. 拐回到地窖门口，打开了门。

---

① 又回到 1910 年凯蒂举行婚礼的那天，但是却在 T. P. 与班吉喝醉酒之前。

你知道里面有什么吗，T. P. 说。有苏打水。我见到过杰生先生两手抱满了从下面走出来。你在这儿等一会儿。

T. P. 走过去朝厨房门里张望了一下。迪尔西说，你鬼头鬼脑地偷看什么。班吉在哪儿呢。

他就在外面，T. P. 说。

去看着他吧，迪尔西说。只是别让他进大宅子。

好咧，您哪，T. P. 说。他们开始了吗。

你快去看好那孩子，别让他进来，迪尔西说。我手上的活忙不过来哪。

一条蛇从屋子底下爬了出来。① 杰生说他不怕蛇，凯蒂说他肯定怕，她倒是不怕，威尔许又说，他们俩都怕，凯蒂就说都给我住嘴，她的口气很像父亲。

你现在可不能嚷起来呀，T. P. 说。② 你要来点儿这种沙示水吗。

这东西冲得我的鼻子和眼睛直痒痒。

你要是不想喝，就给我喝好了，T. P. 说。行了，拿到了。趁现在没人管我们，我们不如再拿它一瓶吧。你可别出声啊。

我们在客厅窗子外面那棵树底下停住脚步。③威尔许把我放下，让我站在湿湿的草地上。这个地方很冷。所有的窗户里都亮着灯光。

“大姆娣就在那一间里面。”凯蒂说，“她现在每天每天都生病。等她病好了，我们就可以出去野餐了。”

“反正我知道是怎么一回事。”弗洛尼说。

树在沙沙地响，草也在沙沙地响。

“再过去那间就是咱们出麻疹时候睡的地方。”凯蒂说，“你和 T. P. 是在什么地方出麻疹的呢，弗洛尼。”

“也就在我们天天睡觉的地方吧，我想。”弗洛尼说。

“他们还没有开始呢。”凯蒂说。

他们马上就要开始了，T. P. 说。④你先站在这儿，让我去把那只板

---

①③ 大姆娣去世那晚。

②④ 凯蒂结婚那天。

条箱搬过来，这样我们就能看见窗子里的事了。来，咱们把这瓶沙示水喝了吧。喝了下去，我肚子里就像有只夜猫子在咕咕直叫似的。

我们喝完沙示水，T. P. 把空瓶子朝花铁格子里推，推到屋子底下去，接着就走开了。我听得到他们在客厅里发出的声音，我用双手攀住了墙。T. P. 在把一只木箱朝我这儿拖来。他跌倒了，就大笑起来。他躺在地上，对着草丛哈哈大笑。他爬起来，把木箱拖到窗子底下，他使劲憋住不笑。

“我怕自己会大嚷大叫起来。”T. P. 说，“你站到木箱上去，看看他们开始没有。”

“他们还没有开始，因为乐队还没来呢。”凯蒂说。①

“他们根本不会要乐队的。”弗洛尼说。

“你怎么知道的。”凯蒂说。

“我自然知道啦。”弗洛尼说。

“其实你什么都不知道。”凯蒂说。她走到树前。“推我上去，威尔许。”

“你爹关照过叫你别爬树的。”威尔许说。

“那是好久以前了。”凯蒂说，“我想连他自己都忘掉了。而且，他关照过今天晚上由我指挥的。他不是说过由我指挥的吗。”

“我不听你指挥。”杰生说，“弗洛尼和 T. P. 也不听。”

“把我推上去，威尔许。”凯蒂说。

“好吧。”威尔许说。“以后挨鞭子的可得是你啊。跟我可没关系。”他走过去把凯蒂推到第一个丫杈上去。我们都望着她衬裤上的那摊泥迹。接着我们看不见她了。我们能听见树的抖动声。

“杰生先生说过，你要是折断了这棵树的枝条，他可是要抽你的。”威尔许说。

“我也要告发她。”杰生说。

那棵树不再抖动了。我们抬头朝一动不动的枝条上望去。

“你瞧见什么啦。”弗洛尼悄声说。

---

① 从“开始”回想到另一个“开始”。又是大姆娣去世那晚的情景。

我瞧见他们了。[①] 接着我瞧见凯蒂，头发上插着花儿，披着条长长的白纱，像闪闪发亮的风儿。凯蒂凯蒂

“别出声。”T. P. 说。“他们会听见你的。快点下来。”他把我往下拉。凯蒂。我双手攀住了墙。凯蒂。T. P. 把我往下拉。“别出声。”他说。“别出声。快上这儿来。”他使劲拉着我朝前走。凯蒂。“快别出声，班吉。你想让他们听见你吗。来吧，咱们再去喝一点沙示水，然后再回来瞧，只要你不吵吵。咱们最好再喝它一瓶。不然的话咱们俩都会大叫大嚷的。咱们可以说是丹儿喝的。昆丁先生老说这条狗多么聪明，咱们也可以说它是一条爱喝沙示水的狗的。”

月光爬到了地窖的台阶上。我们又喝了一些沙示水。

“你知道我希望什么吗。”T. P. 说，“我希望有一只熊从这地窖的门口走进来。你知道我要怎么干吗。我要笔直地走过去朝它眼睛里啐上一口唾沫。快把瓶子给我，让我把嘴堵上，不然的话我真的要嚷出来了。”

T. P. 倒了下去。他笑了，地窖的门和月光都跳了开去，不知什么东西打了我一下。

“快别嚷嚷。”T. P. 说，他想忍住不笑。“天哪，他们都要听见我们的声音了。起来。”T. P. 说。“起来呀，班吉，快点儿。”他浑身乱打哆嗦，笑个不停，我挣扎着想爬起来。在月光下，地窖的台阶直升到小山冈上，T. P. 在山坡上倒下来，倒在月光里，我跑出去一头撞在栅栏上，T. P. 在我后面追，一面喊着“别出声，别出声”。接着他哈哈大笑地跌进了花丛，我跑着一头撞在木箱上。可是我正使劲往木箱上爬的时候，木箱跳了开去，打着了我的后脑勺，我嗓子里发出了一声喊叫。接着又发出了一声，我就干脆不爬起来了，它又发出了一声喊叫，于是我哭起来了。T. P. 来拉我，我嗓子里不断地发出声音。它不断地发出声音，我都搞不清自己是不是在哭了，这时 T. P. 倒下来，压在我的身上，他哈哈大笑，我的嗓子不断发出声音，这时昆丁用脚踢 T. P.，凯蒂伸出胳膊来搂住我，她那闪闪发亮的披纱也缠在我的身上，我一点也闻不到树的

---

① 凯蒂结婚那天。

香味，于是我就哭起来了。

班吉，凯蒂说，班吉。[①] 她又伸出胳膊来搂住我，可是我躲了开去。“你怎么啦，班吉。”她说。“是不喜欢这顶帽子吗。”她脱掉帽子，又凑了过来，可是我躲开了。

“班吉。”她说，“怎么回事啊，班吉。凯蒂干了什么啦。”

“他不喜欢你那身臭美的打扮。”杰生说，“你自以为已经长大了，是吗。你自以为比谁都了不起，是吗。臭美。”

“你给我闭嘴。”凯蒂说，“你这坏透了的小浑蛋。班吉。”

“就因为你十四岁了，你就自以为已经是个大人了，是吗。”杰生说，“你自以为很了不起。是吗。”

“别哭了，班吉。”凯蒂说，“你会吵醒妈妈的。别哭了。”

可是我还是又哭又闹，她走开去，我跟着她，她在楼梯上停住了脚步等我，我也停住了脚步。

“你到底要什么呀，班吉。”凯蒂说，“告诉凯蒂吧。她会给你办到的。你说呀。”

“凯丹斯。”母亲说。

“哎，妈。”凯蒂说。

“你干吗惹他。”母亲说，“把他带进来。”

我们走进母亲的房间，她病了，躺在床上，脑门上盖着一块布。

“又是怎么回事啊。”母亲说，“班吉明。”

“班吉。”凯蒂说。她又凑过来，可是我又躲开了。

“你准是欺侮他了。”母亲说，“你就不能不惹他，让我清静一会儿吗。你把盒子给他，完了就请你走开，让他一个人玩会儿。”

凯蒂把盒子拿来，放在地板上，她打开盒子。里面都是星星。我不动的时候，它们也不动。我一动，它们乱打哆嗦，闪闪发光，我不哭了。

这时我听见凯蒂走开去的声音，我又哭了。

“班吉明。”母亲说，“过来呀。”我走到房门口。“叫你呢，班吉明。”母亲说。

---

① 班吉因闻不到树香，联想到凯蒂十四岁那年第一次穿大人的装束，搽香水的情景。

“这又怎么啦。”父亲说,“你要上哪儿去呀。”

“把他带到楼下去,找个人管着他点儿,杰生。”母亲说,“你明知我病了,偏偏这样。”

我们走出房间,父亲随手把门关上。

“T. P. 。”他说。

“老爷。”T. P. 在楼下答应道。

“班吉下楼来了。”父亲说,“你跟 T. P. 去吧。”

我走到洗澡间门口。我听得见流水的哗哗声。

“班吉。”T. P. 在楼下说。

我听得见流水的哗哗声。我用心地听着。

“班吉。”T. P. 在楼下说。

我听着流水声。

我听不见那哗哗声了,接着,凯蒂打开了门。

“你在这儿啊,班吉。”她说。她瞧着我,我迎上去,她用胳膊搂住我。“你又找到凯蒂了,是吗。”她说。“你难道以为凯蒂逃掉了吗。”凯蒂又像树一样香了。

我们走进凯蒂的房间。她在镜子前坐了下来。她停住了手里的动作,盯着我看。

“怎么啦,班吉。是怎么回事啊。”她说。“你千万别哭。凯蒂不走。你瞧这个。”她说。她拿起一只瓶子,拔掉塞子,把瓶子伸过来放在我鼻子底下。“香的。闻呀。好闻吧。”

我躲开了,我的哭声没有停下来,她手里拿着那只瓶子,瞅着我。

“噢。”她说。她把瓶子放下,走过来搂住我。“原来是为了这个呀。你想跟凯蒂说,可你说不出来。你想说,可又说不出,是吗。当然,凯蒂不再用了。你等着,让我穿好衣服。”

凯蒂穿好衣服,重新拿起瓶子,我们就下楼走进厨房。

“迪尔西。”凯蒂说。“班吉有一样礼物要送给你。”她弯下身子,把瓶子放在我的手里。“好,你现在给迪尔西吧。”凯蒂把我的手伸出去,迪尔西接过瓶子。

“噢,真了不起。”迪尔西说,“我的好宝贝儿居然送给迪尔西一瓶香水。你倒是瞧呀，罗斯库司。”

凯蒂身上像树那样香。“我们自己不爱用香水。”凯蒂说。

她像树那样香。

“好了，来吧。”迪尔西说。① “你太大了，不应该再跟别人一块儿睡了。你现在是个大孩子了。都十三岁了。你够大的了，应该到毛莱舅舅房里去一个人睡了。”迪尔西说。

毛莱舅舅病了。他的眼睛病了，他的嘴也病了。② 威尔许用托盘把他的晚饭送到楼上他的房间里去。

“毛莱说他要用枪打死那个流氓。”父亲说。“我告诉他，他若是真的要干，最好事先别在帕特生面前提这件事。”父亲喝了一口酒。

“杰生。”母亲说。

“开枪打谁呀，爸爸。”昆丁说，“毛莱舅舅干吗要开枪打他呀。”

“因为人家跟他开个小小的玩笑他就受不了。”父亲说。

“杰生。”母亲说，“你怎么能这样说。你会眼看毛莱受伏击挨枪，却坐在那儿冷笑。”

“要是毛莱不让自己落到让人伏击的地步，那不更好吗。”父亲说。

“开枪打谁呀，父亲。”昆丁说，“毛莱舅舅要打谁呀。”

“不打谁。”父亲说，“我这儿连一支手枪都没有。”

母亲哭起来了。“要是你嫌毛莱白吃你的饭，你干吗不拿出点男子汉气概来，当面去跟他说呢。何必背着他在孩子们面前讥笑他呢。”

“我当然不嫌弃他。”父亲说，“我喜欢他还来不及呢。他对我的种族优越感来说是个极有价值的例证。别人若是拿一对好马来跟我换毛莱，我还不干呢。你知道为什么吗。昆丁。”

“不知道，父亲。”昆丁说。

---

① 回到1908年班吉单独替毛莱舅舅送情书那天的晚上。

② 当晚前些时候。帕特生当时夺过班吉手中的信，发现毛莱舅舅与自己妻子的私情后，打了毛莱。这里的“病”，是指“发肿”。

“Et ego in Arcadia①,还有干草在拉丁语里该怎么说我可忘了。”父亲说。“没什么,没什么。”他说。“我不过是在开玩笑罢了。”他喝了一口酒,把玻璃杯放下,走过去把手放在母亲的肩上。

“这不是在开玩笑。”母亲说,“我娘家的人出身跟你们家完全是同样高贵的。只不过毛莱的健康状况不大好就是了。”

“当然啦。”父亲说,“健康欠佳诚然是所有人的生活中起决定性作用的因素。在痛苦中诞生,在疾病中长大,在腐朽中死去。威尔许。”

“老爷。”威尔许在我椅子背后说。

“把这细颈玻璃瓶拿去,给我把酒斟满。”

“再去叫迪尔西来,让她带班吉明上床去睡觉。”母亲说。

“你是个大孩子了。”迪尔西说,②“凯蒂已经不爱跟你睡一张床了。好了,别吵了,快点睡吧。”房间看不见了,可是我没有停住哭喊,接着房间又显现出来了,迪尔西走回来坐在床边,看着我。

“你做一个乖孩子,不要吵闹,好不好。”迪尔西说,“你不肯,是不是。那你等我一会儿。”

她走开去了。门洞子里空空的,什么也没有。接着,凯蒂出现了。

“别哭啦。”凯蒂说,“我来了。”

我收住了声音,迪尔西把被单掀开,凯蒂钻到被单和毯子当中去。她没有脱掉睡袍。

“好啦。”她说。“我这不是来了嘛。”迪尔西拿来一条毯子,盖在她身上,又给她掖好。

“他一会儿就会睡着的。”迪尔西说,“你房间里的灯我让它亮着。”

“好的。”凯蒂说。她把头挤到枕头上我的脑袋旁边来。“晚安,迪尔西。”

---

① 拉丁语,意为:“我到了阿卡狄亚。”阿卡狄亚是古希腊一个地方,后被喻为有田园牧歌式淳朴生活的地方。康普生先生说这句话的意思是:如果他有一对好马,到了阿卡狄亚他还得去找干草来喂马;如果他有了毛莱,就不必费这份心思了。

② 当晚后来的事。

“晚安，宝贝儿。”迪尔西说。房间变黑了。凯蒂身上有树的香味。

我们抬起头，朝她待着的树上望去。①

“她瞧见什么啦，威尔许。”弗洛尼悄没声儿地说。

“嘘——”凯蒂在树上说。这时迪尔西说了，

“原来你们在这儿。”她绕过屋角走过来，“你们干吗不听你们爸爸的话，上楼去睡觉，偏偏要瞒着我溜出来。凯蒂和昆丁在哪儿。”

“我跟她说过不要爬那棵树的嘛。”杰生说，“我要去告发她。”

“谁在那棵树上。”迪尔西说。她走过来朝树上张望。“凯蒂。”迪尔西说。树枝又重新摇晃起来。

“是你啊，小魔鬼。”迪尔西说，“快给我下来。”

“嘘。”凯蒂说。“你不知道父亲说了要安静吗。”她的双腿出现了，迪尔西伸出手去把她从树上抱了下来。

“你怎么这样没脑子，让他们到这儿来玩呢。”迪尔西说。

“我可管不了她。”威尔许说。

“你们都在这儿干什么。”迪尔西说，“谁叫你们到屋子前面来的。”

“是她。”弗洛尼说，“她叫我们来的。”

“谁告诉你们她怎么说你们就得怎么听的。”迪尔西说。“快给我回家去。”弗洛尼和 T. P. 走开去了。他们刚走没几步我们就看不见他们了。

“深更半夜还跑到这儿来。”迪尔西说。她把我抱起来，我们朝厨房走去。

“瞒着我溜出来玩。”迪尔西说，“你们明明知道已经过了你们该睡觉的时候。”

“嘘——迪尔西。”凯蒂说，“说话别这么粗声大气。咱们得安静。”

“你先给我闭上嘴安静安静。”迪尔西说，“昆丁在哪儿。”

“昆丁气死了，因为今天晚上他得听我指挥。”凯蒂说，“他还拿着 T. P. 的萤火虫瓶子呢。”

“我看 T. P. 没这只瓶子也不打紧。”迪尔西说，“威尔许，你去找找

---

① 又回到大姆娣去世那晚。

昆丁。罗斯库司说看见他朝牲口棚那边走去了。”威尔许走开了。我们看不见他了。

“他们在里面也没干什么。”凯蒂说，“光是坐在椅子里你瞧着我，我瞧着你。”

“他们做这样的事是不用你们这些小家伙帮忙的。”迪尔西说。我们绕到厨房后面。

你现在又要去哪儿呢，勒斯特说。[①] 你又想回那边去瞧他们打球吗。我们已经在那边找过了。对了。你等一会儿。你就在这儿等着，我回去拿那只球。我有主意了。

厨房里很黑。[②] 衬着天空的那些树也很黑。丹儿摇摇摆摆地从台阶下面走出来，啃了啃我的脚脖子。我绕到厨房后面，那儿有月亮。丹儿拖着步子跟过来，来到月光下。

“班吉。”T. P. 在屋子里说。

客厅窗子下面那棵开花的树并不黑，但那些浓密的树是黑的。我的影子在草上滑过，月光底下的草发出了沙沙声。

“喂，班吉。”T. P. 在屋子里说，“你藏在哪儿。你溜出去了。我知道的。”

勒斯特回来了。[③] 等一等，他说。上这边来。别到那边去。昆丁小姐和她的男朋友在那儿的秋千架上呢。你从这边走。回来呀，班吉。

树底下很黑。[④] 丹儿不愿过来。它留在月光底下。这时我看见了那架秋千，我哭起来了。

快打那边回来，班吉，勒斯特说。[⑤]你知道昆丁小姐要发火的。这时秋千架上有两个人，接着只有一个了。[⑥]凯蒂急急地走过来，在黑暗中是白蒙蒙的一片。

---

① 回到“当前”。

② 班吉回想到1906年的一个晚上，独自走出屋去的情景。

③⑤ “当前”。

④⑥ 1906年的那个晚上。

“班吉。”她说,“你怎么溜出来的,威尔许在哪儿。”

她用胳膊搂住我,我不吱声了,我拽住她的衣服,想把她拉走。

“怎么啦,班吉。”她说。“这是怎么回事。T. P. 。”她喊道。

坐在秋千架上的那人站起来走了过来,我哭着,使劲拽凯蒂的衣服。

“班吉。”凯蒂说,“那不过是查利呀。你不认得查利吗。”

“看管他的那个黑小子呢。”查利说,“他们干吗让他到处乱跑。”

“别哭,班吉。”凯蒂说,“你走开,查利。他不喜欢你。”查利走开去了,我收住了哭声。我拉着凯蒂的衣裙。

“怎么啦,班吉。”凯蒂说,“你就不让我待在这儿跟查利说几句话吗。”

“把那黑小子叫来。”查利说。他又走过来了。我哭得更响了,使劲拉住凯蒂的衣裙。

“你走开,查利。”凯蒂说。查利过来把两只手放在凯蒂身上,于是我哭得更厉害了。我的哭声更响了。

“别,别。”凯蒂说,“别。别这样。”

“他又不会说话。”查利说,“凯蒂。”

“你疯了吗。”凯蒂说。她呼吸急促起来了。“他看得见的。别这样。别这样嘛。”凯蒂挣扎着。他们两人呼吸都急促起来了。“求求你。求求你。”凯蒂悄声说。

“把他支开去。”查利说。

“我会的。”凯蒂说,“你放开我。”

“你把不把他支开。”查利说。

“我会的。”凯蒂说。“你放开我。”查利走开去了。“别哭。”凯蒂说。“他走了。”我停住了哭声。我听得见她的呼吸,感到她的胸脯在一起一伏。

“我得先把他送回家去。”她说。她拉住我的手。“我就回来。”她悄声说。

“等一等。”查利说,“叫黑小子来。”

“不。”凯蒂说,“我就回来。走吧,班吉。”

“凯蒂。”查利悄声说,气儿出得很粗。我们继续往前走。“你还是回来吧。你回来不回来。”凯蒂和我在小跑了。“凯蒂。”查利说。我们跑到月光里,朝厨房跑去。

“凯蒂。”查利说。

凯蒂和我跑着。我们跑上厨房台阶,来到后廊上,凯蒂在黑暗中跪了下来,搂住了我。我能听见她的出气声,能感到她胸脯的起伏。“我不会了。”她说。“我永远也不会再那样了。班吉。班吉。”接着她哭起来了,我也哭了,我们两人抱在一起。“别哭了。”她说。“别哭了。我不会再那样了。”于是我收住哭声,凯蒂站起身来,我们走进厨房,开亮了灯,凯蒂拿了厨房里的肥皂到水池边使劲搓洗她的嘴。凯蒂像树一样的香。

我没一遍遍地关照你别上那边去吗,勒斯特说。① 他们急匆匆地在秋千座上坐起来。昆丁伸出双手去理头发。那个男的系着一条红领带。

你这疯傻子,昆丁说。我要告诉迪尔西,你让他到处跟踪我。我要叫她狠狠地抽你一大顿。

“我也管不住他呀。”勒斯特说,“回这儿来,班吉。”

“不,你是管得住的。”昆丁说。“你只是不想管就是了。你们俩都鬼头鬼脑地来刺探我的行动。是不是外婆派你们上这儿来监视我的。”她从秋千架上跳下来。“如果你不马上把他带走,再也不让他回来,我可要叫杰生用鞭子抽你了。”

“我真的管不住他。”勒斯特说,“你以为管得住你倒试试看。”

“你给我闭嘴。”昆丁说,“你到底把不把他带走。”

“唉,让他待在这儿吧。”那个男的说。他打着一条红领带。太阳晒在那上面红艳艳的。“你瞧这个,杰克②。”他划亮了一根火柴,放进自己嘴里。接着又把火柴取出来。火柴仍然亮着。“你想试一试吗。”他说。我走了过去。“你张大嘴。”他说。我把嘴张大。昆丁一扬手,

---

① 又回到“当前”。这里的昆丁是小昆丁。

② 对不知道名字的人一种带轻蔑性的称呼。

把火柴打飞了。

“你真浑。”昆丁说，“你想惹他哭吗。你不知道他会吼上一整天的吗。我要去跟迪尔西说你不好好管班吉。”她跑开去了。

“回来，小妞。”他说，“嗨。快回来呀。我不捉弄他就是了。”

昆丁朝大宅子跑去。她已经绕过厨房了。

“你在捣乱，杰克。”他说，“是不是这样啊。”

“他听不懂你的话。”勒斯特说，“他又聋又哑。”

“是吗？”他说，“他这样子有多久啦。”

“到今天正好是三十三年。”勒斯特说，“生下来就是傻子。你是戏班子里的人吗。”

“怎么啦。”他说。

“我好像以前没有见过你。”勒斯特说。

“嗯，那又怎么样。”他说。

“没什么。”勒斯特说，“我今儿晚上要去看演出。”

他瞧了瞧我。

“你不是拉锯奏出曲子来的那个人吧，是不是。”勒斯特说。

“花两毛五买一张门票，你就知道了。”他说。他瞧了瞧我。“他们干吗不把他关起来。”他说，“你把他领到外面来干什么。”

“你这话不要跟我说。”勒斯特说，“我是一点儿也管不着他的。我不过是来找丢掉的一只镚子儿的，找到了今天晚上才能去看演出。看样子我是去不成的了。”勒斯特在地上找着。“你身上没有多余的镚子儿吧，是吗。”勒斯特说。

“没有。”他说，“我可没有。”

“那我看我只好想法找到那只镚子儿了。”勒斯特说。他把手伸进自己的兜里。“你也不想买只高尔夫球吧，是吗。”勒斯特说。

“什么样的球。”他说。

“高尔夫球。”勒斯特说，“我多了不要，只要两角五分。”

“有啥用呢。”他说，“我要它有什么用。”

“我琢磨你也不会要的。”勒斯特说。“咱们走吧，蠢驴。”他说，“上这边来瞧他们打球吧。拿去。给你这个，你可以拿来跟吉姆生草一起玩。”勒斯特把那东西捡了起来，递给了我。那东西亮光光的。

“你在哪儿找到的。”他说。他那根在太阳光底下红艳艳的领带一点点地挨近我们。

“就在这丛矮树底下找到的。”勒斯特说，“我一时之间还以为是我丢失的那只镚子儿呢。”

他走过来把那东西拿过去。

“别叫。”勒斯特说，“他看完就会还给你的。”

“艾格尼斯、梅比尔、贝基。①”他说，眼睛朝大房子那边看去。

“别嚷嚷。”勒斯特说，“他肯定会还给你的。”

他把那东西给我，我就不叫了。

“昨儿晚上什么人来看过她。”他说。

“我可不知道。”勒斯特说，“每天晚上都有人来，她可以从那棵树上爬下来的。我可不爱打听别人的秘密。”

“他们当中的一个倒是泄露了自己的秘密了。”他说，他朝大房子看去。接着他走开去，在秋千座上躺了下来。“走吧。”他说，“别来跟我捣乱了。”

“快走吧。”勒斯特说，“你闯祸了。昆丁小姐肯定已经在迪尔西面前告过你的状了。”

我们来到栅栏边，透过盘绕的花枝朝外面张望。勒斯特在草丛里找东西。

“我在这儿的时候钱还在身上呢。”他说。我看见那面小旗在扑闪，太阳斜斜地落在宽阔的草地上。

“一会儿她们就会来的。”勒斯特说，“来过几个了，可是又走了。你过来帮我找呀。”

我们沿着栅栏往前走。

“别闹了。”勒斯特说，“她们不来，我又有什么法子让她们来呢。

---

① 这是20世纪初美国通用的一种避孕工具的牌子，全名为“三个风流寡妇艾格尼斯、梅比尔、贝基”。勒斯特在地上见到装避孕工具的铁皮盒子，捡起来给班吉玩。那个打红领带的人见到后心中明白小昆丁另外还有情人。

等一会儿。过一分钟就会来的。瞧那边。可不是来了吗。”

我顺着栅栏一直走到大铁门那儿,背书包的姑娘们总打这儿经过。“喂,班吉。”勒斯特说,“你回这边来呀。”

你从大门里往外瞧有什么用啊,T. P. 说。① 凯蒂小姐早就不知上哪儿去了。嫁了人了,离开你了。你拽着门哭哭喊喊是一点儿用处也没有的。她可听不见你。

他想要什么呀,T. P. ,母亲说。你就不能陪他玩让他安静些吗。

他想到门口去看大门外面,T. P. 说。

哦,那可不行,母亲说。在下雨呢。你只有好好陪他玩,让他不要吵。你乖点儿,班吉明。

根本没法儿让他安静,T. P. 说。他以为只要他到大门口去,凯蒂小姐就会回来的。

胡说八道,母亲说。

我听见她们在说话。我走出屋门,就听不见了,我一直走到大铁门,姑娘们背着书包打这儿走过去。她们看了看我,把头扭开去,走得更快了。我想说话,可是她们只管往前走,我就沿着栅栏跟着她们,想说话,可是她们走得更快了。接着她们跑起来了,我走到栅栏拐弯处,没法往前走了。我拽住栅栏,眼看她们走远,我想说话。

“你呀,班吉。”T. P. 说,“你溜了出来想干什么。你不知道迪尔西会抽你一顿的吗。”

“你这样做有什么用,隔着栅栏朝她们哼哼唧唧,嘟嘟哝哝。”T. P. 说,“你把这些小女孩都吓坏了。你瞧瞧,她们都打马路对面走了。”

他怎么出去的,父亲说。② 你进院子时没插上门吧,杰生。

怎么会呢,杰生说。我怎么会这么马虎呢。您以为我愿意出这样

---

① 班吉从大铁门又联想到了1910年5月(凯蒂结婚后不久)在大铁门口的情景。

② 后来,1910年6月2日以后的某一天,班吉溜出大门去追逐女学生。下面写这件事发生后康普生先生与杰生的对话。杰克逊是密西西比州的首府,该处没有州立精神病院。柏吉斯太太是该女学生的母亲。

的事吗。咱们家的名声已经够糟糕的了,老天爷呀。这话我早就该跟您说了。我看这一来您总该把他送到杰克逊去了吧。要不柏吉斯太太真要开枪打死他了。

别说了,父亲说。

这话我早就该跟您说了,杰生说。

我手碰上大铁门,它是开着的,我就在暮色里拽住了门。① 我没有喊,我使劲不让自己哭,看着小姑娘们在暮色里走过来。我没有喊。

"他在那儿呢。"

她们停住了脚步。

"他走不出来。反正他是不会伤害人的。走过去吧。"

"我不敢走过去。我不敢。我想到马路对面去。"

"他出不来的。"

我没有喊。

"别像一只胆小的猫儿似的。走过去呀。"

她们在暮色里朝前走。我没有喊,我拽紧了门。她们走得很慢。

"我害怕。"

"他不会伤害你的。我每天都打这儿走。他光是顺着栅栏跟着走。"

她们走过来了。我拉开铁门,她们停了步,把身子转过来。我想说话,我一把抓住了她,想说话,可是她尖声大叫起来,我一个劲儿地想说话想说话,②这时明亮的形影开始看不清了,我想爬出来。我想把它从面前拂走,可是那些明亮的形影又看不清了。她们朝山上走去,朝山坡往下落的地方走去,我想喊她们。可是我吸进了气,却吐不出气,发不出声音,我一心想不让自己掉到山下去,却偏偏从山上摔下来,落进明亮的、打着旋的形影中去。

喂,傻子,勒斯特说。③ 来了几个人了。快别嘟嘟哝哝、哼哼唧唧

---

① 他回想到当初追逐女学生的情景,时序上先于上一段文字所叙述的内容。

② 接着班吉被女学生的父亲柏吉斯先生用栅栏桩子打昏。后来又被送进医院进行去势手术。下面一段便是写班吉在手术台上的印象。

③ 回到"当前"。

的了，听见没有。

他们来到小旗旁边。有一个把小旗拔出来，他们打了球，接着他又把小旗插回去。

“先生。”勒斯特说。

他回过头来。“什么事。”他说。

“您要买高尔夫球不。”勒斯特说。

“给我看看。”他说。他走到栅栏前，勒斯特的手穿过栅栏把球递了过去。

“你从哪儿得来的。”他说。

“捡到的。”勒斯特说。

“我可知道是怎么来的。”他说，“从哪儿来的。从别人的高尔夫球袋里。”

“我是在这儿院子里找到的。”勒斯特说，“给我两毛五分就让给你。”

“你凭什么说这球是你的。”他说。

“是我捡到的嘛。”勒斯特说。

“那你再去捡一个吧。”他说。他把球放进自己的口袋里，就走开了。

“我今天晚上一定要去看演出呀。”勒斯特说。

“是吗。”他说。他走到台地上。“让开，开弟①。”他说。他打了一下球。

“你这人真是。”勒斯特说。“你没看见他们的时候瞎吵吵，等到看见了，你又瞎吵吵。你就不能住嘴吗。你不明白别人老听到你瞎吵吵会讨厌的吗。拿去。你的吉姆生草丢了。”他把草捡起来，还给了我。“得再给你摘一枝了。这一枝已经快给你弄蔫儿了。”我们站在栅栏前看着他们。

“那个白人可不好对付啊。”勒斯特说。“你看见他把我的球抢去了吧。”他们朝前走。我们也顺着栅栏朝前走。我们来到花园里，再也

---

① 打球人这样一说，又使班吉想起他姐姐凯蒂。

走不过去了。我拽住了栅栏,从花枝间看过去。他们不见了。

“现在你没什么可哼哼唧唧的了吧。”勒斯特说,“快别吱声了。该唉声叹气的是我,而不是你。拿去。你干吗不拿好你的草呢。一会儿又要因为没了它大哭大闹了。”他把一枝花给我,“你又往哪儿跑。”

我们的影子落在草地上。影子比我们先碰到树。我的影子第一个到。然后我们两个人都到了,然后影子又离开了树。瓶子里有一枝花。我把另外一枝也插进去。

“你早就是个大人了。”勒斯特说,“还玩这种往瓶子插两枝草的游戏。你知道卡罗琳小姐一死他们会把你怎么样吗。他们要把你送到杰克逊去,那儿本来就是你该待的地方。杰生先生这样说的。到了那边,你就能跟一大帮傻子白痴待在一起,整天拽着铁栅栏不放,爱怎么哼哼就怎么哼哼了。怎么样,你喜欢过这种日子吗。”

勒斯特一挥手把花儿打飞了。“在杰克逊,只要你一叫唤,他们就这样对付你。”

我想把花儿捡起来。勒斯特先捡走了,花儿不知到哪儿去了。我哭了起来。

“哭呀。”勒斯特说,“你倒是哭呀。你得有个因头哭。好吧,给你个因头。凯蒂。”他悄声说,“凯蒂。你哭呀。凯蒂。”

“勒斯特。”迪尔西在厨房里喊道。

花儿又回来了。

“快别哭。”勒斯特说,“哪,这不是吗。瞧。这不是跟方才一样,好好地在瓶子里吗。行了,别哭了。”

“嗨,勒斯特。”迪尔西说。

“嗳,您哪。”勒斯特说,“我们来了。你太捣乱了。起来。”他扯了扯我的胳膊,我爬了起来。我们走出树丛。我们的影子不见了。

“别哭了。”勒斯特说,“瞧,大家都在看你了。别哭了。”

“你把他带过来。”迪尔西说。她走下台阶。

“你又把他怎么的啦。”她说。

“一点也没招惹他呀。”勒斯特说,“他无缘无故就哭喊起来了。”

“你就是招惹他了。”迪尔西说，“你准是欺侮他了。你们刚才在哪儿。”

“就在那边的那些雪松下面。”勒斯特说。

“你把小昆丁都惹火了。”迪尔西说，“你就不能把他带开去，离她远点儿吗。你不知道她不喜欢班吉在她左右吗。”

“我为他花了多少时间。”勒斯特说，“他又不是我的舅舅。”

“你敢跟我顶嘴，臭小子。”迪尔西说。

“我根本没惹他。”勒斯特说，“他在那儿玩得好好的，忽然之间就又哭又喊的了。”

“你碰他的‘坟地’[①]了没有。”迪尔西说。

“我没碰他的‘坟地’呀。”勒斯特说。

“别跟我撒谎，小子。”迪尔西说。我们走上台阶，走进厨房。迪尔西打开炉门，拉过一把椅子放在炉火前，让我坐下来。我不哭了。

你干吗要惹她[②]生气呢，迪尔西说。你就不能把他带开去吗。

他不过是在那儿瞧火，凯蒂说。母亲正在告诉他，他的新名儿是什么。我们根本没想惹她生气呀。

我知道你是没有这样的意思，迪尔西说。他在屋子里的这一头，她在另外一头。好，我的东西你们一点也不要动。我走开的时候你们可什么都别动啊。

“你不害臊吗。”迪尔西说，[③]“这样捉弄他。”她把那只蛋糕放在桌子上。

“我没捉弄他。”勒斯特说，“他前一分钟还在玩那只装满了狗尾巴草的瓶子，马上就突然又是哭又是叫的了。这您也是听见的。”

“你没有动他的花儿吗。”迪尔西说。

“我没碰他的‘坟地’啊。”勒斯特说，“我要他的破烂干什么。我只不过是在找我的镚子儿。”

---

① 指班吉的玩具：放在后院树丛下的地里的一只瓶子，内插两枝草。

② 回想到1900年11月康普生太太把小儿子的名字从毛莱改为班吉明那一天的事。这儿的“她”指康普生太太。

③ “当前”。

“你丢了,是吗。”迪尔西说。她点亮了蛋糕上插着的蜡烛。有些是小蜡烛。有些是大蜡烛,给切成了一小段一小段的。“我早就跟你说过要把它藏好。这会儿我看你又得让我跟弗洛尼去要了吧。”

“反正我要去看演出,不管有没有班吉。”勒斯特说,“我不能白天黑夜没完没了地跟在他屁股后面。”

“他要干什么,你就得顺着他,你这黑小子。”迪尔西说,“你听见我的话没有。”

“我不是一直在这么干吗。”勒斯特说,“他要什么,我不老是顺着他的吗。是不是这样,班吉。”

“那你就照样干下去。”迪尔西说,“他大吵大闹,你还把他带到屋里来,惹得小昆丁也生了气。现在你们趁杰生还没回来,快把蛋糕吃了吧。我不想让他为了一只蛋糕对着我又是跳又是叫,这蛋糕还是我自个儿掏腰包买的呢。我要是在这厨房里烘一只蛋糕,他还要一只一只地点着数鸡蛋呢。你现在可得留点神,别再惹他了,不然你今儿晚上休想去看演出。”

迪尔西走了。

“你不会吹蜡烛。”勒斯特说,“瞧我来把它们吹灭。”他身子往前靠,胀鼓了脸颊。蜡烛都灭了。我哭了。“别哭。”勒斯特说,“来。你瞧这炉火,我来切蛋糕。”

我能听见时钟的嘀嗒声,我能听见站在我背后的凯蒂的出气声,我能听见屋顶上的声音。① 凯蒂说,还在下雨。我讨厌下雨。我讨厌这一切。接着她把头垂在我的膝盖上,哭了起来,她搂住我,我也哭了起来。接着我又看着炉火,那些明亮、滑溜的形体都不见了。我能听见时钟、屋顶和凯蒂的声音。

我吃了几口蛋糕。② 勒斯特的手伸过来又拿走了一块。我能听见他吃东西的声音。我看着炉火。

一根长长的铁丝掠过我的肩头。它一直伸到炉门口,接着炉火就

---

① 班吉改名那天。

② “当前”。

看不见了。我哭了起来。

“你又叫个什么劲儿。”勒斯特说。“你瞧呀。”那炉火又出现了。我也就不哭了。“你就不能像姥姥关照的那样，老老实实坐着，看着炉火，安静一些吗。”勒斯特说，“你真该为自己感到害臊。哪。再拿点蛋糕去。”

“你又把他怎么啦。”迪尔西说，“你就不能让他安生一会儿吗。”

“我正是在让他别哭，不让他吵醒卡罗琳小姐呢。”勒斯特说，“不知怎么的他又觉得不自在了。”

“我可知道谁让他不自在。”迪尔西说，“等威尔许回家，我要让他拿棍子来抽你。你这是在讨打。你一整天都不老实。你是不是带他到小河沟去了。”

“没有啊。”勒斯特说，“我们就照您吩咐的那样，整天都在这儿院子里玩。”

他的手伸过来，还想拿一块蛋糕。迪尔西打他的手。“还拿，瞧我用这菜刀把你的爪子剁掉。”迪尔西说，“他肯定连一块也没吃着。”

“他吃了。”勒斯特说，“他已经比我多吃一倍了。您问他是不是吃了。”

“你再伸手试试看。”迪尔西说，“你倒试试看。”

一点不错，迪尔西说。① 我看下一个就该轮到我哭了。我看毛莱也准愿意让我为他哭一会儿的。

现在他的名字是班吉了，凯蒂说。

这算是哪档子事呢，迪尔西说。他生下来时候起的名儿还没有用坏，是不是啊。

班吉明是《圣经》里的名字②，凯蒂说。对他来说，这个名字要比毛莱好。

这算是哪档子事呢，迪尔西说。

母亲是这样说的，凯蒂说。

---

① 改名那一天。

② 据《圣经·创世纪》，班吉明（旧译“便雅悯”）是雅各的小儿子。西俗常将最受宠的小儿子称为“班吉明”。

哼,迪尔西说。换个名儿可帮不了他的忙。但也不会让他更倒霉。有些人运气一不好,就赶紧换个名儿。我的名字在我记事前就是迪尔西,等人家不记得有我这个人了,我还是叫迪尔西。

既然人家都不记得你了,迪尔西,又怎么会知道你叫迪尔西呢,凯蒂说。

那本大书上会写着的,宝贝儿,迪尔西说。写得清清楚楚的。①

你认识字吗,凯蒂说。

我用不着认识字,迪尔西说。人家会念给我听的。我只要说一句,我在这儿哪。这就行了。

那根长铁丝掠过我的肩膀,炉火不见了。② 我又哭了。

迪尔西和勒斯特打起来了。

"这回可让我看见了。"迪尔西说,"哦嗬,我可看见你了。"她把勒斯特从屋角里拖出来,使劲摇晃他,"没干什么事招惹他,是不是啊。你就等着你爹回来吧。但愿我跟过去一样年轻,那我就能把你治得光剩下半条命了。我一定要把你锁进地窖,不让你今天晚上去看演出。我一定要这样干。"

"噢,姥姥。"勒斯特说,"噢,姥姥。"

我把手伸到刚才还有火的地方去。

"拉住他。"迪尔西说,"把他拉回来。"

我的手猛地蹦了回来,我把手放进嘴里,迪尔西一把抱住了我。我透过自己的尖叫声还能听到时钟的嘀嗒声。迪尔西把手伸过去,在勒斯特脑袋上打了一下。我的声音叫得一下比一下响。

"去拿碱来。"迪尔西说。她把我的手从我嘴巴里拉出来。这时我的喊声更加响了,我想把手放回嘴里去,可是迪尔西握紧了不放。我喊得更响了。她撒了一些碱末在我的手上。

"到食品间去,从挂在钉子上的抹布上撕一条下来。"她说,"别喊了,得了。你不想再让你妈犯病吧,是吗。好,你瞧炉火吧。迪尔西一

---

① 《圣经·启示录》第20章第12节提到"生命册":"……死了的人都凭着这些案卷所记载的,照他们所行的受审判。"迪尔西肯定是听牧师讲过这些事。

② "当前"。

分钟里就让你的手不疼。你瞧炉火呀。"她打开了炉门。我瞧着炉火，可是我的手还疼，因此我没有停住喊叫。我还想把手塞进嘴里，可是迪尔西握得紧紧的不放。

她把布条缠在我的手上。母亲说，

"这又是怎么的啦。连我生病也不让我安生。家里有两个成年黑人看着他，还要我爬起床下楼来管他吗。"

"他这会儿没事了。"迪尔西说，"他马上就会不喊的。他不过是稍稍烫了一下手。"

"家里有两个这么老大的黑人，还非得让他到屋子里来大吵大闹。"母亲说，"你们明知道我病了，就存心招惹他。"她走过来站在我身边。"别哭了。"她说，"马上给我住嘴。这个蛋糕是你给他吃的吗。"

"是我买的。"迪尔西说，"这可不是从杰生的伙食账里开支的。是我给他过生日吃的。"

"你是要用这种店里买来的蹩脚货毒死他吗。"母亲说，"这就是你存心要干的事。我连一分钟的太平日子都没法过。"

"您回楼上躺着去吧。"迪尔西说，"我一分钟就能让他止住痛，他就不会哭了。行了，您走吧。"

"把他留在这儿，好让你们再变着法儿折磨他。"母亲说，"有他在这儿又吼又叫，我在楼上又怎么能躺得住呢。班吉明。马上给我停住。"

"他没地方去。"迪尔西说，"咱们可不跟以前那样有那么多房间。他又不能老待在院子里让所有的街坊都看他哭。"

"我知道，我知道。"母亲说，"这都是我不好。我反正快要不在人世了，我一走你们和杰生日子都会好过了。"她哭起来了。

"您也快别哭了。"迪尔西说，"这样下去又该病倒了。您回楼上去吧。勒斯特这就带他到书房里去，好让我把他的晚饭做出来。"

迪尔西陪着母亲走出去了。

"住嘴。"勒斯特说，"你给我住嘴。你想要我把你另外一只手也烫一下吗。你根本不痛。别哭了。"

“给你这个。”迪尔西说，“好了，快别哭了。”她递给我那只拖鞋[①]，我就停住了哭声。“带他到书房去吧，”她说，“要是再听见他哭，我就自己来抽烂你的皮。”

我们走进书房。勒斯特开亮了灯。几扇窗户变黑了，墙上高处显出一摊黑影，我走过去摸摸它。它像一扇门，只不过它不是门。

在我背后，炉火升了起来，我走到炉火前，在地板上坐了下来，手里拿着那只拖鞋。火头升得更高了。它照亮了母亲座椅上的垫子。

“别嚷嚷了。”勒斯特说，“你就不能消停一会儿吗。我在这儿给你生起了火，你连看也不看一眼。”

你的名字是班吉。[②] *凯蒂说。你听见了吗。班吉。班吉。*

别这样叫他[③]*，母亲说。你把他领到这边来。*

凯蒂把手插在我胳肢窝底下，抱我起来。

起来，毛——我是说，班吉，她说。

你不用抱他嘛，母亲说。你不会把他领过来吗。你连这么简单的事都不明白吗。

我抱得动他的，凯蒂说。“让我抱他上楼吧，迪尔西。”[④]

“你走吧，小不点儿。”迪尔西说，“你自己还只有一点点大，连只跳蚤都拖不动呢。你走吧，安安静静的，就跟杰生先生[⑤]吩咐的那样。”

楼梯顶上有一点灯光。父亲站在那儿，只穿着衬衫。他那副模样就像是在说“别出声”。

凯蒂悄声说，“妈妈病了吗。”

威尔许把我放下，我们走进母亲的房间。[⑥] *屋子里生着火。火在四面墙上一会儿高一会儿低。镜子里也有一堆火。我能闻到生病的气味。那是母亲头上搁着的一块叠起来的布上发出来的。她的头发散开*

---

① 这是凯蒂穿过的一只旧拖鞋，它能给班吉带来安慰。

② 回到改名那天。

③ 康普生太太不赞成用班吉明的小名“班吉”来叫他。

④ 回到大姆娣去世那晚。

⑤ 指康普生先生。

⑥ 改名那天。

在枕头上。火光达不到那儿，可是照亮了她的手，那几只戒指一跳一跳地在闪闪发亮。

“来，去跟妈妈说声晚安。”凯蒂说。我们来到床前。火从镜子里走出去了。父亲从床上站起来，抱我起来，母亲伸手按在我头上。

“现在是什么时候了。”母亲说。她的眼睛闭着。

“七点差十分。”父亲说。

“现在让他去睡还太早了点。”母亲说，“天不亮他就会醒来的，再像今天这样过一天，我真要受不了啦。”

“又来了，又来了。”父亲说。他拍拍母亲的脸颊。

“我知道我对你只不过是一个负担。”母亲说，“不过我也快要走了。到时候我再也不会拖累你了。”

“别说了。”父亲说，“我带他到楼下去玩一会儿。”他把我抱起来，“来吧，老伙计。咱们下楼去玩一会儿。昆丁正在做功课，咱们得轻一点儿。”

凯蒂走上前去，把头伛倒在床上，母亲的手进到火光里来了。

她那几只戒指在凯蒂的背上跳跃。

母亲病了，父亲说。[①] 迪尔西会带你们上床去睡的。昆丁在哪儿啦。

威尔许找他去了，迪尔西说。

父亲站在那儿，瞧着我们走过去。[②] 我们能听到母亲在她卧房里发出的声音。凯蒂说：“嘘。”杰生还在上楼。他两只手插在裤兜里。

“你们今天晚上都得乖些。”父亲说，“要安静些，不要惊吵妈妈。”

“我们一定不吵。”凯蒂说。“杰生，现在你可得安静些了。”她说。我们踮起了脚。

我们能听到屋顶上的声音。我也能看见镜子里的火光。凯蒂又把我抱了起来。

“好，来吧。”她说，“一会儿你就可以回到炉火边来的。好，别

---

① 大姆娣去世那晚。

② 改名那天。

哭了。”

“凯丹斯。”母亲说。

“别哭,班吉。”凯蒂说,“母亲要你过去一会儿。你要乖点儿。马上就可以回来的。班吉。”

凯蒂把我放了下来,我不哭了。

“就让他待在这儿吧,妈妈。等他不要看火了,您再告诉他好了。”

“凯丹斯。”母亲说。凯蒂弯下身子把我抱了起来。我们趺趺撞撞的。“凯丹斯。”母亲说。

“别哭。”凯蒂说,“你还是可以看到火的。别哭呀。”

“把他带到这边来。”母亲说,“他太大,你抱不动了。你不能再抱他了。这样会影响你的脊背的。咱们这种人家的女子一向是为自己挺直的体态感到骄傲的。你想让自己的模样变得跟洗衣婆子一样吗。”

“他还不算太重。”凯蒂说,“我抱得动的。”

“反正我不要别人抱他。”母亲说,“都五岁了。不,不。别放在我膝上。让他站直了。”

“只要您抱住他,他就会不哭的。”凯蒂说,“别哭了。”她说,“你一会儿就可以回去的。哪。这是你的垫子。瞧呀。”

“别这样,凯丹斯。”母亲说。

“只要让他看见垫子,他就会不哭的。”凯蒂说,“您欠起点儿身子,让我把垫子抽出来。哪,班吉。瞧呀。”

我瞧着垫子,就住了声。

“你也太迁就他了。”母亲说,“你跟你父亲都是这样的。你们不明白到头来吃苦头的还是我。大姆娣把小杰生惯成那样,足足花了两年才把他的坏习惯改过来,我身体不好,再要叫我教好班吉明精力是不够的了。”

“您不用为他操心。”凯蒂说,“我喜欢照顾他。是不是啊,班吉。”

“凯丹斯。”母亲说,“我早就告诉过你不要这样叫他。你父亲一定要用那个愚蠢的小名叫你,这已经是够糟糕的了,我可不允许人家用小名叫他。叫小名顶顶俗气了。只有下等人才用小名。班吉明。”她说。

“你看着我呀。”母亲说。

“班吉明。”她说。她用双手托住我的脸，把我的脸转过来对着她的脸。

“班吉明。”她说，“把那只垫子拿走，凯丹斯。”

“他会哭的。”凯蒂说。

“把那只垫子拿走，照我吩咐的做。”母亲说，“他必须学会要听大人的话。”

那只垫子拿走了。

“不要哭，班吉。”凯蒂说。

“你上那边去给我坐下来。”母亲说，“班吉明。”她把我的脸托住，对准她的脸。

“别这样。”她说，“别这样。”

可是我没有住声，母亲就搂住我哭了起来，我也哭着。接着垫子回来了，凯蒂把它举在母亲的头上。她把母亲拉回到椅子里去，母亲仰靠在红黄两色的椅垫上哭着。

“别哭啦，妈妈。”凯蒂说，“您回楼上去躺着，养您的病去。我去叫迪尔西来。”她把我带到炉火前，我瞧着那些明亮、滑溜的形体。我能听见火的声音和屋顶上的声音。

父亲把我抱了起来。① 他身上有一股雨的气味。

“嗨，班吉。”他说，“你今天乖不乖啊。”

凯蒂跟小杰生在镜子里打了起来。

“你怎么啦，凯蒂。”父亲说。

他们还在打。杰生哭起来了。

“凯蒂。”父亲说。杰生在呜呜地哭。他不打了，可是我们可以看见凯蒂还在镜子里打，于是父亲把我放下，走到镜子里去，也打起来了。他把凯蒂举了起来。凯蒂还在乱打。杰生赖在地上哭。他手里拿着剪刀。父亲拉住了凯蒂。

“他把班吉所有的纸娃娃都给铰了。”凯蒂说，“我也要铰破他的肚子。”

---

① 当天后来。

“凯丹斯。”父亲说。

“我要铰。”凯蒂说。“我要铰嘛。”她在挣扎。父亲抱住了她。她用脚踢杰生。杰生滚到角落里去，离开了镜子。父亲把凯蒂抱到炉火边。他们全都离开了镜子。只有炉火还在那里面。就像是火在一扇门里似的。

“别打了。”父亲说，“你又要让母亲躺在她房间里生病吗。”

凯蒂不挣扎了。“他把毛——班吉和我做的娃娃全给铰坏了。”凯蒂说，“他是存心捣乱才这样干的。”

“我不是的。”杰生说。他坐了起来，一边还在哭。“我根本不知道那是他的。我还以为是些废纸呢。”

“你不会不知道。”凯蒂说，“你完全是存心的。”

“别哭了。”父亲说。“杰生。”他说。

“我明天再给你做多多的。”凯蒂说，“咱们再做许多许多的。哪，你还可以看看这只垫子嘛。”

杰生进来了。①

我不是一直叫你不要哭吗，勒斯特说。

这又是怎么的啦，杰生说。

“他这是在存心捣乱。”勒斯特说，“今天一整天他都这样。”

“你不惹他不就完了吗。”杰生说，“要是你哄不住他，那你就把他带到厨房里去。我们这些人可不能像母亲那样，把自己关在一间屋子里。”

“姥姥说要等她做完了晚饭才能让班吉进去。”勒斯特说。

“那你就陪他玩，别让他瞎吵吵。”杰生说，“莫非我忙了整整一天，晚上还要回到一所疯人院里来不成。”他打开报纸，看了起来。

你可以看火，看镜子，也可以看垫子的，凯蒂说。② 你用不着等到吃晚饭的时候才看垫子的。我们能听到屋顶上的声音。我们也能透过墙壁听见杰生哭喊的声音。

---

① 回到“当前”。班吉的二哥杰生下班回家，走进书房。

② 改名那天。

迪尔西说:“你回来啦,杰生。你没惹他吧,惹了吗。”①

“没惹,姥姥。”勒斯特说。

“昆丁小姐在哪儿。”迪尔西说,“晚饭快要好了。”

“我不知道。”勒斯特说,“我没看见她。”

迪尔西走开了。“昆丁。”她在门厅里嚷嚷,“昆丁。晚饭得了。”

*我们能听到屋顶上的声音。昆丁身上也有雨的气味。*②

杰生干了什么啦,他说。

他铰坏了班吉所有的娃娃,凯蒂说。

母亲说了别再叫他班吉,昆丁说。他在我们身边的地毯上坐了下来。我真希望天不要下雨,他说。什么事情都没法干。

你跟别人打过架了,凯蒂说。打了没有。

就只打了几下,昆丁说。

一眼就看出来了,凯蒂说。父亲会看出来的。

我不怕,昆丁说。我真希望天别下了。

昆丁③说:“迪尔西不是说晚饭得了吗。”

“是的,您哪。”勒斯特说。杰生瞧了昆丁一眼。接着他又读他的报。昆丁进来了。“她是说快得了。”勒斯特说。昆丁重重地往母亲的椅子上坐下去。勒斯特说:

“杰生先生。”

“什么事。”杰生说。

“给我两毛五分钱吧。”勒斯特说。

“为什么。”杰生说。

“让我今天晚上去看演出。”勒斯特说。

“不是迪尔西要替你向弗洛尼讨两毛五吗。”杰生说。

“她给了。”勒斯特说,“我丢了。我和班吉找那只镚子儿找了一整天呢。你可以问他。”

---

① “当前”。

② 改名那天。这个昆丁是班吉的大哥。

③ 指小昆丁。这里又回到“当前”。

“那你向他借一个好了。”杰生说，“我的钱都是干活挣来的。”他又读报纸。昆丁在看着炉火。火光在她的眼睛里和她的嘴上跳动。她的嘴是血红血红的。

“我是一直留心，不想让他到那边去的。”勒斯特说。

“你少跟我啰嗦。”昆丁说。杰生盯着她看。

“我没跟你说过，要是我看见你再跟那个戏子混在一起，我要怎么办吗。”他说。昆丁瞧着炉火。“你难道没听见吗。”杰生说。

“我当然听见了。”昆丁说，“那你怎么不办呢。”

“这可不用你操心。”杰生说。

“我才不操心呢。”昆丁说。杰生又读起报来。

我能听见屋顶上的声音。父亲伛身向前，盯着昆丁看。①

喂，他说。谁赢啦。

“谁也没赢。”昆丁说，“他们把我们拉开了。老师们。”

“对手是谁呢。”父亲说，“你能讲给我听吗。”

“没什么好说的。”昆丁说，“他跟我一般大。”

“那就好。”父亲说，“你能告诉我是为了什么吗。”

“不为什么。”昆丁说，“他说他要放一只蛤蟆在她的书桌里，而她肯定不敢用鞭子抽他。”

“哦。”父亲说，“她。后来呢。”

“是的，爸爸。”昆丁说，“后来不知怎么的我就打了他一下。”

我们可以听见屋顶上的声音、炉火的声音和门外抽抽噎噎的声音。

“十一月的天气，他上哪儿去找蛤蟆啊。”父亲说。

“那我就不清楚了，爸爸。”昆丁说。

我们能听见那些声音。

“杰生。”父亲说。我们能听到杰生的声音。

“杰生。”父亲说。“快进来，别那样了。”

我们可以听见屋顶上的声音、炉火的声音和杰生的声音。

---

① 回到改名那天，这里的昆丁又是“大”昆丁了。

“别那样，行了。”父亲说。“你想让我再抽你一顿吗。”父亲把杰生抱起来，放进自己身边的椅子里。杰生在抽抽噎噎。我们能听见炉火和屋顶上的声音。杰生的抽噎声更响了。

“再跟你说一遍。”父亲说。我们能听见炉火和屋顶上的声音。

迪尔西说，行了。你们都可以来吃晚饭了。①

威尔许身上有雨的气味。② 他也有狗的气味。我们能听见炉火和屋顶上的声音。

我们能听见凯蒂急急地走路的声音。③ 父亲和母亲看着门口。凯蒂急急地走着，掠过门口。她没有朝门里望一眼。她走得很快。

“凯丹斯。”母亲说。凯蒂停住了脚步。

“嗳，妈妈。”她说。

“别说了，卡罗琳。”父亲说。

“你进来。”母亲说。

“别说了，卡罗琳。”父亲说。“让她去吧。”

凯蒂来到门口，站在那儿，看着父亲和母亲。她的眼睛扫到我身上，又移了开去。我哭起来了。哭声越来越大，我站了起来。凯蒂走进房间，背靠着墙站着，眼睛看着我。我边哭边向她走去，她往墙上退缩，我看见她的眼睛，于是我哭得更厉害了，我还拽住了她的衣裙。她伸出双手，可是我拽住了她的衣裙。她的泪水流了下来。

威尔许说，现在你的名字是班吉明了。④ 你可知道干吗要把你改名叫班吉明吗。他们是要让你变成一个蓝牙龈的黑小子。妈咪说你爷爷早先老给黑小子改名儿，后来他当了牧师，人们对他一看，他的牙龈也变成蓝颜色的了。他以前牙龈可不是蓝颜色的。要是大肚子的娘们在月圆的夜晚面对面见到他，她们生出来的小孩也是蓝牙龈的。有一天晚上，有十来个蓝牙龈的小孩在他家门口跑来跑去，他一出去就再也没有回来。捕负鼠的人后来在树林里找到了他，已经给吃得光剩一副

---

① “当前”。

② 改名那天。

③ 回想到 1909 年夏末，凯蒂与男友幽会，第一次委身给人后回到家中的情形。

④ 改名那天。

骨头架子了。你可知道是谁把他吃掉的吗。就是那帮蓝牙龈的孩子。①

我们来到门厅里。凯蒂还盯看着我。② 她一只手按在嘴上,我看见她的眼睛,我哭了。我们走上楼去。她又停住脚步,靠在墙上,盯看着我,我哭了,她继续上楼,我跟着上去,边走边哭,她退缩在墙边,盯看着我。她打开她卧室的门,可是我拽住她的衣裙,于是我们走到洗澡间,她靠着门站着,盯着看我。接着她举起一只胳膊,掩住了脸,我一边哭一边推她。③

你把他怎么啦,杰生说。④ 你就不能不去惹他吗。

我连碰都没有碰他呀,勒斯特说。他一整天都这样别扭。他真是欠揍。

应该把他送到杰克逊去,昆丁说。在这样一幢房子里过日子,谁受得了。

你要是不喜欢这儿,小姐,你满可以走嘛,杰生说。

我是要走的,昆丁说。这可不用你操心。

威尔许说:"你往后去点,让我把腿烤烤干。"⑤他把我往一边推了推。"得了,你别又开始吼了。你还是看得见的嘛。你不就是要看火吗。你不用像我这样,下雨天还得在外面跑。你是身在福中不知福。"他在炉火前四仰八叉地躺了下来。

"你现在知道干吗你名儿改成班吉明了吧。"威尔许说,"你妈太骄傲了,觉得你丢了她的脸。这是我妈咪说的。"

"你老老实实给我待在那儿,让我把腿烤干了。"威尔许说,"要不你知道我会怎么样。我要扒掉你屁股上的皮。"

我们能听见火的声音、屋顶上的声音和威尔许出气的声音。

---

① 在南方黑人民间传说中,蓝牙龈的人有魔法,能蛊惑人,咬了人能使人中毒死去。黑人往往拿他们来吓唬孩子。

② 1909 年夏末。

③ 班吉感觉到心爱的姐姐起了变化,要把她推进洗澡间,像早先洗掉香水味那样,洗掉她的不贞。

④ "当前"。

⑤ 改名那天。

威尔许急忙坐起来,把腿收了回来。父亲说:“行了,威尔许。”

“今天晚上我来喂他。”凯蒂说,“威尔许喂他有时候他爱哭。”

“把这只托盘送到楼上去。”迪尔西说,“快回来喂班吉吃饭。”

“你不要凯蒂喂你吗。”凯蒂说。

他还非得把那只脏兮兮的旧拖鞋拿到餐桌上来吗,昆丁说。① 你为什么不在厨房里喂他呢。这就好像跟一口猪一块儿吃饭似的。

要是你不喜欢这种吃饭的方式,你可以不上餐桌来嘛,杰生说。

热气从罗斯库司身上冒出来。② 他坐在炉子前面。烘炉的门打开着,罗斯库司把两只脚伸了进去。热气在碗上冒着。凯蒂轻巧地把勺子送进我的嘴里。碗里面有一个黑斑。

行了,行了,迪尔西说。他不会再给你添麻烦了。③

碗里的东西落到了黑斑下面。④ 接着碗里空了。碗不见了。“他今天晚上肚子很饿。”凯蒂说。那只碗又回来了。我看不见那个黑斑。接着我又看见了。“他今天晚上饿坏了。”凯蒂说,“瞧他吃了多少。”

哼,他会的,昆丁说。⑤ 你们都派他来监视我。我恨这个家。我一定要逃走。

罗斯库司说:“看样子要下整整一夜的雨了。”⑥

你早就一直野在外面了,也就差三顿饭没在外面吃了,杰生说。⑦

你瞧我跑不跑,昆丁说。

“那我就不知道该怎么办才好了。”迪尔西说,⑧“我大腿关节疼得不行,动弹都动弹不了。一个晚上上楼下楼没个完。”

哦,那是我意料之中的,杰生说。⑨ 我早就料到你是什么事情都干

① “当前”。

② 改名那天。

③ “当前”。“他”指班吉。

④ 改名那天。

⑤ “当前”。

⑥ 改名那天。

⑦ “当前”。

⑧ 改名那天。

⑨ “当前”。

得出来的。

昆丁把她的餐巾往桌子上一摔。

你就少说两句吧，杰生，迪尔西说。她走过去用胳膊搂住昆丁。快坐下，宝贝儿，迪尔西说。他应该感到害臊才是，把所有跟你没关系的坏事都算在你的账上。

“她又在生闷气了，是吗。”罗斯库司说。①

“你就少说两句吧。”迪尔西说。

昆丁把迪尔西推开。② 她眼睛盯着杰生。她的嘴血红血红的。她拿起她那只盛着水的玻璃杯，胳膊往回一收，眼睛盯住了杰生。迪尔西一把抓住她的胳膊。她们打了起来。玻璃杯掉在桌子上，摔碎了，水流得一桌子都是。昆丁跑了开去。

“母亲又生病了。”凯蒂说。③

“可不是吗。”迪尔西说，“这种鬼天气谁都会生病的。孩子，你到底什么时候才能把这几口饭吃完呀。”

你这天杀的，昆丁说。④ 你这天杀的。我们可以听到她跑上楼去的声音。我们都到书房去。

凯蒂把垫子递给我，这样我就可以又看垫子又看镜子又看火了。⑤

“昆丁在做功课，咱们可得轻声点。”父亲说，“你在干什么呢，杰生。”

“没干什么。”杰生说。

“那你还是上这儿来玩吧。”父亲说。杰生从墙旮旯里走出来。

“你嘴巴里在嚼什么。”父亲说。

“没嚼什么。”杰生说。

“他又在嚼纸片了。”凯蒂说。

“上这儿来，杰生。”父亲说。

---

① 改名那天。“她”指康普生太太。

② “当前”。

③ 改名那天。

④ “当前”。

⑤ 改名那天。

杰生把那团东西扔进火里。它发出了嘶嘶声，松了开来，变成了黑色。接着变成了灰色。接着就不见了。凯蒂和父亲和杰生都坐在母亲的椅子里。杰生使劲闭紧了眼睛，嘴巴一抿一抿的，像是在尝什么滋味。凯蒂的头枕在父亲的肩膀上。她的头发像一团火，她眼睛里闪着小小的火星，我走过去，父亲把我也抱上了椅子，凯蒂搂住了我。她身上有树的香味。

她身上有树的香味。墙旮旯里已经是黑黑的了，可是我能看得见窗户。① 我蹲在墙旮旯里，手里拿着那只拖鞋。我看不见它，可是我的手能看见它，我也能听见天色一点点黑下来的声音，我的手能看见拖鞋，可是我看不见自己，可是我的手能看见拖鞋，我蹲在墙旮旯里，听着天色一点点黑下来的声音。

原来你在这儿，勒斯特说。瞧我这儿有什么。他拿出来给我看。知道我从哪儿弄来的吗。是昆丁小姐给我的。我知道总不会看不成戏的。你一个人躲在这儿干什么。我还以为你溜到外面去了呢。你今天哼哼唧唧、嘟嘟哝哝还嫌不够吗，还要蹲在这空屋子里呜噜呜噜个没完。快上床去睡吧，免得戏开场了我还不能赶到。我今天晚上可是要少陪了。那些大喇叭一吹响，我就要颠儿了。

我们没有回我们自己的房间。②

"这是我们出麻疹时候睡的地方。"凯蒂说，"干吗我们今儿晚上得睡在这儿呀。"

"你们管它在哪个房间睡。"迪尔西说。她关上门，坐下来帮我脱衣服。杰生哭了。"别哭。"迪尔西说。

"我要跟大姆娣一块儿睡。"杰生说。

"她在生病。"凯蒂说，"等她好了，你再跟她一块儿睡。是不是这样，迪尔西。"

"好了，别哭了。"迪尔西说，杰生住了声。

"咱们的睡衣在这儿，别的东西也都在这儿。"凯蒂说，"这真像是

---

① "当前"。在书房里。

② 大姆娣去世那晚。

搬家。”

“你们快快穿上睡衣吧。”迪尔西说，“你帮杰生把扣子解掉。”

凯蒂解杰生的扣子。他又哭起来了。

“你欠揍是不是。”迪尔西说。杰生不吱声了。

昆丁，母亲在楼道里说。①

什么事，昆丁隔着墙说。我们听见母亲锁上了门。她朝我们房间里看了看，走进来在床上弯下身子，在我的额上吻了一下。

等你让他睡下了，就去问问迪尔西她反不反对我用热水袋，母亲说。告诉她要是她反对呢，那我就不用算了。告诉她我只想问问她的意思怎么样。

好咧，您哪，勒斯特说。过来，把裤子脱了。

昆丁和威尔许进来了。② 昆丁把脸扭了开去。“你哭什么呀。”凯蒂说。

“别哭了。”迪尔西说，“你们大家都脱衣服睡吧。你也可以回去了，威尔许。”

我脱掉衣服，我瞧了瞧自己，我哭起来了。③ 别哭了，勒斯特说。你找它们有什么用呢。它们早不在了。你再这样，我们以后再不给你做生日了。他帮我穿上睡袍。我不吱声了，这时勒斯特停下了手，把头朝窗口扭过去。接着他走到窗边，朝外面张望。他走回来，拉住我的胳膊。她出来了，他说。你可别出声。我们走到窗前，朝外面望去。那黑影从昆丁那间房的窗子里爬出来，爬到了树上。我们看见那棵树在摇晃。摇晃的地方一点点往下落，接着那黑影离开了树，我们看见它穿过草地。这以后我们就看不见它了。好了，勒斯特说。哎唷。你听喇叭声。你快上床，我可要撒丫儿了。

房间里有两张床。④ 昆丁爬上了另一张床。他把脸扭了过去，对着墙。迪尔西把杰生抱到他那张床上去。凯蒂脱掉了衣裙。

---

① “当前”。康普生太太怕小昆丁出去鬼混，每天晚上都要锁上她的房门。

② 大姆娣去世那晚。

③ “当前”。班吉看到了自己被阉的下身。

④ 大姆娣去世那晚。

“瞧瞧你的裤衩。”迪尔西说，“你真走运，因为你妈没看见。”

“我已经告发过她了。”杰生说。

“你还会不告发吗。”迪尔西说。

“你告了又捞到什么好处啦。”凯蒂说，“搬弄是非。”

“我捞到什么好处啦。”杰生说。

“你怎么还不穿睡衣。”迪尔西说。她走过去给凯蒂脱掉了背心和裤衩。“瞧你。”迪尔西说。她把裤衩卷起来，用它来擦凯蒂的屁股。“全都湿透了。”她说。“不过今儿晚上没法洗澡了。穿上。”她帮凯蒂穿上睡衣睡裤，凯蒂爬上床来，迪尔西走到门口，手按在开关上。“你们现在都别出声了，听见没有。”她说。

“听见了。”凯蒂说，“母亲今天晚上不来看我们了。”她说，“所以大家还得听从我的指挥。”

“行。”迪尔西说，“好了，快快睡吧。”

“母亲病了。”凯蒂说，“她和大姆娣都在生病。”

“别出声了。”迪尔西说，“你们快睡吧。”

房间变黑了，只有门口是亮的。接着门口也变黑了。凯蒂说：“别响，毛莱。”她伸出手来摸摸我。于是我就不吱声了。我们能听见大家的出气声。我们能听见黑夜的声音。

黑暗退开去了，父亲在看着我们。他看了看昆丁和杰生，然后走过来吻了吻凯蒂，把手按在我的头上。

“母亲病得厉害吗。”凯蒂说。

“不厉害。”父亲说，“你好好当心毛莱，行吧。”

“好的。”凯蒂说。

父亲走到门口，又看看我们。接着黑暗又回来了，他站在门口，变成了一个黑影，接着门口也变黑了。凯蒂搂住了我，我能听见大伙儿的出气声，能听见黑夜的声音，还有那种我闻得出气味来的东西的声音。这时候，我能看见窗户了，树枝在那儿沙沙地响着。接着黑暗又跟每天晚上一样，像一团团滑溜、明亮的东西那样退了开去，这时候凯蒂说我已经睡着了。

1910年6月2日

窗框的影子显现在窗帘上，时间是七点到八点之间，我又回到时间里来了，听见表在嘀嗒嘀嗒地响。这表是爷爷留下来的，父亲给我的时候，他说，昆丁，这只表是一切希望与欲望的陵墓，我现在把它交给你；你靠了它，很容易掌握证明所有人类经验都是谬误的 reducto absurdum①，这些人类的所有经验对你祖父或曾祖父不见得有用，对你个人也未必有用。我把表给你，不是要让你记住时间，而是让你可以偶尔忘掉时间，不把心力全部用在征服时间上面。因为时间反正是征服不了的，他说。甚至根本没有人跟时间较量过。这个战场不过向人显示了他自己的愚蠢与失望，而胜利，也仅仅是哲人与傻子的一种幻想而已。

表是支靠在放硬领的纸盒上的，我躺在床上倾听它的嘀嗒声。实际上应该说是表的声音传进我的耳朵里来。我想不见得有谁有意去听钟表的嘀嗒声的。没有这样做的必要。你可以很久很久都不察觉嘀嗒声，随着在下一秒钟里你又听到了那声音，使你感到虽然你方才没有听见，时间却在不间断地、永恒地、越来越有气无力地行进。就像父亲所说的那样：在长长的、孤独的光线里，你可以看见耶稣在彳亍地前进，很像。还有那位好圣徒弗兰西斯②，他称死亡为他的“小妹妹”，其实他并没有妹妹。

透过墙壁，我听到施里夫③那张床的弹簧的咯吱咯吱声，接着听到他趿着拖鞋走路的沙沙声。我起床，走到梳妆台前，伸手在台面上摸

---

① 拉丁语，正确的拼法应为 reductio ad absurdum，意为：归谬法。这是逻辑学中的一种驳斥形式，用以证明矛盾的或荒谬的结论是按照前提推出的逻辑上的必然结果。

② 指弗兰西斯·德·阿昔斯（Francisdi Assisi，1182？—1226），意大利僧侣，据说他临死时说：“欢迎你，我的小妹妹死亡。”

③ 昆丁在哈佛大学的同学，与昆丁合住一套宿舍，是加拿大人。

索，摸到了表，把它翻过来面朝下，然后回到床上。可是窗框的影子依然映在窗帘上，我差不多能根据影子移动的情形，说出现在是几点几分，因此我只得转过身让背对着影子，可是我感到自己像最早的动物似的，脑袋后面是长着眼睛的，当影子在我头顶上蠕动使我痒痒的时候，我总有这样的感觉。自己养成的这样一些懒惰的习惯，以后总会使你感到后悔。这是父亲说的。他还说过：基督不是在十字架上被钉死的，他是被那些小齿轮轻轻的喀嚓喀嚓声折磨死的。耶稣也没有妹妹。

一等我知道我看不见影子了，我又开始琢磨现在是什么时候了。父亲说过，经常猜测一片人为的刻度盘上几根机械指针的位置，这是心智有毛病的征象。父亲说，这就像出汗一样，也是一种排泄。我当时说也许是吧。心里却是怀疑的。心里一直是怀疑的。

如果今天是阴天，我倒可以瞧着窗子，回想回想对于懒惰的习性，父亲又是怎么说的。我想，如果天气一直好下去，对他们在新伦敦①的人来说倒是不错的。天气有什么理由要变呢？这是女人做新娘的好月份，那声音响彻在②她径直从镜子里跑了出来，从被围堵在一个角落里的香气中跑了出来。玫瑰。玫瑰。杰生·李奇蒙·康普生先生暨夫人为小女举行婚礼。③ 玫瑰。不是像山茱萸和马利筋那种贞洁的花木。我说，我犯了乱伦罪了④，父亲，我说。玫瑰。狡猾而又安详。如果你在哈佛念了一年，却没有见到过划船比赛，那就应该要求退还学费。让杰生去念大学。让杰生上哈佛去念一年书吧。

施里夫站在门口，在穿硬领，他的眼镜上泛出了玫瑰色的光泽，好像是在洗脸时把他那红红的脸色染到眼镜上去了。“你今天早上打算旷课吗？”

“这么晚了吗？”

---

① 美国康涅狄格州滨海一小城，哈佛大学与别的大学的学生的划船比赛在该处举行。

② 昆丁在这里联想起妹妹凯蒂结婚那天（1910 年 4 月 25 日）的情景。“那声音响彻在”是英国诗人约翰·开波尔（John Keble，1792—1866）的诗歌《神圣的婚礼》中的半行，全句为：“那声音响彻在伊甸园的上空，人世间最早的一次婚礼。”

③ 昆丁想起了他父亲寄来的宣布即将为凯蒂举行婚礼的请柬。

④ 昆丁想起在妹妹与推销员达尔顿·艾密司有了苟且关系后，他自己去向父亲“承认”犯了乱伦罪（其实没有）的情形。

他瞧瞧自己的表:“还有两分钟就要打铃了。”

“我不知道已经这么晚了。”他还在瞧他的表,他的嘴在嗫动。“我得快些了。再旷一次课我可不行了。上星期系主任对我说——”他把表放回到口袋里。我也就不再开口了。

“你最好还是赶快穿上裤子,跑着去。”他说完,便走出去了。

我从床上爬起来,在房间里走动着,透过墙壁听他的声音。他走进起坐室,朝门口走去。

“你还没有穿好?”

“还没有。你先走吧。我会赶来的。”

他走出去了。门关上了。走廊里传来他那越来越微弱的脚步声。这时我又能听到表的嘀嗒声了。我不再走来走去,而是来到窗前,拉开窗帘,看人们急匆匆地朝小教堂①奔去,总是那些人,挣扎着把手穿进逐渐张大的外套袖管,总是那些同样的书和飘飞的翻领向前涌去,仿佛是洪水泛滥中漂浮的破瓦碎砖,这里面还有斯波特②。他把施里夫叫做我的丈夫。啊,别理他,施里夫说,要是他光会追逐那些骚娘们,那跟我们又有什么相干。在南方,人们认为自己是童男子是桩丢脸的事。小青年也好。大男人也好。他们都瞎吹。因为女人认为童贞不童贞关系倒不大,这是父亲说的。③ 他说,童贞这个观念是男人而不是女人设想出来的。父亲说,这就跟死亡一样,仅仅是一种别人都有份的事儿,我就说了,光是相信它也是没什么意思的,他就说,世界上一切事情之所以可悲也正在于此,还不仅是童贞的问题,于是我就说,失去贞操的为什么不能是我,而只能是她呢,于是他说,事情之所以可悲也正在于此;所有的事情,连改变它们一下都是不值得的,而施里夫说,④他不就是光会追逐那些小骚娘们吗,我就说,你自己有妹妹没有?你有没有?

---

① 哈佛大学原来是为培养牧师而设立的学府,直至二十世纪初,宗教气氛仍然十分浓厚,学生每天上课前均需去小教堂作一简短的礼拜仪式。

② 昆丁的同学。昆丁看见了他,想起了有一次与他吵架的事。

③ 昆丁想起他向父亲“承认”自己有罪那次,父亲跟他说的话。

④ 又回想到与斯波特吵架那一幕,现在是施里夫在劝昆丁不要为斯波特的自我夸耀生气。

你有没有?

斯波特在人群中间,就像是满街飞舞的枯叶中的一只乌龟。他的领子竖起在耳朵旁。他和往常一样迈着不慌不忙的步子。他是南卡罗来纳州人,是个四年级生。他爱在俱乐部里吹牛,说他第一从不跑着去小教堂,第二上教堂没有一次是准时的,第三四年来他没少去一次教堂,第四是不论上教堂还是上第一节课,他身上都是不穿衬衫,脚上不穿袜子的。到十点钟光景,他一定会上汤普生咖啡馆去要两杯咖啡,坐下来,从口袋里掏出袜子,脱掉皮鞋,一面等咖啡凉一面穿袜子。到中午,你就可以看到他和大伙儿一样,是穿着衬衫和硬领的了。别人都小跑着经过他的身边,他却一点也不加快步子。过了片刻,四方院子里一个人影也没有了。

一只麻雀斜掠过阳光,停在窗台上,歪着脑袋看我。它的眼睛圆圆的,很亮。它起先用一只眼睛瞧我,接着头一扭,又用另一只眼睛来看。它的脖子一抽一抽,比人的脉搏跳动得还快。大钟开始打点了。麻雀不再转动脑袋换眼睛来看,而是一直用同一只眼睛盯着我,直到钟声不再鸣响,仿佛它也在听似的。接着它倏地离开窗台,飞走了。

过了一会儿,那最后一声的颤音才停息下来。袅袅余音在空中回荡了很久,与其说是你听到的还不如说是感觉出来的。就像在落日斜斜的光线中耶稣和圣弗兰西斯谈论他的妹妹时曾经响过而现在还在响的所有钟声一样。因为如果仅仅是下地狱;如果事情仅仅如此。事情就到此为止。如果事情到这里就自行结束。地狱里,除了她和我,再也没有别人。如果我们真的干出件非常可怕的事就能让人们逃之夭夭,光剩下我们俩在地狱里。我犯了乱伦罪我说父亲啊是我干的不是达尔顿·艾密司　当他把枪放在达尔顿·艾密司。达尔顿·艾密司。达尔顿·艾密司。当他把枪放在我手里时我并没有。我之所以没有是因为。他会下地狱的她也会去我也会去的。达尔顿·艾密司。达尔顿·艾密司。达尔顿·艾密司。如果我们能干出件非常可怕的事于是父亲说那也是很可悲的,人们是做不出这样可怕的事来的他们根本做不出什么极端可怕的事来的今天认为是可怕的事到明天他们甚至都记不起来了于是我说,你可以逃避一切于是他说,啊你能吗。于是我就会低下头去看到我那副淙淙作响的骨骼,深深的河水像风儿一样吹拂着,像是一层用风构成的屋顶,很久以后人们甚至都无法在荒凉、圣洁的沙地上把骨头分辨出来了。一直到**那一天他说起来吧**①但是只有铁熨斗才会浮起来。问题还不在你明白了没有什么能够帮助你——宗教啦、自尊心啦,别的等——问题是你明白你并不需要任何帮助。达尔顿·艾密司。达尔顿·艾密司。达尔顿·艾密司。但愿我曾是他的母亲摊手摊脚地躺着一面笑着一面抬起身子,用我的手半挡住他的父亲,观察着,看着他还未变成生命便已死去。她一下子就站在了门口②

我来到梳妆台前拿起那只表面朝下的表。我把玻璃蒙子往台角上一磕,用手把碎玻璃渣接住,把它们放在烟灰缸里,把表针拧下来也扔进了烟灰缸③。表还在嘀嗒嘀嗒地走。我把表翻过来,空白表面后面那些小齿轮还在咔嗒咔嗒地转,不知道发生了什么变化。耶稣在加利利海海面上行走④,华盛顿从来不说谎⑤。父亲从圣路易博览会⑥给杰生买回来过一只表链上挂的小玩意儿:那是一副小观剧镜,你眯起一只眼睛往里瞧,可以看见一座摩天楼,一架细如蛛丝的游戏转轮,还有针尖大的尼亚加拉瀑布。表面上有一摊红迹。我一看到它,我的大拇指才开始觉得刺痛。我放下表,走进施里夫的房间,在伤口上抹了点碘酒。我用毛巾把表壳内缘的玻璃碎屑清了出来。

我取出两套换洗的内衣裤,又拿了袜子、衬衫、硬领和领带,放进皮箱。除了一套新西服、一套旧西服、两双皮鞋、两顶帽子还有我那些书

---

① 据《圣经·约翰福音》第 11 章第 43 节,耶稣曾使死人复活。《启示录》第 20 章第 13 节里亦说"于是海交出其中的死人"。昆丁在这里先想到妹妹凯蒂与达尔顿·艾密司发生不正当的关系,又想到他去与艾密司打架,艾密司把枪交给他让他开枪,他不敢开。接着又想起自己去向父亲"承认"犯了乱伦罪。最后又想到自杀,并想到自杀后自己的骨头沉在河底的情形。

② 昆丁脑子里浮现出凯蒂失身那天站在厨房门口的形象。

③ 昆丁对时间特别敏感,但不想感觉到时间的存在,所以把表砸了。

④ 见《圣经·马太福音》第 14 章第 25 节。

⑤ 美国民间流传关于乔治·华盛顿小时候的故事,说他从不说谎,宁愿受父亲责罚也要向父亲承认是自己砍了家里的樱桃树。

⑥ 举行于 1904 年,为了纪念 1803 年美国从法国人手里购买路易斯安那地区(从密西西比河到落基山脉)而举办的。

以外，我把我所有的东西都装进了箱子。我把书搬到起坐室，把它们摞在桌子上，这里面有我从家里带来的书也有　父亲说从前人们根据一个人的藏书来判断他是不是上等人；今天，人们根据他借了哪些书不还来判断　接着我锁上箱子，在上面写上地址[①]这时响起了报刻的钟声。我停下手里的活儿侧耳倾听，直到钟声消失。

我洗了个澡，刮了胡子，水使我的手指又有些刺痛，因此我重新涂了些碘酒。我穿上那套新西服，把表放进衣袋，把另外那套西服、袖钮等什物以及剃刀、牙刷等放进我的手提包。我用一张纸把皮箱钥匙包上，放进一只信封，外面写上父亲的地址。我写了两张简短的字条，把它们分别封进信封。

阴影还没有完全从门前的台阶上消失。我在门里边停住脚步，观察着阴影的移动。它以几乎察觉不出的速度移动着，一点点爬进门口，把阴影逼回到门里边来。只不过等我听到时她已经在奔跑了[②]。在镜子里只见她一溜烟地跑了过去，我简直莫名其妙。跑得真快，她的裙裾卷住在手臂上，她像一朵云似的飞出镜子，她那长长的面纱打着旋曳在后面泛出了白光她的鞋跟嗒嗒嗒地发出清脆的响声一只手紧紧地把新娘礼服攥在胸前，一溜烟地跑出了镜子玫瑰玫瑰的香味那声音响彻在伊甸园的上空。接着她跑下门廊我就再也听不见她的鞋跟响然后在月光底下她像是一朵云彩，那团面纱泛出的白光在草地上飘过，一直朝吼叫声跑去。她狂奔，衣服都拖在后面，她攥紧她的新娘礼服，一直朝吼叫声跑去，在那儿，T. P. 在露水里大声说沙示水真好喝班吉却在木箱下大声吼叫。父亲在他起伏不定的胸前穿了一副 V 字形的银护胸[③]

施里夫说[④]："怎么，你还没有…… 你这是去参加婚礼呢还是去守灵？"

"我刚才起不来。"我说。

---

① 昆丁准备自杀。他把东西装进箱子，以便让别人以后带给他的家人。

② 昆丁脑子里浮现出凯蒂结婚那天的情景。班吉本能地感觉到凯蒂即将离开他，便在门外木箱下大声吼叫起来。挚爱班吉的凯蒂听到后不顾一切地朝班吉奔去安慰他。

③ 意思是：穿着大礼服与白硬衬衣的父亲也气喘吁吁地跟着跑到了班吉跟前。

④ 回到"现在"，施里夫从小教堂回来了。

“你穿得这么整齐当然来不及了。这是怎么回事？你以为今天是星期天吗?”

“我想,不见得因为我穿了一次新衣服,警察就会把我逮起来吧。”我说。

“你说到哪儿去了,我指的是老在学校广场上溜达的那些学生。他们会以为你来哈佛是——你是不是也变得目空一切,都不愿去上课了?”

“我先得去吃点东西。”门口台阶上的阴影已经不见了。我走到阳光下,又找到自己的影子了。我赶在我影子的紧前头,走下一级级台阶。报半小时的钟声打响了。接着钟声不再响了,在空中消失了。

“执事”①也不在邮局。我在两个信封上都贴了邮票,把给我父亲的那封扔进邮箱,给施里夫的那封揣进衣服里面的口袋,这时候我想起我上一次是在哪儿见到执事的了。那是在阵亡将士纪念日②,他穿了一套 G. A. R. ③的制服,走在游行队伍里。如果你有耐心在任何一个街角多等些时候,你总会见到他出现在这个或那个游行队伍里。再前一次是在哥伦布或是加里波蒂或是某某人诞辰的那一天。他走在“清道夫”的行列里,戴着一顶烟囱似的大礼帽,拿着一面两英寸长的意大利国旗,抽着一支雪茄。在他周围都是一把把竖起的扫帚和铲子。不过,最后的一次游行肯定是穿着 G. A. R. 制服的那次,因为施里夫当时说:

“嘿,瞧那老黑鬼。瞧你爷爷当初是怎样虐待黑奴的。”

“是啊,”我说,“因此他现在才可以一天接连一天地游行啦。要不是我爷爷,他还得像白人那样苦苦干活呢。”

我在哪儿都没有见到他。不过,即使是一个正正经经干活的黑人,也从来不会在你想找他的时候找到他的,更不要说是一个揩国家油吃

---

① 一个老黑人,他经常替哈佛学生办些杂事。昆丁在宿舍里留下的衣物是打算送给他的。

② 每年的 5 月 30 日,为美国纪念内战阵亡将士的法定节日。

③ G. A. R. 为 Grand Army of the Republic 的缩写,意为“共和国大军”,为内战后形成的退伍军人组织。

闲饭的黑人了。一辆电车开了过来。我乘车进城①,来到派克饭店,吃了一顿丰盛的早饭。就在我吃饭时我听到钟敲响了。不过我想一个人至少得过一个钟点才会搞不清楚现在是几点钟,人类进入机械计时的进程比历史本身还要长呢。

吃完早饭,我买了一支雪茄。柜台上的姑娘说五角钱一支的那种最好,我就买了支五角的,我点着了烟来到街上。我停住脚步,一连吸了几口烟,接着我把烟拿在手里,继续向街角走去。我经过一家珠宝钟表店,可是我及时地把脸转了开去。到了街角,两个擦皮鞋的跟我纠缠不清,一边一个,叽叽喳喳,像乌鸦一样。我把雪茄给了其中的一个,给了另一个一枚镍币。他们就放过了我。拿到雪茄的那个要把它卖给另外的那个,想要那枚镍币。

天上有一只时钟,高高地在太阳那儿。我想到了不知怎么的当你不愿意做某件事时,你的身体却会乘你不备,哄骗你去做。我能觉出我后脖颈上肌肉在牵动,接着我又听到那只表在我口袋里发出的嘀嗒声了,片刻之后,我把所有的声音都排除掉,只剩下我口袋里那只表的嘀嗒声。我转过身来往回走,来到那个橱窗前。钟表店老板伏在橱窗里一张桌子上修表。他的头有些秃了。他一只眼睛上戴着一个放大镜——那是嵌在他眼眶里的一只金属筒。我走进店堂。

店堂里充满了各种各样的嘀嗒声,就像九月草地里的一片蛐蛐儿的鸣叫声,我能分辨出他脑袋后面墙上挂着的一只大钟的声音。他抬起头来,他那只眼睛显得又大又模糊,简直要从镜片里冲出来。我把我的表拿出来递给他。

“我把我的表弄坏了。”

他把表在手里翻了个个儿。“敢情是这么回事。你准是把它踩了一脚。”

“是的,老板。我把它从梳妆台上碰落在地上,在黑暗里又一脚踩了上去。不过它倒还在走。”

他撬开表背后的盖子,眯起眼睛朝里面看。“像是没什么大毛病。

---

① 指波士顿,哈佛大学在离波士顿三英里的坎布里奇。

不过不彻底检查不敢说到底怎么样。我下午好好给你看看。”

“我待会儿再拿来修吧，”我说，“能不能请你告诉我橱窗里那些表中有没有走得准的？”

他把我的表放在手掌上，抬起头来用他那只模糊的、简直要冲出来的眼睛瞅着我。

“我和一位老兄打了个赌，”我说，“可是我今天早上忘了戴眼镜。”

“那好吧。”他说。他放下表，从凳子上欠起半个身子越过栏杆朝橱窗里看去。接着又抬起头来看看墙上。“现在是二十分——”

“别告诉我，”我说，“对不起，老板。只要告诉我有没有准的就行了。”

他又抬起头来瞅瞅我。他坐回到凳子上，把放大镜推到脑门上。放大镜在他眼睛四周印上了一个红圈，推上去后，他的脸显得光秃秃的。“你们今天搞什么庆祝活动？”他说。“划船比赛不是要到下星期才举行吗？”

“不是为划船的事。只不过是一个私人的庆祝活动。生日。有准的没有？”

“没有。它们都还没有校正过，没有对过时间呢。如果你想买一块的话——”

“不，老板。我不需要表。我们起坐室里有一只钟。等我需要时我再把这只表修一修吧。”我把手伸了出去。

“现在放在这儿得了。”

“我以后再来吧。”他把表递给了我。我把它放进口袋。现在，我没法透过一片纷乱的嘀嗒声听见它的声音了。“太麻烦你了。我希望没有糟蹋你太多的时间。”

“没有关系。你什么时候想拿来就什么时候拿来好了。我说，等咱们哈佛赢了划船比赛以后再庆祝不是更好吗？”

“是的，老板。恐怕还是等一等的好。”

我走出去，带上门，把嘀嗒声关在屋里。我回过头朝橱窗里看看，他正越过栏杆在观察我。橱窗里有十几只表，没有一只时间是相同的，每一只都和我那只没有指针的表一样，以为只有自己准，别的都靠不住。每一只表都和别的不一样。我可以听到我那只表在口袋里发出嘀嗒声，虽然谁也看不到它，虽然它已经不能再说明时间了，不过谁又能说明时间呢？

因此我对自己说就按那一只钟的时间吧。因为父亲说过，钟表杀死时间。他说，只要那些小齿轮在咔嗒咔嗒地转，时间便是死的；只有钟表停下来时，时间才会活过来。两只指针水平地张开着，微微形成一个角度，就像一只迎风侧飞的海鸥。我一肚子都是几年来郁积的苦水，就像黑鬼们所说的月牙儿里盛满了水一样。钟表店老板又在干活了。他伛身在工作台上，放大镜的圆筒深深地嵌在他的脸上。他的头发打中间分开梳。中间那条纹路直通光秃的头顶，那地方像一片十二月排干了水的沼泽地。

我看见马路对面有一家五金店。我以前还不知道熨斗是论磅买的呢。

"也许你要一只裁缝用的弯把熨斗吧，"那伙计说，"这些是十磅重的。"不过它们比我想要的显得大了些。因此我买了两只六磅的小熨斗，因为用纸一包可以冒充是一双皮鞋。把它们一起拿是够沉的，不过我又想起了父亲所说的人类经验的 reducto absurdum 了，想起了我当初差一点进不了哈佛。也许要到明年才行；我想也许要在学校里待上两年才能学会恰当地干成这种事。①

不过，把它们托在空中反正是够重的。一辆有轨电车开过来。我跳了上去。我没看见车头上的牌子。电车里人坐满了，大抵是些看上去有点钱的人，他们在看报。只有一个空座位，那是在一个黑鬼的旁边。他戴了顶圆顶礼帽，皮鞋锃亮，手里夹着半截灭了火的雪茄。我过去总认为一个南方人是应该时时刻刻意识到黑鬼的存在的。我以为北方人是希望他能这样的。我刚到东部那会儿总不断提醒自己：你可别忘了他们是"有色人种"而不是黑鬼，要不是我碰巧和那么多黑孩子打过交道，我就得花好多时间与精力才能体会到，对所有的人，不管他们是黑人还是白人，最好的办法就是按他们对自己的看法来看待他们，完

---

① 指自杀。

了就别管他们。我早就知道,黑鬼与其说是人,还不如说是一种行为方式,是他周围的白人的一种对应面。可是最初我以为没有了这么多黑人围在我身边我是会感到若有所失的,因为我揣摩北方人该认为我会这样的,可是直到那天早上在弗吉尼亚州,我才明白我的确是想念罗斯库司、迪尔西和别的人的。那天我醒来时火车是停着的,我撩起窗帘朝外张望。我在的那节车厢恰好挡在一个道口上。两行白木栅栏从小山上伸展下来,抵达道口,然后像牛角一样叉开,向山下伸去。在硬硬的车辙印当中,有个黑人骑在骡子背上,等火车开走。我不知道他在那儿等了有多久,但他劈开腿儿骑在骡背上,头上裹着一片毯子,仿佛他和骡子,跟栅栏和公路一样,都是生就在这儿的,也和小山一样,仿佛就是从这小山上给雕刻出来的,像是人家在山腰上设置的一块欢迎牌:"你又回到老家了"。老黑人没有鞍,两只脚几乎垂到了地上。那只骡子简直像只兔子。我把窗子推了上去。

"喂,大叔,"我说,"懂不懂规矩?"

"啥呀,先生?"他瞅了瞅我,接着把毯子松开,从耳边拉开去。

"圣诞礼物呀!"我说。

"噢,真格的,老板。您算是抢在我头里了,①是不?"

"我饶了你这一回。"我把小吊床上的裤子拖过来,摸出一只两角五分的硬币,"下回给我当心点。新年后两天我回来时要经过这里,你可要注意了。"我把硬币扔出窗子,"给你自己买点圣诞老公公的礼物吧。"

"是的,先生。"他说。他爬下骡子,捡起硬币,在自己裤腿上蹭了蹭。"谢谢啦,少爷,谢谢您啦。"这时火车开始移动了。我把身子探出窗子,伸到寒冷的空气中,扭过头去看看。他站在那头瘦小得像兔子一样的骡子旁,人和畜生都那么可怜巴巴、一动不动、很有耐心。列车拐弯了,机车喷发出几下短促的、重重的爆裂声,他和骡子就那样平稳地

---

① 美国南方有这样的习俗:圣诞节期间,谁先向对方喊"圣诞礼物",对方就算输了,应该给他礼物——当然不一定真给。昆丁回家过圣诞节,经过弗吉尼亚州,觉得回到了南方,心里一高兴,便和老黑人开这样的玩笑。这也是前面所说的他"想念"黑人的一种表现。

离开了视域，还是那么可怜巴巴，那么有永恒的耐心，那么死一般的肃穆：他们身上既有幼稚而随时可见的笨拙的成分也有与之矛盾的稳妥可靠的成分这两种成分照顾着他们保护着他们不可理喻地爱着他们却又不断地掠夺他们并规避了责任与义务用的手法太露骨简直不能称之为狡诡他们被掠夺被欺骗却对胜利者怀着坦率而自发的钦佩一个绅士对于任何一个在一场公正的竞赛中赢了他的人都会有这种感情，此外他们对白人的怪僻行为又以一种溺爱而耐心到极点的态度加以容忍祖父母对于不定什么时候发作的淘气的小孙孙都是这样慈爱的，这种感情我已经淡忘了。整整一天，火车弯弯曲曲地穿过迎面而来的山口，沿着巉岩行驶，这时候，你已经不觉得车子在前进，只听得排气管和车轮在发出吃力的呻吟声，永无穷尽的耸立着的山峦逐渐与阴霾的天空融为一体，此时此刻，我不由得想起家里，想起那荒凉的小车站和泥泞的路还有那些在广场上不慌不忙地挤过来挤过去的黑人和乡下人，他们背着一袋袋玩具猴子、玩具车子和糖果，还有一支支从口袋里撅出的焰火筒，这时候，我肚子里就会有一种异样的蠕动，就像在学校里听到打钟时那样。

我要等钟敲了三下之后再开始数数。① 到了那时候，我才开始数数，数到六十便弯起一只手指，一面数一面想还有十四只手指要弯，然后是十三只、十二只，再就是八只、七只，直到突然之间我领悟到周围是一片寂静，所有人的思想全不敢走神，我在说："什么，老师？""你的名字是昆丁，是不是？"洛拉小姐②说。接下去是更厉害的屏气止息，所有人的思想都不敢开小差，叫人怪难受的，在寂静中手都要痉挛起来。"亨利，你告诉昆丁是谁发现密西西比河的。""德索托③。"接着大家的思想松弛下来了，过了一会，我担心自己数得太慢，便加快速度，又弯下一只手指，接着又怕速度太快，便把速度放慢，然后又担心慢了，再次加快。这样，我总没法做到刚好在钟声报刻时数完，那几十只获得自由的脚已经在移动，已经急不可耐地在磨损的地板上擦来擦去，那一天就像

① 昆丁想起自己小时候等下课时用弯手指来计算时间的事。

② 昆丁在杰弗生上小学时的教师。

③ 埃尔南多·德索托（Hernando de Soto，1500？—1542），西班牙探险家。

一块窗玻璃受到了轻轻的、清脆的一击,我肚子里在蠕动,我坐在那里一动不动。在蠕动,坐着一动不动。我肚子里因为你而蠕动。① 她一下子就站在了门口。班吉。大声吼叫着。② 班吉明我晚年所生的儿子③在吼叫。凯蒂! 凯蒂!

我打算拔腿跑开。④ 他哭了起来于是她走过去摸了摸他。别哭了。我不走。别哭了。他真的不哭了。迪尔西。

只要他高兴你跟他说什么他就能用鼻子闻出来。他不用听也不用讲。⑤

他能闻出人家给他起的新名字吗? 他能闻出坏运气吗?

他干吗去操心运气好还是坏呢? 运气再也不能让他命运更坏了。

如果对他的命运没有好处,他们又干吗给他改名呢?

电车停下了,启动了,又停了下来。⑥ 我看到车窗外许多人头在攒动,人们戴的草帽还很新,尚未泛黄。电车里现在也有几个女人了,带着上街买东西用的篮子。穿工作服的男人已开始多于皮鞋锃亮戴着硬领的人了。

那黑人碰碰我的膝盖。"借光。"他说。我把腿向外移了移让他过去。我们正沿着一堵空墙行驶,电车的铿锵声弹回到车厢里,声波打在那些膝上放着篮子的女人和那个油污的帽子的帽带上插着一只烟斗的男人身上。我闻到了水腥味,接着穿过墙的缺口我瞥见了水光⑦和两根桅杆,还有一只海鸥在半空中一动不动,仿佛是停栖在桅杆之间的一根看不见的线上。我举起手伸进上装去摸摸我写好的那两封信。这时,电车停了,我跳下电车。

吊桥正打开了让一只纵帆船过去。它由拖船拖着,那条冒着烟的

---

① 昆丁想起几年前他在老家和一个名叫娜塔丽的少女一起玩耍的情景。

② 又想起他妹妹凯蒂失身那天的情景。

③ 这是康普生太太给小儿子换名字时所说的话。

④ 昆丁想起 1898 年祖母去世那晚的事。在回大房子时,班吉哭了,凯蒂安慰他。

⑤ 昆丁又想起 1900 年给班吉改名那一天的事。

⑥ 回到"当前"。

⑦ 这里指的是查尔斯河。该河在入海处隔开了波士顿与哈佛大学所在地坎布里奇。河东南是波士顿,河西北是坎布里奇。

拖船紧挨在它的舷后侧行驶。纵帆船本身也在移动,但一点也看不出它靠的是什么动力。一个光着上身的汉子在前甲板上绕绳圈,身上给晒成了烟草色。另一个人,戴了顶没有帽顶的草帽,在把着舵轮。纵帆船没有张帆就穿过了桥,给人以一种白日见鬼的感觉,三只海鸥在船屁股上空尾随,像是被看不见的线牵着的玩具。

吊桥合拢后,我过桥来到河对岸,倚在船库上面的栏杆上。浮码头边一条船也没有,几扇闸门都关着。运动员现在光是傍晚来划船,这以前都在休息。① 桥的影子、一条条栏杆的影子以及我的影子都平躺在河面上,我那么容易地欺骗了它,使它和我形影不离。这影子至少有五十英尺长,但愿我能用什么东西把它按到水里去,按住它直到它给淹死,那包像是一双皮鞋的东西的影子也躺在水面上。黑人们说一个溺死者的影子是始终待在水里等待着他的。影子一闪一烁,就像是一起一伏的呼吸,浮码头也慢慢地一起一伏,也像在呼吸。瓦砾堆一半浸在水里,不断愈合,被冲到海里去,冲进海底的孔穴与蟹窟。水的排开是相当于什么的什么②。人类一切经验的 Reducto absurdum 嘛,而那两只六磅重的熨斗,比一只裁缝用的弯把熨斗还沉呢。迪尔西又该说这样浪费罪过罪过了。*奶奶死去的时候班吉知道的。*③ *他哭了。他闻到气味了。他闻出来了。*

那条拖船又顺水回到下游来了,河水被划破,形成一个个滚动不已的圆柱体,拖船过处,波浪终于传到河边,晃动着浮码头,圆柱形的水浪拍击着浮码头,发出了扑通扑通的声音,传来一阵长长的吱嘎声,码头的大门给推后去,两个人扛了只赛艇走了出来。他们把赛艇放入水中,过了一会儿,布兰特④带着两把桨出现了。他身穿法兰绒衣裤,外面是一件灰夹克,头上戴一顶硬邦邦的草帽。不知是他还是他母亲在哪儿

---

① 这儿是哈佛大学划船运动员放船的船库。

② 昆丁想到了阿基米德浮力定理:物体在流体中所受的浮力,等于物体所排开的那部分流体的重量。

③ 昆丁又想起1898年祖母逝世时的情景。

④ 吉拉德·布兰特,昆丁的哈佛大学同学,也是南方人(据后面说是肯塔基州人)。他是个阔少爷,非常傲慢无礼。他的母亲为人势利,一举一动都模仿英国贵族的气派。

看到说，牛津大学的学生是穿着法兰绒衣裤戴着硬草帽划船的，因此三月初的一天他们给吉拉德买了一条双桨赛艇，于是他就穿着法兰绒衣裤戴着硬草帽下河划船了。船库里的人威胁说要去找警察，①可是布兰特不理他们，还是下河了。他母亲坐着一辆租来的汽车来到河边，身上那套毛皮衣服像是北极探险家穿的，她看他乘着时速二十五英里的风离岸而去，身边经常出现一堆堆肮脏的羊群似的浮冰。从那时起我就相信，上帝不仅是个上等人，是个运动员；而且他也是个肯塔基人。他驶走后，他母亲掉过车头开回到河边，在岸上与他并排前进，汽车开着低速慢慢地行驶。人们说你简直不敢说这两人是认得的，那派头就像一个是国王，另一个是王后，两人甚至都不对看一眼，只顾沿着平行的轨道在马萨诸塞州移动，宛若一对行星。

现在，他上了船开始划桨。他如今划得不错了。他也应该划得不错了。人家说他母亲想让他放弃划船，去干班上别的同学干不了或是不愿干的事，可是这一回他倒是很固执。如果你可以把这叫作固执的话，他坐在那儿，一面孔帝王般无聊的神情，头发是鬈曲而金黄色的，眼珠是紫色的，长长的眼睫毛还有那身纽约定做的衣服，而他妈妈则在一旁向我们夸耀她的吉拉德的那些马怎么样，那些黑用人怎么样，那些情妇又是怎么样。肯塔基州为人夫与人父者有福了。因为她把吉拉德带到坎布里奇来了。在城里她有一套公寓房间，吉拉德自己也有一套，另外他在大学宿舍里又有一套房间。她倒允许吉拉德和我来往，因为我总算是天生高贵，投胎时投在梅逊一迪克逊线②以南，另外还有少数几个人配做吉拉德的朋友，也是因为地理条件符合要求（最低限度的要求）。至少是原谅了他们，或者不再计较了。可是自从她半夜一点钟在小教堂门口见到斯波特出来他说她不可能是个有身份的太太因为有身份的太太是不会在晚上这个时辰出来的这以后她再也不能原谅斯波特因为他用的是由五个名字组成的长长的姓名，包括当今一个英国公爵府的堂名在内。我敢肯定她准

① 三月天气太冷，河面上都是浮冰，不宜下河划船。

② 南北战争前南方与北方之间的分界线。

是用这个想法来安慰自己的:有某个曼戈特或摩蒂默[①]家的浪荡公子跟某个看门人的女儿搞上了。这倒是很有可能的,先不说这是她幻想出来的还是别的情况。斯波特的确爱到处乱串,他毫无顾忌,什么也拦不住他。

小艇现在成了一个小黑点,两叶桨在阳光下变成两个隔开的光点,仿佛小船一路上都在眨眼似的把他载走。你有过妹妹吗?[②] 没有不过她们全一样的都是贱坯。你有过妹妹吗?她一下子就站在了门口。都是贱坯。她一下子站在了门口的那会儿还不是 达尔顿·艾密司。达尔顿·艾密司。达尔顿牌衬衫[③]。我过去一直以为它们是卡其的,军用卡其,到后来亲眼看到了才知道它们是中国厚绸子的或是最细最细的绒布的因为衬衫把他的脸[④]衬得那么褐黄把他的眼睛衬得那么蓝。达尔顿·艾密司。漂亮还算是漂亮,只是显得粗俗。倒像是演戏用的装置。只不过是纸浆做的道具,不信你摸摸看。哦。是石棉的。不是真正青铜的。只是不愿在家里与他见面。[⑤]

凯蒂也是个女人,请你记住了。她也免不了要像个女人那样地行事。

你干吗不把他带到家里来呢,凯蒂?你干吗非得像个黑女人那样在草地里在土沟里在丛林里躲在黑黝黝的树丛里犯贱呢。

过了片刻,这时候,我听见我的表的嘀嗒声已经有一会儿了,我身子压在栏杆上,感觉到那两封信在我的衣服里发出了咯吱咯吱的声音,我靠在栏杆上,瞧着我的影子,我真是把我的影子骗过了。我沿着栏杆移动,可是我那身衣服也是深色的,我可以擦擦手,瞧着自己的影子,我真的把它骗过去了。我带着它走进码头的阴影。接着我朝东走去。

---

① 欧洲贵族的姓。意为斯波特是某某贵族子弟的私生子。

② 又想起 1909 年夏末遇到达尔顿·艾密司那一天。这一句话是昆丁说的,下一句是达尔顿·艾密司说的。

③ 从达尔顿·艾密司联想到达尔顿牌衬衫。

④ 又从衬衫想到达尔顿·艾密司的脸。

⑤ 又回到凯蒂失身那天的情景,这一句是凯蒂的话。下面那一段先是达尔顿·艾密司的话,然后是昆丁与凯蒂的对话。

哈佛我在哈佛的孩子哈佛哈佛[1] 她在运动会上遇到一个小男孩,是个得了奖章脸上有脓疱的。[2] 偷偷地沿着栅栏走过来还吹口哨想把她像叫唤小狗似的叫出去。家里人怎么哄也没法让他走进餐厅于是母亲就相信他是有法术的一等他和凯蒂单独在一起他就能蛊惑住她。可是任何一个恶棍 他躺在窗子下面木箱旁边号叫着[3]只要能开一辆轿车来胸前纽扣眼里插着朵花就行了。哈佛。[4] 昆丁这位是赫伯特。这是我在哈佛的孩子。赫伯特会当你们的大哥哥的他已经答应杰生在银行里安排一个职位。

脸上堆满了笑,赛璐珞似的虚情假意就像是个旅行推销员。一脸都是大白牙却是皮笑肉不笑。[5] 我在北边就听说过你了。[6] 一脸都是牙齿却是皮笑肉不笑。你想开车吗?[7]

上车吧昆丁。

你来开车吧。

这是她的车你的小妹妹拥有全镇第一辆汽车你不感到骄傲吗是赫伯特送的礼。路易斯每天早上都给她上驾驶课你没有收到我的信吗[8]

谨订于壹仟玖佰壹拾年肆月贰拾伍日在密西西比州杰弗生镇为小女凯丹斯与悉德尼·赫伯特·海德先生举行婚礼恭请光临杰生·李奇蒙·康普生先生暨夫人敬启。[9] 又:八月一日之后在寒舍会客敝址为

---

① 想起他母亲康普生太太给他介绍凯蒂的未婚夫赫伯特·海德时的情景,这件事发生在 1910 年 4 月 23 日,凯蒂结婚的前两天。

② 想起凯蒂小时候与一小男孩邂逅,后来与他接吻的事,时间大约是在 1906 或 1907 年。

③ 想起凯蒂结婚那天班吉的行为。

④ 下面是康普生太太介绍时吹嘘自己未来的女婿如何慷慨大度。

⑤ 这里写昆丁对赫伯特·海德的印象。

⑥ 赫伯特·海德在哈佛时因打牌作弊被开除出俱乐部,又因考试时作弊被开除学籍,在哈佛学生中声名狼藉。昆丁这里有意地讥刺他。

⑦ 赫伯特为了讨好凯蒂,把自己的汽车给她,让她开车。

⑧ 以上这句是康普生太太讲的。路易斯是住在康普生家附近的黑人,他心灵手巧,又是个打猎能手。

⑨ 这是康普生先生为凯蒂结婚发出的结婚请柬。昆丁收到后三天没拆开信。施里夫感到奇怪,所以有下面的话。

印第安纳州南湾市××街××号。[1] 施里夫说你连拆都不拆开吗？三天。三次。杰生·李奇蒙·康普生先生暨夫人 年轻的洛钦伐尔[2]骑马从西方出走也未免太急了一些，是不是？[3]

我是南方人。你这人真逗，是不是。

哦对的我知道那是在乡下某个地方。

你这人真逗，真是的。你应该去参加马戏团。

我是参加了。我就是因为洗洗大象身上的跳蚤才把眼睛弄坏的。三次 这些乡下姑娘。你简直没法猜透她们的心思，是不是。哼，反正拜伦也从未达到过他的目的[4]，感谢上帝。可是别往人家的眼镜上打呀。你连拆都不拆开吗？那封信躺在桌子上每只角上都点着一支蜡烛两朵假花捆在一根玷污的粉红色吊袜带上。[5] 别往人家的眼镜上打呀。

乡下人真是可怜见的[6]他们绝大部分从未见过汽车按喇叭呀凯丹斯好让 她都不愿把眼睛转过来看我 他们会让路的 都不愿看我 你们的父亲是会不高兴的如果你们压着了谁我敢说你们的父亲现在也只好去买一辆了你把汽车开来我真有点为难赫伯特当然我坐着兜兜风是非常痛快的咱们家倒是有一辆马车可是每逢我要坐着出去康普生先生总是让黑人们干这干那倘若我干涉一下那就要闹翻天了他坚持要让罗斯库司专门侍候我随叫随到不过我也明白这话是什么意思我知道人们作出许诺仅仅是为了抚慰自己的良心你是不是也会这样对待我的宝贝小女儿呀赫伯特不过我知道你是不会的赫伯特简直把我们全都惯坏

---

① 这是赫伯特·海德在请柬上加的附言，表示他与凯蒂度过蜜月后将回到他在印第安纳州的老家去住。

② 苏格兰作家华尔特·司各特著名叙事诗《马米恩》第五歌中一谣曲中的英雄。正当他的情人快要与别人结婚时，他带上情人骑马出走。

③ 回想起和施里夫的对话。施里夫看见昆丁一直不拆结婚请柬，而且还把它供在桌上，便不断问他，提醒他。昆丁嫌施里夫多管闲事。接着又从施里夫说自己眼睛不好的话联系到打架时打人家眼镜的事。

④ 据传英国诗人拜伦与他的同母异父妹妹奥古斯塔·利有过暧昧关系。此处说“未达目的”，但目前许多学者倾向于认为确曾发生过乱伦行为。

⑤ 昆丁把他妹妹的结婚请柬视为一具棺柩，给它点燃蜡烛，献上吊袜带做的花圈。

⑥ 以下是康普生太太坐在赫伯特的汽车上兜风时说的话。

了昆丁我给你的信中不是说了吗他打算让杰生高中念完之后进他的银行杰生会成为一个了不起的银行家的在我这些孩子中只有他有讲实际的头脑这一点还全靠了我因为他继承了我娘家人的特点其他几个可全都是十足的康普生家的脾气　杰生拿出面粉来。他们在后廊上做风筝出售每只卖五分，他一个还有帕特生家的男孩。杰生管账。①

这一辆电车上倒没有黑人，一顶顶尚未泛黄的草帽在车窗下流过去。是去哈佛的。② 我们卖掉了班吉的　他躺在窗子下面的地上，大声吼叫。我们卖掉了班吉的牧场好让昆丁去上哈佛　你的好弟弟。你的小弟弟。

你们应该有一辆汽车它会给你们带来无穷无尽的好处你说是不是呀昆丁你瞧我马上就叫他昆丁了凯丹斯跟我讲了那么许多他的事。③

你叫他昆丁这很好嘛我要我的孩子们比朋友还亲密是的凯丹斯跟昆丁比朋友还亲密　父亲啊我犯了乱　真可怜你没有兄弟姐妹　没有妹妹没有妹妹根本没有妹妹　别问昆丁他和康普生先生一看到我身体稍微好些下楼来吃饭就觉得受了侮辱似的不太高兴我现在是胆大包天等这婚事一过去我就要吃苦头的而你又从我身边把我的小女儿带走了

我的小妹妹尚未④。　如果我能说母亲呀。　母亲

除非我按自己的冲动向您求婚而不是向凯蒂否则我想康普生先生是不会来追这辆车的。⑤

啊赫伯特凯丹斯你听见没有　她不愿用温柔的眼光看我却梗着脖子不肯扭过头来往后看　不过你不必吃醋他不过是在奉承我这个老太婆而已如果在他面前的是个成熟的结过婚的大女儿那我就不敢设

---

① 昆丁从母亲夸耀杰生的话想起杰生从小就爱做买卖，有一回与邻居的孩子合作做风筝出售，后来因为分钱不匀两人吵翻了。

② 昆丁过桥后搭上一辆电车，从售票员说明车子去向的话（“是去哈佛的”）中联想自己来哈佛上学家中卖掉“班吉的牧场”（即本书开头所提到的那片高尔夫球场）给他凑学费的事。接着又想到凯蒂结婚那天班吉大闹的情景。

③ 又想到与赫伯特·海德见面那次的事。这段话是当时海德说的。

④ 典出《圣经·雅歌》第 8 章第 8 节：“我们有一小妹，她的两乳尚未长成。人来提亲的日子，我们当为她怎样办理。”

⑤ 赫伯特·海德在对康普生太太讲奉承话。

想了。

您说哪里的话您看上去就像一个小姑娘嘛您比凯丹斯显得嫩相得多啦脸色红红的就像是个豆蔻年华的少女　一张谴责的泪涟涟的脸一股樟脑味儿泪水味儿从灰蒙蒙的门外隐隐约约地不断传来一阵阵嘤嘤的啜泣声也传来灰色的忍冬的香味。[①] 把空箱子一只只从阁楼楼梯上搬下来发出了空隆空隆的声音像是棺材去弗兰区·里克。盐渍地没有死亡

有的戴着尚未泛黄的草帽有的没戴帽子。过三年我不用戴帽子了。到那时我也无法戴了。曾经如此。到那时世界上没有了我也没有了哈佛,帽子还会有吗。爸爸说的,在哈佛,最精彩的思想像是牢牢地攀在旧砖墙上的枯爬藤。到那时就没有哈佛了。至少对我来说是没有了。又来了。比以前更忧郁了。哼,又来了。现在是心情最最不好的时候了。又来了。

斯波特身上已经穿好衬衣;那现在一定是中午了。待会儿我重新见到我的影子时如果不当心我又会踩到那被我哄骗到水里去的浸不坏的影子上去的。可是不妹妹。我是怎么也不会这样干的。我决不允许别人侦察我的女儿[②]我是决不会的。[③]

你叫我怎么管束他们呢你老是教他们不要尊重我不要尊重我的意志我知道你看不起我们姓巴斯康的人可是难道能因为这一点就教我的孩子我自己吃足苦头生下来的孩子不要尊重我吗[④]用硬硬的皮鞋跟把我影子的骨头踩到水泥地里去这时我听见了表的嘀嗒声,我又隔着外衣摸了摸那两封信。

---

① 回想到康普生一家得知凯蒂失身后的反应。康普生太太拿了一方洒了樟脑水(可以醒脑)的手帕在哭泣,康普生先生决定让凯蒂前往弗兰区·里克(French Lick,印第安纳州南部一疗养胜地)换换环境,借以摆脱与达尔顿·艾密司的关系。家人把空箱子从阁楼搬下来准备行装。空箱子的声音使昆丁想起棺材,又从“里克”(Lick)想到了“盐渍地”(salt lick)。

② 康普生太太派杰生去监视凯蒂,康普生先生知道后非常生气,说了这样的话。

③ 从上一行的“可是不妹妹”直到此处(仿宋体字除外)是凯蒂失身那晚昆丁对凯蒂说的话。

④ 这是康普生太太与康普生先生吵嘴时所说的话。巴斯康是她娘家的姓。

我不愿我的女儿受到你或是昆丁或是任何人的监视不管你以为她干了什么坏事

至少你也认为存在着她应该受到监视的理由吧

我是决不会这么干的决不会的。[1] 我知道你不愿意我本来也不想把话说得那么难听可是女人是互相之间都不尊重也是不尊重自己的[2]

可是为什么她要　我的脚刚踩在我的影子上钟声响了,不过那是报刻的钟声。[3] 在哪儿我都没有看见执事的影子。以为我会　以为我可以

她不是有意的女人做事情就是这样这也是因为她爱凯蒂嘛

街灯沿着坡伸延到山下然后又上坡通往镇子　我走在我影子的肚子上。我可以把手伸到影子之外去。只觉得父亲就坐在我的背后在那夏天与八月的令人烦躁不安的黑暗以外那街灯　父亲和我保护妇女不让她们彼此伤害不让她们伤害自己我们家的妇女　女人就是这样她们并不掌握我们渴想熟谙的关于人的知识她们生来富有一种猜疑的实际能力它过不多久就会有一次收成而且往往还是猜对了的她们对罪恶自有一种亲和力罪恶短缺什么她们就提供什么她们本能地把罪恶往自己身上拉就像你睡熟时把被子往自己身上拉一样她们给头脑施肥让头脑里犯罪的意识浓浓的一直到罪恶达到了目的不管罪恶本身到底是存在还是不存在[4]　"执事"夹在两个一年级生中间走来了。他还沉浸在游行的气氛中,因为他向我敬了一个礼,一个十足高级军官派头的礼。

"我要和你谈一下。"我说,停住了脚步。

"和我谈？好吧。再见了,伙计们。"他说,停住脚步转过身来,"很高兴能和您聊一会儿。"这就是执事,从头到脚都是执事的气味。就说你周围的那些天生的心理学家吧。他们说执事四十年来每逢学期开始从未漏接一班火车,又说他只消瞥一眼便能认出谁是南方人。他从来也不会搞错,而且只要你一开口,他就能分辨出你是哪个州的。他有一

---

① 昆丁对凯蒂讲的话。

② 这一段与下面一些话(仿宋体)是凯蒂失身那晚父亲与昆丁所讲的话。

③ 电车开到哈佛,昆丁下车寻找执事。

④ 这一段是康普生先生发的议论。

套专门接车穿的制服，活脱是演《汤姆大伯的小屋》的行头，全身上下都打满补丁，等等等等。

“是啦，您哪。请这边走，少爷，咱们这不来啦。”说着接过你的行李，“嗨，孩子，过来，把这些手提包拿上。”紧接着一座由行李堆成的小山就慢慢向前移动起来，露出了后面一个大约十五岁的白人少年，执事不知怎的又往他身上添了一只包，押着他往前走。“好，瞅着点，可别掉在地上呀。是的，少爷，只消把您的房间号码告诉俺这黑老头儿，等您到房里，行李早就在那儿晾着等您啦。”

从这时起，直到他把你完完全全制服，他总是在你的房间里进进出出，无所不在，喋喋不休，可是随着他的衣饰不断改进，他的气派也逐渐北方化了，到最后他敲了你不少竹杠，等你明白过来他已经在直呼你的名字，叫你昆丁或是别的什么，等你下回再见到他，他会穿上一套别人扔掉的布鲁克斯公司出品的西服，戴上一顶绕着普林斯顿大学俱乐部缎带的帽子了是什么样的缎带我可忘了那是别人送他的他一厢情愿地坚信这是亚伯·林肯的军用饰带上裁下来的。多年以前，那还是他刚从家乡来到大学的那会儿，有人传播说他是个神学院的毕业生。等他明白过来这个说法是什么意思时，他真是喜不自胜，开始自己到处讲这件事，到后来他准是连自己也信以为真了。反正他给别人说了许多他大学生时代的又长又没一点意思的轶事，很亲热地用小名来称呼那些已经作古的教授，称呼一般用得都不对头。不过对于一年年进来的天真而寂寞的一年级新生，他倒不失为一个向导、导师和朋友，而且我认为尽管他耍了这么多小花招，有点伪善，在天堂里那位的鼻孔里，他的臭气却不比别人的更厉害些。

“有三四天没见到您了。”他说，眼睛盯着我看，沉浸在他那种沉着的军人光辉中，“您病了吗？”

“没有。我身体挺好的。穷忙呗，无非是。不过，我倒是见到过你的。”

“是吗？”

“在前几天那次游行队伍里。”

“哦，对了。是的，我是游行来着。这种事我不太有兴趣，这您是知道的，可是后生们希望有我一个，老战士嘛。女士们希望老战士都出来露露面，您懂吗。因此我只好服从。"

"哥伦布日那回你也参加了，"我说，"你还得服从基督教妇女禁酒会的命令吧，我想。"

"那次吗？我是为了我女婿才参加的。他有意思在市政府里混个差事。做清道夫。我告诉他只消抱着一把扫帚睡大觉就是了。您瞧见我了，是吗？"

"两回都见到你了。是的。"

"我是问您，我穿了制服的模样。神气吗？"

"帅极了。你比队伍里所有的人都神气。他们应当让你来当将军的，执事。"

他轻轻地碰了碰我的胳膊。他的手是黑人的那种精疲力竭的、柔若无骨的手。"听着。这件事可不能外传。我告诉您倒不要紧，因为，不管怎么说，咱们是自己人嘛。"他身子向我稍稍倾过来，急急地讲着，眼睛却没有瞧着我。"眼下我是放出了长线呢。等到明年，您再瞧吧。您先等着。往后您就瞧我在什么队伍里游行。我不必告诉您这件事我是怎么办成的；我只说，您拭目以待好了，我的孩子。"到这时，他才瞅了瞅我，轻轻地在我肩膀上拍了拍，身子以他的脚跟为支点，从我身边弹了回去，一面还在对我点头。"是的，先生。三年前我改成支持民主党可不是白改的。我女婿吃市政府的饭；我呢——是啊，先生。如果转向民主党能使那个兔崽子去干活……至于我自己呢，从前天开始算起，再过一年，您就站在那个街角上等着瞧吧。"

"我但愿如此。你也应该受到重视了，执事。对了，我想起来了——"我把信从口袋里摸出来，"明天你到我宿舍去，把这封信交给施里夫。他会给你点什么的。不过一定得等到明天，你听见了吗。"

他接过信细细地察看着。"封好了。"

"是啊。里面有我写的字条。明天才能生效。"

"呣。"他说。他打量着信封，嘴噘了起来。"有东西给我，您说？"

"是的。我准备给你的一件礼物。"

他这会儿在瞧着我了，那只信封在阳光下给他那只黑手一衬，显得格外白。他的眼睛是柔和的、分不清虹膜的、棕褐色的,突然间,我看到,在那套白人的华而不实的制服后面,在白人的政治和白人的哈佛派头后面,是罗斯库司在瞧着我,那个羞怯、神秘、口齿不清而悲哀的罗斯库司。“您不是在给一个黑老头儿开玩笑吧,是吗?”

“你知道我不是在开玩笑。难道有哪个南方人捉弄过你吗?”

“您说得不错。南方人都是上等人。可是跟他们没法一块儿过日子。”

“你试过吗?”我说。可是罗斯库司消失了。执事又恢复了他长期训练自己要在世人面前作出的那副模样:自负、虚伪,却还不算粗野。

“我一定照您的吩咐去办,我的孩子。”

“不到明天可别送去,记住了。”

“没错儿,”他说,“早就懂了,我的孩子。嗯——”

“我希望——”我说。他居高临下地看着我,既慈祥又深沉。突然我伸出手去,我们握了握手,他显得很庄严,站在他那场市政府与军队的美梦的不可一世的高度。“你是个好人,执事。我希望……你随时随地帮助了不少年轻人。”

“我一直想法好好对待所有的人,”他说,“我从来不划好多线,把人分成三六九等。一个人对我来说就是一个人,不管我是在哪儿认识他的。”

“我希望你始终像今天这样人缘好。”

“我跟年轻人挺合得来。他们也不忘记我。”他说,一面挥挥那只信封。他把信放进衣袋,然后扣上外衣。“是的,先生,”他说,“我好朋友是一直不少的。”

钟声又鸣响了,是报半点钟的钟声。我站在我影子的肚子上,听那钟声顺着阳光,透过稀稀落落、静止不动的小叶子传过来,一声又一声,静谧而安详。一声又一声,静谧而安详,即使在女人做新娘的那个好月份里,钟声里也总带有秋天的味道。躺在窗子下面的地上吼叫① 他

① 凯蒂结婚那天班吉的表现。

看了她一眼便明白了。[1] 从婴孩的口中[2]。那些街灯[3] 钟声停住了。我又回进邮局,把我的影子留在人行道上。下了坡然后又上坡通往镇子就像是墙上挂着许多提灯一盏比一盏高。父亲说因为她爱凯蒂所以她是通过人们的缺点来爱人们的。毛莱舅舅在壁炉前劈开双腿站着,他一只手不得不从火前移开一段时间,好举杯祝别人圣诞节快乐[4]。杰生跑着跑着摔了一跤,他双手都插在口袋里,因此好像双翅被缚的家禽似的躺着,直到威尔许过来把他抱起来。 你干吗不把两只手放在口袋外面这样你跑的时候就不容易摔跤了 躺在摇篮里脑袋滚来滚去把后脑勺都滚扁了。凯蒂告诉杰生说这是威尔许说的毛莱舅舅之所以不干活是因为他小时候睡在摇篮里滚来滚去把后脑勺都滚扁了。

施里夫在人行道上走过来,[5]蹒蹒跚跚的,胖嘟嘟的,显得怪一本正经的,在不断闪动的树叶的阴影下他那副眼镜闪着反光,像是两只小水潭。

"我给了执事一张字条,让他来取一些东西。我今天下午也许回不去,所以千万请你等到明天再给他,行不行?"

"行啊。"他盯看着我,"嗨,你今天到底在干什么呀?穿得整整齐齐地逛来逛去,像是在等着看印度寡妇自焚殉夫。你今天早上去上心理学课了?"

"我什么也没干。明天再给他,知道吗?"

"你手里拿的是什么?"

"没什么。是双我拿去打了前掌的皮鞋。一定要到明天再给他,你听见了吗?"

"好了。听见了。哦,对了,桌子上有一封信,你早上拿了吗?"

"没拿。"

---

① 凯蒂失身那个夜晚的情景。"他"指班吉。

② 《圣经·马太福音》第21章第16节:"耶稣说,是的。经上说'你从婴孩和吃奶的口中,完全了赞美的话。'"

③ 凯蒂失身那个夜晚父子谈话时所见。"那些街灯"这一回忆为"当前"钟声的停止所打断,接着昆丁又继续回忆。

④ 昆丁又想起某个圣诞节的情景以及弟弟杰生小时候的一些琐事。

⑤ 回到"当前"。

“在桌子上。是塞米拉米司[1]写来的。车夫十点以前送来的。”

“好吧。我会去拿的。不知这回她又要搞什么花样了。”

“再组织一次军乐演奏会呗，我猜。得啦达达吉拉德布拉。‘鼓再敲得响一些，昆丁。’上帝啊，我真高兴我不是什么世家子弟。”他继续往前走，小心翼翼地捧着一本书，身材已经有些臃肿了，胖嘟嘟的，那么一本正经。　那些街灯　你认为是这样吗就因为我们的先辈中有一位当过州长有三位是将军而母亲家里却不是。

任何一个活着的人都比死去的人强可是任何一个活着或死去的人都不比另一个活着或死去的人强多少　然而母亲头脑里已经有了固定的看法。完了。完了。那么说我们都中毒了　你把罪恶与道德混为一谈了妇女们都不是这样想的你母亲想的是道德的问题至于这件事是否是罪恶她根本没有想过。[2]

杰生[3]我可得走了别的孩子由你管我把杰生带走到谁也不认识我们的地方去让他可以顺顺当当地长大忘掉这一切别的孩子都不爱我他们压根儿没爱过什么身上都有康普生家那股自私自利与莫名其妙的自高自大劲儿杰生是唯一我信得过不用害怕的孩子。[4]

废话杰生是挺好的我刚才在想是不是等你身体好一些了就带着凯蒂到弗兰区·里克去。

那么把杰生留下来家中没别人只有你和那些黑人

她会把他忘掉的于是所有那些风言风语自会销声匿迹　盐渍地没有死亡

没准儿我可以给她找到一个丈夫　盐渍地没有死亡

电车开近了停了下来。空中还在回荡着报半点钟的钟声。我上了车，车又继续开了，车声盖过了报半点钟的钟声。不，是报三刻的钟声。

---

① 传说中聪明而美丽的亚述王后。这里指布兰特太太。

② 这又是康普生先生在发议论。

③ 这里的“杰生”是康普生太太称呼她的丈夫，后面的“杰生”指的是她的儿子。

④ 这是康普生家得悉凯蒂的事后，康普生太太讲的话。以下是康普生先生与她的对话。

这么说离十二点也就只有十分钟光景了。要离开哈佛[①] 你母亲的梦想是让你进哈佛因此得卖掉班吉的牧场

我到底造了什么孽呀[②]老天爷竟然让我生下这样的孩子一个班吉明已经够我受的了现在又出了她的事她对自己的亲娘哪里有一点点感情我为她吃了多少苦头为她操心替她打算作出了一切牺牲可以说是去到了死荫的幽谷[③]可是打从她一生下来扒开眼皮起就没有不存私心地给我着想过一次有时候我瞧着她心里不由得要纳闷她是不是真是我肚子怀的杰生才是我的亲骨肉呢打我头一回把他抱在怀里起他就从来没让我伤过心我当时就知道他是我的喜悦是我的救赎[④]我本来以为班吉明已经是对我所犯的罪孽的够沉重的惩罚了他来讨债是因为我自卑自贱嫁给了一个自以为高我一等的男人这我不怪谁我爱班吉明超过别的孩子原因就在于此因为这是我的罪责虽然杰生始终揪着我的心可是现在我知道我的罪还没有受够现在我知道我不但得为自己赎罪而且还得为你犯下的过错赎罪为了你的所作所为为了你们这些高贵伟大的人物给我留下的罪孽可是你是要为这些事承担责任的你总会给你的亲骨血的过错找到借口的错的总是只有杰生因为与其说他是康普生家的还不如说是巴斯康家的其实你自己的女儿我的小女儿我的宝贝小妞唉她也她也不见得高明当我是个姑娘家的时候我当然没有你那么有福气我只不过是个姓巴斯康的我受到的家教是这样的对于一个女人来说没有什么中间道路要就是当一个规规矩矩的女人要就是不当可是凯蒂一点点小我把她抱在怀里的时候我做梦也没有想到她会让自己贱到这样的地步你不知道吗我只消看着她的眼睛便可以知道真相你也许以为她会跟你说可是她是不会说的她诡秘得很你们不了解她的脾气我知道她干了什么好事这些事情与其告诉你我还不如死了呢真实的情况就是这样好吧你怪杰生吧指责我派他去监视她吧好像这样做真有什么不对似的可

---

① 昆丁想到坎布里奇郊外的阿尔斯顿(Alston)去，为此搭上一辆电车离开哈佛。

② 以下一大段话是康普生太太与其丈夫吵嘴时的自我辩白。

③ 《圣经·诗篇》第23章第4节："我虽然行过死荫的幽谷，也不怕遭害。因为你与我同在。你的杖，你的竿，都安慰我。"

④ 《圣经·诗篇》第51章第12节："使我重新得到救赎的喜悦。"

是你却放任你自己的女儿我知道你不爱杰生你一听人家说他的坏话总是相信是的你没有像以前老是嘲笑毛莱那样地嘲笑他你再也不能伤害我了你的儿女已经对我伤害得够厉害的了反正我也快离开人世了就是杰生没有人爱他没有人保护他我每天看他单怕康普生家的特征终于会在他身上显露出来这期间他姐姐溜出去会她那个你们叫什么来着你看见过那人没有你甚至都不让我去查明那人是谁这倒不是为了我我看都不想看他这是为了你是为了保护你可是你都不让我试着办那么谁来保护你那高贵纯洁的血统呢咱们光是交叉着手老老实实地坐着可她呢不仅败坏你的名声而且也污染了你的孩子们所呼吸的空气杰生①你必须让我走我受不了啦让我带杰生走其他几个留在你身边他们不是我的亲骨肉可杰生是的他们是陌生人与我没一点儿关系我真怕他们我可以带杰生到没人认得我们的地方去我要跪下来祈祷请求赦免我的罪愆好让杰生逃避这种灾害并且忘掉别的孩子曾经犯过

如果方才那声钟声是报三刻的,那么现在离十二点十分钟也不到了。一辆车刚开走,已经有人在等下一辆了。我问那人,可是他也不知道正午以前是否还会开出一辆,因为那是城镇之间的区间车,不会有那么多。现在离站的又是一辆无轨电车。我跳了上去。② 你可以感觉到正午马上要来临了。我不知道在地底下的矿工是否也感觉得到。这正是要拉汽笛的原因:因为人们在流汗,要是离开流汗的地方相当远你就不会听到汽笛声,而在八分钟之内你就会到达不用流汗的波士顿。父亲说,人者,无非是其不幸之总和而已。你以为有朝一日不幸会感到厌倦,可是到那时,时间又变成了你的不幸了,这也是父亲说的。一只系在一根无形的线上的海鸥在空中给拖了过去。你呢,你拖着你幻灭的象征进入永恒。接着羽翼显得一点点变大了父亲说只有这样的人才能弹奏一只竖琴。③

电车每停一回我就能听到我的表声,只是停下来的次数并不算多

---

① 此处的杰生指的是康普生先生,下面指的是其次子。

② 昆丁想到郊外去,但是中午快到了,区间公共汽车看样子还不会来。昆丁怕听正午的汽笛声,便跳上一辆马上要驶离车站的电车。

③ 据福克纳作品的诠注者解释,"弹奏竖琴"象征死亡。

人们已经在吃饭　谁要弹奏一只　吃饭关于吃饭的事你肚子里也存在着空间空间与时间搅乱了。肚子说中午到了大脑说是吃饭的时候了。好吧。我都不知道是什么时候了不过那又有什么关系呢。人们都从办公室走出来。无轨电车现在停得不那么频繁了，人们都下车吃饭，车子里空荡荡的。

现在十二点肯定过了。我跳下车在我的影子上站了一会儿过了片刻来了一辆车我跳上车回到区间车站。[①] 正好有一辆车马上要开走，我在车窗边找了个座位车子启动了我看着车子困倦地驶过一排排退潮时露出来的沙洲，驶进了树林。我偶尔也能瞥见那条河我想在下游新伦敦的那些人该有多好如果天气和吉拉德的小艇在闪闪发亮的午前阳光中庄严地前进这时我又纳闷起来那个老太婆这回又想干什么呢，居然在早上十点钟以前给我送来一张字条。吉拉德成了什么形象居然我成了　达尔顿·艾密司　哦石棉　昆丁开了一枪[②]　他周围的一个人物。反正是跟女孩子们有关系的事。女人们的确有　他的声音总是压过那急促不清的声音那声音响彻[③]　罪恶总是有一种亲和力[④]，她们相信女人都是靠不住的，而某些男人又过于天真保护不了自己。是些平凡的女孩子嘛。都是些远亲与世交，只消和她们打打交道，身份高些的人就仿佛欠了她们什么亲戚情分似的。而布兰特太太也就坐在那儿当着她们的脸告诉我们，吉拉德的脸具有他们家的全部特征，老天爷的安排真太不像话，因为男人是不用长得太漂亮的，不漂亮反而更好，可是女孩子家要是不漂亮可就完了。她用一种洋洋自得的赞许声调　昆丁朝赫伯特开了一枪他的声音直横穿过凯蒂房间的地板　给我们讲吉拉德那些情妇的事。“他十七岁那年有一天我跟他说，那张嘴长在你脸上真是可惜了的，应该长在一个姑娘家的脸上才对，你们能想象　在朦胧的光线中窗帘随着苹果花的香气飘了进来她的头在微光中斜斜地靠着两只穿睡袍的胳膊反扣在脑袋后面那声音响彻在伊甸园的上空新

---

① 昆丁避开了正午的汽笛声之后，坐上回头车。

② 想起去夏自己在桥上与达尔顿·艾密司斗殴的情形。

③ 又想起凯蒂结婚前夕自己与凯蒂谈话的情景。

④ 又回到目前，想到布兰特太太如何装腔作势，摆出一副贵族气派。

娘的衣服放在床上她鼻子旁边从苹果树上看去[1] 他怎么说的？才十七岁，你们记住这一点。‘妈妈，’他说，‘事情总是这样的。’”那时吉拉德摆出一副居高临下的姿态透过眼睫毛瞧着两三个姑娘。而那几个姑娘的眼光也一个劲地像燕子一样直向他眼睫毛扑去。施里夫说他一直纳闷 你会照顾班吉和父亲吗[2]

你最好少提班吉和父亲你什么时候关怀过他们凯蒂

答应我

你用不着为他们操心你这一回事情办得挺顺利

答应我我身子不舒服呢你一定得答应 不知道是谁发明这个笑话的[3]不过他一直认为布兰特太太是个保养得很好的女人他说她正在培养吉拉德有朝一日去勾引一位女公爵呢。她管施里夫叫“那个加拿大小胖子”，两次她根本不跟我商量就要撤换我同宿舍的人，一次她要我搬出去，另一次——

他在朦胧的微光中打开了门。他的脸像只南瓜馅儿饼。

“好了，我要跟你好聚好散了。残酷的命运之神也许会把我们拆散，可是我再也不会爱别人了。永远不会了。”

“你乱七八糟地说些什么呀？”

“我说的是那位残酷的命运之神，她身上裹的杏黄丝绸足足有八码长，戴的一磅磅的金属首饰比罗马楼船上划桨的奴隶身上的枷锁还要重，她又是从前的‘同盟派’那位不同凡响的大思想家她那宝贝儿子的唯一的拥有者和产业主。”接着施里夫告诉我她如何到舍监那里去要舍监把他轰出我的房间，而那个舍监倒显出了某种下等人的牛劲儿，坚持要先跟施里夫本人商量。接着她又提出要他马上派人去把施里夫叫来当场通知施里夫，舍监也不愿这样做，所以后来她对施里夫简直是一点也不客气。“我一向抱定宗旨不说女人的坏话，”施里夫说，“可是这位太太真不愧为贵合众国与敝自治领[4]最最不要脸的母狗。”而现

① 昆丁回忆起凯蒂结婚前夕自己和凯蒂在她的卧室里的一次谈话。

② 仍然是昆丁与凯蒂的谈话。

③ 这一句接本页第 4 行的后半句“施里夫说他一直纳闷”。

④ 指美国与加拿大。

在,她纤手亲书的信就放在桌上,发出了兰花的色泽与芳香。如果她知道我几乎就在我房间的窗子下经过知道信就在里面却不 伯母大人敬禀者①晚迄今尚未有幸捧诵惠书然晚愿先期请求鉴谅因晚今日或昨日或明日或任何一日 我所记得的另一件事是吉拉德如何把他的黑种仆人推下楼去那黑人苦苦哀求希望让他在神学院注一个册这样就可以待在他的主人吉拉德少爷身边了。那黑人又是如何一路热泪盈眶跟在吉拉德少爷的马车边跑呀跑呀一直跑到火车站。我还要等一直等到他们再讲那个锯木厂的丈夫的故事却说那个戴绿头巾的拿了支猎枪来到厨房门口吉拉德从楼上下来一下子把枪折成两段把它还给王八丈夫掏出一条丝手帕来擦了擦手顺手把手帕扔进火炉。这个故事我只听过两遍

声音横穿过 我方才看见你上这儿来了所以我找了个机会来这儿我想我们不妨认识一下来支雪茄如何②

谢谢我不会抽烟

不抽吗自从我离开之后哈佛的变化准是很大吧我点火你不介意吧不要客气

谢谢我听到过很多关于你的事我想若是我把这根火柴扔在屏风后面你母亲大概不会在乎的吧你说呢凯丹斯在里克的时候整天整天都谈你的事我都吃醋了我对自己说这个昆丁到底是谁呢我一定要看看这畜生长得什么模样因为我一见到那个小姐儿可以说真是一见钟情明白吗我想告诉你也没有什么关系我怎么也没有料到她不断提到的男人原来就是她的哥哥如果世界上只有你这么一个男人她提的次数也不会更多一些做丈夫的更不在话下了你真的不想抽烟吗

我是不会抽烟的

既然如此我也就不便勉强了不过这种雪茄烟草挺不错的一百支要二十五块钱呢这还是批发价格在哈瓦那有熟人是啊我想学校里准是有了不少变化我老是许愿说一定去看看可总是怎么也抽不出时间十年来我一直在拼命奋斗我离不开银行在学校的时候有人出于旧习惯做了些在校

① 昆丁在想象自己给布兰特太太写回信。

② 又想起与赫伯特·海德见面那天(1910 年 4 月 23 日)的情形。昆丁坐赫伯特·海德的汽车回到家中。赫伯特找了个机会来到书房,与昆丁单独谈话。

学生会认为是非常不体面的事你明白吗①告诉我哈佛有什么消息

我是不会告诉父亲和母亲的如果你想说的就是这一点

不会告诉不会告诉哦这可是你说的是不是你知道吗我才不在乎你说还是不说呢明白吗出了这样的事够倒霉的不过到底不是什么刑事罪我不是头一个也不是末一个干这样的事的人我只不过是运气不佳罢了你可能比我运气好

你胡说八道

用不着暴跳如雷的我又不想让你替我说什么你不想说的话我没有跟你过不去的意思当然啦像你这样的年轻人自然会把这样的事看得过于严重不过五年之后你就

对于欺诈行为我不知道还有什么别的看法我相信我在哈佛也不会学到别的看法

咱们俩的对话真的比一台戏还要精彩你准是参加过剧社的哦你说得对的确没有必要告诉老人家过去的事咱们就让它过去吧啊咱们两人没有理由为区区小事闹得不欢而散我喜欢你昆丁我一看到你的模样就喜欢你跟那些土老儿不一样我很高兴咱们能这样一见如故我答应过你母亲拉杰生一把但我也很愿意帮帮你的忙杰生在这里也一样会得发的不过对于像你这样一位少年俊杰来说待在这个闭塞的鬼地方是混不出名堂来的

谢谢你的谬奖不过你还是把眷爱集中在杰生一个人的身上吧他比我更对你的口味

我那件事是做得不大妙我也很后悔不过我那会儿还是个孩子我又从小没有母亲不像你有那么好的母亲来教你什么是良好的行为如果让她知道了徒然会伤她的心是的你说得对是没有必要当然凯丹斯也包括在内我方才说的是母亲和父亲

喂我说你好好瞧我一眼你想你若是和我打架你能坚持多久

我是不用坚持多久的如果你也在学校里学过斗拳的话你倒试试看看我

---

① 赫伯特·海德猜想昆丁知道他在哈佛的劣迹(打牌作弊与考试作弊),吞吞吐吐地暗示昆丁不要告诉康普生先生和夫人。

能坚持多久
你这该死的小畜生你知道你在干什么吗

你倒试试看
我的天哪雪茄要是你母亲发现她的壁炉架上烫起了一个泡她会说什么幸亏还发现得早我说昆丁咱们马上要干出以后两个人都会感到后悔的事了我喜欢你我第一眼见到你时就喜欢上你了我跟自个儿说不管他是谁他准是个蛮不错的小伙子不然的话凯丹斯怎么这么对他念念不忘呢听着我进社会闯荡已经有十年了人们再也不会把事情看得那么严重了你自己也会发现的就让咱们在这件事上采取一致的步调吧都是老哈佛的小伙子嘛我估计我现在真的要认不出我的母校了对于年轻人来说那真是世界上最好的地方了我以后要让我的儿子都去上哈佛让他们可以比我享有更好的机会等一等先别走咱们先把这事说完了一个年轻人能有这样的道德原则这很好嘛我是完全赞成的这对他有好处在他上学的时候这样做可以培养他的性格这对保持学校的传统也是有必要的可是等他进入社会之后他就必须为自己打出一条血路因为他将发现每一个人都是这么干的什么道德原则去他娘的吧好吧让我们握握手做朋友吧过去的事就不要提啦为了你的母亲别忘了她的身体不是不太好吗来吧把手伸给我吧你瞧瞧这个跟刚从修道院出来的修女一样瞧一点污点都没有连皱痕都没有拿去呀
谁要你的臭钱
不要这样嘛拿吧我现在也是你们家的一员了明白吗我了解年轻人年轻人嘛总有自己的私事要老人拿钱出来真比要挖他的肉还难我是知道的我念过哈佛而且还是没几年以前的事只是我马上要办婚事花销很大再说还要应付楼上那些人拿着吧别傻了听我说等我们有机会长谈时我要告诉你镇上有个小寡妇
这事我也早就听说了把你的臭钱拿回去
那就算是借给你的吧你一眨眼就会变成个五十岁的老头儿的
你别碰我你最好快把壁炉架上那支雪茄拿开
要是说出去那就对你不起了如果你不是一个大傻瓜那你就会看到后果

将会如何你也会看到我对他们功夫做得非常到家任凭哪个不懂事的迦拉赫①式的小舅子怎么说坏话也不打紧你母亲告诉过我你们康普生家都是那种自命不凡的人进来哦进来呀亲爱的②昆丁和我刚刚认识咱们在聊哈佛的事呢你是找我吗你瞧她一刻儿都离不开她的好情人是不是

你先出去一会儿赫伯特我要跟昆丁谈一件事

进来进来咱们一块儿随便聊聊熟悉熟悉我刚才在告诉昆丁

走吧赫伯特出去一会儿

那好吧我看你是要和你这好哥哥再叙谈叙谈是吧

你最好把壁炉架上的雪茄拿走遵命遵命我的孩子那我可要颠儿了由她们神气活现地摆布吧昆丁等到后天一过那就要听鄙人我的啰是不是亲爱的好好吻我一下宝贝儿

唉别来这一套了等后天再说吧

那我可要利上加利利上滚利的噢别让昆丁干他不能胜任的事噢对了我还没有告诉昆丁那个男人养的鹦鹉的事呢它的遭遇真是一个悲惨的故事啊让我想起你自己也好好想想再见再见回头见

喂

喂

你又在忙什么啦

没什么

你又在插手管我的闲事了去年夏天你还管得不够吗

凯蒂你好像在发烧　你病了你是怎么得病的③

我病了就是了。我又不能求人。

他的声音横穿过

别嫁给这个坏蛋凯蒂

那条河有时越过种种阻碍物闪烁出微微的光芒，直向人们扑来，穿

---

① 英国亚述王传说中的骑士，心地高贵、正直。

② 这时凯蒂在门口出现了。

③ 昆丁的思路又从与赫伯特·海德见面的那一天（1910 年 4 月 23 日）跳到凯蒂结婚的前夕（1910 年 4 月 24 日）。昆丁以为他妹妹有病，其实凯蒂是怀了两个月的身孕。

越过正午和午后的空气。[1] 嗯,现在准是已经过了正午了,虽然我们已经驶过了他还在划着船努力地逆流而上的地方,他堂而皇之地面对着神,不,是众神。一到波士顿,一到马萨诸塞州,连神也变成一帮一伙的了。也许仅仅是算不上个丈夫吧。潮湿的桨一路上向他挤眼,金光灿烂的,像女性手掌的挥动。马屁精。一个马屁精如果不能算是丈夫的话,他会疏忽冷落上帝的。这个混蛋,凯蒂。 在一处突然拐弯的地方河流反射出了金光。

我病了你一定得答应我

病了吗你怎么会病的

我就是病了我又不能去求任何人你可得答应我你会照应的

如果他们需要照顾也只是因为没有了你你是怎么得病的 在窗子下面,我们听到了汽车开往火车站的声音,接八点十分的火车。把三亲六眷接来。都是人头。人头攒动,却不见有理发师一起来。也没有修指甲的姑娘。[2] 我们以前有一匹纯种马。养在马厩里,是的,可是一套到皮軛具底下却成了一条杂种狗。昆丁让自己的声音压过各种别的声音横穿过凯蒂房间的地板

车子停住了。我下了车,站在我的影子上。有一条马路穿过电车轨道。车站上有个木头的候车亭,里面有个老头儿从纸包里不知摸出什么东西在吃,这时车子已经走远,听不见车子的声音了。那条马路延伸到树林里去,到了那里就会有凉荫了,不过新英格兰六月里的树荫还不如老家四月的浓呢。我看得见前面有个大烟囱。我转过身子背对着它,把自己的影子踩到尘土里去。我身子里有一样可怕的东西[3]黑夜里有时我可以看到它露出牙齿对着我狞笑我可以看到它透过人们透过人们的脸对我狞笑它现在不见了可是我病了

凯蒂

别碰我只不过你要答应我

---

① 又回到"现实"之中。

② 写凯蒂结婚前夕,家中派汽车去火车站接亲友的情景。又写昆丁想起家庭全盛时期,遇到喜庆时连理发师、美容师都一起接来的情景。

③ 想到凯蒂结婚前夕在卧室里对他讲自己做了个噩梦。

如果你病了你就更不能

不我能的结婚以后就会好的就会不要紧了你可别让人家把他送到杰克逊去答应我①

我答应你凯蒂凯蒂

你别碰我你别碰我

那东西究竟是什么模样凯蒂

什么东西

那个东西那个透过人们对你狞笑的东西

我仍然看得见那个大烟囱。河一定就在那个方向,舔着创伤流向大海,通向安宁的洞窟。它们会平静地落进水里,当**他**②**说起来吧**时只有那两只熨斗会浮起来。从前我和威尔许出去打一整天的猎,我们根本不带午饭,到十二点钟我觉得肚子饿了。我一直要饿到一点钟左右,然后突然之间我甚至都忘了我已经不觉得饿了。 街灯沿着坡伸延到山下接着听到汽车驶下山去的声音。③ 椅子的扶手凉丝丝地平滑地贴在我的额前形成了椅子的模样苹果树斜罩在我的头发上在伊甸园的上空衣服在鼻子旁边看见 你有热度我昨天摸到的就像火炉一样烫。

别碰我。

凯蒂你可不能结婚你有病啊。那个流氓。

我非得嫁人不可 接着他们告诉我还得再把骨头弄断④

我终于看不到大烟囱了。现在路沿着一面墙向前延伸。树木压在墙头上,树冠上洒满了阳光。石头是凉阴阴的,你走近时可以感到凉气逼人。不过我们那儿的乡下跟这儿的不一样。只要在田野里走一走你就会有这种感觉。你身边似乎有一种静静的却又是猛烈的滋生能力,可以充分满足永恒的饥饿感。它在你周围流溢,并不停留下来哺育每一块不毛的石子。像是权且给每棵树木分得一些苍翠,为远处平添一

---

① 凯蒂很爱小弟弟班吉,不愿人们在她结婚走开后把他送到州府杰克逊的疯人院里去。

② 指耶稣。

③ 又回到结婚前夕,汽车去火车站接亲友的事。

④ 昆丁想起小时候有一次从马上坠下摔断了腿的事。

些蔚蓝,不过却对实力雄厚的喷火女妖毫无帮助。 告诉我还得再把骨头弄断我身体里已经在呀呀呀地喊疼了也开始冒汗了。我才不在乎呢腿断了是什么滋味我早就领教过了其实也没什么大不了无非是再在家里多待些时候罢了我下颚的肌肉开始酸麻我嘴里在说等一等再等一分钟我一边说一边在冒汗我透过牙缝发出呀呀呀的声音而父亲说那匹马真该死那匹马真该死。等一等这是我自己不好。他[①]每天早上挎着一个篮子沿着栅栏向厨房走来一路上用根棍子在栅栏上刮出声音我每天早上拖着身子来到窗前腿上还带着石膏绷带什么的我为他特地添上一块煤迪尔西说你不想活啦你到底有没有脑子你跌断腿才不过四天哪。你等一等我马上就会习惯的你就等我一分钟我会习惯

甚至连声音也似乎在这样的空气中停止了传播,仿佛空气已感到疲倦,不愿再运载声音了。一只狗的吠声倒比火车的声音传得更远,至少在黑暗中是这样。有些人的声音也是传得远的。黑人的声音。路易斯·赫彻尔虽说带着号角和那只旧油灯,但是他从来不用那只号角。我说:“路易斯,你有多少时候没擦你的灯了?”

“我不多久以前刚刚擦过。你记得把人们都冲到河里去的那回发大水吗? 我就是那天擦它来着。那天晚上,老太婆和我坐在炉火前,她说,‘路易斯,要是大水来到咱们家你打算怎么办?’我就说了,‘这倒是件事儿。我看我最好还是把灯擦擦干净吧。’于是那天晚上我就把灯擦干净了。”

“那回发大水不是远在宾夕法尼亚州吗?”我说,“怎么会淹到咱们这儿呢?”

“这是你的说法,”路易斯说,“不管在宾夕法尼亚还是在杰弗生,水都是一样深一样湿,依我看。正是那些说大水不会淹得这么远的人,到头来也抱着根梁木在水里漂。”

“你和玛莎那天晚上逃出来了吗?”

“我们前脚出门大水后脚进屋。我反正灯也擦亮了,就和她在那

---

① 这里的“他”是昆丁小时候的黑人朋友,就是下面提到的打负鼠的能手路易斯·赫彻尔,也就是后来教凯蒂开汽车的那个路易斯。

个小山顶上的坟场后面蹲了一夜。要是知道有更高的地方,我们不去才怪咧。”

“你那以后就再也没擦过灯?”

“没有必要擦它干啥?”

“你的意思是,要等下次发大水再擦啰?”

“不就是它帮我们逃过上次大水的吗?”

“嗨,你这人真逗,路易斯大叔。”我说。

“是啊,少爷。你有你的做法,我有我的招数。如果我只要擦擦灯就能避过水灾,我就不愿跟人家拌嘴了。”

“路易斯大叔是不肯用点亮的灯捕捉动物的。”威尔许说。

“我当初在这一带猎负鼠①的时候,人家还在用煤油洗你爸爸头上的虱子蛋和帮他掐虱子呢,孩子。”路易斯说。

“这话不假,”威尔许说,“依我看,路易斯大叔逮的负鼠可比地方上谁逮的都多。”

“是啊,少爷,”路易斯说,“我可没用灯少照负鼠,这没错儿。也没听它们有谁抱怨过说是光线不足。嘘,别吱声。它就在那儿呢。呜—喂。② 怎么不哼哼了,这臭狗。”接着我们朝枯叶堆上坐了下去,伴随着我们等待时所发出的缓慢的出气声以及大地和无风的十月天所发出的缓慢的呼吸声,枯叶也轻轻地耳语着,那煤油灯的恶臭污染了清新的空气,我们谛听着狗的吠声和路易斯的叫骂声的逐渐消失下去的回声。他虽然从来不提高嗓门,可是在静夜里我们站在前廊上就可以听到他的声音。他唤他的狗进屋时,那声音就像是他挎在肩膀上却从来不用的那只小号吹奏出来似的,只是更清亮,更圆润,那声音就像是黑夜与寂静的一个组成部分,从那里舒张开来,又收缩着回到那里去。呜—

① 负鼠(possum)为北美的一种动物,大小如家猫,长着能吊起身体的尾巴,爱在树上生活。雌鼠常背负幼鼠,故名。美国南方农民每每于秋末冬初携猎狗捕捉负鼠。先由猎狗追踪嗅迹,然后猎人用煤油灯(后改为手电筒)照树,借负鼠眼睛反光,寻得负鼠将其摇落。一般都与白薯一起烤熟而食,味似猪肉但更为肥腻。前面提到的号角,是猎人用来召回猎狗的。

② 这是叫狗的声音。

噢。呜—噢。呜—噢—噢。　我总得嫁人呀①

是有过很多情人吗凯蒂

我也不知道人太多了你可以照顾班吉和父亲吗

你都不知道是谁的那他知道吗

别碰我请你照顾班吉和父亲好吗

我还没来到桥边就已经感觉到河水的存在了。这座桥是灰色石块砌的，爬满了地衣，在逐渐洇上来的一块块斑驳处，菌类植物长了出来。桥底下，河水清澈平静，躺在阴影之中，打着越来越缓和的漩涡，映照出旋转的天空，在桥墩周围发出了喃喃声与汩汩声　凯蒂那个

我总得嫁人呀　威尔许告诉过我有个男人是怎么自己弄残废的。他走进树林，坐在一条沟里用一把剃刀干的。随着那把破剃刀一挥，只见那两团东西往肩膀后面飞去，同一个动作使一股血向后喷溅但是并不打旋。可是问题还不在这里。把它们割去还不解决问题。还得从一开头起就没有它们才行，那样我就可以说噢那个呀那是中国人的方式可我并不认识中国人。于是父亲说这是因为你是一个童男子，你难道不明白吗？女人从来就不是童贞的。纯洁是一种否定状态因而是违反自然的。伤害你的是自然而不是凯蒂，于是我说这都是空话罢了于是他说那么贞操也是空话了于是我说你不了解。你不可能了解于是他说是的。等到我们明白这一点时悲剧已经没有新鲜感了。

桥影落在河面上的地方，我可以看得很深，但是见不到河底。如果你让一片叶子在水里浸得很久叶肉会慢慢烂掉，那细细的纤维就会缓缓摆动仿佛在睡梦中一样。纤维彼此并不接触，尽管它们过去是纠结在一起的，是与叶脉紧紧相连的。也许当**他说起来吧**时，那两只眼睛也会从深邃的静谧与沉睡中睁开，浮到水面上来，仰看荣耀之主。再过片刻，那两只熨斗也会浮起来的。我把熨斗藏在一边的桥底下，②然后回到桥上，靠着栏杆。

我看不到河底，但是我能看到河里很深的地方，那儿水流在缓缓移

---

① 又回想到凯蒂结婚前夕的那次谈话。

② 昆丁已选定那处地方作为他自杀的地点。

动，我往下看，一直到眼睛再也辨认不出什么，接着我看见一个影子像根粗短的箭横梗在水流当中。蜉蝣紧贴着水面飞行，一会儿掠进桥影，一会儿又掠出桥影。 这个世界之外真的有一个地狱就好了：纯洁的火焰会使我们两人①超越死亡。到那时你只有我一个人只有我一个人到那时我们两人将置身在纯洁的火焰之外的扎人的恐怖之中 那支箭没有移动位置却在逐渐变粗，接着一条鳟鱼猛地一扑舐走了一只蜉蝣，动作幅度虽大却轻巧得有如一只大象从地面上卷走一颗花生。逐渐趋于缓和的小漩涡向下游移去，我又看到那支箭了，顺着水流轻轻摆动，头部伸在水流里，蜉蝣在水面上时停时动地翻飞着。 到那时只有你和我置身在扎人的恐怖之中四周都是纯洁的火焰

鳟鱼姿势优美、一动不动地悬在摇曳不定的阴影当中。这时，三个男孩扛着钓竿来到桥上，我们都靠在栏杆上俯视着水里的鳟鱼。他们认得这条鳟鱼。它在这一带肯定是人所共知的角色。

“二十五年来，谁都想逮着它。波士顿有家铺子出了悬赏，谁逮着它就给一根值二十五元的钓竿。”

“那你们干吗不逮住它呢？你们就不想要一根二十五元的钓竿吗？”

“想啊。”他们说。三个人都倚在桥栏上，看着水里的那条鳟鱼。“我当然想要啊。”其中的一个说。

“我倒不想要钓竿，”另一个孩子说，“我情愿要二十五块钱。”

“说不定店里的人不干，”第一个孩子说，“他们准是只肯给钓竿。”

“那我就把它卖了。”

“你哪能卖得到二十五块钱啊。”

“我能卖多少钱就卖多少钱呗。我用自己这根钓竿，钓的鱼也不会比二十五块的那根少。”接着他们便争起来，若是有了那二十五块钱他们要怎么花。三个人同时开口，谁也不让步，都要压过别人，火气也越来越大，把根本没影儿的事变成影影绰绰的事，接着又把它说成是一种可能，最后竟成为铁一般的事实，人们在表达自己的愿望的时候十之

① 指他自己与凯蒂。

八九都是这样的。

“我要买一匹马和一辆马车。”第二个孩子说。

“你别逗了。”其他两个孩子说。

“我买得到的。我知道上哪儿可以用二十五块钱买到马和马车。我认得那个人。”

“谁呀?”

“是谁你们甭管。我反正用二十五块能买来。”

“哼,”那两个说,“他啥也不懂。完全是在瞎说八道。”

“谁瞎说八道啦?”男孩说。他们继续嘲笑他,不过他不再还嘴了。他靠在栏杆上,低头瞧着那条他已经拿来换了东西的鳟鱼。突然之间,那种挖苦、对抗的声调从那两个孩子的声音中消失了,仿佛他们也真的觉得他已经钓到了鱼,买来了马和马车,他们也学会了大人的那种脾性,只消你摆出一副沉默的矜持姿态,你们就会把什么事都信以为真。我想,那些在很大程度上靠语言来欺骗自己与欺骗别人的人,在有一点上倒都是一致的,那就是:认为一根沉默的舌头才是最高的智慧。因此接下去的几分钟里,我觉察到那两个孩子正急于要找出某种办法来对付那另一个孩子,好把他的马儿和马车夺走。

“那根钓竿你卖不了二十五块钱的,”第一个孩子说,“打什么赌都成,你卖不了。”

“他根本还没钓到那条鳟鱼呢。”第三个孩子突然说,接着他们俩一起嚷道:“对啦,我不是早就说过了吗?那个人叫什么名字?我谅你也说不出来。根本就没有那么一个人。”

“哼,少废话,”第二个孩子说,“瞧,鱼儿又上来了。”他们靠在桥栏上,一动不动,姿势一模一样,三根钓竿在阳光里稍稍倾斜着,角度也一模一样。那条鳟鱼不慌不忙地升了上来,它那淡淡的摇曳不定的影子也逐渐变大了;又一个逐渐变淡的小漩涡向下游移去。“真棒,”那第一个孩子喃喃地说。

“我们也不指望能逮住它了,”他说,“我们就等着看波士顿人的能耐了。”

“这个水潭里只有这一条鱼吗?”

“是的。它把别的鱼全给撵跑了。这一带说到钓鱼最好的地方还得算下游那个大漩涡那儿。”

“不,那儿不怎么样,”第二个孩子说,“皮吉罗磨坊那儿要好上一倍。”接着他们又就哪儿钓鱼最好这个问题争吵起来,然后又突然停止争论,欣赏那条鳟鱼如何再次浮上来,观看那被搅碎的小漩涡如何吮吸下一小片天空。我问这儿离最近的镇上有多远。他们告诉了我。

“不过最近的电车线是在那边,”第二个孩子说,往我来的方向指了指,“你要上哪儿去?”

“不上哪儿去。随便走走。”

“你是大学里的吗?”

“是的。那个镇上有工厂吗?”

“工厂?”他们瞪着眼看我。

“不,”第二个孩子说,“没有工厂。”他们看看我的衣服,“你是在找工作吗?”

“皮吉罗磨坊怎么样?”第三个孩子说,“那是一家工厂啊。”

“那算个啥工厂。他指的是一家正正式式的工厂。”

“有汽笛的工厂,”我说,“我还没听见哪儿响起报一点钟的汽笛声呢。”

“噢,”第二个孩子说,“唯一神教派教堂的尖塔上有一只钟。你看看那只钟便可以知道时间了。难道你那条表链上没挂着表吗?”

“我今天早上把它摔坏了。”我把表拿出来给他们看。他们一本正经地端详了好久。

“表还在走呢,”第二个说,“这样一只表值多少钱?”

“这是人家送的礼物,”我说,“我高中毕业时我父亲给我的。”

“你是加拿大人吗?”第三个孩子问。他长着一头红发。

“加拿大人?”

“他口音不像加拿大人,”第二个说,“我听过加拿大人讲话。他的口音和黑人戏班子里那些戏子的差不多。”

“嗨,”第三个说,“你不怕他揍你吗?”

“揍我?”

“你说他说话像黑人。”

“啊，别扯淡了，”第二个说，“你翻过那座小山冈，就可以看到钟楼了。”

我向他们说了声谢谢。“我希望你们运气好。不过可别钓那条老鳟鱼啊。应该由着它去。”

“反正谁也逮不着这条鱼。”第一个孩子说。他们倚靠在栏杆上，低下头去望着水里，在阳光里那三根钓竿像是三条黄色火焰形成的斜线。我走在我的影子上，再次把它踩进斑斑驳驳的树影。路是弯弯曲曲的，从河边逐渐升高。它翻过小山，然后逶迤而下，把人的眼光和思想带进一个宁静的绿色隧道，带到耸立在树顶上的方形钟楼与圆圆的钟面那儿去，不过那儿还远得很呢。我在路边坐了下来。草深及踝，茂密得很。一束束斜斜的阳光把阴影投射在路上，阴影一动也不动，仿佛是用模板印在那儿的。可是那只是一列火车，不一会儿它的影子还有那悠长的声音消失在树林后边，于是我又能听见我的手表以及正在远去的火车的声音，火车在空中那一动不动的海鸥的下面疾驰而去，在一切之下疾驰而去，好像它刚刚在别处度过了又一个月，又一个夏天。不过不在吉拉德下面。吉拉德也可以算有点儿了不起①，他在孤寂中划船，划到中午，又划过中午，在辽阔而明亮的空气中简直是飘飘欲仙了，他进入了一种混混沌沌的没有极限的境界，在这里除了他和海鸥，别的都不存在，那海鸥纹丝不动，令人畏惧，他则一下下匀称地划着桨，克服着惯性的阻挠，在他们太阳中的影子下面，整个世界显得懒洋洋的。

凯蒂那个流氓那个流氓凯蒂②

他们的声音从小山上传来了，那三根细竹竿就像上面流动着火焰的平衡杆。他们一面看着我一面从我身边走过，没有放慢步子。

“嗨，”我说，“没看到你们钓到它呀。”

“我们本来没想逮它，”第二个孩子说，“这条鱼谁也逮不着的。”

“钟就在那儿，”第二个孩子用手指着前面说，“你再走近些就可以

① 思绪从“当前”转到在河中划船的吉拉德身上。

② 又从吉拉德转到与赫伯特·海德见面那天的情景。

看得出几点了。”

“是的，”我说，“好吧。”我站起身来。“你们都到镇上去吗？”

“我们到大漩涡去钓鲦鱼。”第一个孩子说。

“你在大漩涡是什么也钓不着的。”第二个孩子说。

“我看你是想上磨坊那儿去钓，可是那么多人在那儿溅水泼水，早就把鱼儿全吓跑了。”

“你在大漩涡是什么也钓不着的。”

“如果我们不往前走，我们更不会钓到鱼了。”第三个孩子说。

“我不懂你们干吗老说大漩涡大漩涡的，”第二个孩子说，“反正在那儿什么也钓不着。”

“你不去没人硬逼你去啊，”第一个孩子说，“我又没把你拴在我身上。”

“咱们还是到磨坊那儿去游泳吧。”第三个孩子说。

“我反正是要到大漩涡去钓鱼，”第一个说，“你爱怎么玩随你自己好了。”

“嘿，我问你，你多咱听说有人在大漩涡钓到鱼了？”第二个孩子对第三个说。

“咱们还是到磨坊那儿去游泳吧。”第三个孩子说。钟楼一点点沉到树丛里去了，那个圆圆的钟面还是远得很。我们在斑斑驳驳的树荫下继续往前走。我们来到一座果园前，里面一片红里透白的颜色。果园里蜜蜂不少，我们老远就能听到嗡嗡声了。

“咱们还是到磨坊那儿去游泳吧。”第三个孩子说。有条小径从果园边岔开去。第三个孩子步子慢了下来，最后站住了。第一个继续往前走，斑斑点点的阳光顺着钓竿滑下他的肩膀，从他衬衫的后背往下滑。“去吧。”第三个说。第二个男孩也停住了脚步。　你干吗非得嫁人呢凯蒂①

你一定要我说吗你以为我说了就不会有这样的事了吗

“咱们上磨坊去吧，”他说，“走吧。”

---

① 又回到凯蒂结婚前夕的那次谈话。

那第一个孩子还在往前走。他的光脚丫没有发出一点点声音，比叶子还要轻地落在薄薄的尘埃中。果园里，蜜蜂的嘤嘤声像是天上刚要起风，这声音又给某种法术固定住了，恰好处在比“渐强”[①]略轻的那种音量，一直持续不变。小径沿着园墙伸延向前，我们头上树木如拱，脚下落英缤纷，小径远远望去融进一片绿荫。阳光斜斜地照进树林，稀稀朗朗的，却像急急地要挤进来。黄色的蝴蝶在树荫间翻飞，像是斑斑点点的阳光。

“你去大漩涡干吗呢？”第二个男孩说，“在磨坊那边，你想钓鱼不一样也可以钓吗？”

“唉，让他走吧。”第三个孩子说。他们目送那第一个男孩走远。一片又一片的阳光滑过他那往前移动着的肩膀，又像是一只只黄蚂蚁，在他的钓竿上闪烁不定。

“肯尼。”第二个孩子喊道。 *你去对父亲说清楚好不好*[②]*我会谈的我是父亲的“生殖之神”我发明了他创造了他。去跟他说这样不行因为他会说不是我然后你和我因为爱子女*

“唉，走吧，”孩子说，“人家已经在玩儿了。”他们又向那第一个孩子的背影瞥去。“嗨，”他们突然说，“你要去就去吧，这娇气包。假如他下水游泳，他会把头发弄湿，肯定会挨揍的。”他们拐上小径向前走去，黄蝴蝶斜斜地在他们身边树荫间翻飞。

因为我不相信别的[③]*也许有可以相信的不过也许并没有于是我说你会发现说你的境况不公平这句话还表达得不够有分量呢。* 他不理我，他的脖子执拗地梗着，在那顶破帽子下面他的脸稍稍地转了开去。[④]

“你干吗不跟他们一块去游泳呢？”我说。 *那是个流氓凯蒂*[⑤]

你昨天是想找碴儿跟他打架是不是

---

① 这里用的是一个音乐术语，“crescendo”。

② 回想到凯蒂结婚前夕的那次谈话。

③ 这一段是凯蒂委身达尔顿·艾密司后，昆丁与凯蒂的对话。

④ 又回到“当前”。这里的“他”指的是那“第一个孩子”。

⑤ 又想到凯蒂结婚前夕他与凯蒂的那次对话。

他既是吹牛大王又是个骗子凯蒂他打牌耍花招给开除出俱乐部大家都跟他不来往了他期中考试作弊被开除了学籍

是吗那又有什么关系我反正又不跟他打牌

“比起游泳来,你更喜欢钓鱼,是吗?”我说。蜜蜂的嘤嘤声现在变轻了,但一直持续着,仿佛不是我们陷入了周围的沉寂,而是沉寂像涨水那样,在我们周围涨高了。那条路又拐了个弯,变成了一条街,两旁都是带着绿荫匝地的草坪的白色洋房。　凯蒂那是个流氓你替班吉和父亲着想跟他吹了吧倒不是为了我

除了他们我还有什么可挂念的呢我一向不就为他们着想吗　那男孩离开了街道。他爬过一道有尖桩的木栅,头也不回,穿过草坪走到一棵树的跟前,把钓竿平放在地上,自己爬上树的丫杈,坐在那儿,背对着街,斑斑驳驳的阳光终于一动不动地停留在他的白衬衫上了。一向不就为他们着想吗我连哭都哭不出来去年我就像死了的一样我告诉过你我已经死了可是那会儿我还不明白那是什么意思我还不懂我自己说的是什么话　在老家八月底有几天也是这样的,空气稀薄而热烈,仿佛空气中有一种悲哀、惹人怀念家乡而怪熟悉的东西。人无非是其气候经验之总和而已,这是父亲说的。人是自己所拥有的一切的总和。不义之财总要令人嫌恶地引导到人财两空上去:一边是欲火如炽,一边是万念俱灰,双方僵持不下。　可是我现在明白我真的是死了我告诉你

那么你何必非要嫁人听着我们可以出走你班吉和我到谁也不认识我们的地方去在那里　那马车是由一匹白马拉着的,[①]马的蹄子在薄薄的尘埃中发出嘚嘚声,轮辐细细的轮子发出尖厉、枯涩的吱嘎声,马车在一层层波动着的绿纱般的枝叶下缓缓地爬上坡来。是榆树。不,是 ellum。Ellum。[②]

钱呢用你的学费吗那笔钱可是家里卖掉了牧场得来的为了好让你上哈佛你不明白吗你现在一定得念毕业否则的话他什么也没有了

卖掉了牧场　他的白衬衣在闪闪烁烁的光影下在丫杈上一动不

---

① 又想到凯蒂结婚前夕家中派马车到火车站去接亲友。

② 昆丁先是用南方口音在思想,在南方,“榆树”(elm)的发音是和标准英语发音一样的。接着他想到在新英格兰乡下,人们是把它念成 ellum 的,便“纠正”了自己。

动。车轮的轮辐细得像蜘蛛网。马车虽然重，马蹄却迅疾地叩击着地面，轻快得有如一位女士在绣花，像是没有动，却一点点地在缩小，跟一个踩着踏车被迅速地拖下舞台的角色似的。那条街又拐了个弯。现在我可以看到那白色的钟楼，以及那笨头笨脑而武断地表示着时辰的圆钟面了。卖掉了牧场

他们说父亲如果不戒酒一年之内就会死的但是他不肯戒也戒不掉自从我自从去年夏天如果父亲一死人家就会把班吉送到杰克逊去我哭不出来我连哭也哭不出来①她一时站在门口不一会儿班吉就拉着她的衣服大声吼叫起来他的声音像波浪似的在几面墙壁之间来回撞击她蜷缩在墙根前变得越来越小只见到一张发白的脸她的眼珠鼓了出来好像有人在用大拇指抠似的后来他把她推出房间他的声音还在来回撞击好像声音本身的动力不让它停顿下来似的仿佛寂静容纳不下这声音似的还在吼叫着

当你推门时那铃铛响了起来，②不过只响了一次，声音尖厉、清脆、细微，是从门上端不知哪个干干净净的角落里发出来的，仿佛冶锻时就算计好单发一次清脆的细声的，这样铃铛的寿命可以长些，也不用寂静花太多的力气来恢复自己的统治。门一开，迎面而来的是一股新鲜的烤烘食物的香气，店堂里只有一个眼睛像玩具熊两根小辫像漆皮般又黑又亮的肮里肮脏的小姑娘。

“嗨，小妹妹。”在香甜暖和的空洞的店堂里，她的脸宛若一杯正急急往里掺咖啡的牛奶，“这儿有人吗？”

可是她只顾注视着我，一直到老板娘从里面开门走了出来。柜台的玻璃窗里，陈列着一排排发脆的点心，她那灰白色的干干净净的脸出现在柜台上，灰白色的干干净净的头上长着稀稀的紧贴在头上的头发，脸上架着一副灰白镜框的干干净净的眼镜，两个镜片挨得很紧，像是电线杆上的两只绝缘器，又像是商店里用的现金箱。她的模样更像是一个图书馆管理员，像是存放在井井有条而确定无疑的积满灰尘的架子

① 从这儿起场景又转到凯蒂失去贞操那天班吉大哭大闹的事上去了。

② 又回到“当前”，昆丁在小镇上推门走进一家面包店。

上的某件与现实早已无关的文物，在静静地变干再变干，仿佛一缕阅历过往昔的不平与冤屈的空气

“请你给我两只这种面包，大妈。”

她从柜台下取出一张裁成正方形的报纸，放在柜台上，捡起那两只圆面包放在报纸上。小姑娘静静地、目不转睛地瞧着面包，两只眼睛就像是一杯淡咖啡上浮着的两颗葡萄干。犹太人的国土，意大利人的家乡①。瞧着那只面包，瞧着那双干干净净的灰白色的手，左手食指上有一只宽宽的金戒指，戴在指关节边，指关节是发青的。

“你的面包是自己烤的吗，大妈？”

“先生？”她说。就这种口气。先生？像舞台上的口气。先生？“五分钱。还要别的吗？”

“不要了，大妈。我不需要什么了。可是这位小姐想要点什么。”老板娘身子不够高，没法越过面包柜子看外面，因此她走到柜台的末端朝外看这个小姑娘。

“是你刚才把她带进来的吗？”

“不是的，大妈。我进来的时候她已经在这儿了。”

“你这小坏蛋。”她说。她从柜台后面走了出来，不过没有碰那小姑娘。“你往兜里放了什么没有？”

“她身上根本没有兜，”我说，“她方才没干什么。只不过站在这儿等你。”

“那么门铃怎么没响呢？”她瞪视着我。她真该有一块电闸板的，真该在她那 2×2=5 的头颅后面装上一块黑板的。“她会把东西藏在衣服底下，谁也不会知道的。喂，孩子。你是怎么进来的？”

小姑娘一句话也不说。她瞅着老板娘，然后阴郁地朝我投来一瞥，又重新瞅着老板娘。“这帮外国人，”老板娘说，“门铃没响，她是怎么进来的呢？”

“我开门的时候她跟着一起进来的，”我说，“进来两个人，门铃就

---

① 美国国歌《星条旗》的歌词中有一句是：“自由人的国土，勇士们的家乡。”昆丁看到老板娘的脸（有犹太人的特色）与小姑娘的脸（有意大利人的特色）便下意识地把歌词改了一下。

响了一回。反正她在柜台外面什么也够不着。而且我想,她也不会乱拿东西的。你会吗,小妹妹?”小姑娘诡秘而若有所思地看着我。“你想要什么?是面包吗?”

她伸出拳头来。拳头打开,里面有一枚五分镍币,潮滋滋的挺脏,那湿漉漉的污垢都嵌进她的肉里去了。那枚镍币不但潮滋滋而且还有点热烘烘的。我都能闻到它的气味了,那是一股淡淡的金属味儿。

“你这儿有五分钱一只的长面包吗,大妈?”

她又从柜台下取出一张裁成正方形的报纸,放在柜台上,然后包了只面包在里面。我把那枚硬币放在柜台上,另外又加上一枚。“请你再拿一只那种圆面包,大妈。”

她又从柜子里取出一只圆面包。“把那一包给我。”她说。我递给她,她打开来,把第三只圆面包和长面包放在一起,包起来。收进硬币,从她的围裙里找出两枚铜板,递给我。我把它们交给小姑娘。她的手指弯起来把钱握紧,手指又湿又热,像是一条条毛毛虫。

“那只圆面包你打算给她吗?”老板娘说。

“是的,大妈,”我说,“我相信她吃你烤出来的面包也跟我吃起来一样的香。”

我拿起两个纸包,把那包长面包递给小姑娘,那上上下下都是铁灰色的老板娘冷冰冰地挺有主意地瞅着我们。“你们等一下。”她说着,便走进后间去了。隔开店堂的门打开又关上了。小姑娘瞧着我,把那包面包抱在她肮里肮脏的衣服前面。

“你叫什么名儿呀?”我问。她已经不看我了,但仍然一动也不动。她甚至不像是在呼吸。老板娘回来了。她手里拿着一件模样古怪的东西。从她捧着的模样看来,仿佛那是她养来供玩赏的小老鼠的尸体。

“给你。”她说。小姑娘瞅着她。“拿着呀。”老板娘说,一面把东西往小姑娘怀里塞去。“样子不太好看。不过我想你吃的时候是分辨不出有什么两样的。拿呀。我可不能整天站在这儿呀。”孩子接了过去,仍然瞅着她。老板娘在围裙上擦着手。“我得让人来把门铃修一修了。”她说。她走到门边,猛地用力把门拉开。小铃铛响了一声,轻轻的,很清脆,还是看不见从哪儿发出的。我们向门边走去,老板娘扭过头来瞧瞧我们。

“谢谢你送点心给她。”我说。

“这帮外国人，”她说，一边仰望着那发出铃声的幽暗的角落，“年轻人，听我的劝告，离他们远些。”

“是的，大妈。”我说。“走吧，小妹妹。”我们走了出去。“谢谢你，大妈。”

她把门砰地关上，紧接着又使劲拉开，使铃铛发出那一下微弱的响声。“外国人。”她说，一面向上瞥视那铃铛。

我们向前走着。“喂，”我说，“要不要吃点冰激凌？”她正在吃那块烤得七扭八歪的饼。“你喜欢吃冰激凌吗？”她阴郁地不动声色地看了我一眼，还在嚼着。“来吧。”

我们走进一家药房，要了一些冰激凌。她不肯放下手里的长面包。“你干吗不放下来好好吃？”我说，一面伸过手去接东西。可是她抱得紧紧的，同时像嚼乳脂糖那样地嚼着冰激凌。那块咬过的饼放在桌子上。她不停地吃冰激凌，然后又吃饼，一面看着周围那些玻璃橱柜。我吃完我的那份，接着我们两人走到街上。

“你家在哪边？”我问。

一辆马车，是一匹白马拉的那种。只不过皮保迪大夫是个大胖子。三百磅重。我们吊在他的马车上跟他一起上坡。[①] 孩子们。吊在车子上爬上坡比自己走还要累呢。你去看过医生了吗　你去看了没有凯蒂

没有必要我现在不好求人以后就会没事的不要紧的。

因为女人是那么娇弱那么神秘这话是父亲说的。[②] 两次月圆之间恰好有一次周期性的污物排泄保持着微妙的平衡。月亮他说圆圆的黄黄的她的大腿臀部就像是收获季节丰满的月亮。淌出来淌出来老是这样不过。黄黄的。像走路时翻上来的光脚掌。接着知道有个男人便把

---

① 昆丁看见街上的马车，想起自己小时候淘气的情形。接着又从大夫皮保迪想到自己叫凯蒂去看病（实际是怀孕）。皮保迪大夫在福克纳许多部小说中出现，是个大胖子。

② 想起父亲有一次在他面前所发的关于女人的议论。

这一切神秘与焦虑隐藏了起来。她们心里是那样外表上却装得像小鸟依人似的等待着人们去抚摩。腐败的液体像淹过后漂了起来的东西又像发白的橡皮里面气体没充满显得软疲疲的把忍冬花的香味和别的东西混同起来。

“你面包最好别吃,把它带回家去,好不好?”

她看着我。她一声不响,只顾不停地咀嚼着;每隔一会儿便有一小团东西在她咽喉里滑溜地咽下去。我打开我的纸包,拿出一只圆面包给她。“再见了。”我说。

我往前走了。过了一会我扭过头来。她跟在我的后面。“你的家在这头吗?”她一声不吭。她走在我身旁,可以说是就在我的胳膊肘下,一面走一面吃。我们一起往前走。街上很安静,几乎没有什么行人 把忍冬花的香味和别的东西混同起来她本来会告诉我别坐在那儿台阶上听到她在微光中砰然关上门的声音听到班吉仍然在哭喊晚饭时她本应会下楼来的把忍冬花的香味和别的东西混同起来 我们来到街角。

“哦,我得往这边走了,”我说,“再见了。”她也停住了脚步。她吞下最后一口点心,接着开始吃圆面包,眼光越过面包向我投来。“再见了。”我说。我拐上了另一条街往前走去,我一直走到下一个街角时才停下来。

“你的家在哪个方向?”我说。“是这边吗?”我朝街前方指了指。她只顾看着我。“你是住在另外那边吧?我敢肯定你是住在车站附近,火车停靠的地方。是不是呢?”她只顾看着我,目光安详、神秘,一边还在大嚼。街的两端都是空荡荡的,树木之间只有静谧的草坪和整齐的房屋,除了我们刚才走过的地方一个人影也没有。我们转过身来往回走。有两个男人在一家店铺门口的椅子上坐着。

“你们都认得这个小姑娘吗?她不知怎的黏上我了,她住在哪儿我问不出来。”

他们把眼光从我身上移开,去看那小女孩。

“准是新搬来的那些意大利人家的小孩。”一个男人说。他穿着一件铁锈色的礼服。“我以前见过她。你叫什么名儿,小姑娘?”她阴郁地朝他们瞅了好一会儿，下腭不停地动着。她一面咽一面还继续不停地咀嚼。

“也许她不会说英语。”另一个人说。

“她家里人派她出来买面包，”我说，“她肯定是多少会讲几句的。”

“你爸爸叫什么？”第一个说。“彼特？乔？还是约翰什么的？”她又咬了一口圆面包。

“我该拿她怎么办呢？”我说，“她一个劲儿地跟着我。我得赶回波士顿去了。”

“你是哈佛大学的吗？”

“是的，先生。我得动身回去了。”

“你可以到街那一头去把她交给安斯。他肯定在马车行里。他是警察局长。”

“看来也只好这样了，”我说，“我非得把她安排妥当不可。多谢了。小妹妹，来吧。”

我们往街那一头走去，顺着有阴影的那一边走，一幢幢房屋长短不等的影子向街心慢慢伸过去。我们来到马车行。警察局长不在。有个人坐在一把椅子上，椅子往那宽阔低矮的门洞里翘进去。一行行马厩里刮出一股带阿摩尼亚味的阴风，那人让我上邮局去找局长。他也不认识这个小姑娘。

“这些外国人。我根本分不出来他们谁是谁。你还是把她带到铁路那边他们住的地方去，没准有谁会认领她的。”

我们走到邮局。邮局在街的另一头。刚才看见的那个穿礼服的人正在翻开一份报纸。

“安斯刚刚赶了车到城外去了，”他说，“我看你最好还是到火车站后面河边他们聚居的地方去走一趟。那儿总有人认得她的。”

“我看也只好如此了，”我说，“来吧，小妹妹。”她把最后一小块面包塞进嘴巴，咽了下去。“还要再来一只吗？”我说。她一面咀嚼，一面瞧着我，两只眼睛乌溜溜的，一眨不眨，显出友好的神情。我把另外两只圆面包取出来，给了她一只，自己吃另外一只。我跟一个行人打听火车站怎么走，他指点了我。“来吧，小妹妹。”

我们来到车站，跨过铁路，河就在这儿。有一座桥横跨在河上，沿河是一排乱七八糟的木框架房子，它们背靠着河，形成了一条街道。这是一条湫隘鄙陋的小街，却自有一种五方杂处的生气勃勃的气氛。在一块用残缺不全的栅栏围起来的空地上，有一辆不知哪辈子的歪歪斜斜的破马车，还有一幢饱经风霜的老房子，楼窗上挂着一件鲜艳的淡红色外套。

“这像是你的家吗？”我说。她的眼光越过小圆面包向我瞥来。“是这儿吗？”我指着那幢房子说。她只顾嚼着面包，可是我仿佛觉察出她的神态里有某种肯定、默认的意思，虽然并不热切。“是这儿吗？”我说，“那么来吧。”我走进那扇破破烂烂的院门。我扭过头来看看她。“是这儿吗？”我说，“这儿像是你的家吗？”

她瞅着我，急急地点了点头，又在潮湿的、半月形的圆面包上咬了一口。我们往前走去。一条用形状不规则的碎石板铺成的小径一直通到半坍塌的台阶前，石板缝里钻出了新长出来的又粗又硬的乱草。屋子里外毫无动静，没有风，所以楼窗上挂的那件红外套也是纹丝不动。门上有只瓷制的门铃拉手，连着大约六英尺长的电线，我抽回拉铃的手，改而敲门。那小姑娘嚼着面包，面包皮从嘴缝里戳了出来。

一个妇人来开门了。她瞧了瞧我，接着用意大利语和小姑娘叽里呱啦地讲了起来，她语调不断提高，接着停顿了一下，仿佛是在提问。她接着又跟小姑娘讲话了，小姑娘的眼光越过嘴巴外面的面包皮看着她，一面用一只脏手把面包皮往嘴巴里推。

“她说她住在这儿，”我说，“我是在大街上碰到她的。这是你让她买的面包吗？”

“英语俺不会。”那妇人说，她又对小姑娘说起话来了。小姑娘光是一个劲儿地瞅着她。

“她不是住在这儿的吗？”我说，指指小姑娘，又指指她，又指指那扇门。那妇人摇摇头。她叽里呱啦地说话。她走到门廊边，朝街那头指了指，嘴巴里还一直不停地说着。

我大幅度地点头。“你来指点一下好吗？”我说。我一只手拉住她的胳膊，另一只手朝街那边挥挥。她急急地说着，一面用手指了指：

"你来指给我看吧。"我说,想把她拉下台阶。

"Si,si.①"她说,身子不断地往回缩,一边朝某个方向指了指,我也弄不清到底指的是什么地方。我又点了点头。

"谢谢。谢谢。谢谢了。"我走下台阶,向院门走去,虽然不是小跑,却也是走得够快的。我来到院门口,停下脚步,看着那小姑娘。面包皮现在不见了,她瞪大了那双黑眼睛友好地看着我。那妇人站在台阶上观察着我们。

"那就走吧,"我说,"我们迟早总会找到你的家的。"

她紧挨着我的胳膊肘走着。我们一起往前走。一幢幢房子看上去都像是空荡荡的。见不到一个人影儿。有一种空房子才有的让人透不过气来的感觉。但这么些房子不可能都是空的。如果你能突然一下子把所有的墙拆掉,便会看到各个不同的许多房间。太太,这是您的女儿,请您领回去吧。不。太太,看在上帝的分上,把您的女儿领回去吧。她紧挨着我的胳膊肘往前走,两根扎得紧紧的小辫闪闪发亮,可是这时最后一幢房子也掉在后边了,那条街顺着河边拐了个弯,消失在一堵墙的后面。那妇人这时走到破破烂烂的院门外来了,头上包着一条头巾,一只手在下巴下面抓住了头巾的两只角。那条路弯弯曲曲地向前伸延,路上空荡荡的。我摸出一枚硬币。塞给小姑娘。那是枚两角五的硬币。"再见了,小妹妹。"我说。接着我拔腿跑开了。

我跑得很快,连头也不回。但是在路快拐弯的地方我扭过头来看了看。她,一个小小的人影,站在路当中,仍然把那只长面包抱紧在肮脏的小衣裙前,眼睛定定的,乌黑乌黑的,一眨也不眨。我继续往前奔跑。

前面有一条小巷从路上岔了开去。我进入小巷,过了一会儿,我放慢速度,从小跑变成快走。小巷两边都是建筑物的背部——没有上漆的房子,晾衣绳上晾的颜色鲜亮刺眼的衣服更多了,有一座谷仓后墙坍塌了,在茂盛的果树间静静地朽烂着,那些果树久未修剪,四周的杂草使它喘不过气来,开着粉红色和白色的花,给阳光一照,给蜂群的嘤嘤

① 意大利语:好的,好的。

声一烘托，显得挺热闹。我扭过头去看看。巷口那儿并没有人。我步子放得更慢了，我的影子在我身边慢慢地踱着步，影子的头部在遮没了栅栏的杂草间滑动。

那条小巷一直通到一扇插上门闩的栅门前，在草丛里消失了，成为在新长出来的草里忽隐忽现的小径。我爬过栅门，进入一片树木茂密的院子，我穿过院子来到另外一堵墙前，我顺着墙走，现在我的影子落在我后面了。墙上有蔓藤与爬山虎之类的植物，在家乡，那就该是忍冬花了。一阵一阵地袭来，特别是在阴雨的黄昏时节，什么东西里都混杂着忍冬的香味，仿佛没有这香味事情还不够烦人似的。你干吗让他吻你吻你①

我没有让他吻我我只是让他看着我这就使他变得疯疯癫癫的了。你觉得怎么样？我一巴掌给她脸上留下一个红印就像是手底下开亮一盏电灯顿时使她的眼睛熠熠发亮

我不是因为你跟别人接吻才打你。十五岁的姑娘家吃饭还把胳膊肘支在饭桌上父亲说你咽东西时好像嗓子眼里鲠着根鱼骨头似的你和凯蒂怎么的啦你们坐在餐桌边我的对面却不抬起头来看我。那是因为你吻的是城里的一个神气活现的臭小子我才打你你说不说你说不说这下子你该说"牛绳"②了吧。我发红的巴掌离开她的脸颊。你觉着怎么样我把她的头往草里按。草梗纵横交叉地嵌进她的肉里使她感到刺痛我把她的头往草里按。说"牛绳"呀你说还是不说

我反正没跟娜塔丽③这样下流的女孩子接吻那堵墙没入到阴影里去了，接着我的影子也消失了，我又骗过它了。我忘了河道是和路一起蜿蜒伸延的了。我爬过那堵墙。却不料她正在看着我跳下来，那只长面包还抱在胸前。

我站在草丛里，我们两人面对面地互相看了一会儿。

"你刚才干吗不告诉我你就住在这边，小妹妹？"那张包面包的报

---

① 又想起凯蒂小时候与一少年接吻的事。

② 美国南方，男孩子欺侮女孩子时，爱揪住她们的发辫，让她们求饶，非要她们承认自己的发辫是"牛绳"，才肯松手。

③ 康普生家邻居的女孩子。

纸越来越破,已经需要另换一张了。“好吧,那就过来把你的家指给我看吧。”没有吻像娜塔丽这样下流的女孩子。天在下雨①我们能听见屋顶上的声音,声音像叹息一样传遍了谷仓高大香甜的空间。

这儿吗?摸触着她

不是这儿

这儿吗?雨下得不大可是我们除了屋顶上的雨声之外什么也听不见仿佛那是我的血液和她的血液的搏动声

她把我推下梯子一溜烟地跑开了凯蒂跑开了

是这儿疼吗凯蒂跑开时是这儿吗

噢她紧挨着我的胳膊肘往前走着,那头漆皮似的黑发,那只包的报纸越来越破的长面包。

“如果你不快些回家,包面包的纸全都要破了。你妈妈该说你了!”我敢说我能把你抱起来

你抱不动我太重了

凯蒂真的走了吗她进我们家了吗从我们家是看不见谷仓的你试过从我们家看谷仓

那是她不好她把我推开她跑了

我能把你抱起来你瞧我能

哦她的血还是我的血哦　我们走在薄薄的尘土上,在一束束光柱从树丛里斜照下来的薄薄的尘土上,我们的脚步像橡皮一样,几乎不发出什么声音。我又能感觉到河水在隐秘的阴影里迅疾而静静地流淌。

“你的家真远,是吗。你真聪明,这么远还能一个人到镇上去买面包。”这就跟坐着跳舞似的,你坐着跳过舞吗?我们能听到下雨声,小谷仓里有一只耗子在走动,空空的马栏里没有马儿。你是怎么搂住跳舞的是这么搂的吗

哦

我一直是这么搂的你以为我力气不够大是吗

哦哦哦哦

① 又从凯蒂与他顶嘴的事想到另一次他与娜塔丽玩“坐下来跳舞”的情景。

我搂的是这么一直我是说你听见我方才说的没有我说的是

哦哦哦哦

那条路继续向前延伸,静寂而空荡荡的,阳光越来越斜了。她那两条直僵僵的小辫子在辫梢处是用深红色的小布头扎起来的。她走路时包面包的纸的一角轻轻地拍打着,面包的尖儿露了出来。我停了下来。

"听着。你真的是住在这边吗?我们走了快一英里了,一幢房子也没有啊。"

她瞧瞧我,阴郁的眼睛诡秘而又友好。

"你住在哪儿啊,小妹妹?难道不是住在镇上?"

树林里不知哪儿有一只鸟在叫唤,在断断续续、不经常出现的斜射的阳光之外。

"你爸爸要为你担心了。你买了面包不马上回家,你爸爸该拿鞭子抽你了吧?"

那只鸟又在啼鸣,仍然看不见它在哪儿,只听见一个毫无意义的深沉的声音,高低也没有变化,它突然停止了,仿佛是被刀子一下子切断似的,接着又啼鸣起来,而河水在隐秘的地方迅疾而静静地流淌的那种感觉又出现了,这既不是看见的也不是听到的,而是感觉出来的。

"哦,真该死,小妹妹。"大约半张包面包的报纸已经软疲疲地挂了下来。"这张纸现在已经不起作用了。"我把它扯了下来,扔在路旁。"走吧。咱们还得回镇上去呢。我们这回打河边走回去吧。"

我们离开了那条路。在青苔之间生长着一些苍白色的小花,还有对那听不见看不到的水的感觉。我搂的是这么一直我是说我一直是这么搂的。她站在门口瞧着我们两只手插在后腰上

你推我了那是你不好把我弄得好疼

我们方才是在坐着跳舞我敢说凯蒂不会坐着跳舞

别这样别这样

我不过是想把你衣服后背上的草皮粒屑掸掉

你快把你那双下流的脏手拿开别碰我都是你不好你把我推倒在地上我恨死你了

我不在乎她在瞧着我们仍然气鼓鼓的她走开去了我们开始听见叫

嚷声和泼水声;我看见一个棕褐色的人体在阳光中闪了一下。

仍然气鼓鼓的。我的衬衫开始湿了,头发也开始湿了。雨点掠过屋顶只听得现在屋顶上响起一片雨声我看见娜塔丽在雨中穿过花园走去。全身都湿了我盼你害上肺炎你回家去吧牛脸臭丫头。我用尽力气往猪打滚的水坑里跳去黄泥汤没到我的腰间臭烘烘的我不断地乱蹦直到我倒了下去在里面乱滚 “听见他们在河里游泳了吗,小妹妹?我也挺想去游一下呢。”要是我有时间。等我有了时间。我又能听见我的表的嘀嗒声了。泥汤比雨水暖和可是臭不可闻。她转了过去背对着我我绕到她的前面去。你知道我方才在干什么吗?她转过身去我绕到她的前面去雨水渗进了泥沼渗透了她的衣裙使她的小背心紧紧地粘在身上弄得臭气冲天。我只不过是抱了抱她[①]我方才不过就干了这个。她扭过身去我又绕到她的前面去。我只不过是抱了抱她我告诉你。

我才不在乎你方才干了什么呢

你不在乎你不在乎我要让你我要让你在乎。她把我两只手打了开去我用一只手把稀泥抹在她身上她用湿巴掌掴了我一个耳光我都没有感觉到我从裤腿上刮下稀泥涂在她那淋湿而僵直的转动着的身体上听到她的手指抓我脸的声音可是我毫无感觉尽管我的嘴唇舔到雨水开始觉得甜丝丝的

在水里的那些人先看到我们,那些头和肩膀露出在水面上的人。他们嚷叫着,其中一个蹲着的人挺直身子,跳到他们当中去了。他们看上去活像一只只海狸,河水在他们下巴颏边拍打着,他们喊道:

“把小姑娘带开!你带女孩子来想干什么?走开走开!”

“她不会伤害你们的。我们只想看一会儿。”

他们蹲在水里。他们的脑袋凑在一起注视着我们,接着他们散开朝我们冲来,用手舀起水向我们泼来。我们赶紧躲开。

“小心点,孩子们;她不会伤害你们的。”

“滚开,哈佛学生!”那是第二个男孩,就是方才在桥上想要马和马

---

① 这里的“她”指娜塔丽,前面后面的“她”都指凯蒂。

车的那个,“泼他们呀,伙伴们!”

“咱们上岸去把他们扔到水里,”另一个孩子说,“我才不怕女孩子呢!”

“泼呀! 泼呀!”他们一面泼水,一面向我们冲来。我们往后退。“滚开!”他们喊道,“快点滚开!”

我们走开了。他们紧挨着河岸蹲着,滑溜溜的脑袋在明晃晃的河水上排成一行。我们继续往前走。“那儿不是咱们去的地方,是不是?”阳光从枝叶间透进来照在点点青苔上,光线更平更低了。“可怜的孩子,谁叫你是个丫头呢。”青苔之间长着一些小花,我从未见到过这么小的花。“谁叫你是个丫头呢,可怜的孩子。”沿河有一条小径,弯弯曲曲地向前延伸。到这里,河水又变得平静了,黑黑的、静静的,流得挺急。“谁叫你是个丫头,可怜的小妹妹。”我们喘着气躺在潮湿的草地上雨点像冰冷的子弹打在我的背上。你现在还在乎不在乎还在乎不在乎还在乎不在乎

我的天哪咱们脏得赶上泥猴了快起来。雨点打在我的前额上打到哪儿哪儿便感到刺痛我的手沾上了红色的血给雨一淋现出了一道道粉红色。你疼吗①

当然疼的你以为会怎么样

我刚才真想把你的眼珠都抠出来我的天哪咱们准是臭得没法说了咱们还是到小河沟里去洗洗吧 “又来到镇上了,小妹妹。你现在非得回家不可了。我也得回学校去了。你看天已经不早了。你现在该回家去了,是不是?”可是她仅仅用她那双阴郁、诡秘、友好的眼睛盯视着我,那只露出了一半的长面包还紧紧地抱在胸前。“面包都湿了。我还以为我们及时跳开没泼到水呢。”我拿出手帕想把面包擦擦干,可是一擦面包皮就往下掉,于是我就不擦了。“只好让它自己干了。你这么拿。”她就按我教的拿着。现在面包的模样像是给耗子啃过的一样。

于是水沿着蹲在沟里的背脊一点点往上升那层脱落的泥皮发出了恶臭雨点啪嗒啪嗒地打着皮肤上显出了一个个小坑就像热炉子上的油脂

① 他的脸被凯蒂抓得出了血,所以凯蒂这样问他。

似的。我告诉过你我会让你在乎

我才不在乎你干了什么呢

这时我们听到了跑步声,我们停下脚步扭过头来,看见这人沿着小路朝我们奔来,平平的树影在他的大腿上滑过。

“他急得很呢。我们还是——”这时我看见有另一个人,是个上了点年纪的人,在吃力地跑着,手里拿着一根棍子,还有一个光着上身的男孩跟在后面,一边跑一边把他的裤子往上提。

“那是朱里奥。”小姑娘开腔了,话没说完,一个人向我扑来,我看清他长着一张意大利人的脸和一双意大利人的眼睛。我们一块摔倒在地。他用双手使劲擂打我的脸,嘴里骂骂咧咧的,那劲头像是要咬我几口才解恨。这时,人们把他拖了开去,拽紧他,他胸口一起一伏,拳头乱挥,又是喊又是叫,他们捉住了他的胳膊,他就想法用脚踢我,人们只得又把他往后拖。那小姑娘号啕大哭起来,两只胳膊搂着那只长面包。那个光脊梁的男孩在一跳一蹦地向前冲,一边还拽住了他的裤子。这时,不知是谁把我搀了起来,我一边起来一边看到另一个男孩,一个一丝不挂的男孩,绕过小路静静的拐弯处向我们跑来,跑到一半突然改变方向,跳进了树丛,几件硬得像木板似的衣服也跟在他后面飞进树丛。朱里奥还在挣扎。那个搀我起来的人说:“嚯,行了。我们可把你逮住了。”他没穿外衣,光穿了一件西服背心。上面别着一只金属徽章①。他另外那只手里拿着一根多瘤的光滑的棍子。

“你就是安斯,对吗?”我说,“我方才到处在找你。这是怎么一回事?”

“我可要警告你,你说的每一句话在法庭上都会用来反对你。”他说,“你被逮捕了。”

“我要把他宰了。”朱里奥说。他还在挣扎。两个人抓住了他。小姑娘不停地嚎着,一面还抱住那只面包。“你拐走我的妹妹。”朱里奥说,“先生们,咱们走吧。”

---

① 这是镇上警长的标志。

“拐走他的妹妹?”我说,“什么呀,我还一直在——”

“别说了,”安斯说,“你有话到法官面前说去。”

“拐走他的妹妹?”我说。朱里奥挣脱了那两个人又向我扑来,可是警长挡住了他,双方扭打了一番,最后那两个人重新扭住了他的双臂。安斯气喘吁吁地放开了他。

“你这混账外国人,”他说,“我真想把你也关起来,你犯了人身伤害罪。”他又转身向着我,“你愿意老老实实自己走呢,还是要我把你铐走?”

“我跟你去就是了。”我说,“怎么都行,只要我能找到一个人——来搞清楚——什么拐走他妹妹,”我说,“拐走他妹妹——”

“我可警告过你了,”安斯说,“他是要告你一个蓄意强奸幼女罪。嗨你,让那丫头别吵了行不行。”

“噢,原来如此。”我说。这时我忍不住大笑起来。又有两个头发湿淋淋像石膏一样粘在脑袋上、眼睛圆鼓鼓的男孩从树丛里钻了出来,一边还在扣衬衣的纽扣,衬衣都湿了。粘在他们的肩膀和胳膊上。我想止住不笑,可是办不到。

“瞧着他点儿,安斯,我看他疯了。”

“我一定要停一停下来,”我说,“我一分——一分钟之内就会好的。那回我也止不住要说啊—啊—啊,”我说,一面还在大笑,“让我坐一会儿。”我坐了下来,他们注视着我,还有那个泪痕满面、怀里搂住一只像是啃过的面包的小姑娘,而河水在小路下面迅疾而静静地流着。过了一会,我不想笑了。可是嗓子却不听我的命令,径自在笑,正像胃里已经吐得一干二净,可还在干呕那样。

“喂,行了,”安斯说,“忍住点儿吧。”

“好的。”我说,使劲憋住了嗓子眼。天上飞舞着另一只黄蝴蝶,就像是一小片阳光逃逸了出来似的。过了一会,我不用再那么使劲憋气了。我站起身来。“我好了。朝哪边走?”

我们顺着小路往前走,那两个看着朱里奥的、小姑娘以及那几个男孩跟在我们后面。小路沿着河一直通到桥头,我们过了桥,跨过铁轨,人们都走到门口来看我们,越来越多的男孩不知打哪儿钻了出来,等我们拐上大街，已经是一支浩浩荡荡的队伍了。药房门口停着一辆汽车，一辆挺大的轿车，我先没认出车子里的人是谁，这时我听到布兰特太太叫道：

“咦，那不是昆丁吗！昆丁·康普生！”接着我看到了吉拉德，还看见斯波特坐在后座，脑袋靠在座位靠背上。还有施里夫。那两个姑娘我不认得。

“昆丁·康普生！”布兰特太太喊道。

“下午好，”我说，把帽子举了举，“我被逮捕了。我遗憾得很，没能看到你的字条。施里夫跟你说了吗？”

“被逮捕了？”施里夫说，“对不起。”他说。他使劲挺起身来，跨过那些人的腿儿，下了汽车。他穿的法兰绒裤子是我的，紧绷在身上，像手上戴的手套那么紧。我都记不起我还有这条裤子，正如我也忘掉布兰特太太有几重下巴了。最漂亮的那个姑娘也在前座，和吉拉德坐在一起。姑娘们透过面纱看着我，露出一副娇气的惊恐的神情。“谁被逮捕啦？”施里夫说，“是怎么一回事啊，先生？”

“吉拉德，”布兰特太太说，“你把这些人打发走。昆丁，你上车吧。”

吉拉德走下车。斯波特却一动也不动。

“他犯了什么案，老总？”他说，“是抢了鸡笼是吗？”

“我可要警告你，”安斯说，“你认识这个犯人吗？”

“认识又怎么样，”施里夫说，“我告诉你——”

“那你也一块儿上法官那儿去。你在妨碍司法工作。走吧。”他推推我的肩膀。

“那么，再见了，”我说，“我很高兴能见到大家。很抱歉不能跟你们在一起。”

“你想办法呀，吉拉德。”布兰特太太说。

“听我说，巡警。”吉拉德说。

“我警告你，你这是在干涉一个警官执行法律，”安斯说，“你有话要说，尽可以到法官面前去说，可以去表明你认得犯人。”我们往前走去。现在我们这支队伍越来越庞大了，领队的是安斯和我。我听见后面的人们在告诉他们这是怎么一回事,斯波特提了一些问题,于是朱里奥又激昂慷慨地用意大利语说了一通。我回过头去,看见那小姑娘站在街石旁,用她那友好、神秘莫测的眼光瞅着我。

"快回家去,"朱里奥冲着她喊道,"看我不把你揍扁了。"

我们顺着大街往前走了一段路,拐上一片草坪,在那儿离街较远的地方坐落着一座镶白边的砖砌平房。我们踩着石块铺的小路来到门口,安斯做了个手势让大伙儿待在门外,只带我们几个人进去。我们走进一间光秃秃的房间。里面有一股隔夜的烟味儿。木格栏当中有一只铁皮火炉,周围地上铺满了沙子。墙上钉着一张发黄的地图,那是张破旧的本镇平面图。在一张疤痕斑斑、堆满东西的桌子后面,坐着一个满头铁灰色乱发的人,正透过钢边眼镜窥看我们。

"逮着他了,是吗,安斯?"他说。

"逮着了,法官。"

法官打开一个积满尘土的大本子,拉到自己跟前,把一支肮脏的钢笔往一只墨水瓶里蘸了蘸,那里面盛的与其说是墨水,还不如说是煤末。

"等一等,先生。"施里夫说。

"犯人叫什么?"法官问。我告诉了他。他慢条斯理地往本子上写,那支破笔故意刮出一种折磨神经的声音。

"等一等,先生,"施里夫说,"我们认识这个人的。我们——"

"遵守法庭秩序。"安斯说。

"别说了,老弟,"斯波特说,"让他按他的规矩做吧。他反正要这么干的。"

"年龄。"法官说。我告诉了他。他往本子上记,一面写一面嘴巴在嗫动。"职业。"我告诉了他。"哈佛学生,呃?"他说。他抬起眼睛看看我,脖子往下弯低了一些,好从眼镜上边窥看我。他的眼睛清澈、冰冷,像是山羊的眼睛。"你上这儿来干吗,是来拐孩子的吗?"

"他们疯了,法官,"施里夫说,"如果说这个小伙子要拐骗——"

朱里奥蹦了起来。"疯了?"他说,"我不是当场逮住他了吗,呃?我亲眼看到——"

“你胡说八道，”施里夫说，“你根本没有——”

“安静，安静。”安斯提高了嗓子嚷道。

“你们都给我闭嘴，”法官说，“安斯，要是他们再吵吵，就把他们轰出去。”大家都不吱声了。法官先看看施里夫，又看看斯波特，再看看吉拉德。“你认识这个年轻人吗？”他问斯波特。

“是的，法官先生，”斯波特说，“他不过是个到哈佛来念书的乡下小伙子。他可是个守本分的人。我想警长会发现这里面有误会。他父亲是公理会的一个牧师呢。”

“唔，”法官说，“你方才到底在干什么？”我告诉了他，他呢，用那双冷冷的灰色眼睛打量着我。“怎么样，安斯？”

“兴许就是这么回事，”安斯说，“那些外国人说话没准数。”

“我是美国人，”朱里奥说，“我有护照。”

“小姑娘在哪儿？”

“他打发她回家去了。”安斯说。

“她当时有没有惊慌失措什么的？”

“朱里奥向犯人身上扑过去之后她才惊慌失措的。当时他们正沿着河边小路往镇上走。有几个在河里游泳的男孩告诉我们他们走的是哪条路。”

“这里边有误会，法官，”斯波特说，“孩子们和狗都是这样，一见他就喜欢。他自己也没有办法。”

“哼。”法官哼了一声。他朝窗外望了一会儿。我们大家都注视着他。我还能听见朱里奥挠痒痒的声音。法官把眼光收了回来。

“小姑娘没受到什么损害，这一点你是满意的吧？喂，问你呢！”

“总算还没受到损害。”朱里奥闷闷不乐地说。

“你是撂下手里的活儿去找她的，是不是？”

“当然啦。我是跑来的。我拼命地跑。这儿找啊，那儿找啊，后来总算有人告诉我看见这人给我妹妹东西吃。她就跟他走了。”

“哼，”法官说，“好吧，小伙子，我看你得给朱里奥赔偿一些损失，你耽误了他的工作。”

“好的，先生，”我说，“赔多少钱？”

“一块钱就行了，我看。”

我给了朱里奥一块钱。

“嗯，”斯波特说，“如果事情到此为止——我想可以释放他了吧，法官先生？”

法官根本不朝他看。“你跑了多远才找到他的，安斯？”

“至少有两英里。我们差不多花了两个小时才找到了他。”

“呣。”法官说。他沉吟了片刻。我们注视着他，看着他满头直直的头发，看着低低地架在他鼻梁上的眼镜。从窗框里投下的那摊黄色影子一点点在地板上移过去，抵达墙根，往上爬去。细细的尘埃在打旋，形成了一道道斜斜的光柱。“六块钱。”

“六块钱。”施里夫说，“干什么？”

“六块钱。”法官说。他盯住施里夫看了一会儿，然后又把眼光停在我身上。

“等一等。”施里夫说。

“别啰嗦了，”斯波特说，“把钱给他，老弟，给完就走人。女士们还在等着我们呢。你身上有六块钱吗？”

“有。”我说。我给了他六块钱。

“审判结束了。”他说。

“问他要一张收据，”施里夫说，“你交了钱就应该拿到收据。”

法官不动声色地看着施里夫。“审判结束了。”他说，声调丝毫没有提高。

“简直不像话——”施里夫说。

“走吧走吧。”斯波特说，拉着他的胳膊。“再见了，法官。谢谢你了。”我们刚走出门，就听见朱里奥又嚷了起来，恶狠狠的，过了一会又止住了。斯波特打量着我，他那双棕色的眼睛带着嘲弄的意味，有点儿冷淡。“哦，老弟，我看自此以后你只好到波士顿去追姑娘了。”

“你这个大笨蛋，”施里夫说，“你在这里兜圈子，跟意大利人厮混在一起，到底是什么意思？”

“走吧，”斯波特说，“她们一定越来越不耐烦了。”

布兰特太太在跟那两位小姐讲话。她们一个是霍尔姆斯小姐，一个是丹吉菲尔小姐，一见我来，便不再听她讲话，又用那种娇气的惊恐而好奇的眼光看着我，她们的面纱翻起在她们的小白鼻子上，神秘的眼光在面纱下面流星般闪来闪去。

“昆丁·康普生，”布兰特太太说，“你母亲会怎么说呢？年轻人遇上扎手的事，这倒不足为奇，可是走走路让一个乡下巡警抓去，这可太难为情了。他们说他干了什么不好的事，吉拉德？”

“没什么。”吉拉德说。

“胡扯。到底是什么，你说，斯波特。”

“他想拐走那个肮里肮脏的小丫头，可是他们及时赶到逮住了他。”斯波特说。

“真是胡扯。”布兰特太太说，可是她的口气不知怎的软了下来。她打量了我一会儿，两个姑娘步调一致地轻声往里吸了一口气。“真不像话，”布兰特太太急急地说，“这些没有知识的下等北方人哪会干出什么好事来。上车吧，昆丁。”

施里夫和我坐在两张可折叠的小加座上。吉拉德用曲柄发动了引擎，爬进车子，我们便开车了。

“好，昆丁，你把这档子蠢事原原本本地告诉我。”布兰特太太说。我告诉了他们。施里夫缩起脖子，在他那个小座位上生气，斯波特又往座背上一靠，挤在丹吉菲尔小姐身边。

“有意思，昆丁长期以来一直把我们骗了，”斯波特说，“长期以来我们全都以为他是个模范青年，是个可以托妻寄女的人，直到今天干出了这伤天害理的事被警察逮住，我们才恍然大悟。”

“住嘴，斯波特。”布兰特太太说。我们沿街开去，越过了桥，经过窗上挂着件红外衣的那幢房子。“这就是你不看我的字条的结果，你干吗不去拿呢？麦肯齐先生①说他告诉过你条子在房间里。”

“是的，夫人。我是想去取的，可是我一直没机会回去。”

“要不是麦肯齐先生，我不知道还要在那儿坐在汽车里等多久呢。

---

① 即施里夫，麦肯齐是他的姓。

他告诉我们你没有回去，这就空出来一只座位，我们就邀请他一起参加了。不过我们还是非常欢迎你来的，麦肯齐先生。”施里夫一声不吭。他抱着两只胳膊，眼光越过吉拉德的鸭舌帽向前瞪视。这种帽子，据布兰特太太说，是英国人开汽车时戴的。我们经过那幢房子后，又经过了三幢，来到一个院子前，那个小姑娘就站在院门口。她现在手里没有面包了，她脸上一道一道的，像是沾上了煤末。我向她挥挥手，她没有理我，仅仅缓缓转动着脑袋，用她那双一眨不眨的眼睛追随着我们的汽车。接着我们行驶在一堵墙前，我们的影子在墙上滑过，过了一会儿，我们驶过一张扔在路边的破报纸，我又忍不住大笑起来。我感觉到它就在我的嗓子眼里，我朝车窗外的树林里看去，下午的阳光斜斜地挂在树上，我想着这个下午所经历的事，想起那只鸟和那些游泳的男孩。可是我仍然抑制不住要笑。这时我明白，如果我过度抑制自己，我会哭起来的，我想起我以前想过：我做不了童男子了，因为有那么多姑娘在阴影里走来走去，用柔和的莺声燕语在说悄悄话，她们待在暗处，声音传了出来，香气传了出来，你看不到她们的星眸却能感到她们用眼光在扫射你，可是如果事情那么容易做到那就算不得一回事了，如果那算不得一回事那我算什么。这时布兰特太太说了：“昆丁，你怎么啦？他是病了吧，麦肯齐先生？”于是施里夫用他胖嘟嘟的手拍拍我的膝盖，斯波特开口说话，我呢，也不设法克制笑声了。

“麦肯齐先生，如果那只篮子妨碍他的话，请你挪到你脚底下去。我带来了一篮子葡萄酒，因为我认为年轻的绅士应该喝点酒，尽管我的父亲，吉拉德的外公” 做过这样的事吗①你做过这样的事吗。在朦胧中只有极微弱极微弱的光线她的双手扣在

“年轻人弄到了酒，自然就喝。”斯波特说。“是吗，施里夫？”她的膝盖她的脸仰望着天空她脸上脖子上一片忍冬的香味

“也喝啤酒。”施里夫说。他的手又拍拍我的膝盖。我又挪动了一下膝头。 像薄薄的一层紫丁香色的涂料谈起了他就会

① 联想到凯蒂失去贞操那晚他与凯蒂谈话的情景，下面几段就是当时汽车中几个人的对白和他头脑中的回忆的交错。

“你算不上绅士。”斯波特说。　让他横梗在我们中间直到她的身影依稀可以从黑暗中辨认出来。

“是的。我是加拿大人。”施里夫说。　谈起了他船桨跟随着他一路眨眼前进那种帽子可是英国人开汽车时戴的一路上不断向下伛去这两个人合二而一怎么也分不清了①他当过兵杀过人

“我非常喜欢加拿大，”丹吉菲尔小姐说，“我觉得那地方美极了。”

“你喝过香水吗？”斯波特说。他一只手就能把她举到自己肩膀上带着她跑着跑着。跑着

“没喝过。”施里夫说。那畜生跑着两只背相叠在一起她在眨着眼的桨影中变得模糊了跑着那只优波流斯②的猪一边跑着一边交配凯蒂在这期间里和多少个

“我也没喝过。”斯波特说。我也不知道反正很多我心里有件很可怕的事很可怕的事。父亲我犯了罪。③ 你做过那样的事吗。我们没有我们没有做过我们做过吗

“而吉拉德的外公总是在早饭前自己去采薄荷，那时枝叶上还沾着露水。他甚至不肯让老威尔基④碰那棵薄荷，你记得吗，吉拉德？他总是自己采了自己配制他的薄荷威士忌。他调酒上头可挑剔了，像个老小姐似的，他记住了一份配方，一切都按这配方来要求。他这份配方只告诉过一个人，那是”我们做过你怎么会不知道呢如果你有耐心听那就让我来告诉你那是怎么一回事那是一桩罪行我们犯下了一桩可怕的罪行那是隐瞒不了的你以为可以不过你听我说呀　可怜的昆丁你根本没做过这件事是不是　我要告诉你这是怎么一回事我要告诉父亲这样一来这就成为事实了因为你爱父亲这样一来我们只有出走这一条路

---

① 昆丁在这里下意识地把吉拉德与凯蒂的情人达尔顿·艾密司混淆了起来。

② “背相叠在一起”，莎士比亚的《奥瑟罗》里，伊阿古用这样的说法喻指交媾行为。优波流斯是古希腊神话中的神，冥府的管理者，他常以牧猪人的形象出现。当珀耳塞福涅被普路同劫走时他正好在场，他的猪群亦随之而消失。

③ 昆丁坚持要去向父亲承认他犯下了乱伦的大错。

④ 吉拉德外公家的黑男佣。

了①置身在扎人的恐怖之中那圣洁的火焰我会逼你承认我们做过这件事的我比你力气大我会逼你说是我们干的你过去以为是他们干的其实是我听着我一直是在骗你其实是我你当时以为我在屋子里那里弥漫着那该死的忍冬香味尽量不去想那秋千那雪杉那神秘的起伏那搅混在一起的呼吸吮吸着狂野的呼吸那一声声是的**是**的**是**的是的“他自己从来不喝酒,可是他总是说一篮子酒②你上回念的是哪本书在吉拉德划船服里的那一本是每一个绅士郊游野餐时必不可少的用品” 你当时爱他们吗凯蒂你当时爱他们吗。他们抚触到我时我就死过去了

她一下子就站在了那里③紧接着他就大叫大喊起来使劲拉她的衣服他们一起走进门厅走上楼梯一面大叫大喊把她往楼上推推到浴室门口停了下来她背靠在门上一条胳膊挡住了脸他大叫大喊想把她推进浴室去后来她走进餐厅来吃晚饭 T. P. 正在喂他吃饭他又发作了先是呜噜呜噜地哼哼等她摸了他一下他便大叫大喊起来她站在那儿眼睛里的神色就像一只被猫逼在角落里的老鼠那样后来我在灰暗的朦胧中奔跑空气中有一股雨的气息以及潮湿温暖的空气使各种各样的花吐出芬芳而蛐蛐儿在高一阵低一阵地鸣叫用一个移动的沉寂的圈子伴随着我脚步的前进阿欢在栅栏里瞧我跑过它黑乎乎的有如晾在绳子上的一条被子我想那个黑鬼真混蛋又忘了喂它了我在蛐蛐鸣叫声的真空中跑下小山就像是掠过镜面的一团气流她正躺在水里她的头枕在沙滩上水没到她的腰腿间在那里拍动着水里还有一丝微光她的裙子已经一半浸透随着水波的拍击在她两侧沉重地掀动着这水并不通到哪里去光是自己在那里扑通扑通地拍打着我站在岸上水淹不到的土岬上我又闻到了忍冬的香味浓得仿佛天上在下着忍冬香味的蒙蒙细雨在蛐蛐声的伴奏下它几乎已经成为你的皮肉能够感觉到的一种物质

---

① 昆丁企图用这一手段把自己与凯蒂从这个世界中“游离”开来。他不愿凯蒂与别的男子有什么瓜葛。

② 昆丁耳朵里同时听到布兰特太太的话和车中另一个人的话,句中从“你上回”到“那一本”,即这人所讲的话。

③ 又转移到凯蒂失去贞操的那晚。下面的“他”指的是班吉。

班吉还在哭吗

我不知道是的我不知道

可怜的班吉

我在河沟边坐下来草有点湿过不了一会我发现我的鞋子里渗进水了

你别再泡在水里了你疯了吗

可是她没有动她的脸是朦朦胧胧的一团白色全靠她的头发才跟朦朦胧胧的沙滩区分开来

快上来吧

她坐了起来接着站起身来她的裙子沉重地搭在她身上不断地在滴水

她爬上岸衣服耷拉着她坐了下来

你为什么不把衣服拧干你想着凉不成

对了

水汩汩地流过沙岬被吸进去一部分又继续流到柳林中的黑暗里去流过浅滩时水波微微起伏像是一匹布它仍然保留着一丝光线水总是这样的

他航行过所有的大洋周游过全世界①

于是她谈起他来了双手扣在她潮湿的膝盖上在灰蒙蒙的光线里她的脸朝上仰着忍冬的香味又来了母亲的房里有灯光班吉的房里也有T. P. 正在侍候他上床

你爱他吗

她的手伸了过来我没有动弹那只手摸索着爬下我的胳膊她抓住了我的手把它平按在她的胸前她的心在怦怦地跳着

不不

是他硬逼你的吧那么是他硬逼你就范由他摆布的吧他比你力气大所以他明天我要把他杀了我发誓明天一定这样做不必跟父亲说事后再

---

① 这里的“他”是指达尔顿·艾密司。前面说“他当过兵杀过人”,与这句是有关联的。达尔顿·艾密司想系一从海军退伍的军人。

让他知道好了这以后你和我别人谁都不告诉咱们可以拿我的学费先用着我们可以放弃我的入学注册凯蒂你恨他对不对不

她把我的手按在她的胸前她的心怦怦跳动着我转过身子抓住她的胳膊凯蒂你恨他对不对

她把我的手一点点往上推直到抵达她咽喉上她的心像擂鼓似的在这儿跳着

可怜的昆丁

她的脸仰望着天空天宇很低是那么低使夜色里所有的气味与声音似乎都挤在一起散发不出去如同在一座松垂的帐篷里特别是那忍冬的香味它进入了我的呼吸在她的脸上咽喉上像一层涂料她的血在我手底下突突地跳着我身子的重量都由另一只手支着那只手痉挛抽搐起来我得使劲呼吸才能把空气勉强吸进肺里周围都是浓得化不开的灰色的忍冬香味

是的我恨他我情愿为他死去我已经为他死过了每次有这样的事我都一次又一次地为他死去

我把手举了起来依然能感到刚才横七竖八压在我掌心下的小树枝与草梗硌得我好疼

可怜的昆丁

她向后仰去身体的重量压在胳膊肘上双手仍然抱着膝头

你没有干过那样的事是吗

什么干过什么事

就是我干过的事我干的事

干过干过许多次跟许多姑娘

接着我哭了起来她的手又抚摸着我我扑在她潮湿的胸前哭着接着她向后躺了下去眼睛越过我的头顶仰望天空我能看到她眼睛里虹膜的下面有一道白边我打开我的小刀

你可记得大姆娣死的那一天你坐在水里弄湿了你的衬裤

记得

我把刀尖对准她的咽喉

用不了一秒钟只要一秒钟然后我就可以刺我自己刺我自己然后

那很好你自己刺自己行吗

行刀身够长的班吉现在睡在床上了

是的

用不了一秒钟我尽量不弄痛你

好的

你闭上眼睛行吗

不就这样很好你得使劲往里捅

你拿手来摸摸看

可是她不动她的眼睛睁得好大越过我的头顶仰望着天空

凯蒂你可记得因为你衬裤沾上了泥水迪尔西怎样大惊小怪吗

不要哭

我没哭啊凯蒂

你捅呀你倒是捅呀

你要我捅吗

是的你捅呀

你拿手来摸摸看

别哭了可怜的昆丁

可是我止不住要哭她把我的头抱在她那潮湿而坚实的胸前我能听到她的心这时跳得很稳很慢不再是怦怦乱蹦了水在柳林中的黑暗里发出汩汩的声音忍冬的香味波浪似的一阵阵升入空中我的胳膊和肩膀扭曲地压在我的身子下面

这是怎么回事你在干什么

她的肌肉变硬了我坐了起来

在找我的刀我掉在地上了

她也坐了起来

现在几点啦

我不知道

她站起身来我还在地上摸着

我要走了让它去吧

我感觉到她站在那儿我闻到她湿衣服的气味从而感觉到她是在

那儿

就在这附近不会太远

让它去吧明天还可以找嘛走吧

等一会儿我一定要找到它

你是怕

找到了原来刀一直就在这儿

是吗那么走吧

我站起身来跟在她后面我们走上小山冈还没等我们走到蛐蛐儿就噤不作声了

真有意思你好好坐着怎么会把东西掉了还得费那么大的劲儿四处去找

一片灰色那是带着露珠的灰色斜斜地通向灰色的天空又通向远处的树林真讨厌这忍冬的香味我真希望没有这味儿

你以前不是挺喜欢的吗

我们越过小山顶继续往树林里走去她撞在我身上她又让开一点儿在灰色的草地上那条沟像是一条黑疤她又撞在我的身上她看了看我又让开一点儿我们来到沟边

咱们打这儿走吧

干什么

看看你是不是还能看见南茜①的骸骨我好久都没想到来看了你想到过吗沟里爬满了藤萝与荆棘黑得很

当初就在这儿可是现在说不准到底能不能找到了是不是

别这样昆丁

来吧

沟变得越来越窄通不过去了她转身向树林走去

别这样昆丁

凯蒂

我又绕到她前面去了

---

① 康普生家的狗，当年掉在沟里，受了伤，被罗斯库司开枪打死的。

凯蒂

别这样

我抱住了她

我比你劲儿大

她一动不动身子直僵僵地不屈服但是也不动弹

我不跟你打架可是你别这样你最好别这样

凯蒂别这样凯蒂

这不会有什么好结果你难道不明白吗不会的你放开我

忍冬香味的蒙蒙细雨下着不断地下着我能听见蛐蛐儿在我们身边绕成一圈在注视着我们她退后几步绕开我朝树林走去

你一直走回屋子去好了你不用跟着我

我还是继续往前走

你干吗不一直走回屋子去

这该死的忍冬香味

我们来到栅栏前她钻了过去我也钻了过去我从猫腰的姿势中直起身来时他①正从树林里走出来来到灰色的光线中向我们走来高高的直挺挺的身子一动不动似的虽然他在走过来但是还是一动不动似的她向他走过去

这是昆丁我身上湿了全湿透了如果你不想可以不来

他们的身影合成了一个她的头升高了由天空背衬着显得比他高他们两个人的头

如果你不想可以不来

接着两个脑袋分开了黑暗中只闻到一股雨的气息湿草和树叶的气息灰蒙蒙的光像毛毛细雨般降落着忍冬的香味像一股股潮湿的气浪一阵阵地袭来我模模糊糊地看到她那白蒙蒙的脸依偎在他的肩膀上他一只胳膊搂住她仿佛她比一个婴儿大不了多少他伸出了另一只手

认识你很高兴

我们握了握手接着我们站在那儿她的身影比他的高两个影子并成

---

① 指达尔顿·艾密司。

了一个

你打算干什么昆丁

散一会儿步我想我要穿过林子走到大路上去然后穿过镇子回来

我转身走开去

再见了

昆丁

我停住脚步

你有什么事

在林子里树蛙①在叫闻到了空气中雨的气息它们的叫声像是难以拧得动的八音琴所发出的声音忍冬的香味

过来呀

你有什么事

到这边来昆丁

我走回去她摸摸我的肩膀她的身影朝我伛来她那模糊不清的灰白色的脸

离开了他那高大的身影我退后了一步

当心点儿

你回家去吧

我不困我想散散步

在小河沟那边等我

我要去散步

我一会儿就来你要等我你等我

不我要穿过树林去

我头也不回地就走了那些树蛙根本不理睬我灰暗的光线像树上的苔藓散发水分那样弥漫在空间但是仅仅像毛毛雨而不像真在下雨过了一会儿我回过身来走到树林边缘我刚走到那里又开始闻到忍冬的香味我能看见法院顶楼那只大钟上的灯光以及镇上广场上的灯映在天际的微光还看得见小河沟边那排黝黑的垂柳以及母亲房里的灯光班吉房里

① 一种在树丛中与树上生活的蛙。

的灯光仍然亮着我弯下身子钻过栅栏一路小跑着越过牧场我在灰色的草丛里跑着周围都是蛐蛐儿忍冬的香味越来越浓了还有水的气息这时我看到水光了也是灰忍冬色的我躺在河岸上脸贴紧土地为的是不想闻到忍冬的香味我现在闻不到了我躺在那儿只觉得泥土渗进我的衣服我听着潺潺水声过了一会儿我呼吸不那么费劲了我就躺在那儿想如果我的脸不动我就可以呼吸得轻松些这就可以闻不到那种气味了接着我什么都不去想脑子里是一片空白

她沿着河岸走来停住了脚步我一动不动

天很晚了你回家去吧

什么

你回家去吧天很晚了

好吧

她的衣服窸窣作响我一动不动她的衣服不响了

你不听我的话进屋去吗

我什么也没听见

凯蒂

好吧我进屋去如果你要我这么做我愿意

我坐了起来她坐在地上双手抱住膝头

进屋去吧听我的话

好吧你要我怎么做我就怎么做什么都行好吧

她连看都不看我我一把抓住她的肩膀使劲地摇晃她的身子

你给我闭嘴

我摇晃她

你闭嘴你闭嘴

好吧

她仰起脸来这时我看到她连看都不看我我能看到那圈眼白

站起身来

我拉她她身子软弱无力我把她拉得站起来

现在你走吧

你出来时班吉还在哭吗

走吧

我们跨过了小河沟看见了家里的屋顶然后又见到了楼上的窗子

他现在睡了

我得停下脚步把院门闩上她在灰蒙蒙的光线下继续往前走空气中有雨的气息但是雨还下不下来忍冬的香味开始透过花园的栅栏传过来开始传过来她走到阴影里去了我能听到她的脚步声这时候

凯蒂

我在台阶下停了步我听不见她的脚步声了

凯蒂

这时我又听见她的脚步声了我伸出手去碰碰她不温暖但也不凉她的衣服

仍旧有点儿湿

你现在爱他吗

她屏住气即使呼吸也是呼吸得极慢好像在很远的地方

凯蒂你现在爱他吗

我不知道

在灰蒙蒙的灯光之外一切东西的黑影都像是一潭死水里泡着的死猫死狗

我真希望你死

你这样希望吗你现在进不进屋

你现在脑子里还在想他吗

我不知道

告诉我你这会儿在想什么告诉我

别这样别这样昆丁

你闭嘴你闭嘴你听见没有你闭嘴你到底闭嘴

不闭嘴

好吧我不响就是了咱们要把大家吵醒了

我要杀死你你听见没有

咱们上秋千那边去在这儿他们会听见你的声音的

我又没喊你说我喊了吗

没有别吱声了咱们会把班吉吵醒的

你进屋去你现在就进去

我是要进屋去你别嚷嚷呀我反正是个坏姑娘你拦也拦不住我了

我们头上笼罩着一重诅咒这不是我们的过错难道是我们的过错

嘘来吧快去睡觉吧

你没法逼我去睡觉我们头上笼罩着一重诅咒

我终于看见他①了他刚刚走进理发店他眼光朝店门外看去我走上去等了片刻

我找你找了有两三天了

你早就想找我吗

我要找你谈谈

他很快三两下就卷好一支香烟大拇指一捻又擦亮了火柴

此处不是谈话之处是不是我到什么地方去看你

我到你房间去你不是住在旅馆里吗

不那儿不太合适你知道小溪上的那座桥吗就在那什么的后面

知道行啊

一点钟行不行

行

我转身走了

打扰你了

嗨

我站住脚步回过头去看

她好吗

他的模样就像是青铜铸就的他的卡其衬衫

她现在有什么事需要找我吗

我一点钟在那儿等你

她听见我吩咐 T. P. 一点钟给“王子”备好鞍她一直打量着我饭也吃不下

---

① 这里的“他”是达尔顿·艾密司。刚才的事情发生后几天,昆丁在理发店里见到他。

她也跑过来了

你想去干什么

没什么我想骑马出去遛遛难道不行吗

你是要去干一件事是什么事呀

这不干你的事娼妓你这娼妓

T. P. 把“王子”牵到边门的门口

我不想骑它了我要走走

我顺着院子里的车道走走出院门拐进小巷这时我奔跑起来我还没走到桥头便看见他靠在桥栏上他那匹马拴在林子里他扭过头来看了看接着便把身子也转了过来但是直等我来到桥上停住脚步他才抬起头来他手里拿着一块树皮他从上面掰下一小片一小片扔到桥栏外面的水里去

我是来告诉你你必须离开这个小镇

他故意慢条斯理地掰下一块树皮慢吞吞地扔到河里瞧着它在水面上漂走

我说过了你必须离开这个小镇

他打量着我

是她派你来说这话的吗

我说你必须走不是我父亲说的也不是任何人说的就是我说的

听着先别说这些我想知道她好不好家里有人跟她过不去不

这种事不劳你来操心

接着我听见自己说我限你今天太阳下山之前非离开本镇不可

他掰下一块树皮扔进水里然后把那片大树皮放在桥栏上用他那两个麻利的动作卷了一支烟把火柴一捻让它旋转着落到栏杆外去

要是我不走你打算怎么办

我要杀死你别以为我又瘦又小跟你相比像个小孩

烟分成两缕从他鼻孔里喷出来飘浮在他的面前

你多大了

我开始颤抖起来我的双手都按在栏杆上我忖度假如我把手藏到背后去他会猜透这是为了什么

我限你今天晚上一定得走

听着小子你叫什么名字班吉是那傻子是不那么你呐

昆丁

这句话是我自然而然溜出嘴来的其实我根本不想告诉他

我限你到太阳下山

昆丁

他慢条斯理地在桥栏上弹了弹烟灰他干得又慢又细致仿佛是在削铅笔我的手不打颤了

听着何必这么认真这又不是你的过错小毛孩子如果不是我也会是别的一个什么男人的

你有妹妹没有你有没有

没有不过女人全一样都是贱坯

我伸手揍他我那摊开的巴掌抑制了捏拢来揍他的冲动他的手动得和我的一般快香烟落到桥栏外面去了我挥起另一只手他又把它抓住了动作真快香烟都还没落到水里他用一只手抓住我的两只手他另一只手倏地伸到外衣里面腋窝底下在他身后太阳斜斜地照着一只鸟在阳光外面不知什么地方啁鸣我们对盯着那只鸟还在叫个不停他松开了我的两只手

你瞧这个

他从桥栏上拿下树皮把它扔进水里树皮冒到水面上水流挟带着它漂去他那只松松地拿着手枪的手搁在桥栏上我们等待着

你现在可打不着了

打不着吗

树皮还在往前漂林子里鸦雀无声我事后才又听到鸟的啁鸣和水的汩汩声只见枪口翘了起来他压根儿没有瞄准那树皮就不见了接着一块块碎片浮了起来在水面上散开他又打中了两块碎片都不见得比银圆大

我看这就够了吧

他把旋转弹膛转过去朝枪管里吹了一口气一缕细细的青烟消散在空中他把那三个空弹膛装上子弹把旋转弹膛卡住然后枪口朝自己把枪递给我

干什么我又不想跟你比枪法

你会用得着的你方才不是说要干一件事吗我把它给你你方才也看到了它挺好使的

把你的枪拿走

我伸手揍他等他把我的手腕捉住了我还是一个劲儿地想揍他这样有好一会儿接着我好像是通过一副有色眼镜在看他我听到我的血液涌跳的声音接着我又能看到天空了又能看到天空前面的树枝了还有斜斜地穿过树枝的阳光他正抱着我想让我站直

你方才揍我了是吗

我听不见你说什么

什么

是的揍了你现在觉得怎样

没什么放开我吧

他放开了我我靠在桥栏上

你没什么吧

别管我我很好

你自己能回家吗

走吧让我独自待一会儿

你大概走不了还是骑我的马吧

不要你走你的

你到家后可以把缰绳搭在鞍头上放开它它自己会回马棚去的

别管我你走你的不用管我

我倚在桥栏上望着河水我听见他解开了马跨上坐骑走了过了一会儿我耳朵里只有潺潺水声别的什么也听不见接着又听到了鸟叫声我从桥上下来在一棵树下坐了下来我把背靠在树干上头也斜靠在树干上闭上了眼睛一片阳光穿过树枝落在我的眼帘上我挪动了一下身子依旧靠在树上我又听到鸟在叫了还有水声接着一切都仿佛离远了我又是什么都感觉不到了在那些令人难熬的日日夜夜之后我现在倒反而觉得很轻松那时忍冬的香味从黑暗里钻出来进入我的房间我甚至正竭力想入睡但过了一会儿我知道他根本没有打我他假装说打了那也是为了她的缘

故我却像一个女孩子那样的晕了过去不过即使这样也都已经无所谓了我坐在树下背靠着树斑斑点点的阳光拂撩着我的脸仿佛一根小树枝上的几片黄叶我听着潺潺水声什么都不想即使我听到传来马蹄疾驰的声音我坐在那里眼睛闭着听到了马蹄站停在沙地上踏着发出沙沙声然后是奔跑的脚步声然后感到她急急地摸索着的手

傻瓜傻瓜你受伤了吗

我张开眼睛她的双手在我脸上摸来摸去

我不知道你们在哪个方向后来才听见了枪声我不知道你们究竟在哪儿

我没想到他和你会偷偷地跑出来较劲儿我没想到他居然会

她用双手抱住我的头用力推我的头去撞那棵树

别别别这样

我抓住了她的手腕

停一停别撞了

我知道他不会打你的我知道不会的

她又想推我的头让它去撞树

我方才告诉他再也不要来找我了我告诉他了

她想挣脱她的手腕

放开我

别这样我比你劲儿大别这样

放开我我一定得追上他要他放开我呀昆丁求求你放开我放开我

突然之间她不再挣扎了她的手腕松瘫了

好吧我可以告诉他使他相信我每次都能使他相信我的话是对的

凯蒂

她没有拴住“王子”它随时都可能拔脚往回跑只要它产生了这个想法他每一次都愿意相信我的话

你爱他吗凯蒂

我什么他

她瞧着我接着一切神采从她眼睛里消失了这双眼睛成了石像的眼睛一片空白视而不见静如止水

把你的手放在我的咽喉上

她抓住我的手让它贴紧在她咽喉上

现在说他的名字

达尔顿·艾密司

我感觉到一股热血涌上她的喉头猛烈地加速度地怦怦搏动着

再说一遍

她的脸朝树林深处望去那里阳光斜斜地照在树上鸟儿在

再说一遍

达尔顿·艾密司

她的血不断地向上涌在我手掌下面一阵接一阵地搏动

血不断地流淌,流了很久,①可是我的脸觉得发冷像是死了似的,我的眼睛,还有我手指上破了的地方又感到刺痛了。我能听到施里夫在压水泵的声音,接着他端着脸盆回来,有一片暗淡的天光在盆里荡漾,这盆有一道黄边,像一只褪色的气球,然后又映出了我的倒影。我想从里面看清我自己的脸。

"血不流了吧?"施里夫说,"把那块布给我。"他想从我手里把它取走。

"当心,"我说,"我自己来吧。是的,血差不多止住了。"我又把布片浸在脸盆里,戳破了那只气球。布片上的血迹化开在水里。"我希望有一块干净的布。"

"最好能有一片生牛肉贴在眼睛上。"施里夫说。"真糟糕,你明天不出现一只黑眼圈那才怪哩。那小子真浑。"他说。

"我是不是也把他打伤了一点?"我拧干手帕,想把我背心上的血迹擦干净。

"这你是擦不掉的,"施里夫说,"你得送到洗衣房去才行。好了,把手帕贴在眼睛上吧,那不是更好吗。"

"我可以擦去一些血迹。"我说。不过并没什么效果。"我的硬领

---

① 回到"当前",上接137页第7行宋体字"'……用品'"的后面。昆丁与吉拉德打了一架,刚从昏迷中清醒过来。刚才的思想活动都是他昏迷时的潜意识活动。

成了什么模样啦?”

“我也说不上来,”施里夫说,“按在眼睛上呀。这样。”

“当心,”我说,“我自己也会按的。我一点也没打伤他吗?”

“也许你揍着他一两下。不过我那时不是在往别处看就是在眨眼。他可是把你打了个落花流水。把你打得都无处躲藏。你干吗要挥动拳头跟他打架?你这大傻瓜。你现在觉得怎么样?”

“我觉得挺好。”我说,“我就是担心没法把背心弄干净。”

“唉,别操心你那些个衣服了。你眼睛还疼不疼?”

“我觉得挺好。”我说。周围的一切都变成紫色的一动不动的了,在屋子的山墙上面,天空从绿色一点点褪成了金色,没有一丝儿风,烟囱里冒出来的烟直直地升入天空。我又听见水泵声了。一个男人拿了一只桶在接水,一边压水泵一边扭过头来看我们。有个女人经过了门口,不过她并没有朝外张望。我听见不知什么地方有一头牛在哞哞叫着。

“好了,”施里夫说,“别管你的衣服了,把手帕按在眼睛上吧。明天一早我就替你把衣服拿出去洗。”

“好吧。我很懊恼,至少我是应该流些血在他的衣服上的。”

“那个浑小子。”施里夫说。斯波特从屋子里出来,穿过院子,他大概是在里面和那个娘们聊天。他又用他那种冷冷的、怀疑的眼光打量着我。

“哼,小子,”他说,打量着我,“你为了找乐子,真肯玩命啊。先是拐骗小姑娘,接着又是打架。你往常放假都干些什么消遣,是放火烧别人的房子吗?”

“我挺好,”我说,“布兰特太太说什么了没有?”

“她因为吉拉德给你放了血正在劈头劈脸地骂他呢。等她见到你,也会因为你让他把你打出血来把你臭骂一顿的。她倒不反对打架,不过见到流血让她心烦。我想你没能不让自己流血,这使你在她心目中社会地位降低了一等。你现在觉得怎么样?”

“当然啰,”施里夫说,“既然你没法让自己投胎在布兰特家,不得已求其次,只好视情况而定,或是跟布兰特家的人通奸,或是喝醉了酒跟他们家的人打架啰。”

“一点儿不错，”斯波特说，“不过依我看昆丁也没有喝醉嘛。”

“他是没喝醉，”施里夫说，“你非得喝醉了才能壮起胆子跟那浑小子打架的吗？”

“嚯，看到昆丁被打得这么惨，我想我是非得喝得酩酊大醉了才敢这么干的。吉拉德这手拳是在哪儿学的？”

“他每天都进城到麦克的训练班去学的。”我说。

“是吗？”斯波特说，“你打他的时候就已经知道的吗？”

“我什么都不知道，”我说，“我猜是这样的。是的。”

“再把布沾沾湿吧，”施里夫说，“再打点干净水来要不要？”

“这样就行了。”我说。我把手帕又浸浸湿，重新敷在眼睛上。“真希望能有什么东西来把背心擦擦干净。”斯波特还在打量着我。

“喂，”他说，“你方才干吗要打他？他说了什么来着？”

“我不知道。我自己也不明白干吗要打他。”

“我只知道你忽然跳起来，嚷道，‘你有妹妹吗？你有吗？’吉拉德说没有，你就打他。我注意到你一个劲儿地瞅着他，不过你像是根本没注意旁人在说些什么，突然之间却蹦起来问他有没有妹妹。”

“啊，他跟平时一般在夸夸其谈呗，”施里夫说，“吹他情场如何得意。你还不知道吗，只要有姑娘在跟前他一直如此，让她们摸不清头脑。闪烁其词啦、故弄玄虚啦，说得个天花乱坠不着边际。他告诉我们他在大西洋城怎么跟一个妞儿约好在跳舞厅见面，他却失约让她白等，自己回到旅馆去睡大觉，躺在床上，不免替对方感到伤心，因为自己‘放了生’，没能侍候她，满足她的要求。接着又大谈肉体的美，而一切烦恼也由此产生，女人是怎样的贪得无厌，除了仰卧在床上别的什么也干不了。丽达[①]躲藏在树丛里，呜咽着呻吟着等那只天鹅出现，懂吗。这个狗娘养的。我自己都想揍他一顿。不过，要是我，我就会抡起他妈妈放酒的那只篮子，往他脑袋上扣下去。”

“噢。”斯波特说，“你真是个捍卫女人的英雄。小子，你所引起的

---

① 希腊神话中斯巴达王泰达鲁斯之妻，大神宙斯变成天鹅来与她幽会，使她受孕。

反应不仅有钦佩,而且还有恐惧。"他冷冷地嘲讽地打量着我。"我的老天爷啊。"他说。

"我打了他,觉得很抱歉,"我说,"我样子很狼狈,这样回去道歉恐怕太难看了吧?"

"道歉个屁,"施里夫说,"让他们见鬼去吧。咱们回城里去。"

"我看他应该回去,好让他们知道他打起架来很有绅士气派,"斯波特说,"我是说,挨打起来很有绅士气派。"

"就这副模样?"施里夫说,"浑身上下全都是血?"

"那,好吧,"斯波特说,"你们自己知道怎么办最好。"

"他可不能光穿着衬衣到处乱跑,"施里夫说,"他还不是个四年级生呢。来吧,咱们回城里去吧。"

"你不用陪我,"我说,"你回去参加野餐吧。"

"还野什么餐,"施里夫说,"咱们走吧。"

"那我跟他们怎么说呢?"斯波特说,"告诉他们你和昆丁也打了一架,行吗?"

"什么也不用说,"施里夫说,"跟她说她的东道权也只能维持到太阳下山时为止。来吧,昆丁。我要向那边那个女人打听最近的区间车站在——"

"不,"我说,"我现在还不想回城。"

施里夫站住了,瞧了瞧我。他转过身子时,他的眼镜片像两只小小的黄月亮。

"你打算干什么?"

"我现在还不想回城。你回去参加野餐吧。告诉他们我不能参加了,因为我衣服都弄脏了。"

"听着,"他说,"你到底想干什么?"

"没什么。我挺好的。你和斯波特回去吧。咱们明天再见。"我穿过院子朝大路走去。

"你知道车站在哪儿吗?"施里夫说。

"我能找到的。咱们明天见。告诉布兰特太太我感到很抱歉,因为我破坏了她的郊游。"他们两人站在那儿看着我。我绕过屋角。有条石块铺的小路直通大路。小路两旁栽满了玫瑰花。我穿过院门,来到大路上。大路是往下倾斜的,通向树林,我能辨认出停在路边的那辆汽车。我爬上小山,越往上走光线就越亮,快到山顶时我听到一辆汽车的声音。在暮色苍茫中它听起来仿佛离我相当远,我站住了脚步倾听。我已经看不清那辆汽车了,可是施里夫依然站在房子前面的大路上,朝小山顶上眺望。在他身后,屋顶上有一派黄光,就像是一抹油彩。我举起手来挥了挥,接着便翻过山头,一面仍然谛听汽车的声音。这时房子看不见了,我在绿色与黄色的光线中站停脚步,听到汽车的声音越来越响,直到快听不见时它忽然停住了。我等待着,直到它又响了起来。接着我继续往前走去。

我下山时天光逐渐地暗淡下来,可是在这期间光的质地却没有变,仿佛在变的、在减弱的是我而不是那光线,现在大路没入了树林,但你在路上仍然能看得清报纸。不久之后我来到一条小巷口。我拐了进去。这儿比大路显得局促,显得更暗一些,可是当它通到无轨电车站时——这儿又有一个候车亭——光线仍然没有变。在小巷里走过之后,车站上显得豁亮些,好像我在小巷里度过了黑夜现在已经天亮了。车子很快就来了。我上了车,人们都扭过头来看我的眼睛,我在车厢左边找到了一个空座。①

车子里灯亮着,因此我们在树丛里驶过时除了我自己的脸和坐在过道对面的那个女人②以外,我什么都看不见,她头上端端正正地戴着一顶帽子,帽子上插了根断了的羽毛。可是等电车走出林子,我又能看见微弱的天光了,还是那种光质,仿佛时间片刻之间的确停滞了,太阳也一直悬在地平线底下似的。接着我们又经过了曾有个老人在那儿吃纸口袋里的东西的木亭,大路在苍茫暮色中伸展向前,进入了晦暗之中,我又感到河水在远处平静、迅疾地流动着。电车继续向前疾驰,从敞开的车门刮进来的风越来越大,到后来,车厢里充满了夏天与黑夜的气息,唯独没有忍冬的香味,忍冬是所有的香味中最最悲哀的一种了,

---

① 昆丁左眼挨打,他故意坐在左边不让人们看见他的黑眼圈。

② 指车窗玻璃上反映的形象。

我想。我记得许多种花的香味。紫藤就是其中之一。逢到下雨天，当妈妈感到身子还好，能坐在窗前时，我们总是在紫藤架下玩耍。如果妈妈躺倒在床上，迪尔西就会让我们加上一件旧衣服，让我们到雨中去玩，因为据她说雨对小孩子并没有什么坏处。倘若妈妈没躺在床上，我们总是在门廊上玩，一直到她嫌我们太吵了，我们这才出去在紫藤架下玩耍。

这儿就是今天早上我最后看到大河的地方，反正就在这一带。我能觉出苍茫暮色的深处有着河水，它自有一股气味。在春天开花的时节遇到下雨时到处都弥漫着这种香气别的时候你可并不注意到香气这么浓可是逢到下雨一到黄昏香味就侵袭到屋子里来了要就是黄昏时雨下得多要就是微光本身里存在着一种什么东西反正那时香味最最浓郁到后来我受不了啦躺在床上老想着它什么时候才消失什么时候才消失啊。车门口吹进来的风里有一股水的气息，一种潮湿的稳定的气息。有时候我一遍遍地念叨着这句话就可以使自己入睡到后来忍冬的香味和别的一切掺和在一起了这一切成了夜晚与不安的象征我觉得好像是躺着既没有睡着也并不醒着我俯瞰着一条半明半暗的灰蒙蒙的长廊在廊上一切稳固的东西都变得影子似的影影绰绰难以辨清我干过的一切也都成了影子我感到的一切为之而受苦的一切也都具备了形象滑稽而又邪恶莫名其妙地嘲弄我它们继承着它们本应予以肯定的对意义的否定我不断地想我是我不是谁不是不是谁

隔着苍茫的暮色我能嗅出河湾的气味，我看见最后的光线懒洋洋而平静地依附在沙洲上，沙洲像是许多镜子的残片，再往远处，光线开始化开在苍白澄澈的空气中，微微颤动着，就像远处有些蝴蝶在扑动似的。班吉明那孩子。他老爱坐在镜子的前面。百折不挠的流亡者在他身上冲突受到磨炼沉默下去不再冒头。班吉明我晚年所生的被作为人质带到埃及去的儿子。[①] 哦班吉明。迪尔西说这是因为母亲太骄傲了所以看不起他。他们像突然涌来的一股黑色的细流那样进入白人的生

---

① 见《圣经·创世纪》第42章第36节，原话是便雅悯（班吉明）之父雅各说的，与此句不尽相同。上一句中的“百折不挠的流亡者”应指便雅悯之兄约瑟。

活，一瞬间，像透过显微镜似的将白人的真实情况放大为不容置疑的真实；其余的时间里，可只是一片喧嚣声，你觉得没什么可笑时他们却哈哈大笑，没什么可哭时又嘤嘤哭泣。他们连参加殡葬的吊唁者是单数还是复数这样的事也要打赌。孟菲斯有一家妓院里面都是这样的黑人，有一次像神灵附体一样，全都赤身裸体地跑到街上。每一个都得三个警察费尽力气才能制服。是啊耶稣哦好人儿耶稣哦那个好人。

电车停了。我下了车，人们又纷纷看我的眼睛。来了一辆无轨电车，里面挤满了人。我站在车厢门口的后平台上。①

“前面有座。”卖票的说。我往车厢里瞥了一眼。左边并没有空位子。

“我就要下车的，”我说，“就站在这儿得了。”

我们渡过了河。那座桥坡度很小，却高高地耸立在空中，在寂静与虚无里，黄色、红色与绿色的电火花在清澈的空气里一遍又一遍地闪烁着。

“你还是上前面去找个座位吧。”售票员说。

“我很快就要下车的，”我说，“再过两个街口就到了。”

电车还没到邮局我就下来了。野餐的人现在准是围成一圈坐在什么地方，接着我又听见了我的表声，我开始注意谛听邮局的钟声，我透过外衣摸了摸给施里夫的那封信，榆树那像是被蚕食过的阴影在我的手上滑过。我拐进宿舍楼的四方院子时钟声真的开始打响了，我继续往前走，音波像水池上的涟漪那样传过我身边又往前传过去，一边报时：是几点差一刻？好吧。就算几点差一刻吧。

我们房间的窗户黑漆漆的。宿舍入口处阒无一人。我是贴紧左边的墙进去的，那儿也是空荡荡的：只有一道螺旋形的扶梯通向阴影中，阴影里回荡着一代代郁郁寡欢的人的脚步声，就像灰尘落在影子上一样，我的脚步像扬起尘土一样地搅醒了阴影，接着它们又轻轻地沉淀下来。

---

① 昆丁跳下郊区电车，又换了一辆开往哈佛大学的电车。

我还没开灯就看到了那封信，它在桌子上用一本书支着，好让我一眼就能看见。把他[①]叫作我的丈夫。接着斯波特说他们要上什么地方去野餐，要很晚才能回来，而布兰特太太另外还需要一个骑士。不过那样一来我又会见到他[②]了，他一小时之内是回不来的因为现在六点已经过了[③]。我把我的表掏出来，听它嘀嗒嘀嗒地报道着时间的逝去，我不知道它是连撒谎都不会的。接着我把它脸朝上搁在桌子上，拿过布兰特太太的信，把它一撕为二，把碎片扔在字纸篓里，然后我把外衣、背心、硬领、领带和衬衫一一脱下。领带上也沾上了血迹，不过反正可以给黑人的。没准有了那摊血迹他还可以说这是基督戴过的呢。我在施里夫的房间里找到一瓶汽油，把背心摊平在桌子上，只有在这儿才能摊平。我打开汽油瓶。

全镇第一辆汽车姑娘**姑娘**这正是杰生所不能容忍的汽油味使他感到难受然后就大发脾气因为一个姑娘**姑娘**没有妹妹只有班吉明[④]班吉明让我操碎了心的孩子如果我有母亲我就可以说**母亲啊母亲**[⑤]　我花了不少汽油，可是到后来我也分不清这摊湿迹到底是血迹呢还是汽油了。汽油又使我的伤口刺疼了，所以我去洗手时把背心搭在椅背上，又把电灯拉下来[⑥]使电灯泡可以烤干湿迹。我洗了洗脸和手，可是即使如此我还能闻到肥皂味里夹着那种刺激鼻孔使鼻孔收缩的气味。然后我打开旅行袋，取出衬衫、硬领和领带，把有血迹的那些塞进去，关上旅行袋，开始穿衣服。在我用刷子刷头发时，大钟敲了半点。不过反正还可以等到报三刻呢，除非也许　在飞驰地向后掠去的黑暗中只看见他自己的脸看不见那根折断的羽毛除非他们两人可是不像同一天晚上去波士顿的那两个接着黑夜中两扇灯光明亮的窗子猛然擦过一瞬间我的脸他的脸打了个照面我刚看见便已成为过去时态我方才是看见了吗没有道别那候车亭里空空如也再没有人在那儿吃东西马路在黑暗与寂静

---

①② 指施里夫。

③ 昆丁担心施里夫会回来见到他，转而一想，六点钟以后郊区电车一小时只开一辆，所以又放心了。

④ 以上是昆丁与赫伯特·海德见面时，康普生太太所说的话。

⑤ 以上是康普生太太给班吉明换名字时所说的话。

⑥ 这是附有瓷质吊球可以任意拉下来放回去的那种电灯。

中也是空荡荡的那座桥拱起背在寂静与黑暗中入睡了那河水平静而迅疾没有道别①

我关了灯回进我的卧室，离开了汽油但是仍然能闻到它的气味。我站在窗前，窗帘在黑暗中缓慢地吹拂过来，摸触着我的脸，仿佛有人在睡梦之中呼出一口气，接着徐徐地吸进一口气，窗帘就回到黑暗之中，不再摸触着我了。　他们②上楼以后，母亲靠坐在她的椅子里，把有樟脑味的手绢按在嘴上。父亲没有挪动过位置他仍然坐在她身边捏着她的手吼叫声一下接一下地响着仿佛寂静是与它水火不相容似的我小时候家里有本书里有一张插图，画的是一片黑暗，只有斜斜的一道微弱的光照射在从黑暗中抬起来的两张脸上。　你知道假如我是国王我会干什么吗？　她从来没有做过女王也没有做过仙女她总是当国王当巨人或是当将军　我会把那个地方砸开拖他们出来把他们好好地抽打一顿　那张图画被撕了下来，被扯破了。我很高兴。我得重新看到那张画才知道地牢就是母亲本人她和父亲在微弱的光线中握着手向上走而我们迷失在下面不知什么地方即使是他们也没有一点光线。接着忍冬的香味涌进来了。我刚关上灯打算睡觉它就像波浪似的一阵一阵地涌进来气味越来越浓到后来我简直透不过气来只得起床伸出手摸索着往外走就像小时候学步时那样　手能够看见在头脑里摸触着所形成的看不见的门**门**现在成了手看不见的东西　我的鼻子能够看到汽油，看到桌子上的背心，看到门。走廊里仍是空荡荡的，并没有一代代郁悒不欢的人的脚步走去取水。　然而看不见的眼睛像咬紧的牙齿没有不相信甚至怀疑痛楚的不存在胫骨脚踝膝盖顺着那一长道看不见的楼梯栏杆在母亲父亲凯蒂杰生毛莱都睡着的黑暗中一失足门我可并不怕只是母亲父亲凯蒂杰生毛莱在睡梦中走得那么远了我会马上入睡的当我门**门**门　盥洗室也是空荡荡的，那些水管，那白瓷脸盆，那有污迹的安静的四壁，那沉思的宝座③。我忘了拿玻璃杯了，不过我可以　手能看见

---

① 以上这段是回忆方才坐电车过桥时的情景。

② 指班吉和凯蒂。这下面一段是写家中知道凯蒂与人有苟且行为后一家人的反应。

③ 指无人在用的抽水马桶。

发凉的手指那看不见的天鹅脖颈比摩西的权杖①还要细那玻璃杯试探地击叩着不是在细瘦的脖颈上击叩而是击叩发凉的金属玻璃杯满了溢出来了水使玻璃杯发凉手指发红了瞌睡把潮湿的睡眠的味道留在脖颈的漫长的寂静中　我回到走廊里，吵醒了寂静中一代代说着悄悄话的学生的失落的脚步，进入了汽油味中，那只表还在黑暗里躺在桌子上撒着弥天大谎。接着窗帘又在黑暗中呼出一口气，把气息吹拂在我的脸上。还有一刻钟。然后我就不在人世了。最最令人宽慰的词句。最最令人宽慰的词句。Non fui. Sum. Fui. Non sum. ②有一回我不知在哪儿听到了钟声。在密西西比还是在马萨诸塞。我过去是。我现在不是。在马萨诸塞还是在密西西比。施里夫在他衣箱里有一瓶。

你难道不准备拆开这封信了吗　杰生·李奇蒙·康普生先生暨夫人宣布　三次。好多天。你难道不准备拆开这封信了吗　小女凯丹斯的婚礼　那种酒能让你把手段与目的都弄混了。　我现在是。喝吧。我过去不是。咱们把班吉的牧场卖掉好让昆丁进哈佛这样我死也瞑目了。我快要死在哈佛了。凯蒂说的是一年是不是。施里夫在他衣箱里有一瓶。先生我不需要施里夫的我已经把班吉的牧场卖掉了我可以死在哈佛了凯蒂说的死在大海的洞窟与隙穴里随着动荡的浪涛平静地翻腾因为哈佛名声好听四十英亩买这样一个好听的名声一点也不贵。一个很高雅的逝去的名声咱们用班吉的牧场来换一个高雅的逝去的名声。这能维持他一个长时期的生活因为他听不到除非他能嗅得到　她刚进门他便哭喊起来　我一向以为那不过是父亲老拿来跟她开玩笑的镇上的某个小无赖但是后来。我以前也一直没有注意他还以为是个普普通通的陌生的旅行推销员或是跟别人一般穿军用衬衫的可是突然之间我明白了他根本不把我看作是潜在的破坏者，而是看着我想的却是她是透过她在看我正如通过一块彩色玻璃　你干吗非得管我的闲事不可你难道不知道这没有一点点好处吗我本以为这事你已经撒手让母亲与杰生来管了呢

---

① 见《旧约·出埃及记》第17章第5至6节。

② 拉丁语语法的时态练习，意为：我过去不是。我现在是。我过去是。我现在不是。

是母亲让杰生来监视你的吗　我是怎么也不会干这种事的。

女人仅仅是借用别人的荣誉准则罢了这是因为她爱凯蒂　即使病了她也待在楼下免得父亲当着杰生的面嘲笑毛莱舅舅父亲说毛莱舅舅旧学根底太差这才犯了把机密要事交托给那旧小说里少不了的瞎眼童子①他应该挑选杰生的因为杰生至多只会犯毛莱舅舅所犯的同样的莽撞的错误而不会让他落个黑眼圈的帕特生家的孩子比杰生小他们合伙糊风筝卖给人家五分钱一只直到发生经济上的纠葛杰生另外找了一个合伙人这孩子更加小些反正是相当小的因为 T. P. 说杰生仍然管账可是父亲说毛莱舅舅何必去干活呢既然他也就是说父亲可以白养活五六个黑人他们啥活儿也不干光是把脚跷在炉架上烤他当然经常可以供毛莱舅舅的吃住还可以借几个钱给毛莱舅舅这样做也可以维持他父亲的信念在这种热得宜人的地方他的族类就是天生高贵这时母亲就会哭哭啼啼地说父亲自以为他的家族比她的家族优秀还说他嘲弄毛莱舅舅是在教坏我们这些孩子其实她不明白父亲要教我们的是所有的人无非就是一只只玩偶罢了他们肚子里塞满了锯木屑这些锯木屑是从以前所扔掉的玩偶的什么肋旁的什么伤口②——不是使我死去的那个伤口——里流出来归拢来的。过去我总以为死亡就是像祖父那样的一个人像是他的一个朋友一个交情很深的私交就像过去我们印象中祖父的写字桌也是特别神圣的不能碰它甚至在祖父的书房里大声说话都是不应该的在我头脑里祖父和他的书桌总是分不开的他们在一起老是等待着老沙多里斯上校③来临和他们一起坐下来他们等在那些杉树的后面的一个高地上沙多里斯上校站在更高的地方眺望着什么他们等他看完后走下来祖父穿着他的军服我们能听到他们说话的低语声从杉树后面传过来他们谈个不停而祖父始终总是正确的

报三刻的钟声开始了。第一下钟声鸣响了，精确而平稳，庄严而干脆，为第二下钟声驱走了那不慌不忙的寂静原来如此如果人也能始终

---

① 指班吉。毛莱舅舅曾打发他传递情书给帕特生太太。

② 《圣经·约翰福音》第 19 章第 34 节："但是有一个士兵用枪刺他（耶稣）的肋旁，立刻有血和水流出来。"

③ 福克纳笔下的另一个南方贵族世家的族长，在长篇小说《沙多里斯》等作品中出现。

这样相互交替那该多好就像一朵火焰扭曲着燃烧了一个短短的瞬间然后就彻底熄灭在冷冷的永恒的黑暗里而不是躺在那里尽量克制自己不去想那摇晃的钟摆直到所有的杉树都开始具有那种强烈的死亡的香味那是班吉最最讨厌的。我只要一想到那丛树便仿佛听见了耳语声秘密的波浪涌来闻到了袒裸的皮肉下热血在跳动的声音透过红彤彤的眼帘观看松了捆绑的一对对猪一面交配一面冲到大海里去于是他说①我们必须保持清醒看着邪恶暂时得逞其实它并不能永远于是我说它也没有必要占上风如此之久对一个有勇气的人来说于是他说你认为那是勇气吗于是我说是的父亲你不认为是吗于是他说每一个人都是他自己的道德观念的仲裁者不管你是否认为那是勇气反正它比那行动本身比任何行动都重要否则的话你不可能是认真的于是我说你不相信吗我可是认真的于是他说我看你是过于认真了才这样要使我震惊否则你是不会感到万不得已非告诉我你犯了乱伦罪不可的于是我说我并没有说谎我并没有说谎于是他说你是想把一桩自然的出于人性所犯的愚蠢行为升华为一件骇人听闻的罪行然后再用真实情况来袚除它于是我说那是要将她从喧闹的世界里孤立出来这样就可以给我们摆脱掉一种负担而那种声音就像是从来没有响过一样于是他说你当初是存心要她干的吧于是我说我当初害怕这样做我怕她会同意这样一来就没有什么好处了可是如果我能使你相信我们干了那样的事那么事情就会真的是那样了而别人的事就会不是那样而整个世界就会喧叫着离开我们于是他说唔关于那另外的一件事你现在倒也没有撒谎不过你对你自己内心的思想对普遍真理的那一个部分亦即自然事件的递迭次序以及它们的原因仍然蒙然无所知这些原因使每个人的头上笼上阴影包括班吉在内你没有考虑到有限性的问题你在考虑的是一种神化的境界在这种境界里一种暂时的思想状态会变成匀称超出在肉体之上它不但意识到自己也意识到肉体的存在它不会完全抛弃你甚至于也不会完全消灭于是我说暂时的于是他说你不禁要以为有一天它再也不会像现在那样地伤害你你似乎仅仅把它看成是一种经验使你一夜之间头发变白不妨这么说可是一点也

① 从“于是他说”起昆丁回想凯蒂失身后他与父亲的一番谈话。

不会改变你的外貌你在这些情况下是不会做这件事的这将是一场赌博奇怪的是这种被不幸事件所孕育的人每一下呼吸都是一次新的投掷所掷的骰子里早已灌了铅肯定对他不利这样的一个人还不愿面对最后的判决其实他事先早已知道他是迟早要面对的不必试用种种权宜之计包括用暴力也包括连三岁孩子也骗不过的小手法直到有一天在极度厌恶中他孤注一掷盲目地翻开一张牌不管是谁即使是在失望或悔恨或失去亲人时袭来的第一阵盛怒之中也不会这样做的只有等他认识到即使是失望或悔恨或失去亲人对于一个阴郁的赌徒来说也并不特别重要时才会这样做于是我说暂时的于是他说很难相信一种爱或一种哀愁会是一种事先没有计划便购买下来的债券它是不管你愿意还是不愿意自己成长起来的而且是事先不给信号就涌进了自己的记忆并被当时正好当道的任何一种牌号的神所代替的不你不会那样做的直到你开始相信即使她也是不大值得为之感到失望的于是我说我是永远不会做那样的事的没有人知道我所知道的事于是他说我想你最好马上就到坎布里奇去你或者先去缅因州待上一个月如果你节约些钱还是够用的这样做也许是桩好事因为精打细算地使用每一个子儿比耶稣治愈了更多的创伤于是我说就算我能理解你的用意我下一周或是下个月在那儿是会理解的于是他说那你就该记住你进哈佛是你母亲毕生的梦想从你生下来时起她就怀着这样的希望而我们康普生家的人是从来不让一位女士失望的于是我说暂时的这样做对于我对于我们大家都是有好处的于是他说每一个人是他自己的道德观念的仲裁者不过谁也不该为他人的幸福处方于是我说暂时的于是他说这是世界上最悲哀的一个词了世界上别的什么也没有这不是绝望直到时间还不仅仅是时间直到它成为过去

最后一下钟声也打响了。终于钟声不再震颤,黑暗中又是一片寂静了。我走进起坐间打开了灯。我穿上背心。汽油味现在淡得多了,几乎闻不出来了,在镜子里也看不出有什么血迹了。至少不像我眼睛上那么明显。我穿上外衣。给施里夫的那封信在衣服里格拉格拉地响,我把它拿出来再检查一遍地址,把它放在我侧边的口袋里。接着我把表拿到施里夫的房间里去,放在他的抽斗里,我走进自己的房间取了一块干净的手帕,走到门边,把手伸到电灯开关上。这时我记起了我还没有刷牙,因此得重新打开旅行袋。我找到了我的牙刷,往上面挤了些施里夫的牙膏,便走出去刷牙。我尽量把牙刷上的水挤干,把它放回到旅行袋里去,关上袋子,重新走到门口。我关灯之前先环顾了一下房间,看看还漏了什么没有,这时我发现忘了戴帽子了。我须经过邮局,肯定会碰到个把熟人,他们会以为我明明是个住在哈佛四方院子宿舍里的一年级生,却要冒充四年级生。我也忘掉刷帽子了,不过施里夫也有一把帽刷,因此我也不必再去打开旅行袋了。

1928 年 4 月 6 日

我总是说，天生是贱坯就永远都是贱坯。我也总是说，要是您操心的光是她逃学的问题，那您还算是有福气的呢。我说，她这会儿应该下楼到厨房里去，而不应该待在楼上的卧室里，往脸上乱抹胭脂，让六个黑鬼来伺候她吃早饭。这些黑鬼若不是肚子里早已塞满了面包与肉，连从椅子上挪一下屁股都懒得挪呢。这时候母亲开口了：

“可是，让学校当局以为我管不了她，以为我没法——”

“得了，”我说，“您是管不了，您真管得了吗？您从来也不想办法约束约束她，”我说，“迟至今日，她已经十七岁了，您还能把她怎么样？”

她把我的话琢磨了一会儿。

“不过，让他们以为……我连她拿到了成绩报告单都不知道。去年秋天，她告诉我，学校从今年起不再发成绩单了。可是方才琼金老师给我打了电话，说如果她再旷一次课，就只好叫她退学了。她是怎么逃学的呢？她能上哪儿去呢？你整天都在镇上；要是她在大街上逛来逛去，你总该看见她的吧。”

“不错，”我说，“要是她是在街上溜达的话。不过我认为她之所以要逃学，并不是仅仅为了要做什么不怕别人看见的事。”

“你这话是什么意思？”她说。

“没什么意思，”我说，“我只不过是回答您的问题。”这时候她又哭起来，嘟嘟哝哝地说什么连她自己的亲骨肉也诅咒起她来了。

“是您自己要问我的啊。”我说。

“我不是说你，”她说，“你是唯一没让我良心受责的孩子。”

“就是嘛，”我说，“我压根儿没工夫谴责您的良心。我没机会上哈佛大学，也没时间，整天醉醺醺直到进入黄泉。我得干活呀。不过当然了，若是您想让我跟踪她，监视她干了什么坏事没有，我可以辞掉店里的差事，找个晚班的活儿。这样，白天我来看着她，夜班嘛您可以叫班①来值。”

“我知道，我只不过是你们的累赘和负担。”她说着说着，就伏在枕头上啜泣了起来。

“这我还不清楚吗，”我说，“您说这样的话都说了有三十年了。连班到这会儿也该明白了。您要不要让我来跟她谈谈这件事呢？”

“你觉得这会有好处吗？”她说。

“要是我刚开始您就来插一杠子，那就不会有任何好处，”我说，“如果您想让我来管束她，您只管吩咐，可是再别插手。每回我刚想管，您就插进来乱搅和，结果是让她把咱们俩都取笑一番。”

“要知道，她可是你的亲人哪。”她说。

“对啊，”我说，“我正好也在这么想——亲人，还是嫡嫡亲亲的呢，依我说。不过，若是有人行为像黑鬼，那就不管此人是谁，你只好拿对付黑鬼的办法来对付。”

“我真怕你会跟她大发雷霆。”她说。

“好了，”我说，“您那套办法也不大行得通。您到底要我管呢，还是不要？要就说要，不要就拉倒；我还要去上班呢。”

“我知道，这么些年来为了我们你受够了罪，”她说，“你明白，当初要是我的计划实现了，你早就有你自己的事务所了，也能像个巴斯康家大少爷似的过上几天了。因为，你虽然不姓巴斯康，你骨子里却是巴斯康家的人。我知道要是你父亲当初能预见——”

“哼，”我说，“我琢磨他也跟一般人一样，也会有看不准的时候。”她又啜泣起来了。

“你怎么能这么刻薄地讲你死去的父亲？”她说。

“好吧，”我说，“好吧。随您的便吧！既然我没有自己的事务所，我还得去上我的班，当我的差。那么您到底要不要让我跟她谈谈呢？”

“我真怕您会跟她大发雷霆。”她说。

---

① 班吉的简称。

“好吧，”我说，“那我什么也不说就是了。”

“不过总得想点什么法子呀！”她说，“别人会以为我容许她逃学，任她在大街上逛来逛去，要不，以为我拿她没有办法……杰生，杰生，”她说，“你怎么能撇下我不管呢。你怎么能把这么多的包袱都扔给我呢。”

“好了，好了，”我说，“您待会儿又要把自己折磨得发病了。您要就是整天把她锁在屋里，要就是别再为她操心，把她交给我。这样做不好吗？”

“她是我的亲骨肉啊。”她说着又哭了起来。于是我就说：

“好吧。我来管她就是了。快别哭了，行了。”

“你可别大发雷霆啊，”她说，“她还是个孩子呢，记住了。”

“不会的，”我说，“我不会的。”我走出屋去，随手带上了门。

“杰生。”她说。我没有回答她。我顺着楼上的过道走着。“杰生。”她站在房门背后喊道。我一直往楼下走去。餐厅里一个人也没有，接着我听到了她[1]在厨房里的声音。她想让迪尔西再给她倒一杯咖啡。我走进厨房。

“这敢情是你们学校的制服，是吗？”我说，“要不，也许是今天放假？”

“就半杯，迪尔西，”她说，“求求你。”

“不行，小姐，”迪尔西说，“我不能给你。一个十七岁的大姑娘，只应该喝一杯，再说卡罗琳小姐也关照过的。你快快吃，穿好上学的制服，就可以搭杰生的车子进城。你这是存心再一次迟到。”

“不，她不会的，”我说，“我们马上就来把这事安排一下。”她眼睛望着我，手里拿着杯子。她用手把脸上的头发掠到后面去，她的浴衣从肩膀上滑了下来。“你把杯子放下，到这里来一下。”我说。

“干什么？”她说。

“快点，”我说，“把杯子放在水池里，到这儿来。”

“你又想干什么啦，杰生？”迪尔西说。

---

① 指小昆丁。

“你也许以为你可以压倒外婆和别的所有人，也一准可以压倒我，”我说，“可是你错了。我给你十秒钟，让你照我的吩咐把杯子放好。”

她不再看我，而是把眼光转向迪尔西。“现在是什么时候，迪尔西？”她说，“十秒钟到了，你就吹一下口哨。再给我半杯咖啡吧。迪尔西，求——”

我一把抓住她的胳膊。她松开了杯子。杯子跌落到地板上，摔得粉碎。她眼睛盯着我，胳膊往后缩，可是我还是攥得紧紧的。坐在椅子上的迪尔西现在站了起来。

“你啊，杰生。”她说。

“放开我，”昆丁说，“不然我要扇你一个耳光。”

“你要扇，是吗？”我说，“你要扇，是吗？”她一巴掌往我脸上抽来。我把那只手也捉住了，我当她是只野猫，把她紧紧按住。“你要扇，是吗？”我说，“你以为你扇得成吗？”

“你啊，杰生！”迪尔西说。我把她拖到餐厅里去。她的浴衣松了开来，在身边飘动，里面简直没穿什么衣服。迪尔西趔趔趄趄地走过来。我扭过身子，噔地一脚，把门冲着她的脸关上了。

“你别进来。”我说。

昆丁倚在餐桌上，在系浴衣的带子。我死死地盯着她。

“好，”我说，“我来问你，你这是什么意思，逃学不算，还向你外婆撒谎，在成绩报告单上假冒她的签名，让你外婆愁得又犯了病。你这是什么意思？”

她一言不发。她把浴衣一直扣到脖子底下，把衣服拉紧在身体周围，眼睛盯着我。她还来不及抹胭脂口红，她的脸像是刚用擦枪布擦过似的。我走过去抓住她的手腕。“你这是什么意思？”我说。

“不关你的屁事，”她说，“你放开我。”

迪尔西走进门来。“嗨，杰生。”她说。

“你给我出去，听见没有。”我说，连头都没有转过去，“我要知道你逃学的时候待在哪儿？”我说，“你没在街上溜达，否则我会见到你的。你跟谁在一起鬼混？是不是跟哪个油头滑脑的坏小子躲在树林子里？

你去了没有?”

“你——你这个老混蛋!”她说。她挣扎起来,可是我抓住了她不放。“你这个该死的老混蛋!”她说。

“我要给你点厉害瞧瞧,”我说,“你也许有本事把一个老太婆吓唬走,可是我要让你明白现在是谁在治你。”我用一只手抓住她,这时候,她不再挣扎了,只顾望着我,她那双眼睛瞪得越来越大,乌黑乌黑的。

“你要干什么?”她说。

“你等着,让我把皮带抽出来,然后你就知道了。”我说着,一面把裤带往外抽。这时,迪尔西抓住了我的胳膊。

“杰生,”她说,“你啊,杰生! 你难道不害臊吗?”

“迪尔西,”昆丁说,“迪尔西。”

“我不会让他抽你的,”迪尔西说,“你不用害怕,好宝贝。”她抱住了我的胳膊。这时,皮带让我抽出来了,我一使劲把她甩了开去。她跌跌撞撞地倒在桌子上。她太老了,除了还能艰难地走动走动,别的什么也干不了。不过这倒也没什么,反正厨房里需要有个人把年轻人吃剩的东西消灭掉。她又趔趔趄趄地走到我们当中来,只想阻止我。“你要打就打我好了。”她说。“要是你不打人出不了气,那你打我好了。”她说。

“你以为我不敢打?”我说。

“我反正知道你是什么坏事都干得出来的。”她说。这时候我听到母亲下楼来的声音。我原该料到她是不会袖手旁观的。我松开了手。昆丁踉踉跄跄地朝墙上倒去,一边还在把浴衣拉严。

“好吧,”我说,“咱们先把这事搁一搁。只是别以为你能压倒我。我不是老太太,也不是半死不活的黑鬼。你这小骚货!”我说。

“迪尔西,”她说,“迪尔西。我要我的妈妈。”

迪尔西走到她的身边。“好啦,好啦,”她说,“只要俺在这儿,就不能让他碰你。”母亲继续往楼下走来。

“杰生,”她说,“迪尔西。”

“好啦,好啦,”迪尔西说,“俺是不会让他碰你的。”她伸出手去抚摩昆丁。昆丁却把她的手打开。

“你这讨厌的黑老婆子。”她说。她朝门口跑去。

“迪尔西。”母亲在楼梯上喊道。昆丁掠过她的身边，朝楼上跑去。“昆丁，”母亲说，“喂，昆丁。”昆丁还是不停步。我可以听到她上到楼梯口，然后穿过过道的脚步声。最后，房门砰的响了一下。

母亲刚才停住了脚步，这时继续往下走。“迪尔西！”她说。

“哎，”迪尔西说，“俺来了。你去把车开到门口等着吧，”她说，“待会儿把她带到学校去。”

“这不用你操心，”我说，“我会把她押到学校去的，我还要管着她不让她逃学。这事我管开了头，可就要管到底了。”

“杰生。”母亲在楼梯上叫道。

“快去吧。”迪尔西说，一边朝门口走去，“你想让她再犯病吗？俺来了，卡罗琳小姐。”

我走出房间。我在门口台阶上还能听见她们说话的声音。“您快躺回到床上去，”迪尔西在说，“您不知道您身体不好，不能起来吗？快给我回去吧，您哪。我会留神让姑娘准时到学堂去的。”

我到后院去，打算把汽车倒出来，接着我绕了个大圈子一直兜到前门，才总算找到他们。①

“我不是关照过，让你把备用轮胎安在车后面吗？”我说。

“我没空啊，”勒斯特说，“要等姥姥忙完厨房里的活来看住他，我才能腾出手。”

“哼，”我说，“吃饭的时候一厨房都是黑鬼，都得让我养活，你们就光会跟着他满处溜达，等到我想换一只轮胎，就只好我自己动手了。”

“我找不到人替换我呀！”他说。这时候，班吉开始哼哼唧唧起来了。

“把他带到后院去，”我说，“你干吗老让他待在这儿给人家展览啊？”还不等他大声吼叫起来，我就让他们走开。逢到星期天真是够糟糕的，球场上全是没有家丑怕外扬、没有六个黑鬼要养活的人，他们把一只大樟脑丸似的玩意儿打得满场飞。每次他看见他们过来，就会沿

---

① 指勒斯特与班吉。

着栅栏跑过来跑过去，吼个不停，这样下去，人家非要叫我付球场租费不可，而母亲和迪尔西为了哄班吉，又得找出几只瓷门球和一根手杖来装着打球，要不，就让我晚上下了班点了灯笼来打给班吉看。真要这样，别人没准要把我们全家都送到杰克逊的疯人院去了。天知道，要真有那样的事，人家还会举行“老家周”①来表示庆祝呢。

我回到后院的车房去。那只轮胎就靠在墙上，不过我自己才不愿意来把它安上呢。我把汽车退出来，掉了个头。她站在车道旁。我说：

“我知道你课本一本也没有了。我倒很想知道你把那些书弄到哪儿去了，也许你会嫌我多管闲事。当然，我没有什么资格来过问，”我说，“不过，去年九月为这些书付了十一元六角五分的可是我。”

“是妈妈出钱给我买书的！”她说，“你的钱我一个子儿也没有用。如果有一天真的要用你的钱，我宁愿饿死。”

“是吗？”我说，“这些话你到外婆跟前说去，看她有什么反应。你看来并没有光着身子不穿衣服嘛，”我说，“虽说你脸上涂的那玩意儿遮住的地方比全身的衣服遮住的还多一些。”

“你以为这些东西花过你或是外婆一分钱吗？”

“问你外婆去！”我说，“问她那些支票都怎么样了。据我记得，你还亲眼见到她烧掉一张呢。”她根本没在听，她胭脂涂得那么厚，简直把脸都粘住不能动了，眼睛也像恶犬那样，直愣愣地瞪着。

“要是这些衣服真的用了你或是外婆一分钱，你知道我要怎么干？”她说，一面把一只手按在衣服上。

“要怎么干？”我说，“难道不穿衣服，钻在一只桶里？”

“我会马上把衣服全撕下来，把它们扔在街上！”她说，“你不信？”

“你当然是做得出来的，”我说，“你哪一回都是这么干的。”

“你以为我不敢。”她说。她双手抓住衣领，仿佛马上就要撕了。

“你敢撕，”我说，“我马上就给你一顿鞭子，让你终生难忘。”

“你说我不敢。”她说。这时我看到她真的要撕，真是要把衣服全

---

① “Old Home Week”为美国的一种习俗，逢到值得庆祝的事情，邀请原来住在一起的亲友来欢聚一个星期。

撕下来了。等我停下车子,抓住她的手,已经有十来个人在围观了。我火冒三丈,一刹那间简直什么都看不见了。

“你再那样做,我就会让你后悔你来到人世!”我说。

“我现在已经在后悔了!”她说,她疯劲儿过去了,接着她的眼神变得很古怪,我在心里说,要是你这丫头在这辆汽车里哭,在大街上哭,我也要抽你。我要把你打得不剩一口气。幸亏她没有哭,于是我松开了她的手腕,驱车前进。幸好我们附近有一条小巷,我从那里拐进了后街,以免从广场经过。人家已经在比德①家的空地上支起了帐篷。戏班子为了要在我们的橱窗里贴海报,给店里送了两张招待券,艾尔②把两张都给了我。昆丁坐在车子里,扭过头去,在咬自己的嘴唇。“我现在已经在后悔了!”她说,“我不明白自己为什么要出生到这个世界上来。”

“就我所知,至少还有一个人也不明白为什么!”我说。我在学校门前停了车。上课铃刚打过,最后来到的几个学生正在往里走。“你总算也有一次没有迟到,”我说,“你是自己走进去在课堂里坐好呢,还是得让我送进去逼你坐好?”她走出汽车,砰的一声关上车门。“记住我说的话!”我说,“我是说话算数的。要是你再让我听说你逃学,跟哪个油头小光棍在后街溜达……”

她听到这话扭过头来。“我没有到处溜达,”她说,“我的所作所为,你尽管去调查好了。”

“你的所作所为是众所周知的,”我说,“镇上每一个人都清楚你是个什么东西。可是我不许你再那样干,听见没有?就我个人来说,你怎么干我根本不在乎,可是我在这个镇上是有地位的,我可不能让我家里的任何人像黑人骚妞那样乱来。你听见我的话没有?”

“我不管,”她说,“我很坏,我反正是要下地狱的,我不在乎。我宁愿下地狱,也不愿和你待在同一个地方。”

“只要再有一次让我听说你逃学,你就会希望自己还是在地狱里

---

① 杰弗生镇上的一户人家,戏班子的大帐篷就搭在他家的空地上。

② 杂货店的老板,杰生的东家。

的好。”我说。她把头一扭，跑着穿过校门口那片空地。“只要再有一次，你记住了。”我说。她连头都不回过来。

我上邮局去，取了信件，接着就开车来到店门口，把车停好。我进店时，艾尔瞅着我。我给他一个机会，让他可以埋怨我迟到，可是他光是说：

“那批中耕机到货了。你最好去帮约伯大叔，把它们安装好。”

我来到后院，老约伯正在那儿拆板条箱，用的是一小时拧松三个螺栓的速度。

“你真是应该给我们家干活的，”我说，“镇上每一个不中用的黑鬼都在我的厨房里吃白饭呢。”

“俺就只给星期六晚上给俺发工资的人卖力气，”他说，“我顾了这一头，就再没工夫讨别人的喜欢了。”他拧开了一个螺帽。“这个鬼地方，除了象鼻虫①谁干起活来都是松松垮垮的。”他说。

“你真该庆幸自己不是这些中耕机要对付的象鼻虫，”我说，“否则，它们没把你碾死，你自己也会吃棉花累死。”

“这话不假，”他说，“象鼻虫也够辛苦的。出太阳也罢下雨也罢，一星期七天，天天都得在毒日头下干活。也不能坐在前廊上看西瓜的长势，星期六对它们来说一点儿意思都没有。”

“换了我来给你开工资，”我说，“星期六也不会有什么意思的。你赶快把机器从板条箱里搬出来，拖到店堂里去吧。”

我先拆开她的信，把支票取出来。女人毕竟是女人，又晚了六天。可是她们还总想要让男人相信她们是能够办事的。换了男人，要是把一个月的第六天看作是第一天，你想他的买卖还能维持多久？怪事还不止这一桩，等他们把银行结单寄过去时，她还想了解为什么我总要到六号才把我的薪水存进去。女人是从来也弄不明白个中的缘由的。

我曾去信提起昆丁的复活节新衣服，但未收到回信。衣服收到无误否？我也没有收到她对我上两次去信的回信，虽然第二封信中的支票和第一封信中那张一样，都已兑了现。她有没有生病？盼立刻示知，

---

① 一种棉花害虫。

否则我就要亲自来探望她了。你答应过若是她有什么需要你会通知我的,我希望你在十号之前能写信告诉我。不,你还是立即打电报给我为好。你现在准是正在拆看我写给她的信。这我很清楚,就像我亲眼见到的一样。你最好按下面的地址立即打电报把她的情况告诉我。

就在这时候,艾尔对着约伯大叫大嚷,于是我把信放好,跑出去让约伯打起点精神,别那么半死不活的。这个国家应该多多雇佣白人劳工。让这些没用的黑鬼挨上两年饿,他们就会明白自己是些何等无用的怂包了。

快到十点钟的时候,我跑到前面去。店堂里有一个旅行推销商。还差两分钟就要敲十点了,我请他上街去喝一瓶可乐。我们聊聊就聊到收成这上头来了。

"种地啥好处也没有。"我说。"棉花成了商人投机的对象。他们让农民怀着很大的希望,哄农民多种棉花,好让他们自己在市场上兴风作浪,挤垮外行的新手。你倒说说看,农民除了晒红了脖梗,压弯了腰,还能捞到什么?你以为辛辛苦苦种地的除了糊口,还能多拿到一分钱吗?"我说。"种多了,价钱贱,棉花连摘都不值得;种少了呢,棉花连喂轧棉子机都不够。再说又是为了什么呢?光为了一小撮混蛋透顶的东部犹太人,我倒不是指那些信犹太教的人。"我说。"我也认识一些犹太人,都是些满不错的公民。没准你就是这样的人吧。"我说。

"不,"他说,"我可是地地道道的美国人。"

"你可别见怪。"我说,"我平等对待每一个人,不论他宗教信仰如何,别的方面又是如何。犹太人作为个人,我并不反对。"我说,"这不过是个种族问题。你得承认他们什么也不生产。他们尾随着拓荒者来到一个新的国家,然后卖衣服给他们,赚他们的钱。"

"你指的是亚美尼亚人吧,"他说,"对不对?反正拓荒者也没有必要穿新衣服。"

"你可别见怪。"我说,"我并不反对任何一个人的宗教信仰。"

"自然啦,"他说,"我是一个地地道道的美国人。我祖上有点法国人血统,这就是我的鼻子长成这样的原因。我是个美国人,没错儿。"

“我也是地道的美国人，”我说，“咱们这样的人剩下的不多了。我方才骂的是那些坐在纽约专玩大鱼吃小鱼的把戏的人。”

“一点不错，”他说，“穷人是不能玩这种把戏的。应该有一条法律禁止这种行为。”

“你说我的话有没有道理?”我说。

“有道理，”他说，“我觉得你是对的。农民不管怎么样总是吃亏。”

“我当然是对的，”我说，“玩这种把戏是非输不可的，除非你能从知道内幕的人那里打听到秘密情报。我倒是恰好认得几个人，他们就是干这个买卖的。他们有纽约一家很大的投机公司给他们当参谋。我这个人的作风是，”我说，“从不把宝押在一个地方。人家等着要搜刮干净的就是那种只有三块钱却想赢个满堂红的人。人家干这个买卖就是专门从这些人身上捞好处的。”

这时候，时钟打响了十下。我上电报局去。电报局门刚开了一条缝，像人们常说的那样。我走到墙角，把电报又拿出来，为的是要核实一下。我正在看电报，来了一份商情报告。市价上涨了两“点”①。大伙儿都在吃进。从他们说话的嘤嘤声里我也能听出这个意思。大家都在纷纷往船上挤。好像不明白这条船是在往毁灭的道路上走似的。好像有那么一条法律或是成文规定，除了买进别的都是不允许的。是的，我琢磨那些东部的犹太佬敢情也得过日子。可是，随便哪个臭外国人只要在自己的老家混不下去就可以上美国来谋生，从美国人的口袋里往外掏钱，这种局面真叫人难受啊。又上涨了两“点”。这就是四“点”了。不过他娘的，我那些参谋是对的，是懂行的。要是我不采纳他们的意见，我干吗还要一个月付他们十块钱呢。我走出电报局，可是想起了那件事，就走回去打电报。“平安无事。Q② 今日即去信。”

“Q?”报务员说。

“对，”我说，“Q。你难道不会写 Q?”

“我不过想问问清楚。”他说。

---

① 原文为 point，是证券、商品市场价格的计算单位，亦译作“磅音”。

② 这是打给凯蒂的电报，“Q”指小昆丁。

“你照我写的发好了，准保没错，”我说，“让收件人付款。”

“你打什么电报呀，杰生？”赖特大夫[1]说，眼光越过我的肩膀扫了过来，“是关照‘吃进’的密码电报吗？”

“就算是吧，”我说，“不过，你们哥儿们自己动脑子判断吧。你们可比那些纽约人还要精明呀。”

“哦，当然啰，”大夫说，“要是每磅棉花涨上两分，我今年可以攒一大笔钱了。”

又来了新的行情。下跌了一“点”。

“杰生是在抛出呀，”霍布金斯[2]说，“你们看他的表情。”

“我怎么干你们别管，”我说，“你们哥儿们自己判断吧。反正纽约的那些犹太阔佬跟别人一样，好歹也得过日子呗。”我说。

我走回到店里去。艾尔在前面店堂里忙着。我一直走到柜台里面的写字台旁，看洛仑[3]的来信。“好爹爹，真希望你在我的身边。好爹爹不在这里，大伙儿的聚会也没劲儿。我多想念我的好宝贝爹爹呀。”我琢磨她也真该想念我了。上回我给了她四十块钱呢。给了她四十。我从不对一个女人作任何许诺，也从不让她知道我打算送给她什么东西。这是对付女人的唯一办法。老吊她们的胃口。如果你想不出什么别的招数让她们大吃一惊，那就照准她们下巴来那么一拳好了。

我把信撕碎，在痰盂上点火烧掉。我给自己立下一个原则：绝对不保留女人给我的片纸只字，我也从不给她们写信。洛仑老是纠缠不休要我给她写信，可是我说要是有什么忘了没说，下回来孟菲斯再说也不迟，不过我说，要是你过上一阵用普通的信封给我写上几行倒也无所谓，万一你真的打电话给我，那么对不起，以孟菲斯之大也会容不下你这个小女人的。我说我上你这儿来只不过是来玩女人的哥儿们中的一个，我可不允许有任何女人打电话找我。给，我说，一面递给她四十块钱。要是你什么时候酒喝多了胡思乱想，要打电话给我，你就记住我的话，在拨号码之前先从一数到十，好好考虑考虑。

---

① 这是当地一个做棉花投机生意的人。

② 经常待在电报局的一个游手好闲的人。

③ 洛仑是杰生的情妇，住在孟菲斯。

“那么什么时候?”她说。

“什么?”我说。

“你什么时候再来?”她说。

“我会告诉你的。”我说。这时她要去买一杯啤酒,可是我不让她去买。“把钱留着吧,”我说,“用这笔钱给自己添一件衣服。”我也给了女用人一张五元的钞票。说穿了,正如我常说的,钱本身是没有价值的,问题在于看你怎么花。钱不属于哪一个人的,费尽心思去攒钱是犯不着的。钱仅仅是属于命中注定会赚钱会存钱的那些人的。就在这儿杰弗生,有那么一个人,他靠卖霉烂的东西给黑鬼挣了一大笔钱,他住在店堂楼上,房间小得像猪圈,还自己做饭。四五年前他突然病了。他怕极了,等病好能起床,他成了个好教徒,捐钱资助一个传教士去中国传教,每年五千元。我常常琢磨,要是他死后发现根本没有天堂,又想起每年捐的五千块钱,那还不把他气疯了。正如我所说的,他还不如继续害怕下去,这会儿就死掉,把钱省下来呢。

信烧得干干净净之后,我正要把其他的信都塞进外套口袋,突然某种预感告诉我应该在回家前把给昆丁的信拆开,可是正在这时,艾尔在大声叫我了,我只好把东西放下到前面去伺候那个该死的乡下佬,这个土老儿足足花了十五分钟,还不能决定到底买二角钱的马轭绳呢还是买三角五的。

“你还是买质量高的那种好,”我说,“你们不肯花本钱买好的装备,又指望收成比别人好,那怎么办得到呢?”

“要是这种货色质量不好,”他说,“那你们干吗要放在这儿卖?”

“我也没有说这种不好,”我说,“我只不过是说不如那种好。”

“你又怎么知道它不如那种好呢?”他说,“莫非你都用过吗?”

“因为它定价不是三角五分,”我说,“我就凭这一点。”

他把二角钱的那种拿在手里,从手指间抽过去。“我看我还是买这一种。”他说。我要拿过来给他包好,他却把绳子绕好,塞到工作服口袋里去了。接着他掏出一只烟荷包,弄了半天终于解开了上面的带子,抖出几只硬币。他递给我一只二毛五的。“那一角五还可以让我凑合吃一顿午饭呢。”他说。

“好吧，”我说，“你最高明。不过明年你又得买一条马轭绳时别怨我。”

“我明年的庄稼怎么种，现在还没有谱呢。”他说。我终于把他打发走了，可是每回我把信拿出来，总有什么事发生。为了看演出，四乡的人都到镇上来了，他们成群结队地来，来花钱，这钱不会给镇子带来什么好处，也不会给镇子留下什么东西，除了给镇长办公室里的那些赃官，他们眼看就要分孝敬钱了。艾尔忙得团团转，像鸡埘里的一只母鸡，嘴里念念有词地说：“是的，太太，康普生先生会来伺候您的。杰生，给这位太太拿个炼黄油的搅拌筒，再拿五分钱百叶窗钩子。”

是啊，杰生喜欢跑跑颠颠地伺候人。我说我可不喜欢，我从来没有上大学的福分，因为在哈佛他们教你如何在黑夜游泳，可是自己连普普通通的泳都不会游。而在西华尼①呢，他们连水是什么都不教你。我说，你们还不如把我送进州立大学呢；没准我能学会如何用治疗鼻子的喷雾器来弄停自己的钟，依我说，你们也可以把班送进海军，反正进骑兵是不会错的，因为骑兵队里是要用骟过的马的。后来，当她把小昆丁送回家也要我来养时，我说这大概没什么问题，不用我赶到北方去找活干，活儿倒找上门来了。这时候母亲哭了起来，我说倒不是我反对孩子放在这儿抚养；只要您高兴，我辞掉差事亲自带孩子也可以，不过负责让面粉桶保持常满可是您和迪尔西的事了，还有班。还是把他租给哪个马戏班子去当展品吧；世界这么大，总有人愿出一毛钱来看他的。我说到这里母亲哭得更厉害了，嘴里不断地念叨说我苦命的孩儿啊，我说是啊，等他长足了，而不是像现在这样只有我半个人那么高，那他就可以大大地帮您的忙了，这时她又说她很快就会不在人世了，到那时我们的日子就会好过了。于是我说，好吧，好吧，随您怎么办吧。她是您的外孙女儿，在她的爷爷奶奶外公外婆中间，只有您一个人的身份是清楚的。只不过，我说，这只不过是个时间的问题。如果您相信她的保证，以为她不会来看孩子，那您就是自己骗自己，因为第一回那母亲不断地说感谢上帝你除了姓康普生之外别的地方都不像康普生家的人，因为

---

① 在田纳西州，该地有著名的南方大学。杰生的父亲康普生先生毕业自该校。

你现在是我在世界上唯一所有的一切了，你和毛莱[1]两个人就是我唯一的一切了，于是我说就我自己而论倒是可以不让毛莱舅舅陪我一起受罪的，这时候人们走来说可以动身了。母亲就停住不哭了。她把面纱拉了下来，我们走下楼梯。这时，毛莱舅舅正从饭厅里走出来，他用手帕捂住了自己的嘴。[2] 他们大致排成夹道似的两行，我们走出门口刚刚赶上看到迪尔西把班和 T. P. 从屋角那边赶到后边去。我们走下台阶，上了马车。毛莱舅舅不断地说可怜的小姐姐，可怜的小姐姐，他的声音是从嘴角发出来的，一面讲一面在母亲的手上拍着。他嘴里念念有词，也听不清楚在讲些什么。

“你戴黑袖纱了吗？”母亲说，“他们干吗还不动身呢，一会儿班吉明出来又有一番热闹了。可怜的孩子。他还不知道，还不明白是怎么回事呢。”

“好了，好了，”毛莱舅舅说，一边拍她的手，从嘴角发出声音，“还是这样好些。先别让他知道丧父之痛，等到不得不知道时再说。”

“在这样的时刻，别的女人都会有自己的孩子来支持她的。”母亲说。

“你不是有杰生和我吗？”他说。

“对我来说这真是太可怕了，”她说，“不到两年就失去了两个亲人。[3]”

“好了，好了。”他说。过了一会儿他偷偷地把一只手掩在嘴上，又把手里的东西往窗外扔去。这时我才明白我方才闻到的是什么东西的气味。原来是丁香梗[4]。我琢磨，他以为这是在父亲的葬仪上他至少能做到的事吧，也许酒柜把舅父当作是父亲，所以在他走过的时候绊了他一脚吧。就像我所说的，如果他[5]为了送昆丁去上哈佛大学而不得

---

① 杰生因母亲提到毛莱，思绪便转到毛莱舅舅，又从毛莱舅舅转到 1912 年父亲去世后出殡的情景上去了，因为那次出殡，毛莱舅舅也在场。

② 毛莱舅舅是个酒鬼，经常从饭厅的酒柜里拿酒喝。

③ 昆丁于 1910 年自杀，康普生先生死于 1912 年。

④ 人们喝酒后嚼丁香梗以消除酒气。

⑤ 这里的“他”已非毛莱舅舅，而是指康普生先生了。

不变卖什么时,把这个酒柜卖掉了,并且用一部分钱给自己买一件只有一只袖筒的紧身衣[1],那我们倒都可以好过得多呢。我看还没等我拿到手康普生家的产业就全部败光了的原因,正如母亲所说的,就是他把钱全喝掉了。反正我没听说他讲过为了让我上哈佛而变卖什么产业。

就这样,舅父不断地拍她的手,一边说:“可怜的小姐姐。”他用一只黑手套来拍她,那副手套四天之后我们收到了账单,因为这天是二十六号。因为一个月前的这一天,父亲上那儿去把她带了回来,父亲一句也不告诉我们她[2]在哪儿,情况怎样,当时母亲一边哭一边说:“难道你连见都没见到他[3]吗?难道你压根儿没有想办法让他出点赡养费吗?”父亲说:“没有,她是不会碰他的钱的,连一分钱也不会要的。”于是母亲就说:“应该让法律来使他就范。他什么也不能证明,除非——杰生·康普生[4]啊,”她说,“你难道愚蠢到这个地步,居然去告诉——”

“别说了,卡罗琳。”父亲说,接着他差我帮迪尔西到阁楼上去把那只旧摇篮搬下来,这时候我说话了:

“哼,他们今儿晚上倒真的把工作安排到我家里来了。”因为一段时间以来我们一直在指望凯蒂跟她丈夫会把事情安排妥当的,他也会抚养凯蒂的,因为母亲老是说凯蒂至少对家庭还是有点感情,在她自己跟小昆丁有了出路之后,总不见得会跟我过不去,不让我有点儿机会的。

“那你说该把小昆丁放在哪儿抚养?”迪尔西说,“除了我,还会有谁来带她?你们这一家子,不都是我带大的吗?”

“你带得真不错,”我说,“至少,如今又有事情可以让她来操心了。”我们把摇篮搬下顶楼,迪尔西动手把它放在她那个老房间里支起来。这时候母亲又来劲儿了。

“别哭了,卡罗琳小姐,”迪尔西说,“您要把娃娃吵醒了。”

“让她在那儿睡吗?”母亲说,“让她受这么坏的空气的毒害吗?她

---

① 一种给疯子穿的限制其行动自由的衣服。

② 指凯蒂,前面的“她”指小昆丁。

③ 指凯蒂的丈夫赫伯特·海德。

④ 这里的“杰生·康普生”是康普生先生。

命这么苦,还不够她受的吗?”

“别讲了,”父亲说,“别讲傻话了。”

“干吗她不能在这儿睡,”迪尔西说,“在她妈妈还小,没法单独睡的时候,每天都是由我带着在这个房间里睡的。”

“唉,你不知道,”母亲说,“我的亲生女儿都让她的丈夫抛弃了。可怜的无辜的小宝宝啊,”她一边瞅着小昆丁一边说,“你不知道你给别人带来了多么大的痛苦。”

“别说了,卡罗琳。”父亲说。

“你干吗老是这么向着杰生?”迪尔西说。

“我是想保护他,”母亲说,“我一直想保护他,不让他受到拖累。至少我是要尽力保护这小娃娃的。”

“让她睡这间房怎么会对她有害呢?我倒要问。”迪尔西说。

“我也没有办法,”母亲说,“我知道我只不过是个讨人厌的老太婆。可是我知道藐视上帝律法的人都应受到惩罚的。”

“胡说八道,”父亲说,“那就把摇篮支在卡罗琳小姐的房间里吧,迪尔西。”

“你可以说我是胡说八道,”母亲说,“可是千万不能让她知道。连她妈叫什么名字也不能让她知道。迪尔西,我不许你在她面前提她妈妈的名字。要是她长大后根本不知道她有母亲,那就要谢天谢地了。”

“别这么傻了。”父亲说。

“你怎么抚养教育孩子,我可从来没有干涉过,”母亲说,“不过这一回我可不能由着你了。这个问题我们现在,今天晚上,就要说说清楚。要就是不许在她面前提那个名字,要就是别在这个家里抚养她,再不然,就是我走。你选择吧。”

“行了,别说了,”父亲说,“你太激动了。把摇篮支在这儿,迪尔西。”

“我看你也快病倒了,”迪尔西说,“您看上去都快像个鬼了。你快上床去,我给你冲杯热酒,让你快点入睡。我敢说你离开家门以后准是没睡过一次好觉。”

“肯定没有,”母亲说,“你不知道医生怎么关照的吗?你干吗还要纵容他喝酒？他现在不应该喝酒。你瞧我，我身体虽说不好，可是我意志并不薄弱，不会明知有害还要酗酒。”

“胡说八道，”父亲说，“医生懂得什么？病人不想这么干，他们偏让他那么干，就靠这个办法骗钱混饭吃。这谁不会呀？人人都知道，退化的猿猴①也就是这样干的。下一步，你该请一位牧师来拉住我的手了②。”这时候，母亲哭了，父亲走了出去。他走下楼去，接着我听见了酒柜开关的声音。我醒过来时又听到他下楼去的声音。母亲大概去睡或是干什么别的去了，因为屋子里终于静悄悄的没一点声音了。他也静悄悄地尽量不发出声音，因为除了他睡衣的下摆和他裸露的腿脚在酒柜前发出的窸窣声之外，我没听见他发出什么别的响声。

迪尔西安好摇篮，替婴儿脱了衣服，把她放进摇篮。自从父亲把她抱回家，她还没有醒过呢。

“她个子挺大，眼看就要睡不下了，”迪尔西说，“我有办法了。我以后就在过道里搭个地铺，这样您晚上就不用起床了。”

“我睡不着，”母亲说，“你回去睡好了。我不在乎的。我很乐意把自己的余生都用在她的身上，只要我能够阻止——”

“好了，别这样说了，”迪尔西说，“我们会好好照顾她的。你也该上床歇着去了。”她对我说：“你明天还得上学呢。”

我往房外走去，但母亲叫住了我，扑在我身上哭了一会儿。

“你是我唯一的希望了，”她说，“每天晚上，我都为你而感谢上帝。”③当我们站在那儿等着大伙儿动身时，她说感谢上帝，如今父亲也不得不给带走，留在我身边的是你而不是昆丁。感谢上帝你脾气不像康普生家的人，因为我现在剩下的只有你和毛莱舅舅两个人了，这时候我对自己说，嗯，有没有毛莱舅舅我倒是一点也不在乎。哼，他一直用他的黑手套拍着她的手，一面跟她讲话，一面从她身边走开。轮到他铲土到墓穴里去时，他脱下手套。他走到第一批铲土的人的身边，有人给

---

① 指人。康普生先生是个犬儒主义者，认为世上的生物越来越退化。

② 弥留时的宗教仪式。他这里的意思是：她在盼他早点死。

③ “感谢上帝”这句话使杰生的思绪从接回小昆丁的那天转移到举行康普生先生葬仪的那天。

他们打着伞挡雨，时不时蹬蹬脚要把脚上的泥巴蹬掉，铁铲上沾满了泥土，因此他们只得把泥巴敲掉，泥巴落到棺材上时，发出了一种空荡荡的声音。当我退后几步站在那辆出租马车旁边时，我看见他躲在一块墓碑的后面，又从酒瓶里喝了一口酒。我还以为他要喝个没完了呢，因为我身上也穿了一套新西服，幸好马车轮子上那时候还没粘上多少泥巴，只有母亲看到了这一点，她说我可不知道你什么时候能再做一套新西服了，这时毛莱舅舅说："得了，得了。你根本不用发愁。你不管什么时候都可以依靠我呢。"

是啊，我们是可以依靠他的，任何时候都可以。[①] 第四封信是他写来的。可是根本没有必要拆。这种信我自己都写得出来，也可以照背一遍给母亲听，为了保险起见再加上十块钱就可以了。可是对于另外那一封信我却有一种预感。我凭直觉感到又到了她耍花招的时候了。在第一次之后她变得非常精明。她很快就发现我与父亲不是同一种类型的人。当人们快把墓穴填满时，母亲号啕大哭起来，于是毛莱舅舅陪她一起上了马车，动身走了。[②] 他对我说你可以和别人一起坐车；总会有人愿意让你搭车的。我得先把你母亲送回去，我本想说，是啊，你应该带两瓶酒出来，只带一瓶是不够的，可是我考虑到我们是在什么地方，因此我让他们先走了。他们才不管我身上有多湿呢，要是我有了得肺炎的迹象，母亲又该大惊小怪，不愁没事干了。

且说我想着这件事情，看着人们把泥土往墓穴里扔，拍击着泥巴，像是在和灰泥、树栅栏似的，我觉得有点儿好玩了，便决心在附近逛一会儿。我想如果我往镇子的方向走，他们准会赶上我，一定会让我搭他们的一辆车，因此我就往后走，朝黑人的墓园走去。我来到几株杉树的下面，这儿雨比较稀，只是间或掉几滴下来，在这里我可以看见他们什么时候干完，什么时候动身回去。过了一会儿，他们全走了，我再等了一分钟才走出来。

我不得不顺着小路走，否则草会打湿我的脚，因此我一直走到离她

---

① 回到"当前"。

② 康普生先生殡葬那天。

很近了才看到她,她站在那儿,穿着一件黑斗篷,在看一束花儿,我第一眼就认出那是谁了,没等她转过身子看我,没等她撩起面纱。

“嗨,杰生。”她说,一面伸出手来。我们握了握手。

“你来这儿干什么?”我说,“你不是答应过母亲再不回来的吗。我还以为你是个有头脑的女人呢。”

“是吗?”她说,又去瞧那些花儿了。那些花怕是五十块钱也买不来的。有人把这束花放在昆丁的坟上。“你是这么想的吗?”她说。

“不过我倒也不感到意外,”我说,“我早就知道,你是什么都做得出来的。你根本不考虑别人。别人的处境怎么样你根本不管。”

“噢,”她说,“那个职位。①”她眼睛盯住坟墓,“这件事我是感到很抱歉的,杰生。”

“你也感到抱歉?”我说,“你现在说话口气也硬不起来了吧。可是你何必回来呢。什么遗产也没留下啊。你不信我的话可以去问毛莱舅舅。”

“我什么都不要,”她说。她眼睛还是望着坟墓。“为什么他们不通知我?”她说,“我是偶然在报上看到的。在最后一页,我是偶然看到的。”

我一句话也没说。我们站在那儿,呆呆地看着坟墓,这时我不由得想起了我们小时候的事,一桩桩一件件,我感到自己有点不舒服,好像有点疯疯癫癫;又想起如今毛莱舅舅又得住在我们家了,家里的事也得由他说了算了,就像他让我淋着雨一个人回家那样。我说:

“你真有心眼,父亲一死马上就溜回来。不过你不会捞到什么好处的。千万不要以为你能利用这个局面悄悄地回到家里来。既然你驾驭不了自己的马儿,那你只好下来步行。”我说,“我们连你住在哪栋房子里叫什么名字都不知道。”我说,“你明白吗?我们根本不知道你的名字。如果你和他跟昆丁一起待在地下,对你倒会好些。”我说,“你明白吗?”

“我明白。”她说,“杰生,”她说,眼睛仍然看着坟墓,“如果你想办

---

① 指她丈夫原来答应给杰生在银行里找个差使的事。

法让我看她一分钟,我给你五十块钱。"

"你根本拿不出五十块钱来。"我说。

"你干不干呢?"她说,眼睛并不看我。

"拿出来看看,"我说,"我不相信你身上有五十块钱。"

我可以看到她的双手在斗篷里蠕动,接着她伸出一只手来。手里果真捏满了钱。我看见有两三张黄色的钞票①。

"他现在还给你钱,"我说,"他寄多少钱给你?"

"我可以给你一百块,"她说,"怎么样?"

"只看一分钟,"我说,"而且得按我的吩咐办。你即便给一千块钱我也不愿让她知道。"

"行,"她说,"就按你的办,去吧。只要让我看一分钟就行。我不会求你别的,也不会做出什么事来的。我看了马上就走。"

"把钱给我!"我说。

"事情办完了再给你。"她说。

"你难道还信不过我?"我说。

"信不过,"她说,"我了解你。我是跟你一块儿长大的。"

"你这种人居然还要说什么别人是否可靠。"我说,"好吧,"我说,"我可不能没完没了地挨浇。再见了。"我做出要走的样子。

"杰生!"她喊我。我停住了脚步。

"怎么啦?"我问,"有话快说,我都要湿透了。"

"好吧,"她说,"给你。"四周围没有一个人。我走回到她身边去拿钱。她的手还捏住不放。"你会办的吧?"她说,透过面纱盯看着我,"你答应了?"

"松手吧,"我说,"你想让谁走过来看到我们不是?"

她松开了手。我把钱放进我的兜里。"你会办的吧,杰生?"她问,"只要有别的办法,我是不会来求你的。"

"你算是说对了,你也真找不到别的办法了,"我说,"我当然会给

---

① 指金库券,美国政府于1882至1922年内发行的一种大面额钞票,其中票面最小者为10元。

你办的。我说过我要办的,是不是？只不过你现在就得按我说的办法去做。"

"好的,"她说,"我听你的。"于是我告诉她到什么地方去等我,说完我就朝马车行走去。我加快了步子,就在他们正要把马匹从车子上卸下来的时候走到那儿。我问车钱算过没有,老板说还没有,于是我就说康普生太太忘了拿一样东西,还要用车,于是他们就让我坐上了车。赶车的是明克[①]。我买了一支雪茄敬他。我们赶着马车兜圈子,直到后街天色暗淡下来,人们在那儿看不出他了。这时明克说,他得把马儿赶回到车行去了,我就说,我待会儿再给他买一支雪茄,于是我们把车子赶进小巷,我穿过院子走进屋子。我在门厅里停住脚步,听到母亲与毛莱舅舅在楼上说话的声音,于是我朝后面走进了厨房。小昆丁与班在那里,迪尔西看着他们。我说母亲要让昆丁去一下,于是我抱着她走进屋子。我找到了毛莱舅舅的雨衣,把它裹在她身上,我抱起她回到小巷里坐上了马车。我让明克把车子赶到火车站去。他很怕在马车行门前经过,于是我们只好绕后街走。这时候我看见凯蒂站在路口街灯下,我就吩咐明克让车子挨近人行道走,等到我说"快走"时,给牲口抽上一鞭子。这时我把小昆丁身上的雨衣脱下来,把她举在马车窗前,凯蒂一看见她简直要往前扑过来。

"抽鞭子呀,明克!"我说,于是明克狠狠地往马身上抽了一下,我们像一辆救火车似的从她身边冲了过去。"现在,快上火车吧,这是你答应了的。"我说。我透过马车后窗可以看到她跟在我们后面奔跑。"再抽一鞭,"我说,"咱们回家吧。"我们在路口拐弯时她仍然在奔跑。

那天晚上,我再一次数钱并且把钱放好时,我心里美滋滋的。我心里说,我看这下子你可知道我的厉害了。我想现在你总知道不能弄丢了我的差事就此完事了吧。我万万没有想到她会不遵守诺言没搭乘那班火车离开。这得怪我当时对女人了解得太少;我那时还太傻,女人怎么说我就怎么相信,因为第二天早上你道如何,原来她居然径直朝店里走进来了,只不过她总算还有点分寸,戴着面纱,也没有跟任何人讲话。

---

① 马车行里一个赶车的伙计,亦是斯诺普斯家族的一员。

那是个星期六的早上，因为我在店里，她急急匆匆地一直走到店堂后部我的写字台前。

“骗子，”她说，“骗子。”

“你疯了吗？”我说，“你这是在干什么？怎么就这样走到这里来？”她刚要张嘴，我把她给堵了回去。我说：“你已经撬掉了我一份差事，还想断送掉我这一份不成？若是你有话跟我说，咱们可以说好天黑后到哪儿去见面。你到底有什么话要说呢？”我说，“我答应了要做的事哪一件没有做？我说了让你见她一分钟，我让你见了没有？嗯，你见到了没有？”她只顾站在那儿盯着我，像打摆子似的浑身乱颤，双手紧握，像是在抽风。“我答应的事我全办了，”我说，“你自己才是骗子呢。你答应我乘那班火车离开。你乘了没有呢？你不是答应过的吗？如果你以为你能把那笔钱要回去，你趁早断了这个念头，”我说，“就算你给我的是一千块钱，你还欠着我的情分。要知道我冒了多大的风险！要是十七次车开走以后我还看见或是听说你在镇上，”我说，“我就要告诉母亲和毛莱舅舅了。这以后，你到老死也别想再见到小昆丁。”她只顾站在那里，眼睛盯着我，两只手扭来扭去。

“你真可恨，”她说，“你真可恨。”

“行，”我说，“你怎么说都行。注意我的话，听着。不乘十七次车走，我就告诉他们。”

她离开之后，我觉得痛快多了。我心里说，我琢磨往后你想砸掉眼看到我嘴边的饭碗可得先好好考虑考虑了。当时我还是个孩子。人家怎么说，我就怎么相信。打那以后，我可学乖了。而且，如我所说的，我看我也并不需要仰仗别人的提携，我满可以自己靠自己，我一直都是这样，不也挺过来了。这时候我突然想到了迪尔西和毛莱舅舅。我想到凯蒂会说服迪尔西的，而毛莱舅舅这个人，你只要给他十块钱，叫他干什么都行。可是我却在这里，甚至都不能离开这家破店去保护自己的母亲。就跟她所说的那样，要是上帝要把你们当中的一个带走，我感谢上帝留下来的是你，可以让我有个依靠，于是我说，哼，我命中注定跑不远，顶多就到那家杂货店，免得您需要的时候找不到我。家产虽然已经所剩无几，总得有个人守着它，是不是？

因此,我一回到家里就盯住迪尔西。我告诉迪尔西“她”①得了麻风病,我把《圣经》找出来给她念一个人身上的腐肉一块块掉下来的那一段,我告诉她只要她或是班或是小昆丁给“她”看上一眼,他们都会传染上麻风病的。这样,我自以为把一切都安排妥了,可是有一天我回到家中,发现班在大吼大叫。他闹翻了天,谁也不能让他静下来。母亲说,好吧,把那只拖鞋给他。② 迪尔西假装没听见这句话。母亲又说了一遍,这时我说,我去取吧,这么吵我可实在受不了啦。我常说,我这个人是很能忍耐的,我要求不高,从不指望从他们那里得到什么好处,可是我在一家破杂货铺子里干了一整天的活儿,是不是可以让我安静一会儿,太太平平地吃一顿饭呢?因此我说,好吧,我去取拖鞋,可是迪尔西急急地叫了一声:“杰生!”

于是像心里打了个闪一样,我顿时明白发生什么事了,不过为了弄确实我还是去取拖鞋,把它拿了来。果然不出我的所料,他看到拖鞋之后闹得更加凶了,真好像我们要把他宰了似的。因此我逼着迪尔西承认真相,然后我把事情报告母亲。接着,我们又得把她送上床去了。等事情稍稍安定下来,我就启发迪尔西,让她明白应该敬畏上帝。这就是说,多少要有点敬畏之心,对黑人要求本来也不能太高嘛。使唤黑人用人就有这份麻烦,日子长了,就免不了会尾大不掉,简直没法差他们做事。他们还以为这个家是他们在当呢。

“我倒要问,让可怜的小姐看看她自己的孩子,这又有什么不对,”迪尔西说,“要是杰生先生③还活着,事情就不会这样。”

“可是杰生先生不在人世了,”我说,“我知道你压根儿没把我放在眼里,不过太太吩咐下来的话我想你总得听听吧。你老这么折磨她,要不了多久她也得进坟墓,到那时这幢房子都让给你们这伙黑人穷鬼住得了。你说,你又干吗让那傻子见到她呢?”

“杰生,如果你总算是个人,那你也是个冷酷的人,”她说,“我要感谢上帝,因为我比你有心肝,虽说那是黑人的心肝。”

---

① 指凯蒂。

② 班吉这天见到过凯蒂,所以大吵大闹。

③ 指康普生先生。

“至少我是个男子汉，让家里的面粉桶总是满满登登的，”我说，“告诉你，那样的事你再干一次，你就别想再吃这儿的面包。”

因此我第二次见到她时，我就告诉她，假如她再走迪尔西的门路，母亲就要让迪尔西滚蛋，把班送去杰克逊，自己带了小昆丁上别处去。她瞪大眼瞧了我好一会儿。附近没有路灯，我看不清她的脸。可是我觉得出来她是在看我。我们小时候，每逢她为了什么事情生气却又无可奈何时，她的上嘴唇总是这样一抽一抽的。上嘴唇一抽搐，她的牙齿就会多露出一些，在这整个过程中她总是一动不动，像根石柱一样，连一丝肌肉也不动，除了上唇翘得越来越高，牙齿露得越来越多，却什么话也不说。临了她光是迸出了这几个字：

“好吧。要多少钱？”

“嗯，如果透过马车窗子看一眼价钱是一百块，那么……”我说。反正那一回之后，她表现得相当不错，只有一次，她要求看银行账目的结单。

“我知道支票背面都有母亲的签名，”她说，“可是我想看一看银行的结单。我想亲自了解一下那些支票都上哪儿去了。”

“那可是母亲的私人事务，”我说，“如果你以为你有权利刺探她的私事，那我可以告诉她，说你认为那些支票都被人挪用了，你想查账目，因为你不信任她。”

她什么话也没说，也没有动弹，但我能听见她心里在说你真可恨你真可恨你真可恨。

“你尽管大声说出来好了！”我说。“你我之间有什么看法，早就不是什么秘密了。也许你是想把钱要回去吧！”我说。

“听着，杰生，”她说，“别再跟我说瞎话了。我现在说的是她的事。我不要求看什么。如果钱不够，我每个月还可以多寄一些。只要答应我她能够——她可以——这是你能够办到的。给她买一些东西。待她好一些。这些小事我都办不到，人家不让我办。……不过你是不会帮我干的。你的血从来都是冷冰冰的。听着，”她说，“如果你想法子让母亲把昆丁还给我，我就给你一千块钱。”

“你根本拿不出一千块，”我说，“我知道你就是在说瞎话。”

“有，我有。我会有的。我可以弄到的。”

“我可知道你是怎么去弄的，”我说，“就是用弄出小昆丁来的那种办法。等到她变成了一个大姑娘——”这时候我以为她真的要打我了，但接着我又搞不清楚她到底要干什么了。有一瞬间，她好像一只发条拧得太紧眼看就要崩成碎片的玩具。

“噢，我真是疯了，”她说，“我是癫狂了。我带不走她。你们抚养她吧。我想到哪儿去了。杰生，”她说，一边紧紧攥住我的胳膊，她的手烫极了，像是在发高烧，“你得答应我要好好照顾她，要——她是你的亲人；是跟你有血缘关系的。答应我，杰生。你的名字是和父亲的一样的，如果是在他面前，我难道还用求第二遍吗？哼，连一遍也不用呢！”

“一点不错，”我说，“我身上的确有点像父亲的地方。你要我怎么办？”我说，“买一条围裙和一辆婴儿学步车吗？你的苦恼都不是我造成的。”我说，“我冒的风险可要比你大，因为你反正再没什么可以丢失的了。因此，如果你指望——”

“对了，”她说，这时她大笑起来，同时又使劲抑制自己想要不笑，“对了，我反正再没什么可以丢失的了。”她说，一面发出那种噗嗤噗嗤的怪声，一面用双手捂住自己的嘴。“什么——什么——什么也没有了。”她说。

“好了，”我说，“别笑了！”

“我是想不笑的呀，”她说，用双手捂住了自己的嘴，“哦，上帝啊，哦，上帝啊。”

“我可得走了，”我说，“我不能让人家看见我在这里。你现在就离开咱们这个镇，你听见没有？”

“等一等。”她说，攥紧了我的胳膊，“我已经止住了。我不会再笑了。那你答应我了，杰生？”她说，我觉得她的眼睛瞪着我，仿佛都能触到我的脸了，“你答应了？母亲——那笔钱——如果什么时候昆丁需要什么——如果我把给她的钱用支票汇给你，算是固定生活费之外的钱，你会给她的吧？你不会跟别人说吧？你会让她像别的女孩子那样得到种种必要的生活用品的吧？”

“当然会的，”我说，“只要你听我的话，按我吩咐的去做。”

这时候，艾尔戴好帽子，走到店堂前面来，[①]他说：“我就到罗杰斯的店里去随便吃点东西。我看咱们没时间回家吃午饭了。”

“你说咱们没时间，这是什么意思？”我说。

“戏班子在镇上演出，热闹得很，”他说，“他们今儿要加演日场，大伙儿都想快点做完买卖，赶上趟去看演出。所以我们就上罗杰斯小吃店随便吃点算了。”

“好吧，”我说，“反正那是你的肚子。你愿意为自己的买卖吃苦受罪，我没有什么意见。”

“我看你这人是永远也不愿为做买卖吃点苦的。”他说。

“除非是为杰生·康普生的买卖。”我说。

因此当我重新走到店堂后面去打开那封信时，唯一使我感到惊奇的是里面附了一张邮局汇单，而不是支票。是的，先生，女人是没有一个可以信任的。我为她冒了多少风险，冒着母亲发现她一年回来一两次的风险，我还得向母亲撒谎，这也是要冒风险的。可是对你的报答就是这个。依我看，她怕是会去通知邮局：除了昆丁之外别的人都无权领取汇款。她居然一下子就给那么小的小丫头五十块钱。要知道我满二十一岁以前别说有五十块钱，连见都没见到过呀。别的孩子每天下午都没事，星期六可以玩上整整一天，可我却得在一家店里干零活。我不是说了，像她这样背着我们把钱给她女儿，又怎能指望别人管得住她呢。我早就说了，她和你一样，都出身于同样的家庭，受到同样的教养。我寻思，小昆丁需要什么，母亲总比你清楚些吧，你是连自己的家都没有一个的。“如果你想给她钱，”我说，“你寄给母亲好了，别直接给她。你既然让我过几个月就冒一次风险，那你就得依我说的办，不然这事情就算吹了。”

正当我马上要去办那件事情的时候——要是艾尔以为他说了那样的话我就会赶紧上街去狼吞虎咽二毛五一客倒胃口的快餐，那他是大大的失算了。我也许不是一个坐在红木办公桌前双脚往桌子上一跷的

---

① 回到“当前”。

大老板，不过人家给我工钱只能管我在这爿店里干活的事，如果我连下了班想过文明点的生活都要受到干涉，那我只好另找能过这种生活的养爷处了。我能够自己靠自己，我不需要别人的红木办公桌来支撑我的脚。正当我刚要开始办那件事，我又得把手头的事全都扔下，跑过去给红脖梗的穷庄稼汉拿一毛钱的钉子或是别的什么小物件，而这时艾尔准是一面把三明治往嘴里塞一面往回走了，就在这节骨眼上我发现空白支票偏偏都用光了。我记起来了，我原来是想去多领几张的，可是现在已经来不及了，这时候我抬起头，看见小昆丁来了。她是从后门进来的。我听见她在跟老约伯打听我在不在。我赶紧把东西塞进抽屉，把抽屉关好。

她来到桌旁。我瞧了瞧我的表。

"你回去吃过饭了吗？"我说，"现在刚好十二点，我刚刚听见钟敲过。你准是飞去飞来的。"

"我不回去吃午饭了，"她说，"今天是不是有我的一封信。"

"你是在等信？"我说，"你居然还有能认字会写信的男友？"

"是妈妈写来的信。"她说。"有妈妈给我的信吗？"她说，眼睛盯住我。

"有一封是她给母亲的，"我说，"我没有拆。你得先等她拆了再说。我想，她会让你看的。"

"请告诉我，杰生，"她说，根本不理我这一套，"有我的信没有？"

"你这是怎么啦？"我说，"我从没见你为谁的事这么着急过。你准是在等她寄钱给你。"

"她说过她要——"她说，"谢谢你了，杰生，"她说，"有我的信没有？"

"你今天总算是去过学校了，"我说，"那可是他们教你说谢谢的地方。等一等，先让我去接待顾客。"

我走开去伺候顾客。等我转过身子回来，我看不见她，她躲到桌子后面去了。我赶紧跑过去。我急急绕到桌子后面去，我抓住她时她的手正从抽屉里缩回来。我把她的手关节往桌子上敲，直到她松开手，我把信抢走。

“你想偷,你想偷是吗?”我说。

“把信给我,”她说,“你已经拆开了。把信给我。求求你,杰生。是写给我的。我看到上面的名字了。”

“我要拿条马鞍绳来抽你,”我说,“应该给你的是绳子。居然敢乱翻我的东西。”

“里面有钱没有?”她说,伸过手来要拿,“她说过要寄些钱给我的。她答应的。把钱给我。”

“你要钱干什么?”我说。

“她说过要寄钱的,”她说,“请你把钱给我,杰生。你这次给了我,我以后再也不跟你要什么了。”

“你别着急,我会给你的。”我说。我把信纸与汇款单拿出来,单把信纸给了她。她伸过手来要拿汇款单,眼睛甚至都不看信一眼。“你得先签个字。”我说。

“汇来多少钱?”她说。

“你看信好了,”我说,“我想信里总提起的吧。”

她急急地看信,三两眼就把信看完了。

“信里没说。”她说,抬起头来。她把信扔在地上。“汇来多少钱?”

“十块钱。”我说。

“十块?”她说,瞪大了眼睛看我。

“你拿到十块钱就应该心满意足了,”我说,“像你这么不丁大的小孩子家。你突然急急忙忙要钱,到底是怎么回事?”

“十块钱?”她说,那神情就仿佛是在说梦话,“只有十块钱?”她猛地伸手,想把汇款单抢过去。“你胡说,”她说,“你是个贼!”她说,“你是个贼!”

“你想抢,你想抢是吗?”我说,一面把她推开。

“把汇款单给我!”她说,“那是我的。是她寄给我的。我要看,我要看嘛。”

“你要看?”我说着就抓住她,“你打算用什么办法呢?”

“就让我看一看吧,杰生,”她说,“求求你。我以后再也不跟你要什么东西了。”

“你怀疑我说谎，是吗？”我说，“为了这个我就不让你看。”

“不过怎么会只有十块钱呢，”她说，“她告诉我她——她说过——杰生，求求你，求求你，求求你。我得用一些钱。我非要不可。你就给我吧，杰生。你让我怎么干都行。”

“告诉我你为什么这么需要钱！”我说。

“我非常需要钱。”她说。她眼睛盯着我看。可是突然之间她不再看我了，虽然她的眼珠一动也没动。我知道她在编瞎话了。“我欠了别人一笔钱！”她说，“我得还债。我今天非得还债不可。”

“还给谁？”我说。她两只手在绞扭了。我看得出来她费尽脑汁在编瞎话。“莫非你又在哪家店里赊账了吗？”我说，“这种话你大可不必说出口了。我跟镇上所有的店铺都打过招呼了，如果这以后你还能从哪家店里赊到东西，我算服了你了。”

“是个姑娘，”她说，“是个姑娘。我欠了她一笔钱。我得还给她。杰生，把钱给我吧。求求你，要我干什么都行。我非要这笔钱不可。妈妈会还给你的。我会写信给她让她把钱还给你的，我以后也再不跟她要什么东西了。信给你看好了。求求你，杰生。我一定要这笔钱。”

“先告诉我你干吗要这笔钱，我再决定该怎么办！”我说，“告诉我呀。”她就那样站在那里，两只手在裙子上搓来搓去。“那好吧，”我说，“如果你认为十块钱太少，那就让我把它带回去交给你外婆，你知道这样一来会怎么样。当然啦，如果你有的是钱，根本不在乎这十块——”

她站在那儿，眼睛低垂，望着地板，像是在喃喃自语。“她说过要寄些钱给我的。她说过要把钱寄到这儿来，可你又说她一点钱也没寄来。她说她已经寄过许多钱到这儿来了。她说那些钱是给我的。说我可以用里面的一部分。可你却说咱们一点钱也没收到。”

“这里面的情况你和我一样清楚，”我说，“你不是看到我们怎么处理那些支票了吗？”

“是的。”她说，眼睛望着地板，“十块钱，”她说，“十块钱。”

“你应该感谢自己运气好，居然还能收到十块钱，”我说，“来吧，”我说。我把汇款单面朝下放在桌子上，用手按住它，“签字吧。”

“你能让我看看吗？”她说，“我只不过想看一看。不管上面写的是多少钱,我也只跟你要十块钱。剩下的都归你。我只不过想看一看。"

"你方才表现这么不好,我不能让你看!"我说,"有一件事你可得学会,那就是我让你怎么办,你就得怎么办。你把名字签在这儿吧。"

她拿起钢笔,可是她没有签字,仅仅是站在那里,垂下了头,那支钢笔在手里颤抖着。就跟她妈一模一样。"哦,天哪!"她说,"哦,天哪!"

"是的,"我说,"如果你别的什么也学不会,这可是你非学会不可的一件事。在这儿签名,然后快给我离开这儿。"

她签了。"钱在哪儿呢?"她说。我拿起汇单,吸干墨水,放进口袋。接着我拿出十块钱来给她。

"现在你快回学校去上下午课,听见没有?"我说。她没有回答。她把那张钞票放在手心里捏成一团,仿佛那是块破布。她从店里走出去,这时,正好赶上艾尔走进来。一个顾客跟他一起走了进来,他们在店堂前面站住了。我把东西整理好,戴上帽子,走到店堂前面去。

"事情多吗?"艾尔说。

"也不算太多。"我说。他朝门外望去。

"那边停着的是你的车吗?"他说,"你最好别回家去吃饭。日场开演之前很可能会又有一阵忙的。你上罗杰斯小吃店去吃了,回头把发票放在抽屉里。"

"非常感激,"我说,"不过我想一顿饭的钱自己还是出得起的。"

他总爱待在这个地方,像只老鹰似的守着这扇门,看我到底什么时候回来。好吧,这一回他可得多等一阵子了;我是想尽量表现得好些的。至少在我说"这可是最后一次替你干活"之前;可是现在最要紧的是要记住再弄点空白支票来。可是在这乱哄哄的节日①气氛中,谁又能记住什么事呢。又加上了这个草台班在镇上演出,我今天除了养活一大家人之外,还得满处去寻找一张空白的支票,而艾尔又像只老鹰一样守望着那扇门。

我来到印刷店,说我想跟一个朋友开个玩笑,可是老板说他那儿没有这种东西。接着他叫我到那家老歌剧院去看看,他说以前商农银行

① 小说中的这一天(4 月 6 日)是复活节的前两天。

倒闭时，有人把一大批废纸和破烂东西都堆在那儿，于是我为了不让艾尔看见就绕了几条小巷，终于找到了西蒙斯老头，跟他要了钥匙，进到里面去翻了起来。最后，总算给我找到一本圣路易银行的空白支票。这一回她肯定是要拿起来细细端详的。不过只能拿它来应付一下了。我没有时间，连一分钟也不能再耽搁了。

我回到店里。“忘记拿几张单据了，母亲要我到银行去办一下手续！”我说。我来到办公桌前，把支票填写好。我想快快地把这一切都弄妥，我对自己说，幸亏她现在眼神不太济事了，家中有了那个小骚蹄子，像母亲这样一个虔信基督的妇女，日子当然不会好过。我跟她说，您跟我一样清楚，她长大会变成怎样的一种人，不过假如您为了父亲的缘故而要把她留下来在您家里把她抚养成人，这也是您的事儿。说到这里她又要哭哭啼啼了，说什么这孽种可是她自己的亲骨肉呀，于是我就说得啦得啦。您爱怎么办就怎么办吧。既然您受得了我也决不会受不了。

我重新把信塞进封皮，把它粘上，然后往外走去。

“你别出去太久了。”艾尔说。

“好吧。”我说。我去到电报局。那班机灵鬼都在那儿呢。

“你们谁发了大财，捞进一百万了吗？”我说。

“行情这么疲软，谁还能干出什么名堂呢？”大夫说。

“价钱怎么样了？”我说。我走进去看。比开盘又低了三“点”。“哥们不至于因为棉花行情这样不值一提的小事就蔫儿了吧，对不？”我说，“我以为你们那么聪明，不至于就这样吧？”

“聪明个屁，”大夫说，“十二点钟那阵跌了十二‘点’。让我把裤子都赔光了。”

“十二‘点’？”我说。“怎么没人给我递个信儿啊？你干吗不告诉我一声？”我对那报务员说。

“行情怎么来我就怎么公布，”他说，“我这儿又不是地下交易所。”

“你既不傻又不愣，是不？”我说。“我在你身上花了那么多钱，你连一分钟也抽不出来给我个电话，你们这天杀的电报公司准是跟东部的投机大王合穿一条裤子的。”

他一声不吭，装作一副很忙的模样。

“你是翅膀硬了，小孩的短裤穿不下了，”我说，“下一步，你可该当臭苦力混饭吃了。”

“你这是怎么啦？”大夫说，“你还赚了三‘点’呢。”

“是啊，”我说，“如果我早上是抛出的话。我还没跟你们提这档子事吧。哥们都赔了吗？”

“有两回咱差点翻了船，”大夫说，“幸亏咱转得快。”

“哼，”艾·奥·斯诺普斯①说，“我今儿个运气好；我琢磨好运道过上一阵也得来光顾我一次，这也是公平合理的吧。”

我走了，让他们自己在按五分钱一“点”的价格买来卖去。我找到一个黑鬼，让他去把我的车子开来，我站在街角等他。我看不见艾尔一只眼睛盯着钟，另一只眼睛在街的这头到那头扫来扫去找我，因为我站的这个地方看不到店面。那黑鬼简直是过了一个星期之后才把车子开来。

“你他娘的开到哪儿去啦？”我说，“在那些黑小妞面前兜来兜去出风头，是吗？”

“我是想笔直开过来的呀，”他说，“广场上马车那么多，我得绕个大圈子呀。”

我见到的黑鬼多了，没一个对他们所做的任何事情拿不出无懈可击的理由的。其实呢，你只要让他捞到机会开汽车，他们没一个会不借此机会招摇过市。我坐上汽车，绕着广场转了个圈子。在广场对面，我瞥见了店门里的艾尔。

我一直走进厨房，吩咐迪尔西赶紧开午饭。

“昆丁还没回来呢。”她说。

“那又怎么啦？”我说，“赶明儿你还要说勒斯特还不饿，不想马上吃饭呢。昆丁又不是不知道家里开饭的时间。你快点准备，别啰嗦了。”

母亲在她自己房里。我把那封信交给她。她拆开信，把支票拿出

---

① 这是另一个做投机买卖的人。

来。她坐了下来,手里拿着支票。我走到屋角找来一把煤铲,把火柴递给她。“来吧,”我说,“快把它烧了吧。您一会儿又要哭了。”

她接过火柴,可是没有划。她坐在那里,盯看着那张支票。我早就料到她会那样的。

“我不喜欢这样做,”她说,“多昆丁一个人吃饭,加重了你的负担……”

“我看咱们总能应付过去的,”我说,“来吧。快把它烧了吧。”

可是她只顾坐在那里,拿着那张支票。

“这一张是另一家银行的,”她说,“以前都是印第安纳波利斯的一家什么银行的。”

“是啊,”我说,“女人办事总是这样说不准的。”

“办什么事?”她说。

“在两家不同的银行里存钱呀!”我说。

“哦。”她说。她对着支票看了一会儿。“我很高兴,知道她日子过得这样……她有这么多的……上帝明白我这样做是对的。”她说。

“好了,”我说,“快把这事干了吧。让这个玩笑告一结束吧。”

“玩笑?”她说,“我心里是——”

“我一直认为您是作为一个玩笑才每月烧掉二百块钱的,”我说,“好了,来吧。要我划火柴吗?”

“我也可以勉强自己把钱接受下来的,”她说,“这是为了我的子孙。我这人是没什么傲气的。”

“您这人真是三心二意,”我说,“怎么做也不称您的心。您早就这样做了,就别再变来变去了。咱们日子还对付得下去。”

“我什么都听你的,”她说,“可是有时候我有点担心,这样做剥夺了你应得的钱。也许我会因此受到惩罚。如果你要我接受,我也可以压下我的傲气把支票接受下来。”

“您烧支票都烧了有十五年了,现在又想接受,这又有什么好处?”我说,“如果您继续烧,那您什么也没有损失,可是要是您现在开始接受,那您就损失了五万块钱。咱们不是将就着过日子,一直到今天了吗?”我说,“您不是还没进贫民院吗?”

“是的，”她说，“咱们巴斯康家的人不需要任何人的施舍，更不要说一个堕落的女人的了。”

她划着火柴，点燃了支票，把它放在煤铲里，接着又点着了信封，看着它们燃烧。

“你不知道这是一种什么滋味，”她说，“感谢上帝，你永远也体会不到一个为娘的心头的滋味。”

“世界上比她更不好的女人还多的是呢。”我说。

“可她们不是我的女儿呀！”她说，“倒不是为了我自己，”她说，“我是很愿意收留她的，不管有罪以及别的一切，她毕竟是我的亲骨肉嘛。这是为了小昆丁好。”

哼，我本来可以说，想败坏昆丁那样的烂货可是没门儿。不过我早就说了，我要求不高，只图能在家里吃碗太平饭，睡个安稳觉，不愿有几个妇女在屋子里叽里喳啦乱哭乱闹。

“也是为了你好，”她说，“我知道你对她的看法如何。”

“您不用管我，”我说，“您让她回来好了。”

“不行，”她说，“我一想起你父亲，就觉得不能这样做。”

“想起了父亲在赫伯特抛弃她时，不断想说服您同意让她回家？”我说。

“你不了解。”她说，“我知道你不想让我的处境更加困难。不过为我的孩子受苦，这是我的本分，”她说，“我忍受得了。”

“在我看来，您为了受这份罪，倒花费了许多不必要花的精力啊。”我说。那张纸已经烧成灰了。我把灰端到壁炉前，把它们撒进了炉格子。“我觉得把好好的钱烧掉怪可惜了的。”我说。

“千万别让我看到有那么一天，我的孩子非得接受这笔钱不可，这可是罪恶的代价呀！”她说，“如果有那么一天，我倒宁愿先看到你躺在棺材里的。”

“随您的便吧。”我说，“咱们是不是马上可以吃饭了？”我说，“再不开饭，我可得回店里去了。我们今天忙得很。”她站起身来。“我跟她说过一遍了，”我说，“好像她要等昆丁或是勒斯特还是不知是谁。好了，我来跟她说吧。您等着。”可是她还是走到楼梯口喊了起来。

“昆丁还没回来呢。”迪尔西说。

“那我只好先回去了。”我说。“我可以到街上去买一客三明治的。我不想打乱迪尔西的安排。”我说。我这一说她又嚷了起来，害得迪尔西拖着两条不听使唤的腿，踅过来踅过去，嘟嘟哝哝地说：

“好吧！好吧！俺尽快开饭就是啦。”

“我是想让你们每个人都称心如意，”母亲说，“我想尽量让你们的日子过得舒心些。”

“我一句抱怨的话也没说，是不是？”我说，“我光说得回店去了，别的还说什么啦？”

“我知道，”她说，“我知道你的运气不像别人那样好，只能在一家乡村小铺里埋没你的才能。我一直是希望你能出人头地的。我早就知道你父亲根本不理解你是家中唯一有商业头脑的人，后来家道中落了，我还以为凯蒂结婚后那个赫伯特会……他答应过……”

“好了，没准他说的都是假话，”我说，“没准他根本没开过什么银行。即使他开了，他也根本没有必要千里迢迢到密西西比州来招一个小职员。”

我们吃饭吃了一会儿。我可以听到班在厨房里的声音，勒斯特在那里喂他吃饭。我早就说过，如果我们得多喂一张嘴，而母亲又不愿接受那笔钱，那干吗不干脆把他送到杰克逊去呢。他和情况相同的人在一起，只会感到快乐的。我说，老天爷清楚，咱们这样的家庭是再没什么可以骄傲的了。可是不想看见一个三十岁的大人在院子里跟一个小黑鬼一块儿玩，沿着栅栏跑来跑去，每逢那边打高尔夫球就像一头牛那样哞哞叫起来——不想看见这个景象，也不需要多少骄傲呀。我说，要是当初一开始就把他送到杰克逊去，我们今天的日子会好过得多。我说，您也算是对他尽了您的责任了；人家指望您做的一切事情，您也都做了，而且做得过了头，那么，干吗不把他送到那儿去，我们纳了税还不该享受点国家的福利吗。这时候她说了：“我也不久于人世了。我知道我仅仅是你们的一个累赘。”于是我说：“您这话也不知说了有多少年了，连我都不免有点相信了。”只不过我说您最好别光是口头上说说，没个准儿，而且千万别让我知道，因为我肯定要让班吉不过夜就坐十七次车去杰克逊。我又说，我还知道有一个地方能安置她[①]，那儿反正既非牛奶巷也不是蜂蜜路[②]。说到这里她又哭了起来，我就说：好了！好了！我也跟旁人一样是很为自己的亲人而骄傲的，虽然我并不总能搞清楚他们的来历。

我们吃了一会儿。母亲又让迪尔西到大门口去看看昆丁来了没有。

“我不是跟您说了几遍了，她午饭不会来吃了！”我说。

“她知道应该回来吃！”母亲说，“她知道我是不允许她在街上乱跑，吃饭时不回家的。你方才好好看了吗，迪尔西？”

“那您别派她去看好了！”我说。

“你们叫我怎么活呀，”她说，“你们每个人全都跟我作对。老是跟我作对。”

“只要您不插手，我是可以让她乖乖地听话的，”我说，“用不了一天，我就能让她就范。”

“你一定会用很野蛮的方法对待她，”她说，“你有你毛莱舅舅的脾气。”

这句话倒提醒了我。我把信掏出来递给她。“这信您都用不着拆，”我说，“反正银行会通知您这回支了多少钱的。”

“信是写给你的。”她说。

“您拆吧。”我说。她拆开信，看了以后又递回给我。

信上是这样写的：

我亲爱的小外甥：

你一定乐于知悉，我最近得到机会从事某项事业，至于该事业的具体情况，我当在更恰当的场合下向你透露，信中不便明讲。我之所以暂先保密，原因倒不妨向你讲清。我从商多年，经验告诉我，凡遇机密事宜，千万谨慎为要，切不可用比当面叙述更进一步的方式向他人交代。

① 指小昆丁，意思是可以把她送进妓院。

② 用的是《圣经·出埃及记》第3章中的典故，上帝要摩西把以色列人带到一块“流奶与蜜之地”去。

我态度如此慎重，则此项事业之价值，你定可揣度几分。毋庸多言，我对此项事业各个方面已作过极彻底之审查。我可以毫不踌躇地告诉你，此乃千载难逢之良机，我如今已清楚见到自己长期以来孜孜以求的目标终于出现在面前，我个人的经济状况将大大改善，而家业亦可借以振兴。说来惭愧，巴斯康这一名门望族男子中如今只剩我为唯一的孑遗了；当然，我是把你淑女出身的母亲以及我的甥辈都视同家人的。

不过，由于种种原因，我暂且尚未达到能充分利用这一良机的地步，还需继续努力，为不使权益外溢起见，我今天拟从你母亲存款中提取所需之一笔小款，以补足我自己的第一笔投资。随函附上我亲笔所书年息八厘借据一纸，以裨手续完备无误。毋庸赘言，此乃一种形式，目的无非使你母亲在变幻无常的社会中能得到某种保障。自然，我将把这笔款子和自己的投资同等对待，这样，你母亲就可以在我细心查明确为名副其实的发横财——请原谅我用语鄙俗——的大好机会中，分享一部分利益。

你定能理解，我的开诚布公意味着一个商界人士对一个同行的信任；我们日后可以共同收获这一丰美的果园，你意下如何？鉴于你母亲孱弱的体质与南方大家闺秀视银钱事务为畏途，鉴于妇道人家易于闲谈间不智地泄露机密，我意在她面前先不提此事为宜。我经过反复考虑，认为保持缄默实为上策。今后某一时日，我当将此笔款项连同我陆续所借其他款项一并存进银行，而根本不向她提及此事，如此似更为妥善。我辈须眉男子，实不应将此等粗俗银钱事务打扰你母亲这样的大家闺秀。

挚爱你的舅舅

毛莱·巴斯康

“您准备怎么办？”我说，一边把信飞旋着朝桌子对面扔过去。

“我知道你不乐意我给他钱。”她说。

“那是您的钱，”我说，“即使您想用它来打鸟，那也是您自己的事。”

“他是我的亲兄弟，”母亲说，“他是巴斯康家最后一个男子了。我们死了就断了巴斯康这一姓了。”

“我琢磨这种事对某些人来说也是不太好受的，”我说，“好吧！好吧！”我说，“这是您的钱。您爱怎么办就怎么办。您要我通知银行照付吗？”

“我知道你对他不满，”她说，“我知道你肩膀上的担子很重。我眼睛一闭之后你就会轻松了。”

“我本来可以让日子现在就轻松些的，”我说，“好吧！好吧！我再也不提这件事了。您愿意的话，把整个疯人院设在咱们家也行。”

“他可是你的亲兄弟啊，”她说，“虽然他有毛病。”

“我要把您的存折带去，”我说，“我今天要兑换支票。”

“他[1]老是拖延六天才给你发薪水，”她说，“你看他的买卖靠得住吗？我总觉得奇怪，一家不拖不欠的字号为什么不能准时发薪水。”

“他没有问题，”我说，“像一家银行那样稳妥可靠。我告诉他别管我，先结清每个月的账再说。有时候拖延几天的原因就在这上头。”

“我实在是不忍心看到你丧失我为你投资的那一小笔款子，”她说，“我常常觉得艾尔并不是一个精明的买卖人。我知道，你在他店里投了资，理应有一些权，可是他却对你不够信任。我要去跟他谈一谈。”

“不，您别去管他，”我说，“那是他的字号。”

“你在里面有一千块钱的股本呢。”

“您别去管他，”我说，“我在留神着呢。我有您的委托代理权。不会有什么问题的。”

“你不知道你对我来说是多么大的安慰，”她说，“你一直是我的骄傲、我的喜悦，当你自愿来跟我说，坚持要把你每个月的薪水用我的名义存入银行时，我感谢上帝，因为他把他们带到天堂去，却把你留给了我。”

“他们都是很好的人，”我说，“我琢磨，他们也都尽了自己的

---

① 指艾尔。杰生要用母亲的存折去兑现每月六号所收到的凯蒂汇来的支票，便诓称艾尔拖欠六天才给他开他薪水的支票。

责任。”

“你用这种口气讲话,我知道你是在埋怨你那死去的父亲,”她说,“照说,你也是有权利埋怨的。不过听到你这样讲话,我的心都要碎了。”

我站起身来。“下一步您该失声痛哭了,”我说,“不过恕我不能奉陪,您要哭只好一个人独自哭了,因为我得回去上班了。我现在去取那个存折。”

“我给你取去。”她说。

“您别挪窝了,”我说,“我去取吧。”我上楼去从她写字桌里取出存折,回到镇上去。我来到银行,把支票、汇单连同那十块钱都存了进去,又在电报局停留了一会儿。现在又比开盘时涨了一“点”。我已经蚀了十三“点”了,这全都是因为十二“点”那会儿她来捣乱,拿那封信的事来分我的心。

“那份行情是什么时候收到的?”我说。

“大约一小时之前。”那人说。

“一小时?”我说,“我们给你钱是干什么的?”我说,“是为了每星期得到一次商情总结吗?这叫别人怎么能有所作为呢?连屋顶都掀掉了咱们还蒙在鼓里呢。”

“我料你也不能再有什么作为了,”他说,“人家修改了法律,不让在棉花市场上买空卖空了。”

“修改了吗?”我说,“我还没听说这档子事呢。这消息准是通过西联公司①播发的。”

我回到店里。十三“点”。我才不相信有谁了解这里面的奥妙呢,除了那些坐在纽约办公室里的大老板,他们等着乡下的土老儿捧着银钱来到他们跟前求他们开恩收下。嗯,一个方才打电话的人显出他对自己没什么信心了,我早就说了,如果你不打算听取别人的意见,那么你为这事付钱还有什么意思呢。再说,这些人都是局内人,他们是了解一切情况的。我口袋里就有一封电报。我只需证明他们利用电报局搞

① 美国的一家电报公司,全名为西部联合公司。

欺诈活动，就可以落实那是一家非法的投机公司了。我从来也不是一个举棋不定的人。只是他妈的，它得像“西联”那样，是一家规模宏大、资本雄厚的公司，才能做到准时发出行情报告啊。他们迫不及待地给你发来一封电报，说什么“尊户今日账目业已结清”。可是他们才不管别人的死活呢。他们是跟纽约集团沆瀣一气的。这是明摆着的，谁都看得出来。

我走进店里，艾尔瞧了瞧他的表。可是他没吭声。等顾客走了，他才说：

“你回家去吃午饭啦？”

“我牙疼，得去看牙。”我说。我之所以这样说，是因为我在哪儿吃饭与他毫不相干，但是我还得和他一起在店里待上整整一个下午。我罪已经受够了，若是他再要唠叨个没完，就可真要受不了啦。我早就说过，要是一家乡村小店老板的话你也把它当一回事，那以后只有五百块钱家底的人也要摆出一副有五万块的架势了。

“你应该跟我说一声的，”他说，“我还以为你会马上回来的呢。”

“我这颗蛀牙任何时候都愿意出让，另外还可以倒贴你十块钱。”我说，“咱们原先的协定是中午可以有一小时吃饭时间，”我说，“如果你对我的行为不满意，该怎么办你很清楚。”

“这我很清楚，也有一阵子了，”他说，“要不是看在你母亲分上，我早就要发作了。她是一位我非常同情的太太，杰生。可惜的是我认识的其他人并不值得我同情。”

“这种同情你还是留给自己受用吧，”我说，“我们什么时候需要会预先通知你的。”

“你干那种勾当，我给你掩盖已经有很久了，杰生。”他说。

“是吗？”我说，我让他往下说。先听听他要说些什么，然后再堵他的嘴。

“你那辆汽车是怎么弄来的？我相信我比她知道得更清楚。”

“你以为你知道，是吗？”我说，“你打算什么时候出去广为传播，说我是从母亲那里偷来的呢？”

“我什么也没说，”他说，“我知道你有她委托的代理权。我也知道她仍然以为我这个买卖里有她一千块钱的股本。"

"好吧,"我说,"既然你知道得这么多,我不妨再给你透露一点:你上银行里去打听打听,十二年来,我每月初一存入一百六十元,是存在谁的名下的。"

"我什么也没说,"他说,"我只不过希望你以后最好小心些。"

我也不再说什么了。说了也没用。我早就发现一个人思想僵化以后,最好的办法就是让他死死抱住自己的成见不放。当有人自以为有什么逆耳的忠言要奉劝你时,最好的办法就是向他说一声"晚安,再见"。我很庆幸自己没有那种脆弱的良心,否则,就得像看护有病的小狗似的老得哄着这良心了。如果我得像他那样,处处谨慎小心,千万不让自己的小本买卖赢利超过百分之八,那我真还不如死了的好。我琢磨他以为只要超过了百分之八,政府就会拿禁止重利盘剥法来收拾他的。一个人给捆在这样一个小镇上,捆在这样一个死气沉沉的买卖里,还有什么盼头。哼,要是让我把他的买卖接过来,一年之内,我可以让他下半辈子再也不用干活;不过他又会把钱全都捐给教会什么的。如果说有什么让我最最不能容忍,那就是一个伪善者了。这种人以为凡是他没有完全弄清楚的事里面就有蹊跷之处,一有机会他就觉得自己在道义上有责任把这跟他根本无关的事去告诉第三者。依我说,如果我觉得每逢有人干了一件我不太明白的事我就认为他是一个骗子,那么,至少我可以不费吹灰之力就从店堂后面他那堆账本里找出一些问题来,这些账本在一般人看来根本不值得为此奔走相告,不值得去告诉我认为应该知道的人,这些人知道的实际情况没准比我知道的还多呢,而且即使他们不知道,那也不关我的屁事。这时候艾尔说:"我的账本是对任何人都公开的。任何有关的人或是自以为在本字号内有权益的女士都可以到后面房间来查阅,我是无比欢迎的。"

"当然啰,你是不会说的,"我说①,"你还没能说服自己的良心来这样做呢。你仅仅会把她带到后面的账房间去让她自己去发现。你自己是不会说的。"

---

① 杰生这一句话接本页第5行艾尔所说"我什么也没说"一语。

“我无意干预你的事务，”他说，“我知道你也像昆丁一样，在某些方面很不得意。不过你母亲命也是够苦的，如果她上这儿来问我你为什么辞职不干，我就只能如实奉告。那倒不是因为那一千块本身。这你是明白的。问题是，如果一个人的实际情况与他的账面不符，那么这个人是什么也干不成的。而且我也不想对任何人说谎，不论是为我自己的事还是为别人的事。”

“那么，”我说，“依我看，比起我来，你的良心是个更得力的伙计啰；它到了中午不用回家去吃饭。不过，可别让你的良心来败坏我的胃口。”我说，因为我的天哪，我怎能把事情办好呢，有那么一个家，有那么一个母亲，她一点不管束凯蒂也不管束任何人，就像那回她恰巧撞见有个小伙子在吻凯蒂，第二天一整天她穿了丧服戴了面纱在屋子里转来转去，连父亲也没法让她说出一句话，她仅仅是一面哭一面说她的小女儿死了，而凯蒂当时还只有十五岁，照这样下去，要不了三年我妈就得穿上苦行僧的粗毛编成的内衣，说不定还是用沙皮纸糊的呢。我说，瞅着她[①]跟每一个新到镇上来的推销员在大街上兜过来逛过去，你们以为我受得了吗？他们走了，还要跟路上碰到的推销员说，到了杰弗生，可以上哪儿去找一个热辣辣的小妞。我并不是个死要面子活受罪的人，我不能白白养活满厨房的黑鬼，也不想把州立精神病院的一年级优秀生硬留在家里。血统高贵，我说，祖上出过好几位州长和将军呢。幸亏咱们祖上没出过国王与总统，否则的话，咱们全家都要到杰克逊去扑蝴蝶了呢。我说，如果班是我的孩子，那当然很糟糕；不过我至少可以从一开头就确定这是一个外来的野种，可是到现在这个地步，即使让上帝老儿来判断，他也弄不清这笔糊涂账了。

过了一会儿，我听见乐队吹打了起来，这时店里一点一点走空了。每个人都是朝演出的场子走去的。他们在两毛钱的马鞍绳上斤斤计较，为的是省下一毛五来孝敬那帮北方佬。这伙骗子来到镇上，为了取得演出的权利也许只付了十块钱。我走出后门，来到后院。

“喂，”我说，“你要不留神，那颗螺栓就会长进你的肉里去。到那

---

① 此处的“她”又是指小昆丁了。

时我可要拿把斧子来把它砍掉了。如果你不把那些中耕机装好,不让农民种好棉花,象鼻虫又吃什么呢?”我说,“莫非要它们吃鼠尾草不成?”

“那些人小喇叭吹得真不赖呀!”约伯说,“人家说戏班子里有个人能用手锯奏出曲子来,就跟拨弄一只班卓琴似的。”

“听着。”我说,“你知道这场演出会给咱们这个镇带来多少财富?大约十块钱,”我说,“也就是这会儿躺在布克·透平①口袋里的那张十块钱的钞票。”

“干吗他们要给布克先生十块钱呢?”他说。

“为了取得在这儿演出的权利呀,”我说,“这样你能算出来他们让你大饱眼福所花的本钱了吧。”

“您是说为了能在这地方演出他们还得交十块钱?”他说。

“可不就是这么多,”我说,“你认为他们得交……”

“天哪,”他说,“您是说,当局向戏班子收了费,然后才答应戏班子在这儿演出?要按我说,为了看那人表演拉锯,要拿出十块钱咱也干呀。按这样算,明儿早上咱还欠他们九块七毛五呢。”

哼,北方佬还跟我们一个劲儿地说,要提高黑鬼的地位哪。让他们提高去,我总是这么说。让他们走得远远的,使得路易斯维尔②以南牵着猎狗也再找不出一个。这不是吗?我正告诉约伯到星期六晚上戏班子就会打点行李带上至少一千块钱离开咱们这个县,他却说:

“这咱也不眼红。两毛五的门票钱咱还是出得起的。”

“什么两毛五,”我说,“两毛五连个零头都不够。他们把两分钱一盒的块儿糖卖给你,敲你竹杠,收你一毛钱甚至一毛五。你现在站在这里听那个乐队吹打,白白浪费了时间,这时间难道不要钱的?”

“这倒不假,”他说,“嗯,要是咱今儿晚上还活得好好的,那他们走的时候又要多带走两毛五了,这是明摆着的。”

“这说明你根本就是个笨蛋。”我说。

---

① 估计是当地的一个行政长官或马戏团所租场子的拥有者的名字。

② 肯塔基州北部一大城。此处杰生的意思是:既然北方人那么喜欢黑人,那就让黑人都到北方去。

“嗯，”他说，“这咱也不跟您理论。如果笨有罪，那么苦役队里的囚犯就不会都是黑皮肤的了。”

好，就在这个时候，我偶然抬起头来朝小巷里望去，一眼看见了她。我倒退一步，看看我的表，这时我没注意旁边那个男的是谁，因为我正在看表。这时还只有两点三十分，比人们预料——我当然不在此例——她会从学校出来的时候早四十五分钟。我眼光朝门外扫过去，首先映入我眼帘的是他身上的那条红领带，我当时想，打红领带的究竟是何等路数的人呢。可是因为这时她正一边盯着店门，一边沿着小巷的墙根蹑手蹑脚地溜过去，所以我当时还来不及考虑这男的是什么人。我在想，她眼里真是一点也没有我了，我叫她上学，她偏偏逃学，不仅如此，她居然还敢从店门走过，也不怕我会看见她。只是她看不见店里的情形，因为太阳正好对准了朝店里照，要看它就跟看汽车的车头灯光一样晃眼，因此我躲在门里瞧她走过，她那张脸涂抹得像猢狲屁股一样，她的头发用什么黏滋滋的油抹过，梳成了个怪发型。在我年轻那会儿，要是有个女人穿了这么短几乎遮不住大腿和屁股的裙子到外面来，即使是在声名狼藉的盖约苏街或比尔街①上，也会给抓起来的。老实说，女人穿这种衣服，目的就是让街上过往的男人看了都忍不住要伸出手去摸一把。我正冥思苦想，在琢磨究竟是哪一号人才会打红领带，忽然恍然大悟，这不就是戏班子里的一个戏子吗。这事我可以说是拿稳了，就跟她亲口告诉我的一样。哼，我这人是能屈能伸的；如果我不是有时能把一口气忍下去，那我这人还不定今天会怎样了呢；因此，等他们一拐弯，我马上跳出店门跟踪起来。我连帽子都没戴，在大白天居然在后街小巷里盯别人的梢，这可完全是为了维护我母亲的名誉啊。我早就说过，如果一个女人胎里坏，那你是没有办法的。如果她血液里有下贱的根子，那你怎么拉也拉她不起来。唯一的办法就是把她甩开，让她跟臭味相投的人泡在一起，死活由她去。

我来到大街上，可是已经不见他们的影子了。我就站在那里，连帽

① 孟菲斯的两条街，曾是下等娱乐场所集中之处。

子也没戴,好像我也是个疯子似的。别人自然会这样想:这家人一个是傻子,另一个投河自尽了,姑娘又被自己的丈夫给甩了,这么看说这一家子别的人也全都是疯子,岂不是顺理成章的吗。我站在街上的时候,可以看到人们像兀鹰那样盯着看我,单等有机会可以说:哼,可不是,果然不出我之所料,我早就觉得这家人全都是疯疯癫癫的。卖了地供他①去上哈佛大学,多年来纳税资助一家州立大学这学校除了在举行棒球联赛时我进去过两回之外平时跟它毫无关系还不让在家里提她②女儿的名字到后来父亲都不到镇上去了他整天就抱着一只酒瓶坐在那里我眼前还能看见他的睡袍的下摆和他那双赤裸的腿脚能听到酒瓶倒酒时发出的叮当声到最后他自己连酒都倒不动了只好让 T. P. 帮他倒她③还说你回忆起你的亡父时丝毫没有敬意我说我不明白为什么不是这样我对他的回忆一直深深地扎根在我的脑子里除非连我自己也疯了那才天知道我该怎么办我连看见水都会恶心要我喝威士忌我宁愿一口吞下一杯汽油洛仑告诉大伙儿他喝酒也许不行可是如果你们不相信他是个真正的男子汉我倒可以告诉你们怎么才能知道他的确是她还说要是让我哪天逮着你跟哪个小娼妇厮混在一起我要让你知道我的厉害她说我要抽她④掐她只要她没有一溜烟跑得无影无踪我就要不断地用鞭子抽她她这么说我就说了我不喝酒那是我个人的事不过如果你哪回发现我不中用只要你愿意我就给你买一大盆啤酒让你在里面洗澡因为我对于一个心眼好人实在的婊子是非常敬重的因为我既要维护母亲的健康也要维持自己的职位可是这小妞⑤尽管我帮她干了那么多事她却一点也不领情存心让她自己让我母亲也让我在镇上丢人现眼。

不知道她溜到哪里去了,我看不见她了。她准是看见我跟在后面就拐进了另一条胡同,跟一个打红领带的臭戏子在小巷里跑来跑去。谁见了都不由得要对他盯上几眼,心里嘀咕:这算是哪号人,怎

---

① 指昆丁。

②③ 指康普生太太。

④ 指"小娼妇"。

⑤ 指小昆丁。

么这么打扮。哟,电报局的小断不断跟我说话,我收下了电报,还不知自己手里拿的是什么,我签完了字才明白过来。我拆开电报,仍然没太留神里面讲的是什么。不过,反正我料也料得到的。这也是唯一可能发生的事了,而且还故意拖延着,一直等到我把支票存在存折里才来。

我弄不明白。无非也就是像纽约那样大的城市怎么能容纳得下那么多专以敲我们乡下人竹杠为生的人。我们每天每日辛苦工作,把自己的钱汇去,结果换来一张小纸片:尊户按收盘价 20.62 元结算。一个劲地哄骗你,让你在纸面上拿到一点儿赚头,到临了呢,噗嗤一声:尊户按收盘价 20.62 元结算。这还不算,每月还得交十块钱给一位某公,此公要就是对此道一窍不通,要就是与电报局合穿一条裤子,他唯一的任务就是教你如何把钱尽快赔光。行了,他们的这一套我可领教够了。反正让他们敲竹杠这也是最后一回了。任何一个人,除开听信犹太人的话的傻瓜蛋,谁都知道行情要不断看涨,因为密西西比河三角洲眼看又要发大水了,棉花还得像去年那样给冲得一棵不剩。咱们这儿庄稼一年又一年被水淹掉,但是华盛顿的大人先生们却每天花五万元军费出兵干涉尼加拉瓜或是别的什么国家的内政。密西西比河当然还会发大水,于是棉花就会上涨到三角钱一磅。嗐,我真想给他们一次打击,把我的钱全捞回来。我倒不想让他们倾家荡产,这种事只有小地方的亡命之徒才做得出来,我只是想把那帮该死的犹太人用他们所谓保证可靠的内部情报从我这儿骗去的钱弄回来。以后我就洗手不干,他们即使吻我的脚也休想从我这儿骗去一个子儿了。

我回到店里。这时快三点半了。时间太晚了,来不及做什么事儿,可是我已经习惯了。这种学问用不着进哈佛大学去学。乐队已经停止了吹打。所有的观众这会儿都给骗进了场子,他们不必再白白消耗元气了。艾尔说:

“他找到你了吧?那个送电报的小孩。刚才他来这儿找你。我还以为你在后院呢。”

“是的,”我说,“我收到了。他们也不能整个下午扣住了不给我。

这个镇子太小了。我得回家去一会儿。”我说，“如果你想让自己心里好过些，你可以扣我工资。”

“你去吧，”他说，“我现在对付得了。希望你收到的不是什么坏消息！”

“这你可得到电报局去打听了，”我说，“他们有时间告诉你。我可没有时间。”

“我只不过是随便问问，”他说，“你母亲知道她是可以信赖我的。”

“她会领情的，”我说，“我尽可能早些回来。”

“你不用着急，”他说，“我这会儿对付得了。你走好了。”

我找到了车，开回家去。早上走开一次，中午走开两次，现在又走，都是因为她，害得我不得不满镇追踪，不得不求家里人让我吃一点本来就是我出钱买的饭菜。有时候我想，这一切又有什么意思呢。有了我自己立下的先例，要继续这样做可真要让我发疯呢。我现在正想急急忙忙地回家，好开车走好多路去拉一篮西红柿什么的，然后还得回到镇上来，浑身都是樟脑的气味①，好像刚从樟脑厂出来，这样我肩膀上的那颗脑袋才不至于炸裂。我总是告诉她②，阿司匹林除了面粉跟水以外别的啥都没有，那种药纯粹是骗骗自以为有病的那些人的。我说您不知道头痛是怎么回事。我说如果依我自己的心意，您以为我愿意摆弄这辆破车吗。我说没有汽车我也能活下去，我已经习惯于缺这缺那了，可是您要是不怕死，要跟一个半大不小的黑小子一起坐那辆快要散架的旧马车，那好吧！因为正如我所说的，上帝总是垂顾班这一类人的。上帝也知道应该为班做点好事，可是如果您以为我会把一架值一千块钱的娇气的机器交给一个半大不小的或是成年的黑小子，您还是干脆自己给他买一辆得了。因为正如我所说的，您是喜欢坐汽车的，这您自己很明白。

迪尔西说母亲在屋里。我一直走到门厅里侧耳倾听，可是什么声音也没听见。我上楼去，可是就在我经过她房门口时她叫住了我。

---

① 杰生有头痛病，经常用樟脑油，故有此语。

② 指康普生太太。

“我只不过是想知道是谁,”她说,“我一个人在屋子里待了那么久,再小的声音我也听得见。”

“您其实不必老待在家里嘛,”我说,“如果您愿意,您也可以像别的妇女那样,整天串东家串西家的。”这时候她来到门口了。

“我方才以为没准你是病了呢,”她说,“吃饭老是那么匆匆忙忙的。”

“下一次就会运气好些了,”我说,“您要什么吗?”

“出什么事了吗?”她说。

“哪能出事呢?”我说,“我下午半中腰回来看看,这有什么可大惊小怪的?”

“你见到昆丁了吗?”她说。

“她在学校里呢。”我说。

“已经打过三点了,”她说,“至少半个小时以前我就听见钟打响了。她现在也应该回来了。”

“她应该?”我说,“您什么时候见到过她在天黑前回家的?”

“她应该回家了,”她说,“我是个姑娘家的时候……”

“您有人管教,”我说,“她可没有。”

“我拿她一点办法都没有,”她说,“我这样也试了,那样也试了。”

“您不知为什么就是不让我来试一试,”我说,“所以您也应该满意了。”我往我自己的房间走去。我慢慢地锁上了门,站在那儿直到外面有人转动门球。这时她说了,

“杰生。”

“什么事?”我说。

“我想会不会出了什么事。”

“我这儿反正没有,”我说,“您找错地方了。”

“我并不想打扰你。”她说。

“我听到您这么说很高兴,”我说,“我方才还不敢肯定。我还以为我听错了呢。您有什么事?”

过了一会儿,她说:“没有。什么事也没有。”这时她走开了。我把箱子拿下来,把要的钱数出来,再把箱子放好,用钥匙把门开了,走出房

去。我想用一下樟脑油,不过反正现在已经来不及了。我只要再跑一趟也就行了。她站在她房门口等着。

"您要我从镇上给您带什么回来吗?"我说。

"不要,"她说,"我不想干涉你的事务。不过我不知道万一你出了什么事我该怎么办,杰生。"

"我没事儿,"我说,"只不过有些头疼。"

"你还是吃几片阿司匹林吧,"她说,"我知道你还要开车出去。"

"开车跟头疼有什么关系?"我说,"汽车怎么会使人头疼呢?"

"你也知道汽油味儿总是让你不舒服,"她说,"你从小就是这样的。我希望你吃几片阿司匹林。"

"您就只顾希望得了,"我说,"这反正对您没什么害处。"

我钻进汽车,开车回镇上去。我刚拐上大街就看见一辆福特飞快地朝我这边开来。可是它突然停住了。我听见车轮滑动的声音,接着车子掉头,倒退,急急地朝前开去,我正在琢磨这辆车子到底是怎么回事,这时我瞥见了那条红领带。接着我又看见她透过后窗扭回头来张望的那张脸。汽车急急地钻进了一条小巷。我看见它又拐弯了,等到我开进后街它又从那儿开走了,它在拼命逃跑呢。

我火了。在我那么关照了她之后她还这么干!我认出那条红领带之后,气得把什么都忘了。一直到我来到第一个岔路口,不得不停下来时,我才想起我的头疼。妈的,我们一次又一次花钱修路,可是我们驱车走过的这条路简直像是一张瓦楞铁皮!我倒想知道怎么可能追得上前面的那辆车,即使那是一辆手推车。我还是太顾惜自己的车子了,我还不想拿它当一辆福特那样,把它拼命颠得散了架。十之八九这辆福特是他们偷来的,否则的话他们不会不心疼。我常常说,血液决定一切。如果一个人身上有那种血液,那是什么事情都做得出来的。我还说,如果您①本来相信自己对她承担着什么义务的话,那么现在这种义务已经解除了。从现在起出了什么事只能怪您自己了,因为您明知道

① 指康普生太太。接下去的"她"指小昆丁。

任何一个头脑清醒的人碰到这种情况都会怎么干的。我说,如果我得把一半的时间花在侦察别人的行动上,至少我也要找一个能给我酬劳的地方呀。

就这样,我不得不在岔路口停了下来。这时我又感到头痛了,就像有人在我脑子里用锤子敲打似的。我说我一直是努力不让您为她操心的;我说,就我而论,我是恨不得让她马上到地狱里去,而且越快越好。我说您还指望什么呢,现在每一个来到镇上的推销员和下贱的戏子都成了她相好的了,因为连镇上那些浮滑少年现在都不爱理她了。您不了解情况,我说,您没听见人家是怎么议论的,可我听见了。您也可以相信,我是不会不去堵他们的嘴的。我说,你们祖上开三家村里的小铺儿,拾掇着那种连黑鬼都瞧不上眼的破地时,我们家可养活着成群成群的黑奴呐。

如果他们真的拾掇过土地,那倒好了。上帝使这地方得天独厚,这原是桩好事;住在这个地方的人却压根儿没做过一件好事。今天是星期五的下午,从我所住的地方我能看到方圆三英里内的土地全都没有犁过。县里每一个能干活的男人全都到镇上去看演出了。如果我是个快要饿死的陌生人,我还真找不到一个人,可以打听去镇上该怎么走呢。可她还想让我吃阿司匹林。我说,我要吃面包,我就在餐桌上堂堂正正地吃。您老说自己为我们作出了多么大的牺牲,可是您在乱吃名贵药品上所花的钱,一年也够做十套新衣服了。我也不是说一定要找到能治好我的病的灵丹妙药,只是谢天谢地可别让我吃那些阿司匹林了。只要一天我得工作十小时来养活满厨房好吃懒做惯了的黑鬼,还得让他们像县里每个黑鬼那样去看什么演出,那我就得头疼。不过前面的这个黑鬼今天已经晚了,等他去看戏,都要演完了。

过了一会儿,他走到汽车旁边来了,我终于想办法让他脑子里弄明白我问的是有没有两个人开了一辆福特经过他的身边,他说有的。于是我继续往前开,等我来到大车路拐弯的地方,我看到轮胎的痕迹了。阿伯·罗素①在他的地里干活,可是我没有费事停下来问他,因为我离开他的谷仓还不多远就见到了那辆福特。他们想把它藏起来。她这件

---

① 当地的一个农民。

事干得真拙劣,就跟她干别的事时一模一样。我常说,不是我对她特别有成见;没准她天生就是这么贱,可是她不应该这么不考虑自己的家庭,不应该这么大大咧咧。我常常担心会在大街街心撞见他们或是在广场上大车下面见到他们像一对野狗那样在一起。

我停住汽车,走了下来。现在我得绕个弯穿过一片犁过的田地,这还是我离开镇子以来所见到的唯一的一块耕过的地呢。每走一步都觉得有人跟在我的后面,要用一根棍子打我的脑袋。我一直在想,等我穿过这片地,至少可以有平实的土地让我走了吧,不至于像现在这样每走一步都要晃上一晃。可是等我走进树林,发现遍地都是矮树丛,我得踅来踅去才能穿过去。接着我遇到了一条长满了荆棘的小沟。我沿着小沟走了一段路,可是荆棘却越来越密了。这时候,没准艾尔一直在给我家里打电话,打听我在哪儿,把母亲弄得心神不宁呢。

我终于穿过了小沟,但是我弯子绕得太大,只好停下步子,细细辨认那辆汽车到底在哪儿。我知道他们不会离汽车太远的,总是在最近的灌木底下,因此我又回过头来,一点点往大路那边走回去。可是这时我又弄不清自己离大路究竟有多远,因此只好停下来仔细听路上的声音,这时血从我的腿部往上涌,全涌进我的头部,仿佛马上就要炸裂似的。太阳也落了下来,平射着我的眼睛,我的耳朵鸣响不已,什么声音都听不见。我继续往前走,想尽量不出声音,这时我听见一条狗或是别的什么动物的哼哼声,我知道等它嗅出了我的气味必定会大吠特吠,这样一来我也就暴露了。

我身上全粘满了"叫花虱"①、小树枝和别的脏东西,连衣服和鞋子里都有了,这时我回过头来看看,不料一只手偏偏搭在一束毒毛莨上。我不明白为什么捏着的仅仅是毒毛莨而不是一条蛇或更精彩的东西。所以我干脆不去管它。我只顾站在那里,一直等到那条狗走开。然后我接着往前走。

我现在一点也摸不着头脑那辆福特到底在哪儿。我只感到一阵阵头疼,什么也不能思考,我只顾站在一个地方不动,怀疑自己是否真的

---

① 一种植物的种子,带刺,极易粘挂在人畜的身上。

看到过一辆福特,而且连我到底看到了没有也不大在乎了。我不是说了吗,即使她整日整夜到外面去跟镇上任何一个汉子睡觉,这又与我有什么相干呢。人家一点不给我考虑,我当然也不欠人家任何情分,再说,这样做也不像话呀:把那辆福特安在那儿,让我花上整整一个下午去找,而艾尔却可以把她①领到后面账房间去,让她看各种各样的账簿,因为对这个世界来说他的道德太高尚了。我说,你②进了天堂没你的好日子过,因为那儿没有你可以管的闲事。不过可别让我当场逮住你③,我睁一眼闭一眼完全是看在你外婆的分上,可是只要让我在自己家里也就是我母亲住的地方发现一次你在干那种勾当,你倒试试看。那班油头小光棍,自以为有多大能耐,我倒要让他们看看我有多大能耐,也要让你看看。我要让那戏子知道,如果他以为能带着我的外甥女儿在树林子里乱跑,那条红领带便不是别的什么,而是牵他到地狱去的催命吊索啦!

太阳光和乱七八糟的反光照射在我眼睛上,我的血液往上涌,我一遍一遍地想:我的脑袋越来越疼,真的要爆炸了,这下子可要一了百了啦,还不说那些荆棘和小树枝在死乞白赖地攀住我。这时我来到他们方才到过的沙沟边上,我认出了方才汽车停靠着的那棵树。正当我爬出沙沟开始奔跑时,我听到了汽车发动的声音。它响着喇叭飞快地开走了。他们让喇叭一直响着,仿佛在说:好哇。好哇。好——哇。与此同时,车子逐渐变小。等我来到大路上,刚好赶上看到汽车在眼前消失。

等到我来到自己的汽车跟前,已经完全不见他们的影子了,那喇叭倒还在鸣响。哼,我还没想到自己的车子会出事,我一心想的是快走。快回到镇上去。快点回家竭力让母亲相信,我根本没见到你坐在那辆汽车里。竭力让她相信我根本不知道那个男的是谁。竭力让她相信我并没有差点儿在沙沟里逮住你,我们之间只差十英尺。竭力让她相信你一直是站着的,从来没有躺下去过。

---

① 指康普生太太。

② 指艾尔。

③ 指小昆丁。

那辆车子一直在喊：好哇——，好哇——，好——哇。只是声音越来越微弱，最后听不见了，这时我听见一头牛在罗素的牛棚里哞哞叫的声音。我仍然没想到自己的汽车会怎么样。我来到车门边，打开车门，抬起我的脚。我觉得车子好像有点斜，虽说路面是斜的，但也不至于歪成这样，不过我还是没有明白过来，一直到坐进汽车发动时才知道不对头了。

哼，我只好坐在那里。太阳快下山了，镇子离这儿大约有五英里远。他们没胆量，不敢把轮子扎穿，捅上一个洞。他们光是把气放掉。我只好在车子旁边站着，一边寻思：养活了满厨房的黑鬼，却谁也抽不出时间来给我把备用轮胎安上车后的铁架，拧紧几个螺丝。奇怪的是，她虽说诡，还不至于想得那么远，故意把打气筒摘掉，除非是小伙子放气的当儿，她恰好想到了这一手。不过可能是早就不知让谁卸下来交给班当气枪玩了，他们这些人哪，只要班要，即便把汽车全拆散了也会干的，可迪尔西还说什么没人会碰你的车的。咱们玩你的车干什么呀？我就说了，你是黑鬼。你有福气，你懂吗？我说，我哪一天都愿意跟你对换身份，因为只有白人才那么傻，会去操心一个骚蹄子行为规矩不规矩。

我朝罗素的农场走去。他有打气筒。我想，这一点他们倒疏忽了。只是我仍然无法相信她胆子有这么大，会干出这样的事来。我一直在琢磨这件事。我也不知道为什么，反正我不相信一个女的能有什么作为。我不断地想，咱们先撇开个人之间的恩怨不说，反正这样的事我对你是做不出来的。不管你过去对我怎样。因为正如我所说的，亲戚嘛总是亲戚，这是躲不掉绕不开的。这可不是八岁的小顽童想出来的淘气花招，这是让一个居然会戴红领带的人来羞辱你的亲舅舅。这班戏子来到镇上，不分青红皂白把我们一概都叫作“阿乡”，还嫌咱这地方小，辱没了他们这些大艺术家。哼，他哪知道他这话算是说对了！昆丁也是。如果她果真这么想，那就滚她的蛋吧，她一走，咱们这儿就干净了。

我打完气，把气筒还给罗素，便往镇上驶去。我开到药房门口，灌下一瓶可乐，接着又来到电报局。收盘时牌价 12.21 元，跌了四十

“点”。是四十个五块钱呢;你想买什么就拿这笔钱买吧,只要你办得到。她[1]要说了,我非要这笔钱不可,我非要不可。我就要说那可太糟了,你可得跟别人去要了,我一分钱也没有;我太忙了,没工夫去挣钱。

我傻愣愣地看着他[2]。

“我要告诉你一个消息,”我说,“我对棉花行情是感兴趣的,你听到这个消息,一定感到很惊讶,”我说,“你准是从来也没有想到过吧,是吗?”

“我想尽了办法要把它送到你手里啊。”他说。“我给店里挂了两次电话,又打电话到你府上,可是大家都不知道你在哪儿。”他说,一边在抽屉里翻东西。

“送什么?”我问。他递给我一份电报。“是什么时候到的?”我说。

“大约三点半。”他说。

“可现在已经是五点过十分了。”我说。

“我想尽办法要送,”他说,“可是怎么也找不到你。”

“这不是我的错儿,是不是?”我说。我拆开电报,想看看他们这回又给我扯什么谎了。他们居然挖空心思不远千里上密西西比州来骗我十块钱一个月,准也是够狼狈的了。脱手为宜,电报里说。行情即将波动,总的趋势看跌。照官方的说法是无须惊恐。

“打这样一份电报要多少钱?”我问。他告诉了我价钱。

“电报费那边也付了。”他说。

“那我就只欠他们这些钱了,”我说,“这行情我早就知道了。给我发一份电报,电报费向对方收。”我说,抽出一张空白的单子。吃进,我写道,行情即将大涨。有时制造一些混乱可以让有些还没有来电报局的乡巴佬上钩。无须惊恐。“给我发了,向那边收款!”我说。

他看了看电文,抬起头来看了看钟。“一小时之前就已经收盘了。”他说。

---

① 指小昆丁。

② 电报局的报务员。

“哼，”我说，“这也不是我的错儿呀。这档子事又不是我发明的；我仅仅是买进了一些，我还以为电报公司会不断通知我行情的上落呢。”

“我们一收到行情，总是马上就公布的。”他说。

“不错，”我说，“可是在孟菲斯，人家每十秒钟就在黑板上公布一次。”我说，“今天下午，我到过离那里不到六十七英里的地方。”

他打量着这张电报纸。“你是要发出去吗？”他说。

“我还没有改变主意。”我说。我写好了另外一封电报，并且把电报费数了数。“这一封也要发，如果你确实会写‘吃进’这两个字的话。”

我回到店里。我能听到从大街那头传来的乐队声。禁酒①真是件好事。以前，每到星期六，那些乡下佬总是穿着全家仅有的一双皮鞋进城，他们总是到“快捷运货公司”办公室去取托运的包裹；现在他们全都光了脚来看演出了，那些商人都站在店门口盯着他们走过去，像是一排笼子里的老虎或是别的什么猛兽。艾尔说了。

“我希望不至于是什么严重的事。”

“什么？”我说。他瞧了瞧他的表，接着走到门口，望望法院门楼上的那只钟。“你应该用那种一块钱一只的老爷表的，”我说，“花钱不多，也同样每次都能让你相信你的表不准。”

“你说什么？”他问。

“没什么，”我说，“希望我方才没给你带来不方便。”

“方才不算太忙，”他说，“人们都看演出去了。没什么关系。”

“如果有关系，”我说，“你当然知道你可以采取什么措施。”

“我刚才说没什么关系。”他说。

“我听清楚了，”我说，“如果有什么关系，你当然知道你可以采取什么措施。”

“你是不是想辞职不干？”他问。

“这不是我开的店，”我说，“我怎么想都是不起作用的。不过你千

① 从1920年到1933年，美国联邦法律规定禁酒。

万不要以为你雇了我是在照顾我。”

“杰生,如果你好好干的话,你是可以成为一个好买卖人的。”他说。

“至少我会只做自己的买卖,不去管旁人的闲事。”我说。

“我不明白干吗你要逼我来开除你,”他说,“你明知道你什么时候不想干都可以请便的,这不会影响咱们之间的交情。”

“也许正是因为这一点我才没有辞职,”我说,“只要我还在给你干,你就为这个给我薪水。”我到后面去喝了一杯水,然后从后门走出去。约伯总算把中耕机全部安装好了。这后院相当安静,过不了一会儿,我的头就不那么疼了。我现在能听到戏班子的唱歌声音,接着乐队也演奏起来了。好吧,让他们把这个县里每一毛钱、每一分钱都搜刮走吧;这反正又不是扒我的皮。该干的我都干了;一个像我这样活了这么大年纪还不知道适可而止的人,就是一个傻瓜。再说这件事根本跟我没有关系。如果是我自己的女儿,事情当然就不会是这样了,因为她根本不会有时间去浪荡;她必须干活,好养活那几个病人、白痴和黑鬼。我是不会有女儿的,我怎么有脸面把正正经经的女人娶回到那样的家庭里去呢。我对别人都非常敬重,是绝对不会做出这样的事来的。我是一个男人,我受得了,那是我的亲骨肉,谁若是对我熟识的任何一个妇女说什么不三不四的话,我倒要好好看他一眼。说人坏话的都是正经人家的妇女,我倒想看看这些高贵的、做礼拜从不缺席的女子是些什么样的人物,她们还没有洛仑一半正经呢,先不说洛仑是不是婊子。像我所说的,如果我决定要结婚,您①就会像只气球那样蹦起来了,这您是很清楚的,可她②说我是想让你日子过得幸福,让你有自己的家庭,而不必一辈子为我们做牛做马。我是不久于人世的了,我死后你该娶太太了,不过你永远也找不到配得上你的姑娘的。于是我说,不!我会找到的。您一知道我要娶亲就会从坟墓里爬出来,您知道您会的。我说,行了,谢谢您了,现在要我照顾的妇女已经够多的了。要是我结婚,没准还会发现新娘子是个吸毒的瘾君子呢。我说,咱们家就缺这样一

①② 指康普生太太。

个角色了。

现在,太阳已经西沉到监理公会教堂后面去了,鸽子绕着尖塔飞过来飞过去,乐队一停下来,我可以听见鸽子咕咕咕地在叫唤。圣诞节过了还不到四个月,可鸽群又几乎跟以前一样稠密了。我琢磨华特霍尔牧师①准是吃鸽子吃撑了。他发表那种演说,甚至见到别人打鸽子就过去抓住他们的枪管,你准以为我们瞄准打的是大活人呢。他说得天花乱坠,说什么让和平降临大地呀!什么要用善心来对待世上的一切呀!连一只麻雀都不许可掉在地上②。可是他却不管鸽群变得多么稠密,他无所事事,反正也不用知道钟点。他不用纳税,也用不着操心每年给法院门楼上的钟交钱擦洗油泥,好让它走得准些。为了擦钟,他们得付给一个工匠四十五块钱呢。我数了一下,地上刚孵出来的小鸽子足足有一百来只。你总以为它们有点头脑,会赶快离开这小镇的吧。我得说,幸亏我不像一只鸽子有这么多的七大姑八大姨,给拴在这个地方脱不开身。

乐队又演奏起来了,声音很响,节奏很快,像是马上要爆炸似的。我想这下子观众们该感到满意了吧。这样一来,他们一路赶车走十四、五英里地回家,连夜喂牲口挤牛奶时,脑子里没准就可以有点音乐声萦绕不散。他们只需用口哨把曲调吹出来,把听来的笑话复述给牛栏里的牲口听就行了。他们心里还可以盘算,由于没把牲口带去看戏,他们省下了多少钱。他们还可以这样计算,如果一个人有五个孩子、七头骡子,他只花两毛五就等于让全家都看到戏了。他们就那样计算。这时候,艾尔拿了几包东西到后院来了。

“又有些货得发出去,”他说,“约伯大叔在哪儿?”

“去看演出了吧,我想,”我说,“你一不看住他,他就会溜。”

“他不会溜的,”他说,“他是靠得住的。”

“那你是说我靠不住了。”我说。

---

① 当地监理公会教堂的牧师。

② 《圣经·马太福音》第10章第29节:“两只麻雀不是卖一个大钱么?但你们的父若不许可,一只也不会掉在地上。”

他走到门口向外面眺望，并且侧耳倾听。

“这个乐队真不赖，”他说，“我看快要散场了吧。”

“除非他们躲在里面连下去看夜场。”我说。燕子开始在翻飞了，我能听到麻雀开始纷纷飞到法院广场上的树上所发出的声音。过不了一会儿，就会有一群麻雀盘旋着来到屋顶上空，出现在你的眼前，接着又飞走。在我看来，它们跟鸽子一样，也是怪讨人厌的东西。有了这些麻雀，你根本没法在广场上安坐。你还不知道是怎么回事，噗的一声，一泡屎正好落在你的帽子上。可是要打它们，一发子弹得花五分钱，真得是百万富翁才供得起呢。其实只要在广场上撒些毒药，一天之内就能把它们全给收拾掉的。若说哪个商人不能管住自己的禽类，没法不让它们在广场上乱跑，那他最好还是别贩卖鸡鸭之类的活物，干脆去做别的生意，比如说卖那些不会啄食的东西，像犁头啦、洋葱啦等等。如果一个人不好好看住自己的小狗，那他不是不想要这条狗了就是他根本不配养狗。我不是说了吗，如果镇上所有的买卖做得像农村的集市贸易，那咱们这个镇就会变成一个农村的墟场了。

“即使戏已经散了，对你也不会有什么好处的，”我说，“他们还得套车，把车赶出来；等回到家里至少也是半夜了。”

“嗯，”他说，“他们爱看戏。过上一阵让他们花些钱看看演出，这也是件好事。山里的农民活儿干得很苦，进益可少得很。”

“又没有法律规定他们非得在山里或是非得在什么地方种地啊。”我说。

“没有这些农民，咱们俩还不定在哪儿呢？”他说。

“我这会儿准是在家里，”我说，“躺在床上，用一包冰镇我这发疼的脑袋。”

“你的头三天两头疼，”他说，“你怎么不去好好检查一下你的牙齿呢？他今天上午没给你看吗？”

“谁没给我看？”我说。

“你说你上午去看牙来着。”

“你是不是不许我在你营业时间头疼？”我说，“是不是这样？”他们现在散场了,正穿过咱们这条胡同。

“他们来了,”他说,“我看我还是到前面店堂去吧。”他走开了。奇怪的是,不管你怎么不舒服,总有男人来跟你说你的牙齿得全面检查一下,也总有女人来跟你说你该结婚了。来教训你该怎样做买卖的总是个自己一事无成的人。大学里的那些教授,自己穷得连一双像样的袜子都没有,却去教别人如何在十年之内赚一百万,而有些女人,自己连个丈夫都没有着落,讲起如何操持家务、生儿育女来却是头头是道。

约伯老头赶了一辆大车来到店门口。他用了几分钟把缰绳缠在插马鞭子的插座上。

“喂!”我问,“戏好看吗?”

“我还没去看呢,”他说,“不过,你想逮捕我今儿晚上到大帐篷里来好了。”

“你没去才怪呢,”我说,“你三点钟起就不在了。艾尔先生方才还在这儿找你呢。”

“我办私事去了,”他说,“艾尔先生知道我去哪儿的。”

“你可以瞒得过他,”我说,“我反正不会告发你的。”

“如果那样,那他就成了这地方我打算欺骗的唯一的一个人了。”他说,“我根本不在乎星期六晚上一定得见到他,又干吗费这份心思去骗他呢? 我也不会欺骗你的,”他说,“对我来说,你过于精明了。是的,先生。”他一面说,一面忙得不亦乐乎地把五六个小包放进大车。“对我来说,你太精明了。这个镇上没有一个人脑袋瓜有你这么灵。你把一个人耍得团团转,让他东南西北都分不清。”他一面说,一面爬上大车,解开缰绳。

“那人是谁?”我说。

“就是杰生·康普生先生①呀,”他说,“驾! 走呀,老丹②!”

有一只轮子眼看要掉下来了。我等着,瞧他驶出巷子之前轮子是

---

① 约伯的意思是:杰生鬼点子太多,结果反而害了自己。

② 马的名字。

否会掉下来。只要把车子交给一个黑鬼管,他就会把车子糟蹋成这样。我说,咱们家那挂全身都响的老爷车叫人看了都难受,可是还得把它在车房里放上一百年,为的是每星期一次那黑小子能赶着它到墓园去。我说,世界上谁都得干自己不愿干的事,他也不能例外。我就是要让他像个文明人似的开汽车,要不就干脆给我待在家里。其实他哪知道要上哪儿,或者该乘什么车去,而我们呢,却留着一辆马车,养上一匹马,好让他在星期天下午出去遛遛。

只要路不太远徒步能走回来,约伯才不管轮子会不会掉下来呢。我早就说了,黑人唯一配待的地方就是大田,在那儿他们得从日出干到日落。让他们生活富裕点或工作轻松点,他们就会浑身不自在。让一个黑鬼在白人身边待的时间稍长了一些,这黑鬼就要报废了。他们会变得比你还诡,能在你眼皮底下耍奸卖滑,猜透你的心思,罗斯库司就是这样的一个,他所犯的唯一错误就是有一天一不小心居然让自己死了。偷懒,手脚不干净,嘴也越来越刁越来越刁直到最后你只好用一根木棒或是别的什么家伙来把他们压下去。哼,反正那是艾尔的事。不过要是我,我可不喜欢让一个老黑鬼赶着辆破车满城走砸我字号的招牌,这辆马车让人提心吊胆,总以为拐一个弯它就会散架。

现在太阳虽然还算高,但是屋子里已经开始暗下来了。我走到店门口。广场上已经是空荡荡的了。艾尔在里间关保险箱,这时候,钟打响了。

"你去锁上后门吧。"他说,我走回去,锁好门,再走回来。"我看你今天晚上要去看演出的吧,"他说,"我昨天给了你几张招待票,不是吗?"

"是给了,"我说,"你想要回去吗?"

"不,不,"他说,"我只不过是记不清有没有给你了。浪费掉也是怪可惜的。"

他锁上大门,跟我说了声再见,就往前走去。麻雀仍然在树丛里啁啾地吵个没完,可是广场上除了有几辆汽车之外,已经空旷无人了。药房门口停着一辆福特,可是我连瞧都不瞧它一眼。我知道我也有受够了的时候。我不是不愿拉她一把,可我知道我也有受够了的时候。我想我还是教会勒斯特开车吧，这样一来，如果他们愿意，可以派他整天开了车去盯她的梢，我呢，可以待在家里陪班玩了。

我走进去，买了几支雪茄。这时我灵机一动，我想我不妨再试一次自己头疼时的运气，于是我站住了和他们聊一会儿。

"嗨，"麦克[①]说，"我看你今年把钱押在扬基队上了吧。"

"干吗呢？"我说。

"三角旗锦标赛呀！"他说，"联赛中没有一个队能打败他们的。"

"当然！"我说，"他们没一个能成气候的，"我说，"你以为一个球队会永远交好运吗？"

"我不认为这是交好运。"麦克说。

"反正鲁斯[②]那家伙在哪个队，我就不押这个队，"我说，"即使我明明知道它会赢。"

"怎么啦？"麦克说。

"两大联赛各个队里比他强的球员有十来个呢，我可以一个一个给你举出来。"我说。

"你跟鲁斯有什么过不去的？"麦克说。

"没什么，"我说，"我跟他没什么过不去的。他的照片我连看都不想看。"我走了出去。灯火已经逐渐亮起来了，人们在街上走回家去。有时麻雀要一直到天完全黑了才安静下来。有一晚，人们把法院广场四周新安上的路灯都开亮了，这就使麻雀醒了过来，它们一整夜都飞来飞去，还往灯上直撞。一连两三个晚上，它们都这样折腾。然后有天早上，它们都飞走了。可是，两个月之后它们又回来了。

我开车回家。家里还没有亮灯，不过他们准是都趴在窗口朝外张望，迪尔西在厨房里嘀嘀咕咕，好像她在热着等我回来才能上桌的饭菜是她自己掏钱买来的。你听了她说的那些话，真要以为世界上只有一顿晚饭，就是因为我迟开了几分钟的那一顿。哼，至少总算有一次我回到家中没看见班和那黑鬼趴在大铁门上，就像熊、猴同笼似的。只要一

① 药房里的一个闲人。

② 指当时著名棒球明星"宝贝"鲁斯，他是纽约扬基队的主力。

到太阳西落，他就必定朝大门走去，就像一头牛到时候自己会回牛栏去，他然后就趴在大门上，头一晃一晃，低声呻吟起来。像口猪那样给人劁了，这是对你的惩罚。要是我像他那样，因为闯出开着的大门而挨了一刀，那么给我一个女学生我也不要看了。我常常纳闷，当他趴在大门上，瞧那些姑娘放学回家，企图满足他连自己都记不起来根本不需要也没有能力要的要求时，他会有什么样的想法呢。还有，如果他们脱光了他的衣服，他恰好低头看了自己赤条条的身子一眼，又像平时那样哼叫起来时，他又会有什么样的想法呢。可是如我常说的那样，他们这件事没有做彻底。我说，我知道你[①]需要什么，你需要的是像班那样，让人给你动一次手术，做完手术你也就老实了。如果你不明白我说的是怎么一回事，让迪尔西来告诉你好了。

母亲房里有灯光。我把车停好，然后走进厨房。勒斯特和班在里面。

“迪尔西在哪儿？”我问，“是在开晚饭吗？”

“她在楼上卡罗琳小姐的房间里，”勒斯特说，“她们快要打起来了。昆丁小姐一回来就发脾气。姥姥上楼去劝她们。戏演了吗，杰生先生？”

“演了。”我说。

“我好像听见了乐队演奏的声音。”他说，“我真希望去看呀！”他说，“要是有两毛五，我就能去了。”

迪尔西进来了。“你回来啦，嗯？”她说，“你今儿下午干什么去了？你知道我有多忙！你干吗不准时回来呢？”

“也许我去看演出了呢！”我说，“晚饭准备好了吗？”

“我真希望能去！”勒斯特说，“要是我有两毛五，那就好了。”

“看戏可跟你没有缘分。”迪尔西说，“你进屋子去给我坐下来吃饭，”她说，“你可别上楼去又惹得她们重新吵起来。”

“到底是怎么回事？”我说。

“昆丁不多久前回来，她说你整个下午都在跟踪她，于是卡罗琳小

---

① 此处之“你”指小昆丁。

姐就跟她发火了。你干吗要管昆丁的闲事呢？你就不能跟你的亲外甥女儿在同一幢房子里和和美美地过日子吗？”

“我有意想跟她吵也办不到呀！”我说。“因为我从早上到现在就没见到她。她这回又说我什么啦？逼她上学吗？这可太不像话了。”我说。

“行了，你干你自己的事，别去管她！”迪尔西说，“只要你和卡罗琳小姐同意让我来管，我会照顾她的。好，你进屋去吧，别惹是生非了，等我来给你开饭。”

“要是我有两毛五，”勒斯特说，“我就能去看戏了。”

“要是你有翅膀，你还能飞到天堂里去呢！”迪尔西说，“别再唠叨什么戏不戏的，我不爱听。”

“我倒想起来了，”我说，“人家给了我两张票。”我把票从上衣口袋里掏了出来。

“你自己想去看吗？”勒斯特说。

“我才不去呢！”我说，“倒贴我十块钱我也不去。”

“那你给我一张吧，杰生先生。”他说。

“我可以卖一张给你，”我说，“怎么样？”

“我没钱呀！”他说。

“这可太糟了。”我说，装出一副要走的样子。

“给我一张吧，杰生先生！”他说，“你反正用不着两张的。”

“别犯傻了！”迪尔西说，“你还不知道他这个人是从来不白给别人东西的吗？”

“你要卖多少钱呢？”他问。

“五分钱。”我说。

“我没有那么多！”他说。

“你有多少？”我说。

“我一分钱也没有。”他说。

“那好吧。”我说完就往外走。

“杰生先生！”他说。

“你还不死心？”迪尔西说，“他只不过是在耍你。他早就拿定主意自己去看了。走吧，杰生，别惹他了。”

“我不要看。”我说。我返回到炉子跟前。“我是来把它们烧掉的。不过，也许你肯出五分钱买它一张？”我说，一面瞧着他，一面打开炉盖。

“我没有那么多钱。”他说。

“好吧。”我说。我往炉子里扔进去一张戏票。

“嗨，杰生！”迪尔西说，“你不害臊吗？”

“杰生先生，”他说，“求求你了，先生。我可以每天给你安轮胎，干一个月。”

“我要现款，”我说，“拿五分钱来，这就是你的了。”

“别说了，勒斯特。”迪尔西说，她一把把他拉回去。“扔呀，”她说，“把它扔到火里去呀。再扔呀。全都扔进去好了。”

“五分钱，这就归你！”我说。

“烧掉吧，”迪尔西说，“他没有五分钱。扔呀，把它扔进去。”

“那好吧。”我说。我把戏票扔进炉子，迪尔西把炉盖关上。

“像你这样一个大人还干这码子事！”她说。“快离开我的厨房。别吵了。”她对勒斯特说，“别又让班吉发作了。我今天晚上叫弗洛尼给你两毛五，让你明儿晚上去看演出。现在别吵吵了。”

我走进客厅。我听不见楼上有任何动静。我打开报纸。过了一会儿，班和勒斯特进来了。班走到墙根黑暗的地方，以前那儿挂过一面镜子。他伸出双手，在墙上擦来擦去，一边淌口水，哼哼唧唧，不知在说什么。勒斯特却捅起火来了。

“你要干什么？”我说，“我们今儿晚上不需要火了。”

“我是想让班吉安静下来。”他说。“复活节总是很冷的。”他说。

“今天又不是复活节，”我说，“别动它了。”

他把通条放好，从母亲的椅子上拿了那只垫子，递给班，于是班就在壁炉前面蹲下，安静下来了。

我看报纸。楼上一点儿声音也没有，这时迪尔西走进来，叫班和勒斯特到厨房去，她说晚饭准备好了。

“好吧。”我说。她走了出去。我还坐在那里看报。过了一会儿，我听见迪尔西来到门口，把头伸了进来。

“你干吗还不来吃？”她说。

“我在等开晚饭呢。”我说。

“晚饭已经在餐桌上摆好了，”她说，“我已经跟你说过了。”

“是吗？”我说，“对不起。我没听见谁下楼来嘛。”

“她们不下来了！”她说，“你去吃吧，让我腾出手来给她们端去。”

“她们病了吗？”我问，“大夫说是什么病？我希望不是出天花吧。”

“到厨房去吧，杰生，”她说，“让我早点儿把事情做完。”

“好吧，”我说，又把报纸举在面前，“我等你开饭啊。”

我可以感觉出她站在门口打量着我。我还是看我的报。

“你干吗要这样闹别扭啊？”她说，“你明明知道我活儿已经多得忙不过来。”

“如果母亲身体特别不舒服，不能下楼来吃，那当然就算了。”我说。“可是只要是我在出钱养活年纪比我轻的人，他们就得下楼到餐桌旁来吃饭。你晚饭什么时候准备好了，通知我一声！”我说，又低下头来看我的报。我听见迪尔西上楼去了，她迈着沉重的步子，一面哼哼一面喘气，仿佛这楼梯是直上直下的，每级之间距离有三英尺之多。我听到她走到母亲的房门口，接着听见她叫昆丁，好像她的房门是锁上的。接着她又回到母亲房里，然后母亲就走出来和昆丁说话。这以后，她们一起下楼了。我还是看我的报纸。

迪尔西又来到房门口。“来吃饭吧，”她说，“不然你不定又要想个什么鬼花招来了。你今儿晚上完全是跟自己过不去。”

我来到饭厅。昆丁坐在桌旁，头耷拉着。她又抹了胭脂口红。她鼻子上涂了粉，白得像一只绝缘瓷瓶。

“您身体不错，能下来吃饭，我太高兴了！”我对母亲说。

“不管我身体怎样，我下楼到餐桌边来吃饭，也算是对你的一点心意，”她说，“我知道男人家在外面累了一天，喜欢全家团聚在一起吃顿晚饭。我想让你高兴高兴。我但求你和昆丁能相处得更好些。这样我就放心了。”

“我们相处得满不错，”我说，“她如果愿意，一整天把自己锁在屋里我也管不着。可是吃饭的时候不是吵翻天便是生闷气,那我可受不了。我知道这样对她来说要求未免太高,可这是我家里的规矩。我是说,这是您家里的规矩。”

“这是你的家!”母亲说,“现在是你当家。”

昆丁一直没有抬头。我把菜分给大家。她吃起来了。

“你的那块肉好不好?”我说,“如果不好,我可以给你找一块好点儿的。”

她一声也不吭。

“我说,你的那块肉好吗?”我问。

“什么?”她说,“嗯,可以。”

“你还要添点米饭吗?”我说。

“不要!”她说。

“还是让我给你添一点吧。”我说。

“我不要添了。”她说。

“不必客气,”我说,“你随便用好了。”

“你头不疼了吧?”母亲说。

“头疼?”我说。

“你今天下午回家的时候,”她说,“我真担心你会犯病。”

“噢,”我说,“没有,疼得不厉害。我们一个下午都很忙,我把它忘了。”

“你太忙,所以回来这么晚,是吗?”母亲说。我看得出昆丁在用心听着。我盯着她看。她的刀叉还在动,可是我注意到她看了我一眼,接着她又低头看着自己的盘子了。我说:

“不是的。三点钟光景我把车子借给了一个人,我得等他还我车子才能回家。”我低下头去吃东西,吃了一阵子。

“这人是谁?”母亲问。

“是个戏子,”我说,“好像是他的妹夫带了镇上一个女的一起开车出去,他是去追他们的。”

昆丁坐在那里一动不动,嘴里倒还是在咀嚼。

“你不应该把车子借给那种人,”母亲说,“你太大方了。所以,不是万不得已,我是绝对不求你让我用车的。”

“我后来也觉得自己未免太大方了,”我说,“可他还是回来了,没出事儿。他说他找到他们了。”

“那个女的是谁?”母亲说。

“我待会儿告诉你,”我说,“我不想当着昆丁的面讲这种事。”

昆丁已经不在吃了。她过不了一会儿就喝一口水,然后坐在那儿把一块饼干掰碎,她低头望着盘子。

“是啊,”母亲说,“像我这样深居简出的妇道人家想也想象不出镇上会发生什么事的。”

“是的,”我说,“想象不出的。”

“我过的日子可跟这种生活完全不一样,”母亲说,“感谢上帝,我可不知道这些丑事。我连打听都不想打听。我跟一般人不一样。”

我再没说什么。昆丁坐在那里,还在掰饼干,一直到我吃完,这时她开口了:

“我可以走了吗?”她并不抬起头来看任何人。

“什么?”我说,“当然,你可以走。你是在等我们吃完吗?”

她看着我。她已经把饼干全都捻碎了,可是她的手还在动,好像仍然在捻,她的眼睛像是给逼在一个角落里的困兽的眼睛,接着她咬起自己的嘴唇来了,仿佛这两片厚厚地涂了唇膏的嘴唇会毒害她似的。

“外婆,”她说,“外婆——”

“你是不是还想吃些什么?”我问。

“他干吗这样对待我,外婆?”她说,“我从来没有伤害过他。”

“我要你们大家和睦相处!”母亲说,“家里就剩下这几个人了,我希望一家子和和美美的。”

“这都得怪他,”她说,“他一定要干涉我,我受不了。如果他不喜欢我住在这儿,为什么不让我回到我——”

“够了,”我说,“一个字也不要说了。”

“那他干吗不肯放过我呢?”她说,“他——他真是——”

“他等于是你的父亲,”母亲说,“你和我吃的都是他挣来的面包。他希望你听他的话,这也是对的。”

“那全是他的错儿,”她说,蹦了起来,“是他逼我这么干的。只要他——”她盯着我们,两眼发直,身边那两只胳膊像是在抽搐。

“只要我怎么样?”我说。

“反正不管我做出什么事儿,都得怨你,”她说,“如果我坏,这是因为我没法不坏。是你逼出来的。我但愿自己死了拉倒。我真愿意咱们这家子全都死了。”接着她跑出房间。我们听见她往楼上跑去。这以后,一扇门砰地关上了。

“她长到这么大,还是头一回讲有道理的话呢。”我说。

“她今天没有去上学。”母亲说。

“您怎么知道的?”我说,“您到镇上去过啦?”

“我反正知道,”她说,“我希望你能对她厚道些。”

“要我这样做,那得每天多见到她几回才行,”我说,“您得让她每顿饭都到餐桌上来吃。这样我每顿饭就可以多给她吃一块好肉了。”

“有些小事情你本来是可以做的。”她说。

“就像当您吩咐我看着点,别让她逃学时,我充耳不闻,是吗?”我说。

“她今天没有去上学,”她说,“我很清楚她没有去。她说她今天下午和一个小伙子一起坐车出去玩了,可你跟在她的后面。”

“这怎么可能呢?”我说,“整整一个下午,我的车让别人借走了。不管她今天有没有逃学,这已经是过去的事情了,”我说,“您若是非要操心不可,您就操心操心下星期一吧。”

“我是要你跟她和睦相处,”她说,“不过那种任性的脾气她全继承下来了。也继承了她舅舅昆丁的性格。当时,我就是考虑到她没准已经继承了那种性格,才给她起了这样的名字。有时候,我觉得她是那两兄妹对我的惩罚。”

“老天爷啊,”我说,“您想象力真丰富。这就难怪您老是缠绵病榻了。”

“什么?”她说,“我不明白你的意思。”

“我也不指望您明白,”我说,“大家闺秀总是不谙世故的,她们越不懂事越显得自己高贵。”

“他们俩①都是那样的，”她说，“我想管教他们的时候，他们就和父亲联合起来对付我。他总是说不用管他们，说他们已经知道什么是纯洁与高尚，而任何人只要具有了这两种品质，别的也就不用给他们操心了。现在我寻思他总该满意了吧。”

“您还有班可以依靠呢，”我说，“别那么垂头丧气了。”

“他们存心把我排除在他们生活之外，”她说，“他总是跟她和昆丁亲。他们老是鬼鬼祟祟地联合起来反对我，也反对你，虽然那会儿你太小还不明白。他们总是把你和我看成外人，他们也总是对你毛莱舅舅见外。我老是对你父亲说，对他们管束得太不严了，他们在一起的时间太长了。昆丁进学堂念书，到第二年，我们只好让凯蒂也去，她要跟他在一起嘛。你们男孩子干什么，她也要干，不让干就不高兴。这是她的虚荣心在作怪，虚荣心，还有她那种莫名其妙的骄傲。后来她开始不大对头了，我就知道昆丁一定会有反应，也会做出同样不对头的事的。可是我哪料得到他会如此自私，竟然——我做梦也没想到他——”

“也许他知道生出来的准是个女孩，”我说，“再多一个女的出来，那他是不能忍受的。”

“他原是可以管住她的，”她说，“只有他的话凯蒂还听得进去。不过，这大概也是对我的一种惩罚，我看。”

“是的，”我说，“死了的偏偏是他而不是我，这未免太糟糕了。要是倒过来，您日子会好过得多。”

“你老说这样的话，存心要刺激我，”她说，“不过，话又说回来，我是自作自受。当初，家里要卖地供昆丁上哈佛，我跟你爸爸说过，一定也得给你作出同样的安排。后来赫伯特提出要让你进银行做事，我就说，杰生现在总算有依靠了。这以后开销越来越大，我只好变卖家具和剩下的那块牧场，我就立刻给她去信，我说她应当明白她和昆丁都得到了自己的一份，甚至还占去了该归杰生的一部分。现在得由她来补偿了。我说，看在父亲的分上她也应该这样做。我当时还满以为她会做到的。可是我不过是个没用的老婆子；我从小受到的教养都是认为人

① 指女儿凯蒂与儿子昆丁。

为了照顾骨肉兄弟是会自奉俭朴的。这都是我的错。你怪罪于我是完全有理的。”

“您以为少了别人的提掖我就站不住脚跟了吗?”我说,“您以为我甚至于要靠一个连自己孩子的爸爸是谁都说不清楚的女人拉一把吗?”

“杰生!”她说。

“好吧!”我说,“我方才不是存心想刺激您。当然不是存心的。”

“我酸甜苦辣各种滋味都尝遍了,我不相信谁还能给我增添什么苦恼了。”

“我当然不是存心的,”我说,“我不是存心的。”

“我希望你至少不跟我来这一套。”她说。

“当然不啦,”我说,“她①太像他们俩了,这是明摆着的。”

“我真不能容忍。”她说。

“那您别去想它好了。”我说,“为了她晚上出去的问题,她还跟你纠缠吗?”

“不。我让她明白不出去是为她自己好,她日后会感谢我的。她把课本都带上,我锁上门之后她就在里面用功。有几天晚上,一直到十一点我看见灯还亮着呢。”

“您怎么知道她是在用功呢?”我说。

“她一个人关在里面,我不知道除了用功还有什么可干的,”她说,“她是从来不看闲书的。”

“她是不看的。”我说。“究竟怎样您就没法知道了。您只能求老天爷保佑了。”我说。不过我把这话说出来有什么用呢。只会让她扑在我肩膀上再哭上一次而已。

我听见她上楼去的声音。接着她喊昆丁,昆丁透过门应了声:“什么事啊?”母亲说:“晚安。”接着我听见钥匙转动锁上门的声音。这以后母亲回到她房间去了。

我抽完雪茄上楼的时候,昆丁房里的灯光还亮着。我看见那个抽

---

① “她”指小昆丁。

去了钥匙的钥匙孔，可是我听不到一点儿声音。她用功的时候可真够安静的。也许她在学校里也是这样学习的吧。我跟母亲说了声晚安就走进自己的房间，我把箱子取出来又把钱点了一遍。我听见那位“美国头号大太监”①鼾声如雷，就像一家锯木厂在通夜开工。我在某本书里读到过，有的男人，为了说话像女人那样尖声尖气，就让自己给动了手术。不过也许班根本不知道人家给他动过手术了。我看他当时想干什么连自己都不清楚呢，也不明白伯吉斯先生干吗要用栅栏桩子把他打晕。而且如果不等他麻药药劲过去就把他送到杰克逊去，我敢说他也根本察觉不出来自己换了地方。可是康普生家的人是不会考虑这样一个直截了当的办法的。比这复杂一倍的办法他们还看不上呢。总要等到他冲出了大门，在街上追赶一个小姑娘，而她的爸爸又恰好在近旁看到了这幅景象，他们才肯采取措施。哼，我早就说过了，他们迟迟不舍得用刀，用了又赶紧把刀子收起来。据我所知，至少还有两个人也应该动这样的手术，其中一个就近在一英里之内的地方。可是即使都这样做了，也不见得能解决问题。我早说过，天生是贱坯就永远是贱坯。给我二十四小时自由行动的权力试试看，别让那些该死的纽约犹太佬来对我指手画脚。我倒不是想大捞一把，这种手段只可以用来对付那些鬼精灵的赌棍。我只求给我一个公平的机会，让我把自己的钱赚回来。等我赚回来了，那就让整条比尔街和整个疯人院都搬到我家里来好了，让其中的两位②到我的床上去睡，再让另一位③坐到我餐桌的位子上去大吃大喝好了。

---

① 指班吉。

② 指凯蒂与小昆丁。

③ 指班吉。

1928 年 4 月 8 日

这一天在萧瑟与寒冷中破晓了。一堵灰黯的光线组成的移动的墙从东北方向挨近过来，它没有稀释成为潮气，却像是分解成为尘埃似的细微、有毒的颗粒，当迪尔西打开小屋的门走出来时，这些颗粒像针似的横斜地射向她的皮肉，然后又往下沉淀，不像潮气倒像是某种稀薄的、不太肯凝聚的油星。迪尔西缠了头巾，还戴了一顶硬僵僵的黑草帽，穿了一条紫酱色的丝长裙，又披上一条褐红色的丝绒肩巾，这肩巾还有一条肮里肮脏说不出什么种类的毛皮镶边。迪尔西在门口站了一会儿，对着阴雨的天空仰起她那张被皱纹划分成无数个小块的瘪陷的脸，又伸出一只掌心柔软有如鱼肚的枯槁的手，接着她把肩巾撩开，细细审视她的长裙的前襟。

那条长裙无精打采地从她双肩上耷拉下来，滑过她那对松垂的乳房，在她突出的腹部处绷紧，然后又松了开来，再往下又微微胀起，原来她在里面穿了好几条内裤。等春天过去，暖和的日子呈现出一派富丽堂皇、成熟丰收的色彩时，她会把内裤一条一条脱掉的。她原先是个又胖又大的女人，可是现在骨架都显露出来，上面松松地蒙着一层没有衬垫的皮，只是在臌胀似的肚子那里才重新绷紧，好像肌肉与组织都和勇气与毅力一样，会被岁月逐渐消磨殆尽似的。到如今只有那副百折不挠的骨架剩了下来，像一座废墟，也像一个里程碑，耸立在半死不活、麻木不仁的内脏之上；稍高处的那张脸让人感到仿佛骨头都翻到皮肉外面来了，那张脸如今仰向雨云在飞驰的天空，脸上的表情既是听天由命的，又带有小孩子失望时的惊愕神情。最后，她终于转过身子，回进屋子，并且关上了门。

紧挨着门的泥地光秃秃的。它有一层绿锈的色泽，仿佛是得自一代又一代人光脚板的蹭擦，古旧的银器和墨西哥人房屋用手抹上灰泥的墙壁上也有这样的色泽。小屋旁边有三棵夏季遮荫的桑树,毛茸茸的嫩叶——它们日后会长得像巴掌般宽阔而稳重——展平在气流中,在一起一伏地飘浮着。不知从哪儿飞来了一对樫查对鸟,像鲜艳的布片或碎纸似的在急风中盘旋翻飞,最后停栖在桑树上,它们翘起了尾巴大声聒噪着,在枝头上下颠簸。它们对着大风尖叫,大风把这沙哑的声音也像席卷布片、碎纸似的倏地卷走。接着又有三只樫鸟参加进来,翘起了尾巴尖叫着,在扭曲的树枝上颠簸了好一阵。小屋的门打开了,迪尔西再次走了出来,这回头上扣了一顶男人戴的平顶呢帽,加了一件军大衣,在大衣破破烂烂的下摆下面,那件蓝格子布的裙子鼓鼓囊囊的,在她穿过院子登上厨房的台阶时,裙子的破衣边也在她身后飘荡。

过了一会儿她又出现了,这回拿了一把打开的伞。她迎风斜撑着伞,穿过院子来到柴堆旁,把伞放下,伞还张着。马上她又朝伞扑去,抓住了伞,握在手里,朝四周望了一会儿。接着她把伞收拢,放下,将柴禾一根根放在弯着的臂弯里,堆在胸前,然后又拿起伞,好不容易才把伞打开,走回到台阶那儿,一边颤颤巍巍地平衡着不让柴禾掉下,同时费了不少劲把伞合上。最后她把伞支在门角落里。她让柴禾落进炉子后面的柴禾箱里,接着脱掉大衣和帽子,从墙上取下一条脏围裙,系在身上,这才开始生火。她把炉条捅得嘎啦嘎啦直响,把炉盖弄得啪嗒啪嗒直响,她这样干着的时候,康普生太太在楼梯口喊起她来了。

康普生太太穿着一件黑缎面的棉睡袍,用手把衣服在下巴底下捏紧,另外那只手拿着一只红胶皮的热水袋。她站在后楼梯的顶上,很有规律、毫无变化地一声声呼唤着"迪尔西"。她的声音传下枯井般的楼道,这楼道落入一片漆黑中,接着遇上从一扇灰暗的窗户里透进来的微光。"迪尔西。"她喊道,没有抑扬顿挫,没有重音,也一点不着急,好像她压根儿不期待回答似的,"迪尔西。"

迪尔西应了一声,手也停下来不再摆弄炉子了。可是还没等她穿过厨房,康普生太太又叫唤了,不等她穿过餐厅脑袋衬在窗口透进来的那片灰蒙蒙的光的前面,那声音又响起来了。

"行啦,"迪尔西说,"行啦,我来了。一有了热水我马上就给您灌。"她提起裙子登上楼梯,她那庞大的身躯把灰蒙蒙的光线全都挡掉了。“把热水袋放在那儿，回去睡吧。”

“我不明白这是怎么回事，”康普生太太说，“我醒了躺在床上至少有一个钟头了，却听不见厨房里有一点点声音。”

“您把它放下回去睡您的。”迪尔西说。她费力地爬上楼梯，气喘吁吁，身躯像一大团不成形的东西。“我一分钟里就把火生好，两分钟里就把水烧热。”

“我在床上躺了至少有一个钟头了，”康普生太太说，“我还以为也许你要等我下了楼才生火呢。”

迪尔西来到楼梯口，接过热水袋。“我马上就冲，”她说，“勒斯特今儿早上睡过头了，昨儿晚上看戏一直看到半夜。我只好自己生火。您快回去吧，要不没等我准备舒齐全屋子的人都要给您吵醒了。”

“既然你答应让勒斯特去玩，那只好自己多受点罪啦，”康普生太太说，“杰生要是知道了会不高兴的。你知道他要不高兴的。”

“他去看戏又没花杰生的钱，”迪尔西说，“那一点不假。”她继续往楼下走去。康普生太太回进自己的房间。等她重又在床上躺下了，她还能听到迪尔西下楼的声音。她的动作迟缓得叫人难以忍受，难以置信，要不是一下子被食品间那扇门啪嗒啪嗒的响声盖过听不见了，真会叫人发疯的。

她走进厨房，生好火，开始准备早饭。干到一半，她放下手里的活儿，走到窗前朝自己的小屋望去，接着她来到门口，打开门，对着飞快流动的冷空气嚷了起来：

“勒斯特！”她喊道，站定了谛听，侧着脸以避开风头，“你听见没有，勒斯特？”她倾听着，正准备张开嘴大声叫喊，看见勒斯特从厨房拐角处踅出来了。

“姥姥？”他说，一副清白无辜的样子，也未免显得太清白无辜了，以致迪尔西好几分钟一动不动地站着低下头来端详他，她的感情已经不仅仅是惊讶了。

“你上哪儿去啦？”她说。

“没上哪儿呀，”他说，“就在地窖里呀。”

“你去地窖干什么？”她说。“别站在雨里头，傻瓜。”她说。

“我啥也没干呀。”他说。他走上了台阶。

“你敢不抱上一堆柴禾就进这扇门!”她说,“我已经替你搬了柴禾,生了火了。昨儿晚上我不是关照过你,不把一箱子柴禾装得满满登登的就别出去吗?”

“我装了,”勒斯特说,“我真的装满了。”

“那么柴禾到哪儿去啦?”

“那我不知道。我可没拿。”

“哼,你这会儿去给我把箱子装满,”她说,“装满了就上楼去照看班吉。”

她关上门。勒斯特向柴堆走去。那五只樫鸟在屋子上空盘旋、尖叫,接着又在桑树上停栖下来。他瞅着它们。他捡起一块石子扔了过去。“嗬,”他说,“滚回到你们的老家去,回地狱去吧。还没到星期一哪①。”

他抱了山那么高的一大堆柴禾。他看不见前面的路,跌跌撞撞地走到台阶前,跨上台阶,毛毛腾腾地撞在门上,柴禾一根根地掉了下来。这时迪尔西走过来给他开门,他跌跌撞撞地穿过厨房。“你啊,勒斯特!”她喊道,可是他已经哗地一下子把柴禾都扔到木箱里去了,发出了雷鸣般的轰隆声。“嗐!”他说了一声。

“你想把整个宅子的人都吵醒还是怎么的?”迪尔西说。她给了他的后脑勺一巴掌。“快到楼上去给班吉穿衣服。”

“好咧,您哪。”他说。他朝通向院子的那扇门走去。

“你上哪儿?”迪尔西说。

“我想最好还是绕到屋前走大门进去,免得吵醒卡罗琳小姐他们。”

“你听我的,走后楼梯,上去给班吉穿好衣服,”迪尔西说,“好,去吧。”

“好咧,您哪。”勒斯特说。他转回来从通往餐厅的门走出去。过

---

① 当地民间传说认为,樫鸟星期五去地狱,星期一才回到人间来。它们是魔鬼的眼线,专向魔鬼报告人间的罪恶。

了一会,门也不晃动了。迪尔西开始做饼干。她一面在和面的案板上来回抖动筛子,一面唱起歌来,先是小声乱哼哼,没有固定的曲调与歌词,是支重复、哀伤、悲戚、质朴的歌子,这时候,细细的面粉像雪花似的纷纷扬扬地撒落在案板上。炉子已经使房间里有了一些暖意,并且让厨房里充满了火焰的呢喃声。过了一会儿,她的歌声响亮些了,好像她的声音也因温度升高而解冻了,这时候,康普生太太又在宅子深处叫唤她了。迪尔西仰起了脸,似乎她的目光能够而且确乎穿透了墙壁与天花板,看到了那个穿棉睡袍的老太太站在楼梯口,在机械地一声声叫着她的名字。

"哦,老天爷呀。"迪尔西说。她放下筛子,撩起围裙的下摆擦了擦手,从椅子上拿起她方才放在那儿的热水袋,又用围裙包在壶把上,水壶已经在微微喷出热气了。"一会儿就得,"她大声喊道,"水这会儿刚有点热。"

不过,康普生太太这回倒不是要热水袋。迪尔西像拎着一只死鸡似的捏住热水袋的脖颈,来到楼梯口朝上张望。

"勒斯特没在楼上他房里?"她说。

"勒斯特压根儿没进这幢楼。我一直躺在床上等着听他的脚步声。我知道他会晚来的,不过我希望他别太晚,免得让班吉明吵醒杰生,杰生一星期也只有一天能睡个懒觉。"

"您自个儿一大早就站在楼厅喊这喊那,就不怕把别人吵醒?"迪尔西说。她开始步履艰难地往楼上爬。"半小时之前我就差那小子上楼了。"

康普生太太瞧着她,一只手在下巴那儿捏紧了睡袍的领口。"你现在干什么去?"她说。

"给班吉穿好衣服,带他下来到厨房去,在那儿他就吵不着杰生和昆丁了。"迪尔西说。

"你早饭还没做吗?"

"我一边儿对付着做吧,"迪尔西说,"您还是回床上去等勒斯特来给您生火吧。今儿早上可冷呢。"

"我知道,"康普生太太说,"我一双脚都冻冰了。就是因为脚冷才把我冻醒的。"她一直瞧着迪尔西上楼,这又花了她不少时间。"你知道要是早饭开晚了杰生会发火的。"康普生太太说。

"我可没法同时做两件事情,"迪尔西说,"您快回到床上去吧,不然您又要给我添麻烦了。"

"要是你为了给班吉明穿衣服而把别的事都撂下,那让我下楼来做早饭得了。你不是不知道,早饭开晚了杰生会怎么样。"

"您弄出来的东西有谁肯吃呢?"迪尔西说。"您倒说说看。回去吧。"她说,一边费劲地往上爬。康普生太太还站在那儿,望着迪尔西一只手扶着墙,另一只手提起裙子费力地往上爬。

"你光是为了给他穿衣服就得把他叫醒吗?"她说。

迪尔西停了下来。她一只脚搁在上一级楼梯上,手扶着墙,那大团模模糊糊的身影一动不动,挡住了身后窗户里透进来的一片灰蒙蒙的光。

"这么说他还没醒?"她说。

"我方才在门口望了一眼,他还没醒,"康普生太太说,"可是他已经睡过头了。往常他一到七点半总会醒的。你也知道他从来不睡过头。"

迪尔西没有搭腔。她不再往上走,康普生太太虽然看不清楚,只是朦朦胧胧感到前面有一大团扁而圆的东西,但她也觉得出来迪尔西已稍稍垂低了脸,此刻就像雨中的一头母牛那样地站着,手里还捏着空热水袋的脖颈。

"受罪的并不是你,"康普生太太说,"这不是你的责任。你可以离开。你不用一天又一天地背这副担子。你不欠他们什么情分,你对死去的康普生先生也没什么感情。我知道你从来没喜欢过杰生,而且你也根本不想掩盖。"

迪尔西一句话也没说。她慢腾腾地转过身子往楼下走去,一级一级地往下挪动脚步,就像小小孩那样,手依旧扶着墙。"您回去吧,先不用管他,"她说,"别再进他屋了。我找到了勒斯特就让这小子上来。这会儿,您不用管他。"

她回到了厨房。她看了看炉火,接着把围裙从头上脱下,穿上大衣,打开通院子的门,把院子四下打量了一遍。尖利的、无孔不入的潮气袭击着她的皮肤,可是院子里空荡荡的没有一样活物。她蹑手蹑脚地走下台阶,像是怕发出响声,接着绕过厨房的拐角。她正走着,忽见勒斯特带着一副天真的神情,匆匆地从地窖的门里走出来。

迪尔西停住脚步。“你干啥去啦?”她说。

“没干啥呀,”勒斯特说,“杰生先生关照过要我看看地窖里哪儿漏水。”

“他是什么时候吩咐你的?”迪尔西说,“去年的大年初一,不是吗?”

“我想在他们睡着的时候去看看比较好。”勒斯特说。迪尔西走到地窖门口。勒斯特让开一条路,她探下头去望,黑暗中一股湿土、霉菌和橡皮的气味迎面向她扑来。

“哼。”迪尔西说。她又打量起勒斯特来了。他温顺地迎接着她的盯视,显得既清白无辜又胸襟坦荡。“我不知道你在里面搞的什么鬼名堂,不过那里根本没有要你干的事。今天早上,人家折磨我,你也跟着凑热闹,是不是?你快给我上楼去伺候班吉,听见没有?”

“听见了,您哪。”勒斯特说。他急急地朝厨房台阶走去。

“回来,”迪尔西说,“趁这会儿你还没跑开去,再给我抱一堆柴禾来。”

“好咧,您哪。”他说。他在台阶上经过她的身边朝柴堆走去。片刻之后,他又跌跌冲冲地撞在门上了,那堆金字塔似的柴禾又挡住了他的视线,迪尔西替他开了门,使劲拽着他,引导他穿过厨房。

“你敢再往箱子里扔得震天响,”她说,“你敢再扔!”

“我只好扔,”勒斯特说,一边在喘气,“我没有别的办法把柴禾放下来。”

“那你忍着点,多站一会儿。”迪尔西说。她从他怀里一次拿下一根柴禾来。“你今儿早上到底是怎么的啦?往常我派你去抱柴禾,你呢,每回抱的都不超过六根。往常就图省力气,今天倒反常了。你这会儿又有什么事求我?那个戏班子不是已经走了吗?”

“是的,姥姥。已经走了。”

她把最后的一根柴禾放进箱子。“好，你现在照我说的那样，上楼到班吉那儿去，”她说，“在我摇吃饭铃之前我再也不想听见有人在楼梯口冲着我瞎嚷嚷了。你听见没有。”

“听见了，您哪。”勒斯特说。他消失在弹簧门后面。迪尔西往炉子里添了一些劈柴，回到案板那儿。不一会儿，她又唱起歌来了。

房间里变得暖和些了。迪尔西在厨房里走来走去，取这取那，以配齐早餐的食物。过不多久，她的皮肤上开始泛出了一层鲜艳、滋润的光泽，这比起她和勒斯特两人皮肤上蒙着一层柴禾灰时可好看多了。碗柜上面的墙上，有只挂钟在发出嘀嗒嘀嗒的声音，这只钟只有晚上灯光照着时才看得见，即使在那时，它也显出一种谜样的深沉，因为它只有一根指针。现在，在发出了几声像嗽嗓子似的前奏之后，它敲了五下。

“八点了。”迪尔西说。她停下手里的活，仰起了头在谛听。可是除了壁钟与炉火，一切都是阒寂无声的。她打开烤炉的门，看了看那一铁盘子面包。接着她腰弯着停住了动作，因为有人在下楼了。她听见有脚步声传过餐厅，接着弹簧门打开了，勒斯特走了进来，后面跟着一个大个子，这人身上的分子好像不愿或是不能黏聚在一起，也不愿或是不能与支撑身体的骨架黏聚似的。他的皮肤是死灰色的，光溜溜的不长胡子；他还有点浮肿，走起路来趴手趴脚，像一只受过训练的熊。他的头发很细软，颜色很淡。头发平滑地从前额上披下，像早年的银版照片里小孩梳的童化头。他的眼睛很亮，是矢车菊那种讨人喜欢的浅蓝色。他的厚嘴唇张开着，稍稍有点淌口水。

“他冷不冷？”迪尔西说。她在围裙上擦了擦手，伸出手去摸他的手。

“他不见得冷，我倒是真觉得冷，”勒斯特说，“一碰上复活节天气就冷，每年都是这样。卡罗琳小姐说，要是你没时间给她灌热水袋，那就算了。”

“唉，老天爷呀。”迪尔西说。她拉过一把椅子，放在柴禾箱和炉子之间的墙角里。那个大个儿乖乖地走过去，在椅子上坐了下来。“到餐厅里去瞧瞧我把热水袋搁在哪儿了。”迪尔西说。勒斯特到餐厅去取来了热水袋，迪尔西往里灌上水，又交还给他。“快给送去，”她说，

“再看看杰生这会儿醒了没有。告诉他们早饭已经得了。”

勒斯特走了。班坐在炉灶旁。他松松垮垮地坐着,除了头部以外全身一动不动。他用快活而蒙眬的眼光瞧着迪尔西走来走去,脑袋上下一颠一颠的。勒斯特回来了。

“他起来了,”他说,“卡罗琳小姐说把热水袋放在桌子上好了。”他走到炉子前,伸出双手,掌心对着柴禾箱。“他也起来了,”他说,“他今儿个准是两只脚一块儿下地的。①”

“又出什么事啦?”迪尔西说,“给我从那儿滚开。你杵在炉前叫我怎么干活?”

“我冷嘛。”勒斯特说。

“你方才在地窖里就该想到冷的,”迪尔西说,“杰生怎么啦?”

“说我和班吉打破了他房里的玻璃窗。”

“是破了吗?”迪尔西说。

“反正他是这么说的,”勒斯特说,“一口咬定是我打碎的。”

“他白天黑夜都紧锁房门,你怎么能打碎呢?”

“说我往上扔石子打碎的。”勒斯特说。

“那你扔了没有?”

“根本没那回事。”勒斯特说。

“可别跟我说瞎话呀,小子。”迪尔西说。

“我根本没扔嘛,”勒斯特说,“不信你问班吉好了。我连瞅都没往那扇窗户瞅一眼。”

“那又能是谁呢?”迪尔西说。“他这样做完全是跟自己过不去,还把昆丁给吵醒了。”她说,一边把一盘饼干从烤炉里取出来。

“就是嘛,”勒斯特说,“这些人真古怪。亏得我跟他们不一样。”

“跟谁不一样?”迪尔西说,“你好好竖起耳朵听着,臭黑小子,你跟他们一模一样,身上也有康普生家的那股疯劲儿。你老实说,到底是不是你打的?”

---

① 外国人的一种迷信,认为自己某只脚先落地可以示吉或凶,两只脚同时落地又示什么。种种说法很多,各地也不一致。

“我打碎它对我有什么好处?”

“你鬼迷心窍时干的事莫非还有什么道理不成?”迪尔西说,“你留神看好他,别让他在我摆饭食时把手给烫了。”

她到餐厅去了,他们能听到她走过来走过去的声音,过了一会儿她回来了,在厨房桌子上放了只盘子,往里盛了一些吃的。班盯看着她,一边淌口水,一边发出猴急的哼哼声。

“好了,宝贝儿,”她说,“这是你的早饭。把他的椅子端过来,勒斯特。”勒斯特搬来了椅子,班坐下来,一边哼叫,一边淌口水。迪尔西在他脖颈下围了一块布,用布的一角擦了擦他的嘴。“倒要看看你能不能有一回不弄脏他的衣服。”她说,往勒斯特手里递去一把勺子。

班停止了哼哼声。他盯看着一点点地伸到他嘴边来的勺子。对他来说,好像猴急也是由肌肉控制的,而饥饿本身倒是一种含混不清的感觉,自己也弄不大明白。勒斯特熟练而心不在焉地喂着他。隔上一阵,他的注意力也会短暂地回到手头的工作上来,这时候,他就给班喂一个空勺,让班的嘴在子虚乌有中合上,一口咬个空。不过,很显然,勒斯特的心思是在别的地方。他不拿勺子的那只手搁在椅背上,在那块毫无反应的木板上试探地、轻轻地摁过来摁过去,像是从无声处寻觅一个听不见的乐曲,有一次他的手指在那块锯开的木板上拨出了一组无声的复杂极了的琶音,他竟忘了用勺子耍弄班,直到班重新哼叫起来,他才从幻梦中清醒过来。

迪尔西在餐厅里来回走动。过了一会,她摇响一只清脆的小铃,接着,勒斯特在厨房里听见康普生太太与杰生下楼来的声音,还有杰生的说话声,他赶紧翻动着白眼用心谛听。

“当然啰,我知道他们没打,”杰生说,“当然啰,我很清楚。说不定是天气变化使玻璃破裂的。”

“我真不明白它怎么会破的,”康普生太太说,“你的房间一整天都是锁着的,你每回离开家进城时都是那样的。除了星期天打扫房间,别人从来不进去。我不希望你以为我会上人家不欢迎我去的地方,我当然也不会派谁进去。”

“我又没说是您打破的,是不是?”杰生说。

“我根本不想进你的房间，”康普生太太说，“我尊重任何一个人的私人事务。我就算有钥匙，也不想跨进你的房间一步。”

“不错，”杰生说，“我知道您的钥匙开不开。我就是为了这个，才把锁换掉的。我想知道的是，窗子到底是怎么会破的。”

“勒斯特说不是他打的。”迪尔西说。

“我不用问也知道不是他干的。”杰生说。“昆丁在哪儿？”他说。

“她往常礼拜天早上在哪儿，这会儿也在那儿，”迪尔西说，“你这几天究竟有什么不顺心的事儿？”

“那好，咱们要把这些老规矩统统都砸烂，”杰生说，“上楼去通知她早饭准备好了。”

“你这会儿就别惹她了吧，杰生，”迪尔西说，“她平时都是准时起来吃早饭的，卡罗琳答应让她每星期天睡晚觉的。这你是知道的。”

“我即使愿意，也养不起一屋子的黑人来伺候这位娇小姐，”杰生说，“去叫她下来吃早饭。”

“哪有人专门伺候她啊，”迪尔西说，“我把她那份早饭放在保温灶里，等她——”

“我的话你听见没有？”杰生说。

“我听见了，”迪尔西说，“只要你在家，我没一刻不听见你在骂骂咧咧。不是冲着昆丁和你妈妈，就是对着勒斯特和班吉。您怎么这样由着他呢，卡罗琳小姐？”

“你就照他吩咐的去做吧，”康普生太太说，“他现在是一家之主。他有权要我们尊重他的意愿。我尽量这样做，如果我做得到，你也是可以做到的。”

“他脾气这么坏，硬要把昆丁叫起来，一点道理也没有，”迪尔西说，“说不定你还以为窗子是她打的呢。”

“她想干的话是干得出来的，”杰生说，“你快去，照我说的去做。”

“真是她干的我也不怪她，”迪尔西说，一面朝楼梯走去，“谁叫你一回家就唠唠叨叨没个完。”

“别说了，迪尔西，”康普生太太说，“由你或者我来告诉杰生该怎么干都是越出本分的。有时候我也觉得他不对，不过为了顾全大局我还是逼着自己听他的。既然我能拖着害病的身子下楼来吃饭,昆丁应该也是可以的。”

迪尔西走出房间。他们听见她爬楼梯的声音。他们听见她在楼梯上爬呀爬呀,爬了很久。

“您用的用人都是活宝。”杰生说。他给他母亲也给自己盘子里盛食物。“您用过一个像点人样的没有?在我记事以前您该还是用过几个的吧。”

“我不能不迁就他们点儿,”康普生太太说,“我什么事都得依靠他们呀。要是我身子骨好,那情况当然就不一样了。我真希望自己身体好些。那我就能把家务事全揽下来了。至少也可以给你减轻一些担子。”

“咱们家都快成一个猪圈了。”杰生说。“快点,迪尔西!”他大声嚷道。

“我知道你又会责怪我的,”康普生太太说,“因为我答应让他们今天上教堂去。”

“上哪儿?”杰生说,“难道那个混蛋的戏班子还没走?”

“是上教堂,”康普生太太说,“黑人今天要举行一次特别的复活节礼拜。两个星期以前我就答应迪尔西让他们去了。”

“那就是说咱们中午又得吃冷菜冷饭,”杰生说,“甚至什么也吃不上了。”

“我知道这都是我的错儿,”康普生太太说,“我知道你会怪我的。”

“干吗怪您?”杰生说,“基督又不是您弄复活的,是不是?”

他们听见迪尔西登上最后一级楼梯,然后听到她在楼上慢慢挪动脚步的声音。

“昆丁。”她说。她叫这第一声时,杰生放下刀叉,他和他母亲隔着餐桌对坐着,姿势一模一样,仿佛都在等待对方;这一个冷酷、精明,压得扁扁的棕发在前额的左右各自弯成一个难以驯服的发卷,模样就像漫画里的酒保,榛子色的眼珠配有镶黑边的虹膜,活像两颗弹子;另一个冷酷、唠叨,满头银发,眼睛底下的泪囊松垂,眼神惶惑,眼眶里黑黑的,仿佛那儿全是瞳孔,全是虹膜。

“昆丁，”迪尔西说，“起来呀，好宝贝。他们在等你吃早饭呢。”

“我真的不明白那个窗子怎么会打破的，”康普生太太说，“你真的能肯定是昨天打破的吗？没准是早就打破了，前一阵天气暖和，又是上面的半扇，所以被窗帘遮住了没发觉。”

“我告诉过您多少遍了，就是昨天打的，”杰生说，“您难道以为我连自己的房间里的事都弄不清楚吗？您以为我在那里面睡了一个星期，连窗子上有一个连手都伸得进的大洞——”说着说着，他的声音停住了，逐渐听不见了，只见他呆愣愣地瞪看着他的母亲，有一瞬间，他的眼睛里什么表情都没有，好像连他的眼睛也在屏气止息似的。与此同时，他的母亲也注视着他，那张脸显得憔悴、乖戾、爱唠叨、狡狯却又相当愚钝。他们这样对坐着，楼上的迪尔西又开腔了：

“昆丁。别跟我逗闹了，好宝贝。快去吃早饭吧，宝贝儿。他们在等你呢。”

“我真是弄不懂，”康普生太太说，“好像是有人想硬要进入这幢房子——”杰生跳了起来。他的椅子哗啦一声朝后倒去。“什么事——”康普生太太说，呆呆地瞪着他，只见他从她身边跑开，三步两步地跳上楼梯，在那儿遇到了迪尔西。迪尔西没看见他隐藏在黑暗里的脸，只对他说：

“她不高兴呢。你妈还没打开她房门的锁——”杰生理也不理她，冲过她身边，来到走廊里一扇门前。他没敲门。他抓住门球，试了试，接着他站在那儿，身子微微前伛，捏住门球，仿佛在谛听门里那个不大的房间之外的什么声音，而且真的听到了。杰生的姿态像一个装出一副谛听的样子的人，他装模作样，哄骗自己，使自己相信他所听见的声音确实是真的。在杰生身后，康普生太太一面登上楼梯，一面喊叫他的名字。接着，她看见了迪尔西，便不再叫他，而改成叫迪尔西了。

“我告诉你了，她还没开那扇门的锁呢。”迪尔西说。

她说话时，杰生转过身子朝她跑来，不过他的声音倒是平静的、不动感情的。“她身上带着钥匙吗？”他说，“她这会儿身上有钥匙吗，我是说，她是不是——”

“迪尔西。”康普生太太在楼梯上喊道。

“什么钥匙?”迪尔西说,“你干吗不让——”

“钥匙,”杰生说,“开那扇门的钥匙。她是不是身上老揣着钥匙。母亲。”这时候他看见了康普生太太,便走下楼去会她。“把钥匙给我。”他说。他动手去掏她穿的锈黑色的睡袍的几只口袋。她抗拒地扭动着身子。

“杰生,”她说,“杰生! 你和迪尔西想让我再病倒吗?”她说,使劲要把他挡开,“你连大礼拜天也不让我安安生生地过一天吗?”

“钥匙呢?”杰生说,还在她身上摸来摸去。“马上给我。”他回过头去看看那扇门,像是怕在他拿到钥匙去开之前门会砰地飞开来似的。

“你来呀,迪尔西!”康普生太太说,把睡袍抱紧在自己身上。

“把钥匙给我,你这傻老婆子!”杰生突然大声嚷叫起来。他从她口袋里生拉硬拽地取出一大串生锈的钥匙,穿钥匙的大铁环跟中世纪狱卒用的那种样子差不多。接着他穿过楼厅往走廊里跑去,两个老太婆跟在他的后面。

“你,杰生!”康普生太太说。“他是绝对找不到该用的那把的。”她说。“你知道我还从来没有让别人把我的钥匙拿走过,迪尔西。”她说。她抽抽噎噎地哭起来了。

“别哭,”迪尔西说,“他不会把她怎么样的。我不会让他这么干的。”

“可是在星期天的早晨,又是在我自己家里,”康普生太太说,“在我辛辛苦苦按基督教徒的标准把他们养大之后。让我来给你找吧,杰生。”她说。她把手搭在他的胳膊上,接着又和他争夺起来。但他胳膊肘一甩,就把她甩在一边,扭过头来看了她一眼,眼光冷冰冰的,很恼火,接着他重新转身向着那扇门,拨弄起那串难以对付的钥匙来。

“别哭了,”迪尔西说,“嗨,杰生!”

“大事不好啦。”康普生太太说,又哭起来了。“我知道出了事啦。你呀,杰生,”她说,又去抱住杰生,“在我自己家里,他连让我找一个房间的钥匙都不允许!”

“算了,算了,”迪尔西说,“会出什么事呢? 还有我哪。我是不会让他动昆丁一根毫毛的。昆丁,”她抬高了嗓子喊道,“你不用害怕,好宝贝儿,这儿有我呢。”

门打开了,朝里转过去了。他在门洞里站了一会儿,挡住了门口,接着他动了动身子,让在一边。“进去吧。”他用沉滞的声音轻轻地说。她们走了进去。这不像是一个姑娘家的闺房。也说不上像什么人的房间。那股淡淡的廉价化妆品的香味、几件妇女用品的存在以及其他想使房间显得女性化些的粗疏的并不成功的措施,只是适得其反,使房间变得不伦不类,有一种出租给人家幽会的房间的那种没有人味的、公式化的临时气氛。床并没有睡乱。地板上扔着一件穿脏的内衣,是便宜的丝织品,粉红颜色显得俗里俗气;一只长统袜子从衣柜半开的抽屉里挂下来。窗子开着。窗外有一棵梨树,与屋子挨得很近。梨花盛开着,树枝刮擦着房屋,发出沙沙的响声。从窗外涌进来一股又一股的空气,把怪凄凉的花香带进屋来。

“瞧嘛,”迪尔西说,“我不是说了她没事儿吗?”

“没事儿吗?”康普生太太说。迪尔西跟在她后面走进房间,拉了拉她。

“您快回去给我躺下,”她说,“我十分钟内就把她找回来。”

康普生太太甩开了她。“快找字条,”她说,“昆丁那次是留下字条的。”①

“好吧,”迪尔西说,“我来找字条。您先回自己房去,走吧。”

“他们给她起名为昆丁的那一分钟,我就知道肯定会出这样的事。”康普生太太说。她走到衣柜前,翻起里面的乱七八糟的东西来——一只只香水瓶、一盒粉、一支咬得残缺不全的铅笔、一把断了头的剪刀,剪刀是搁在一块补过的头巾上的,那条头巾上又有香粉,又有口红印。“快找字条呀。”她说。

“俺正在找呢,”迪尔西说,“您快走吧。我和杰生会找到字条的。您先回您屋里去吧。”

“杰生,”康普生太太喊道,“他在哪儿呢?”她走到门口。迪尔西跟着她走过楼厅,来到另一扇门的前面。门关着。“杰生。”她隔着门喊

① 指她的大儿子自杀时的情况。

道。没人回答。她扭了扭门球,又重新喊起他来。仍然没有回答,原来他正在把东西从壁橱里拖出来扔到身后去呢:外衣、皮鞋,还有一只箱子。接着他拉出一截企口板,把它放下,又重新进入壁橱,捧了一只小铁箱出来。他把箱子放在床上,站在那儿打量那扭坏的锁,同时从自己兜里摸出一串钥匙,从里面挑出一把。他呆愣愣地握着那把钥匙,站了好一会儿,瞪着那把破锁,这才又把那串钥匙揣回到兜里,小心翼翼地把箱子里的东西全倒在床上。他更加细心地把一张张纸片归类,一次只拿起一张,还都抖了抖。接着他把箱子竖起来,也抖了它几下,然后慢条斯理地把纸片放回去。他又愣愣地站住不动了,手里托着箱子,头俯垂着,瞪视着给扭坏的锁。他听见窗外有几只樫鸟尖叫着掠过窗子,飞了开去,它们的叫声被风撕碎、飘散,不知哪儿驶过一辆汽车,声音也逐渐消失。他的母亲又隔着门在叫他了,可是他一动也不动。他听见迪尔西把母亲领向楼厅,接着一扇门关上了。这以后他把箱子放回壁橱,把一件件衣服扔了进去,下楼走到电话边。他站在那儿把听筒搁在耳朵上等待时,迪尔西下楼来了。她瞧瞧他,没有停步,继续往前走去。

电话通了。"我是杰生 · 康普生。"他说,他的声音既刺耳又沙哑,他只得重复一遍。"是杰生 · 康普生啊。"他说,使劲地控制着自己的声音。"准备好一辆汽车,一位副警长,如果你自己抽不出身的话;十分钟内我就到——你问是什么事?——是抢劫。我家里。我知道是谁——抢劫,一点不错。快准备车吧——什么?你难道不是个拿政府薪水的执法者——好吧,我五分钟之内就到。让车子准备好可以马上出发。要是你不干,我要向州长报告。"

他把听筒啪地摔回到座架上去,穿过餐厅,餐桌上那顿几乎没有动过的早饭已经凉了,又走进厨房。迪尔西正在灌热水袋。班静静地、茫然地坐着。在他身边,勒斯特显得又机灵又警觉,像只杂种小狗。勒斯特不知在吃什么。杰生穿过厨房还往前走。

"你早饭一点也不吃吗?"迪尔西说。他理也不理她。"去吃一点吧,杰生。"他还在往前走。通院子的那扇门砰的一声在他身后关上了。勒斯特站起身走到窗前朝外面张望。

"嚯,"他说,"楼上怎么啦?是他揍了昆丁小姐了吗?"

“你给我闭嘴，”迪尔西说，“你要是这会儿惹得班吉吵起来，瞧我不把你的脑袋揍扁。你好好哄他，我一会儿就回来，听见没有。”她拧紧热水袋的塞子，走了出去。他们听见她上楼的声音，接着又听见杰生开汽车经过屋子的声音。这以后，除了水壶的嗞嗞声和挂钟的嘀嗒声外，厨房里再没有别的声音了。

“你知道我敢打赌这是怎么一回事吗？”勒斯特说，“我敢肯定他准是揍她了。我敢肯定他把她的脑袋打开瓢了，现在去请医生了。这些都是明摆着的。”钟嘀嗒嘀嗒地响着，显得庄严而又深沉。没准这就是这座颓败的大房子本身有气无力的脉搏声。过了一会儿，钟嘎啦啦一阵响，清了清嗓子，然后打了六下。班抬起头来看了一眼，接着瞧了瞧窗前勒斯特那颗子弹般的脑袋的黑影，他又开始把脑袋一颠一颠，嘴里淌着口水。他又哀号起来了。

“闭嘴，大傻子，”勒斯特说了一声，连头也没有回，“看样子咱们今儿个教堂去不成了。”可是班还是在轻轻地哼哼，他坐在椅子上，那双又大又软的手耷拉在两膝之间。突然，他哭起来了，那是一种无意识的、持续不断的吼叫声。“别吵了，”勒斯特说，他扭过头来，扬起了手，“你是不是要我抽你一顿？”可是班光是瞅着他，每出一次气便慢悠悠地哼上一声。勒斯特走过去摇晃他。“你马上就给我住嘴！”他嚷道。“过来。”他说。他一下子把班从椅子里拽起来，把椅子拖到炉火前，打开炉门，然后把班往椅子里一推。他们的样子很像是一只小拖船要把一艘笨重的大油轮拖进狭窄的船坞。班坐了下来，面对着玫瑰色的炉膛。他不吵了。接着他们又能听见钟的嘀嗒声了，也能听见迪尔西慢腾腾下楼的声音了。她走进厨房时班又哼哼了。接着他又提高了嗓门。

“你又把他怎么的啦？”迪尔西说，“你什么时候不可以，干吗非得在今儿早上弄得他不能安生？”

“我一根毫毛也没动他的呀，”勒斯特说，“是杰生先生吓着他了，就是这么回事。他没杀死昆丁小姐吧，有没有？”

“别哭了，班吉。”迪尔西说。班真的不出声了。她走到窗前，朝外面望了望。“不下雨了吧？”她说。

“是的,姥姥,”勒斯特说,“早就不下了。”

“那你们俩出去待一会儿,”她说,“我好不容易刚让卡罗琳小姐安静下来。”

“咱们还去教堂吗?”勒斯特说。

“到时候我会让你知道的。我不叫你你别带他回来。”

“我们能上牧场那边去吗?”勒斯特说。

“行啊。反正想办法别让他回来。我算是受够了。”

“好咧,您哪,”勒斯特说,“杰生先生去哪儿啦,姥姥?”

“你又多管闲事了,对不对?”迪尔西说。她开始收拾桌子了。“不要闹,班吉。勒斯特马上就带你出去玩。”

“他到底把昆丁小姐怎么样啦,姥姥?”勒斯特说。

“啥也没有干。你们都给我快点出去。”

“我敢说她准是不在家里。”勒斯特说。

迪尔西盯着他看。“你怎么知道她不在家里的?”

“我和班吉昨晚看见她从窗子里爬出去的。是不是啊,班吉?”

“你真的看见了?”迪尔西说,紧紧地盯看着他。

“我们每天晚上都看见她爬的,”勒斯特说,“就顺着那棵梨树溜下来。”

“你可别跟我说瞎话,黑小子。”迪尔西说。

“我没说瞎话。你问班吉我说的是不是真的。”

“你以前干吗一声也不吭,嗯?”

“这又不管我什么事,”勒斯特说,“我可不愿搅和到白人的事儿里去。走吧,班吉,咱们上外面玩儿去。”

他们走出去了。迪尔西在桌子边站了一会儿,接着也走出厨房,去收掉餐厅里的早饭,然后自己吃了早饭,又收拾厨房。接着她解下围裙,把它挂好,走到楼梯口,倾听了一会儿。楼上没有声音。她穿上大衣,戴好帽子,穿过院子回到自己的小屋去。

雨已经住了。清新的风从东南方吹来,使上空露出了一小块一小块青天。越过小镇的树顶、屋顶与尖塔,可以看见阳光斜躺在小山顶上,像一小块灰白的布,正在一点点消隐掉。风头里传来了一下钟声,接着其他的钟像收到了什么信号似的,也紧接着纷纷响应。

小屋的门打开了,迪尔西出现在门口,又换上了那件紫色长裙和褐红色肩巾,她戴了一双长及肘弯的脏兮兮的白手套,这一回总算摘去了头巾。她走进院子,呼唤勒斯特。她等了一阵,接着便走到大宅子跟前,绕过屋角来到地窖门口,她紧挨着墙走,朝门里望进去。班坐在台阶上。在他前面,勒斯特蹲在潮滋滋的地上。他左手拿着一把锯,由于手往下压锯片有点弯曲,他正在用一把旧木锤敲打锯片,这木锤是迪尔西用来做饼干的,用了都有三十多年了。每敲一下,锯片便有气无力地发出一声颤音,随即便戛然而止,死气沉沉。只见锯片在勒斯特的手掌与地板之间形成一道微微弯曲的弧线。它默不作声、莫测高深地鼓起了肚子。

"那人也就是这么干的,"勒斯特说,"我不过是没找到合适的东西来敲罢了。"

"原来你在这儿干这样的事,好嘛!"迪尔西说。"快把那只小木锤还给我。"她说。

"我又没有弄坏啰。"勒斯特说。

"快还给我,"迪尔西说,"锯子你哪儿拿的还是放回到哪儿去。"

他放下锯子,把小木锤递给她。这时候班又哀号起来了,绝望地、拖声拖气地哀号着。它什么也不是,仅仅是一种声音。这哀伤的不平之鸣很可能亘古以来就存在于空间,仅仅由于行星的会合而在一刹那间形之于声。

"你听他呀,"勒斯特说,"从您叫我们出来他就一直是这样。我不明白他今儿早上是中了邪还是怎么的。"

"叫他上来。"迪尔西说。

"走呀,班吉。"勒斯特说。他走下几步去拉住班的胳膊。他驯顺地走了上来,还在哀号着,声音里夹杂着一丝船舶常发出的那种迂缓的嘶哑声,这嗄声在哀号发出以前即已开始,哀号还没结束它便已经消失。

"你跑一趟去把他的便帽取来,"迪尔西说,"别弄出声音来让卡罗琳小姐听见。快点,去吧。咱们已经晚了。"

“要是你不想法让他停住,她肯定会听见他吼叫的。”勒斯特说。

“只要咱们一走出大门,他就会不叫的,”迪尔西说,“他闻到了①。就是这么回事。”

“闻到什么啦,姥姥?”勒斯特说。

“你快去取帽子。”迪尔西说。勒斯特走开了。剩下的两人站在地窖门口,班站在她下面的一级台阶上。天空现在已经分裂成一团团迅飞的灰云,云团拖着它们的阴影,在肮脏的花园、破损的栅栏和院子上飞快地掠过。迪尔西一下又一下慢慢地、均衡地抚摸着班的脑袋,抚平他前额上的刘海。他的号哭变得平静和不慌不忙的了。“不哭啰,”迪尔西说,“咱们不哭啰。咱们这就去。好了,咱们不哭了。”他安静、平稳地哼哼着。

勒斯特回来了,他自己戴了顶围着一圈花饰带的挺括的新草帽,手里拿了顶布便帽。那顶草帽这儿弯曲那儿展平,模样奇特,戴在勒斯特头上就像打了聚光灯似的,能让别人侧目而视。这草帽真是特里特别,初初一看,真像是戴在紧贴在勒斯特身后的另一个人的头上。迪尔西打量着那顶草帽。

“你干吗不戴你那顶旧帽子?”她说。

“我找不到了。”勒斯特说。

“你当然找不到。你肯定昨儿晚上就安排好不让自己找到它了。你是想要把这顶新帽子毁掉。”

“嗷,姥姥,”勒斯特说,“天不会下雨的。”

“你怎么知道的?你还是去拿那顶旧帽子,把这顶新的放好。”

“嗷,姥姥。”

“那你去拿把伞来。”

“嗷,姥姥。”

“随你的便,”迪尔西说,“要就是戴旧帽子,要就是去取伞。我不管你挑哪一样。”

---

① 这是迪尔西的一种迷信,她认为家里出了凶险、倒霉的事,傻子能凭其超自然的感官觉察出来。

勒斯特朝小屋走去。班轻轻地哼哭着。

“咱们走吧,”迪尔西说,“他们会赶上来的。咱们要去听唱诗呢。”他们绕过屋角,朝大门口走去。“不要哭了。”他们走在车道上,迪尔西过一会儿就说上一声。他们来到大门口。迪尔西去打开大门。勒斯特拿着伞在车道上赶上来了,和他走在一起的是一个女的。“他们来了。”迪尔西说。他们走出大门。“好了,该不哭了。”她说。班收住了声音。勒斯特和他妈妈赶上来了。弗洛尼穿的是一件浅蓝色的绸衣,帽子上插着花。她瘦瘦小小的,长着一张扁扁的、和蔼可亲的脸。

“你身上穿的是你六个星期的工资,”迪尔西说,“要是下雨瞧你怎么办!”

“淋湿就是了呗,那还怎的,”弗洛尼说,“老天爷要下雨我哪里禁得住。”

“姥姥老是念叨着要下雨。”勒斯特说。

“要没有我给大家操心,我还不知道有谁会操心呢,”迪尔西说,“快走吧,咱们已经晚了。”

“今儿个要由希谷克牧师给我们布道。”弗洛尼说。

“是吗?”迪尔西说,“他是谁?”

“是从圣路易来的,”弗洛尼说,“是个大牧师。”

“嗯,”迪尔西说,“眼下就需要有个能人,好让这些不成器的黑小子心里对上帝敬畏起来。”

“希谷克牧师准能做到,”弗洛尼说,“大伙儿都这么说。”

他们顺着街往前走。在这条背静的长街上,穿得花团锦簇的一群群白人在飘荡着钟声的风中往教堂走去,他们时不时走进试探性地粲然露一面的阳光之中。风从东南方一阵阵涌来,让人觉得又冷又硬,这都是因为前几天太暖和了。

“我真愿你别老是带了他上教堂去,妈咪,”弗洛尼说,“人家都在议论呢。”

“什么人议论?”迪尔西说。

“我都听见了。”弗洛尼说。

“我可知道是什么样的人,”迪尔西说,“没出息的穷白人。就是这种人。他们认为他不够格上白人教堂,又认为黑人教堂不够格,不配让他去。”

“不管怎么说,反正人家都在议论。”弗洛尼说。

“你叫他们来当面跟我说,”迪尔西说,“告诉他们慈悲的上帝才不管他的信徒机灵还是愚鲁呢。除了穷白人,再没别人在乎这个。”

有条小路和大街直角相交,顺着它走,地势一点点往下落,到后来成了一条土路。土路两边的地势陡斜得更厉害了;出现了一块宽阔的平地,上面分布着一些小木屋,那些饱经风雨的屋顶和路面一般高。小木屋都坐落在一块块不长草的院落中,地上乱堆着破烂,都是砖啊、木板啊、瓦罐啊这类一度是有用的什物。那儿能长出来的也无非是些死不了的杂草和桑、刺槐、梧桐这类不娇气的树木——它们对屋子周围散发着的那股干臭味儿也是作出了一份贡献的;这些树即使赶上发芽时节也像是在九月后凄凉、萧索的秋天,好像连春天也是从它们身边一掠而过,扔下它们,把它们交给与它们休戚相关的黑人贫民区,让它们在这刺鼻、独特的气味中吸取营养。

他们经过时,站在门口的黑人都跟他们打招呼,一般都是和迪尔西说话:

“吉卜生大姐,您今儿早上可好?”

“俺挺好的。您也好?”

“俺也好,俺谢谢您啦。”

黑人们从小木屋里走出来,费劲地爬上由页岩砌成的路堤,来到路上——男人穿的是式样古板、沉闷的黑色或褐色的衣服,戴着金表链,有几个人还拿着手杖;小伙子们穿的是俗气、刺眼的蓝色或条纹的衣服,戴的是新颖、时髦的帽子;妇女们的衣服浆上得太多,硬邦邦的沙沙作响;孩子们穿的是白人卖出来的二手货,他们以昼伏夜出的动物那种偷偷摸摸的神情窥探着班:

“我打赌你准不敢走上前去碰他。”

“你怎么知道我不敢?”

“你肯定不敢。我看准你是个孬种。”

“他不伤人。他只不过是个大呆子。”

“呆子就不伤人啦?”

“这一个不伤人。我以前碰过他。”

“你这会儿肯定不敢。”

“因为有迪尔西小姐在看着。”

“她不在你也不敢。”

“他不会伤人的。他不过是个呆子。”

不断地有年纪比较大的人走上来跟迪尔西讲话,但除非是相当老的人,一般的迪尔西都让弗洛尼来应酬。

“妈咪今儿早上身体不大舒服。”

“太糟糕了。不过希谷克牧师会给她治好的。他会安慰她,给她解除精神负担的。”

土路的地势一点点升高了,来到一处地方,这儿的景象像画出来的布景。土路通向一个从红土小山上挖出的缺口,山顶上长满橡树,土路到这儿像是给掐断了,有如一条给剪断的丝带。路旁有一座饱经风霜雨露的教堂,教堂的奇形怪状的尖顶像画里的教堂那样,刺向天空,整个景象都如同是支在万丈深渊之前一块平坦的空地上的硬纸板,上面画着平平的没有景深的风景,可是周围呢,又是四月辽阔的晴空,是刮风天,是荡漾着各种钟声的小晌午。人们以缓慢的、安息日的、一本正经的步姿涌向教堂。妇女和孩子们径直走了进去,男人们却在门口停了下来,一堆堆轻声交谈着,直到钟声不响了。这以后他们也进去了。

教堂内部修饰一新,稀稀落落地摆了一些从厨房后菜园和树篱边采集来的鲜花,还悬挂着一绺绺彩色绉纸饰带。布道的讲坛上空吊着一只瘪陷的圣诞节的纸钟①,是像手风琴那样可以收拢来的那种。讲坛上空无一人,唱诗班倒已经站好位置。天气不热,歌手们却都在扇扇子。

绝大多数的妇女都聚集在堂内的一边,在嘁嘁喳喳地交谈。这时钟敲了一下,妇女们散开,各自坐到自己的座位上去。会众们坐了一会,静静地等待着。钟再次响了一下。唱诗班站了起来,开始唱赞美

---

① 这是一种圣诞节用的装饰品,一般为红色,用硬纸粘成,有皱褶,张开时成钟形。

诗。会众们一齐把头扭过来,动作整齐得像一个人,因为这时候有六个小小孩走了进来——四个细得像耗子尾巴的小辫上系着花蝴蝶结的小丫头和两个满头短鬈发的小小子——他们穿过中央走道向讲坛走去,白色的绸带与鲜花把六个孩子连成一个整体,跟在后面鱼贯而行的是两个男子。第二个身躯魁伟,皮肤是淡咖啡色的,穿着礼服,系着白领带,神态威严庄重。他的头部也显得威严、很有思想,他的下巴一叠叠很神气地露出在衣领之上。会众们对他很熟悉,所以他走过去后,大家的脖颈仍然扭着,一直到唱诗班停住了歌声,大家才理会到原来客席牧师已经进来了。他们定睛看了看方才走在他们自己的牧师前面现在仍然领前走上讲坛的那个人,一阵难以形容的音浪升了起来,这是叹息,也是惊讶的声音与失望的声音。

客席牧师的身材特别矮小,穿的是一件破旧的羊驼呢外套。他有一张瘦小的老猴子那样的皱缩的黑脸。在唱诗班重新开腔,那六个孩子也立起来用尖细、胆怯、不成音调的气声参加进合唱时,会众一直注视着这个不起眼的小老头,他们有点愕然地打量着这个坐在魁梧伟岸的本地牧师身边的人,相形之下,他更像是个侏儒,更显得土里土气了。当本地牧师站起来用深沉、有共鸣的声调介绍他时,会众仍然用惊愕与不信任的目光打量着他,本地牧师的介绍越是热情,客席牧师的形象就越显得猥琐鄙俗。

“他们还这么老远地把他从圣路易请来呢。”弗洛尼悄没声地说道。

“我可见过主使用过比这更加古怪的工具。”迪尔西说。“好了,别吵了,”她又对班说,“他们马上又要唱歌了。”

那客席牧师站起来讲话了,他的口音听起来像是个白人。他的声音平平的、冷冷的。口气很大,好像不是从他嘴里讲出来的。起初,大家好奇地听着,就像是在听一只猴子讲话。他们先是以看一个人走钢丝的那种眼光瞧着他,看他如何在他那冷漠、没有变化的声音的钢丝上来回奔跑,做出种种姿势,还翻空心筋斗,使出了浑身解数。他们的眼睛里已经看不见他那卑微猥琐的形象了。到最后,当他颓然靠在讲台上歇一口气,一只胳膊搁在齐他胸高的讲经桌上,他那猴子似的身躯像一具木乃伊或是一只空船那样一动不动时,会众这才舒了口气,才在座位上挪动一下身子,仿佛刚从一场集体一起做的大梦中醒来。讲坛后面,唱诗班不停地挥动着扇子。迪尔西悄没声地说了一句:“快别吵了。他们肯定马上就要唱歌了。”

这时候,一个声音响了起来:“弟兄们。”

牧师没有动弹。他的胳膊仍然横搁在桌子上,当这个洪亮的声音的回声在四壁之间逐渐消失时,他仍然保持着这样的姿势。这声音与他方才的声音相比,不啻有霄壤之别,它像一只中音喇叭,悲哀、沉郁,深深地嵌进他们的心里,当越来越轻的回音终于消逝后,这声音还在他们的心里回荡。

“弟兄们,姐妹们。”这声音又响起来了。牧师抽回手臂,开始在讲经桌前走来走去,双手反剪在背后,益发显得瘦小了,他身子低伛,像是个长期与这残酷的土地苦苦搏斗而被拴住在土地上的人。“我把羔羊①鲜血的事迹铭记在心!”他在扭成绞花形的彩纸和圣诞纸钟下面踏着重重的步子走来走去,低伛着身子,双手倒扣在背后。他很像一块被自己连续不断的声浪冲击得磨去了棱角的小石头。他也很像是在用肉身喂自己的声音,这声音像个魔女似的狰狞地咬啮着他的内心。会众们仿佛亲眼见到那声音在吞噬他,到后来他也消失了,他们消失了,甚至连他的声音也化为子虚乌有,只剩下他们的心在相互交谈,用的是吟唱的节奏,无需借助话语,因此,当他终于又靠在讲经桌上喘口气时,他那张猴脸往上仰着,他的整个身姿很像十字架上那个圣洁、受苦的形象,脱去了原本的卑微猥琐的气质,好像那是一件完全无足轻重的事,这时,会众长长地出了一口气,发出了一阵呻吟,此外,还有一个妇女用尖细的声音喊了一句:“是的,耶稣!”

随着时光在头顶上疾驰,那些昏暗的窗子明亮了一阵之后又退回到阴森森的昏暗里去。外面路上有一辆汽车驶过,在沙地上费劲地挣扎着前进,声音逐渐消失。迪尔西背脊挺得笔直地坐着,一只手按在班

---

① 《圣经》中把耶稣称为“上帝的羔羊”,并认为可用“羔羊的血”把世人的罪恶涤洗干净。见《启示录》第7章第14节。

的膝盖上。两颗泪珠顺着凹陷的脸颊往下流，在牺牲、克己和时光所造成的千百个反光的皱褶里进进出出。

“弟兄们。”牧师用嘶哑的耳语说道，身体一动不动。

“是的，耶稣！”那个女人的声音喊道，不过已经压低一些了。

“弟兄们，姐妹们！”牧师的嗓子又响了起来，这回用的是中音喇叭的声音。他把手臂从讲台上挪开，站得笔直，举起了双手。“我把羔羊鲜血的事迹铭记在心！”会众没有注意他的口音与语调是从什么时候变成黑人的，不过，他的声音把他们摄住了，他们不由自主地在座位上轻轻地摇晃起来。

“漫长、寒冷的岁月——哦，我告诉你们，弟兄们，漫长、寒冷的岁月——我见到了光明，我见到了神谕①，可怜的罪人啊！他们在埃及死去，那一辆辆摇摇晃晃的马车；一代又一代的人过世了。以前的富人，而今安在，弟兄们啊？过去的穷人，而今又在哪里呢，姐妹们啊？哦，我告诉你们，漫长、寒冷的岁月流逝了，如果你们没有救命的牛乳和甘露，那将如何呢！”

“是的，耶稣！”

“我告诉你们，弟兄们，我也要告诉你们，姐妹们，这样的一天总会来临的。可怜的罪人说：让我躺在主的身边吧，让我放下我沉重的负担吧。到那时，耶稣又会怎么说呢？弟兄们啊？姐妹们啊？你们把羔羊鲜血的事迹铭记在心了吗？因为我并不想使天堂承受过重的负担！”

他在外套里摸了半天，摸出一块手帕，擦了擦脸。会众异口同声地发出了一片低沉的呻吟：“唔————————！”那个女人又在叫了：“是的，耶稣啊！耶稣！”

“弟兄们！你们看看坐在那儿的那些小孩子。耶稣有一度也是这副模样的。他的妈咪经受了荣耀与痛苦。也许，有时候，在天快黑下来的时候，她抱着耶稣，天使们唱着歌催他入眠；也许她朝外面张望，看见罗马的巡警在门前经过。”他一面擦脸，一面踩着重重的步子走来走去。“听我说，弟兄们！我看见了那一天。马利亚坐在门口，膝头上躺

① 典出《圣经·约翰福音》第1章第1至4节。在那里译作“光”与“道”。

着耶稣，小时候的耶稣。就跟坐在那边的小孩子一样，是小时候的耶稣。我听见天使们歌唱和平，歌唱荣耀；我看见合上了的眼睛；看见马利亚跳起身来，看见那兵士的脸，他在说：我们要杀人！我们要杀人！我们要杀死你的小耶稣[①]！我听见了这可怜的妈咪的哭泣声和哀诉声，因为她得不到主的拯救，主的神谕！”

“呣——————————！耶稣啊！小耶稣啊！”这时，另一个声音尖厉地喊道：“我看见了，耶稣啊！哦，我看见了！”另一个声音也响了起来，光是声音，没有词句，就像是从水里冒出来的气泡似的。

“我看见了，弟兄们！我看见这景象了！看见这令人震惊、令人昏聩的景象了！我见到了髑髅地[②]，那儿有圣树，看见了小偷、强盗和最最卑鄙下流的人；我听见了那些大话，那些狂言：如果你是耶稣，干吗不把树木扛起来走开呀[③]！我听见妇人们在哭泣和夜间的哀悼声；我听见了啜泣声、号哭声，听见上帝把脸掉过去说：他们真的杀死了耶稣；他们真的杀死了我的儿子！”

“呣——————！耶稣啊！我看见了，耶稣啊！”

“盲目的罪人啊！弟兄们，我告诉你们；姐妹们，我对你们说，当上帝掉过他那无所不能的脸去时，他说：我不想使天堂承受过重的负担！我可以看见鳏居的上帝关上了他的门；我看见洪水在天地间泛滥；我看见一代又一代始终存在的黑暗与死亡。接下去呢，看啊！弟兄们！是的，弟兄们！我看见了什么呢？我看见了什么，罪人们啊？我看见了复活和光明；看见温顺的耶稣说：正是因为他们杀死了我，你们才能复活；我死去，为的是使看见并相信奇迹的人永远不死。弟兄们啊，弟兄们！我见到了末日的霹雳，也听见了金色的号角吹响了天国至福的音调，那些铭记羔羊鲜血的事迹的死者纷纷复活！”

在会众的声浪与举起的手的树林当中，班坐着，心醉神迷地瞪大着他那双温柔的蓝眼睛。迪尔西在他旁边坐得笔直，呆呆地安静地哭泣

---

① 指希律王怕耶稣当王，下令把两岁以下的小孩全都杀死。见《圣经·马太福音》第2章第16节。

② 耶稣被钉死在十字架上的地方。

③ 见《圣经·马太福音》第27章第41至43节。

着，心里还在为人们记忆中的羔羊的受难与鲜血难过。

一直到他们走在中午明亮的阳光下，走在沙砾面的土路上，分散的会众形成一个个小圈子在轻松地聊天时，迪尔西还在哭泣，无心参加别人的聊天。

“他真是一个顶呱呱的牧师，我的天！他起先好像不怎么起眼，可是后来真够味儿！”

“他看见了权柄和荣耀。”

“是的，一点不错。他真看见了。面对着面亲眼看见了。”

迪尔西没有出声，泪水顺着凹陷、迂回的渠道往下流淌，她脸上的肌肉却连颤动都不颤动一下。她昂起了头走着，甚至也不设法去擦干眼泪。

“您这是干吗，妈咪？”弗洛尼说，“这么多人都在瞧着您。我们快要走到有白人的地段了。”

“我看见了初，也看见了终，”①迪尔西说，“你不要管我。”

“什么初什么终的？”弗洛尼说。

“你别管，”迪尔西说，“我原先看见了开初，现在我看见了终结。”

可是，在她们来到大街之前，她还是停住了脚步，撩起裙子，用最外面那条衬裙的裾边擦干自己的眼泪。接着他们继续往前走。班蹒蹒跚跚地走在迪尔西的身边，望着勒斯特在前面做出种种怪模样，活像一只傻笨的大狗在看着一只机灵的小狗。勒斯特一只手拿着伞，那顶新草帽斜戴在头上，在太阳光底下显得狠相毕露。他们来到家门口，拐了进去。班马上又呜咽起来了，有一阵子，他们都朝车道尽头的大宅望去，这幢房子方方正正的，已经好久没有上漆粉刷，有柱廊的门面摇摇欲坠。

“今儿个大宅子里出了什么事啦？”弗洛尼说，“反正是出事了。”

“没出什么事，”迪尔西说，“你管好自己的事就行了，白人的事，让他们自己去操心。”

---

① 参见《圣经·启示录》第22章第13节：“我是阿拉法，也是俄梅戛，我是首先的，也是末后的，我是初，我是终。”

“反正是出了事，”弗洛尼说，“今儿一大早我就听见他[1]在哼哼。当然，这一点也不干我的事。”

“我可知道是什么事儿。”勒斯特说。

“你不该知道的事情知道得太多了，”迪尔西说，“你没听见弗洛尼刚说过这跟你一点也不相干吗？你把班吉带到后院去，别让他闹，等我准备好午饭就叫你。”

“我可知道昆丁小姐在哪儿。”勒斯特说。

“那你就给我闭嘴，”迪尔西说，“什么时候昆丁需要你的忠告，我会通知你的。现在你们快给我走，到后院玩儿去。”

“您难道不知道他们在牧场上一开始打球，情形会怎么样吗？”

“他们一时半刻还不会开始呢。到那时，T. P. 就会回来带他去坐马车了。来，把那顶新帽子摘下来交给我。”

勒斯特把帽子给了她，然后和班穿过后院。班还在哼哼，只是声音不算大。迪尔西和弗洛尼走进小木屋去，过了一会儿迪尔西出来了，又穿上了那件褪色的印花布裙子，她走进厨房。炉火已经熄灭了。整幢房子没有一点声音。她系上围裙，朝楼上走去。哪儿都没有一点声音。昆丁的房间还和他们离开时一个样。她走进去，捡起内衣，把长统袜塞回到抽屉里，关严抽屉。康普生太太的房门关着。迪尔西在门边站了一会儿，倾听着。接着她推开房门走了进去，房间里一股浓烈的樟脑气味。百叶窗关着，房间里半明半暗的，那张床也隐没在昏暗中，所以起先她还以为康普生太太睡着了呢。她正要关上门，床上的那位开口了。

“嗯？”她说，“是谁呀？”

“是我，”迪尔西说，“您需要什么吗？”

康普生太太没有回答。她的头一动不动，过了好一会，她才说：“杰生在哪儿呢？”

“他还没回来呢，”迪尔西说，“您需要什么吗？”

康普生太太一声也不吭。像许多冷漠、虚弱的人一样，当她终于面临一场不可逆转的灾祸时，她倒总能从某个地方挖掘出一种坚韧不拔

---

① 指班吉。

的精神、一股力量。在现在的情况下,她的力量来自对那个真相尚未大白的事件的一个不可动摇的信念。“呃,”她终于开口了,“你找到那样东西了吗?”

“找到啥? 您说的是啥?”

“字条。至少她应该考虑得周到一些,给我们留下一张字条的吧。连昆丁也是留了的。”

“您说的是什么呀?”迪尔西说,“您不知道她什么事也没有吗? 我敢打赌,不到天黑她就会从这个门里走进来。”

“胡说八道,”康普生太太说,“这种事情是遗传的。有什么样的舅舅,就有什么样的外甥女。或者说,有其母必有其女。我不知道她像谁更加不好。我都好像是不在乎了。”

“您老是这么说又有什么意思呢?”迪尔西说,“再说她又何必想不开要走那样一条路呢?”

“我也不知道。昆丁当时那样做又有什么理由呢? 他究竟有什么必要呢? 不可能光是为了嘲弄我、伤我的心吧。这种事情是上帝不容的,不管谁当上帝也好。我是个大家闺秀。人家看到我的子孙这模样也许不会相信,可是我的确是的。”

“您就等着瞧吧,”迪尔西说,“天一黑她准回到家里来,乖乖地在她那张床上躺下。”康普生太太不说话了。那块浸透了樟脑的布镇在她的前额上。那件黑睡袍横撂在床脚处。迪尔西站在门口,一只手搭在门把上。

“好吧,”康普生太太说,“你还有什么事? 你要给杰生和班吉明弄点午饭,还是就此算了?”

“杰生还没回来,”迪尔西说,“我是要做午饭的。您真的什么也不要啦? 您的热水袋还热吗?”

“你就把我的《圣经》拿给我吧。”

“我今儿早上出去以前就拿给您了。”

“你是放在床沿上的。它还能老在那儿不掉下去吗?”

迪尔西穿过房间来到床边,在床底下阴影里摸了摸,找到了那本封面合扑在地上的《圣经》。她抚平了窝了角的书页,把那本书放回到床上。康普生太太连眼睛都没有睁开。她的头发和枕头的颜色是一样的,她的头给浸了药水的布包着,看上去很像一个在祈祷的老尼。“别再放在那儿了,”她说,眼睛仍然没有睁开,“你早先就是放在那儿的。你要我爬下床把它捡起来不成?”

迪尔西伸手越过她的身体,把那本书放在另一边宽阔些的床沿上。“您看不出,没法读呀,”她说,“要不要我把百叶窗拉开一些?”

“不要。让它去得了,你去给杰生弄点吃的吧。”

迪尔西走出去了。她关上门,回到厨房里。炉子几乎是冷的。她站在那儿时,碗柜上面的挂钟敲响了十下。“一点了。”她说出声来。“杰生还没回来。我看见了初,也看见了终。”她说,一面看着那冰凉的炉灶,“我看见了初,也看见了终。”她在桌子上放了一些冷食。她走来走去,嘴里唱着一支赞美诗。整个曲调她唱的都是头两句的歌词。她摆好饭食,便走到门口去叫勒斯特,过了一会儿,勒斯特和班进来了。班还在轻轻地哼着,仿佛是哼给自己听似的。

“他一刻儿也不停。”勒斯特说。

“你们都先吃吧,”迪尔西说,“杰生不会回来吃午饭了。”他们在桌子边坐了下来。班自己吃干的东西完全不成问题,但是,虽然这会儿在他面前的都是冷的饭食,迪尔西还是在他下巴底下系了一块布。他和勒斯特吃了起来。迪尔西在厨房里走过来走过去,反复地唱她记得的那两句赞美诗。“你们尽管吃吧,”她说,“杰生不会回来了。”

杰生这时候正在二十英里以外的地方。早上,他出了家门,便飞快地往镇上驰去,一路上超越了去做礼拜的缓慢行进的人群,超越了断续刮来的风中夹带着的专横的钟声。他穿过空荡荡的广场,拐进一条狭窄的小街,汽车进来后小街陡然变得更加阒寂了。他在一幢木框架的房子前面停了下来,下车沿着两边栽了花的小道向门廊走去。

纱门里有人在讲话。他正要举手敲门,忽然听见有脚步声,便把手缩了回来。接着一个穿黑呢裤和无领硬胸白衬衫的大个子走出来把门打开。这人有一头又粗又硬的铁灰色乱发,一双灰眼睛又圆又亮,像小男孩的眼睛。他握住杰生的手,把杰生拉进屋子,手一直握着没有松开。

“快请进，”他说，“快请进。”

“你准备好可以动身了吗？”杰生说。

“快快进去。”那人说，一边推着杰生的胳膊肘让他往里走，来到一个房间，里面坐着一个男人和一个女人。“你认得默特尔①的丈夫的吧，是不是？这是杰生·康普生，这是弗农。”

“认识的。”杰生说。他连看也不看那人一眼。这时警长从房间另一端拉过来一把椅子，那人说：

“咱们走吧，好让你们谈话。来吧，默特尔。”

“不用，不用，”警长说，“你们只管坐你们的。我想事情还不至于就那么严重吧，杰生？你坐呀。”

“咱们一面走一面说吧，”杰生说，“拿上帽子和外衣。”

“我们要走了。”那个男的说，一边站起身来。

“坐你们的，”警长说，“我和杰生到外面门廊里谈去。”

“你带上帽子和外衣，”杰生说，“他们已经先走了十二个小时啦。”警长带他回到门廊里。一个男人和一个女人刚好经过门口，和警长说了几句。警长热情地、动作夸张地回答了他们。钟声还在鸣响，是从所谓“黑人山谷”那个方向传来的。“你戴上帽子呀，警长。”杰生说。警长拖过来两把椅子。

“坐下来，告诉我到底出了什么事。”

“我在电话里已经告诉你了，”杰生说，他站着不坐，“我那样做是为了节约时间。是不是得让我通过法庭来迫使你执行你宣誓过要履行的责任呢？”

“你先坐下，把情况跟我说一说，”警长说，“我会保障你的利益的。”

“保障，算了吧，”杰生说，“你就管这叫保障利益？”

“现在是你在妨碍我们采取行动，”警长说，“你坐下来把情况说一说嘛。”

杰生跟他说了，他一肚子气没地方出，嗓门说着说着就大了起来。

① 默特尔是警长的女儿。

片刻之后，他为自己辩护的急躁心情与火气越来越厉害，已经把他的当务之急抛诸脑后了。警长用那双冷静闪光的眼睛一动不动地盯着他。

"不过你并不真的知道是他们干的，"他说，"你只是认为是他们干的。"

"不知道？"杰生说，"我整整花了两天工夫尾随着她在大街小巷钻进钻出，想把她跟他拆开，我后来还跟她说过要是再让我碰到他们在一起我会怎样做。在发生了这些事情以后，你还居然说我不知道是那小娼——"

"好，行了，"警长说，"清楚了。说这些也就够了。"他把头扭开去，望着街对面，双手插在口袋里。

"在我来到你这位正式委任的执法官吏的面前时，你却……"杰生说。

"戏班子这个星期是在莫特生[①]演出。"警官说。

"是的，"杰生说，"如果在我面前的执法官吏对选他上台的人民的利益多少有一点责任心，那我这会儿也在莫特生了。"他又把他的故事的要点粗粗地说了一遍，好像能从自己的发怒与无可奈何中得到一种真正的乐趣似的。警长好像根本没在听他。

"杰生，"他说，"你干吗把三千块钱藏在家里呢？"

"什么？"杰生说，"我把钱放在哪儿是我自己的事。你的任务是帮我把钱找回来。"

"你母亲知不知道你有这么多钱放在家里？"

"嗨，我说，"杰生说，"我家里遭抢劫了。我知道这是谁干的，也知道他们在什么地方。我到这儿来是找正式委任的执法官吏的，我要再一次问你，你到底是出力帮我把钱找回来呢，还是不干？"

"如果你找到了他们，你打算把那姑娘怎么办？"

"不怎么办，"杰生说，"我不把她怎么样。我连碰也不会碰她一下。这小娼妇，她弄丢了我的差事，葬送了我的前程，害死了我的父亲，

---

① 在福克纳虚构的约克纳帕塔法县里，莫特生在杰弗生西南二十五英里，也是一个小镇。

每日每时都在缩短我母亲的寿命，还使得我在全镇人面前抬不起头来。我是不会把她怎么样的，”他说，“我连毫毛也不动她一根。”

“这姑娘的出走是你逼出来的，杰生。”那警长说。

“我怎么管家，这可是我个人的事，”杰生说，“你到底肯不肯为我出力？”

“你把她逼得离开了家，”警长说，“而且我还有点怀疑，这笔钱到底是应该属于谁的，这桩公案我琢磨我是一辈子也弄不清的。”

杰生站着，双手在慢慢地绞扭他捏着的那顶帽子的帽檐。他轻轻地说：“那么，你是不准备出一点力来帮我逮住他们了？”

“这事与我毫不相干，杰生。要是你有什么确凿的证据，我当然得采取行动。可是既然没有证据，那我只好认为这事不在我职权范围之内。”

“这就是你的回答，是吗？”杰生说，“你趁现在还来得及，再好好想想。”

“没什么好想的，杰生。”

“那好吧。”杰生说。他戴上帽子。“你会后悔莫及的。我也不是没人帮忙的。这儿可不是俄国，要是在那儿，谁戴了一只小小的铁皮徽章，就可以无法无天了。”他走下台阶，钻进汽车，发动引擎。警长看着他启动，拐弯，飞快地驶离这所房子，朝镇上开去。

钟声又响起来了，高高地飘荡在飞掠过去的阳光中，被撕裂成一绺绺明亮的、杂乱的声浪。杰生在一个加油站前面停了下来，让人检查一下轮胎，把油加足。

“要走远路，是吗？”加油站的黑人问他。他睬也不睬。“看样子总算要转晴了。”那黑人说。

“转晴？见你的鬼去吧，”杰生说，“到十二点准下倾盆大雨。”他瞧瞧天空，想到了下雨、泥泞的土路，想到自己陷在离城好几英里的一个破地方进退两难。他甚至还幸灾乐祸地想，他肯定要错过午餐了，他现在匆匆忙忙动身，中午时分肯定是在离两个镇子都同样远的地方，前不着村，后不巴店。他还觉得现在这个时刻倒是个天然的喘息机会，因此，他对黑人说：

“你他妈的是怎么回事？是不是有人给了你钱，让你尽量阻挠这辆汽车往前走？”

“这只轮胎里可是一点点气儿也没有了。”那黑人说。

“那你给我滚开，把气筒给我。”杰生说。

“现在鼓起来了，”黑人一边站起来一边说道，“您可以走了。”

杰生钻进汽车，发动引擎，把车子开走了。他推到第二挡，引擎噼噼啪啪地响，直喘气。接着他把引擎开到最大限度，把油门狠狠地往下踩，粗暴地把气门拉出推进。“马上就要下雨了，”他说，“等我走到半路，肯定会来一场瓢泼大雨。”他驱车离开能听见钟声的地方，离开小镇，脑子里却出现了一幅自己陷在泥潭里千方百计要找两匹马来把汽车拖出去的情景。“可是那些马儿又是全都在教堂门口。”他又设想自己如何终于找到了一座教堂，他正要把一对马儿拉走，牲口的主人却从教堂里走出来，对他又吼又叫，他又怎样挥起拳头把那人打倒在地。“我是杰生·康普生。看谁敢阻拦我。看你们选出来的当官的敢阻拦我！”他说，仿佛见到自己领着一队士兵走进法院去把那个警长押出来。“这家伙还以为他能两手交叉地坐着看我丢掉差事。我要让他看看我会得到什么样的差事。”他一点儿也没想起他的外甥女，也没想起自己对那笔钱的武断的评价。十年来，这二者在他眼里早已失去了实体感和个体感。它们合并了起来，仅仅成为他在得到之前即已失去的那份银行里的差事的一个象征。

天气变得晴朗起来，现在飞快地掠过地面的不是阳光而是一块块的云影了。在他看来，天气变晴这回事是敌人对他的又一次恶毒的打击，是又一场要他带着累累伤痕去应付的战斗。他过不了一阵便经过一个教堂，都是些没有上漆的木结构建筑，有着铁皮尖顶，周围拴着些马儿，停着些破烂的汽车。在他看来，每一个教堂都是一个岗亭，里面都站有“命运”的后卫，他们都扭过头来偷偷地瞅他一眼。“你们也全都是混蛋，”他说，“看你们能阻拦得了我！”他想起自己如何带了一队士兵拖着上了手铐的警长往前走，他还要把全能的上帝也从他的宝座上拉下来，如果有必要的话；他还想起天上的天兵天将和地狱里的鬼兵鬼卒都对他严阵以待，他又怎样从他们当中杀出一条血路，终于抓住了逃窜在外的外甥女。

风从东南方吹来，不断地吹在他的面颊上。他仿佛感到这连绵不断的风在往他的头颅深处灌，突然，一种古老的预感使他紧扳车闸，刹住车子，一动不动地坐在那儿。接着他伸出手来摸着脖子诅咒起来，他坐在车子里用沙哑的气声狠狠地诅咒。往昔，每当他要开车走远路时，为了防止头疼，他总要带上一块浸了樟脑水的手帕，等车子出了镇，就把手帕围在脖子上，这样好把药味吸进去。现在，他爬出汽车，翻起坐垫，希望有一条这样的手帕侥幸落在里面。他在前后座的底下都找遍了，又站直身子，诅咒着，眼看胜利快要到手，却又受到它的嘲弄。他闭上眼睛，斜靠着车门。他回去取忘了带的樟脑水也好，继续往前也好，不管怎么做，他都会头痛欲裂。如果回家，今天是星期天，他肯定能找到樟脑，如果继续往前开，那可就说不准了。不过要是他回去一趟，他到莫特生的时间就要晚一个半小时了。“要不我车子开得慢些，”他说，“我车子开慢些，再想想别的事，说不定不要紧——”

他钻进汽车，把车子发动了。“我来想想别的事情吧。”他说，于是就想起了洛仑。他想象自己和她睡在一张床上，不过他还只是躺在她身边，正在央求她帮忙，可是接着他又想起了那笔钱，想到他居然在一个女的，尤其是一个小丫头片子手里栽了筋斗。如果他能让自己相信抢走他钱的是那个男的就好了。这笔给抢走的钱，是他用来补偿自己没到手的那份差事的损失的，是他花了好大心思、冒了很多风险才弄到手的，这笔钱象征着他丢失的那个差事，最最糟糕的是，使他失风的不是别人，而是一个下贱的丫头片子。他继续赶路，翻起了一角翻领来抵挡不断袭来的凉风。

他好像可以看见与他的命运和意志相对抗的各路力量正迅速地向一个会合点集结，这地方要是被占领，那么局势就再也不能扭转了；他变得狡猾起来了。我可不能冒冒失失地犯错误啊，他告诫自己。正确的做法只能有一个，别的变通办法都不存在，他必须采取这种做法。他相信这对狗男女一见到他都会把他认出来，可他却只能把希望寄托在先看到她上，除非那个男的仍然打着那根红领带。他必须靠那根红领带来辨认这件事仿佛成了即将来临的那场灾祸的总和；他几乎能嗅闻到这场灾祸,能透过阵阵头痛感到它。

他爬上了最后的一个小山包。烟雾弥漫在山谷、屋顶和树丛里露出来的一两个尖塔之间。他朝山下驶去,开进了镇子,放慢速度,一边再次告诫自己千万要小心,首先是要找到那座大帐篷搭在何处。他的眼睛现在看不大清,他知道是那场灾祸在不断命令他径直地往前冲,同时给自己的脑袋找点什么治一治。在一处加油站上,人家告诉他演戏的帐篷还没有支起来,不过那几辆戏班子的专车正停靠在车站的旁轨上。于是他便朝那儿驶去。

有两节漆得花里胡哨的普尔曼式卧车停靠在一条铁轨上。他走出汽车之前先把它们打量了一番。他努力使自己的呼吸浅一些,好让血液不在他的头颅里搏击得那么猛烈。他钻出汽车,沿着车站的围墙走着,一边观察着那些卧车。车窗外挂着几件外衣,软疲疲、皱巴巴的,像是最近刚刚洗过。一节车厢的踏脚板旁的地上放着三张帆布折椅。可是他没见到有人的迹象,过了一会,才看见有一个系着条脏围裙的汉子走到车门口,大大咧咧地把一锅脏水往外泼去,使金属的锅肚子反射出太阳光,接着,那汉子又回进车厢去了。

我可得在他向他们发出警告之前给他一个措手不及,把他打倒,他想。他压根儿没想过他们可能不在这儿,不在这车厢里。在他看来,他们不在这里,并且整个事情的结局并不取决于他先见到他们还是他们先见到他,这两点倒是极不自然而违反常规的。而且在他看来最最重要的是:必须是他先见到他们,把钱要回来,这以后,他们爱怎么干就怎么干,与他不相干,否则,整个世界都会知道,他,杰生·康普生居然让人给抢了,而且是让昆丁,他的外甥女,一个小娼妇给抢了!

他又重新侦察起来。接着他走到车厢前,迅速地轻轻地登上踏脚,在车门口停住脚步。车上的厨房里很黑,有一股馊腐食物的气味。那汉子仅仅是一团朦朦胧胧的白影子,正用嘶哑、发颤的尖声在唱一支歌。原来是个老头儿,他想,而且个子还没我高。他走进车厢,那人正好抬起眼睛来看他。

"嗨?"那人说,停住了歌声。

"他们在哪儿?"杰生说,"快点,说。是在卧车里吗?"

“谁在哪儿?”那人说。

“别诓骗我了。”杰生说。他在放满什物的昏暗中跌跌撞撞地往前走。

“这是怎么回事?”那人说,“你说谁诓骗你了?”这时杰生一把抓住了他的肩膀,那人喊了起来:“当心点,伙计!”

“别诓骗我了,”杰生说,“他们在哪儿?”

“怎么搞的,你这愣头青!”那人说。他那只又瘦又细的胳膊被杰生抓得紧紧的。他使劲地想挣脱,扭回身去,开始在身后堆满什物的桌子上乱摸。

“快说,”杰生说,“他们在哪儿?”

“等我拿到了我那把宰猪的刀,”那人尖声叫道,“我会告诉你的。”

“好了,”杰生说,想抓住对方,“我只不过是想跟你打听一件事。”

“你这混蛋!”那人尖声叫道,一面在桌子上乱摸。杰生想用两只胳膊搂住他,不让他那微不足道的无名怒火发作出来。那老头的身子是这么衰老、孱弱,然而又是这么死命地不顾一切,杰生这才毫厘不爽地看清楚,他一头扎进去的原来是一场灾祸。

“别骂人了!”他说,“好了,好了! 我会走的。你别着急,我这就走。”

“说我诓骗人,”那人哭号道,“放开我。放开我一会儿,我让你瞧瞧我的厉害。”

杰生一面抱住这人,一面狂乱地朝四面瞪着。车厢外现在阳光灿烂,风急,天高,寥廓,空旷,他想起人们很快都要安宁地回到家中去享受星期天的午餐,那顿气派十足的节日盛宴,可他呢,却在费劲地抱住这个不顾死活、脾气暴躁的小老头,他甚至不敢把手松开一会儿,以便扭过身子拔腿逃走。

“你先别动,让我下去,怎么样?”他说,“干不干?”可是那人还在死命挣扎,杰生只好腾出一只手,朝他头上捶了一拳。这一拳打得笨笨拙拙,匆匆忙忙,不算太重,可是对方已经一下子瘫倒下去,倒在一大堆锅碗瓢盆之间,发出了好一阵磬铃哐啷的响声。杰生气喘吁吁地俯身在他的上面,谛听着。接着他转过身子匆匆朝车厢外跑去。跑到车门口,他抑制住自己，放慢了速度爬下蹬梯，在那儿又站了一会儿。他的呼吸变成了一种哈哧、哈哧、哈哧的声音，他站住了想让自己气儿出得顺当些，一面眼光朝这边那边扫来扫去。这时一阵杂乱的脚步声从他背后传来，他赶紧扭过头去，看见那小老头趔趔趄趄、火冒三丈地从车厢口过道里蹦跳下来，手里高高地举着一把生锈的斧子。

他赶紧抓住那把斧子，并不感到受到了打击，却知道自己是在往后跌倒，心想原来事情就要这样结束了，他相信自己快要死了，这时候不知什么东西在他的后脑勺上沉沉地撞击了一下，他想老头儿怎么能打我这个地方呢？也许是方才他就给了我一下子吧，他想，只不过我这会儿才感觉到就是了，他又想快点儿吧。快点儿吧。赶快把这件事了结了吧，可是接着，他心头又涌起了一股愤愤不平的求生的强烈欲望，他就奋力挣扎，耳朵里还能听见老头儿用沙哑的嗓子哭喊咒骂的声音。

这时有人把他从地上拖起来，他还在挣扎，但他们抓住了他，他就不动了。

“我血流得多吗？”他说，“我后脑勺上。流血没有？”他还在说个不停，却感到正被人急急地推着往外走，听到老头那尖细愤怒的声音在他后面逐渐消失。“快看我的头呀，”他说，“等一等，我——”

“再等个啥，”揪住他的那人说，“那只小黄蜂会螫死你的。快走你的吧。你没有受伤。”

“他打了我，”杰生说，“我有没有流血？”

“快走你的。”那人说。他带领杰生绕过车站的拐角，来到空荡荡的月台上，那儿停着一节捷运平板车，月台边一块空地上呆呆板板地长满着青草，四周呆呆板板地镶着一圈花，当中竖着一块装了电灯的广告牌。上面写道：“用你的好好看看莫特生。”在本该画上人的眼珠子的地方安了一只电灯泡。那个人松开了他。

“听着，”他说，“你快离开这儿，再别回来。你想干什么？要自杀吗？”

“我方才是想找两个人，”杰生说，“我不过是跟他打听他们在哪儿。”

“你找什么人？”

“找一个姑娘，”杰生说，“还有一个男的。昨天在杰弗生他打着一条红领带。他是你们这个戏班子里的。他们俩抢走了我的钱。”

“哦，”那人说，“原来就是你，可不。好吧，他们不在这儿。”

“我料想他们也不会在这儿。”杰生说。他靠在墙上，用手摸了一把后脑勺，然后看看自己的手心。“我还以为我在流血呢，”他说，“我以为他用那把斧子打中我了。”

“是你的后脑勺撞在铁轨上了，”那人说，“你还是走吧。他们不在这儿。”

“好吧。他也说他们不在这儿。我还以为他是骗我呢。”

“你以为我也在骗你吗？”那人说。

“不，”杰生说，“我知道他们不在这儿。”

“我告诉他叫他滚，两个都一起给我滚，”那人说，“我不允许我的戏班子里出这样的事。我的戏班子可是规规矩矩的，我们的演员都是规规矩矩的正派人。”

“是的，”杰生说，“你不知道他们上哪儿去了吧？”

“不知道。我也不想知道。在我的戏班子里，谁也不许搞出这样的花样来。你是她的——哥哥吗？”

“不是的，”杰生说，“这不相干的。我只不过是想找到他们。你真的肯定他没打破我脑袋吗？真的没有流血，我是说。”

“要不是我及时赶到，你就会挂彩了。你还是快走吧。那个矮杂种会把你宰了的。那边的是你的车子吗？”

“是的。”

“好，快坐进去开回到杰弗生去吧。你要是真的能找到他们，也不会是在我的戏班子里。我这个戏班子可是规规矩矩的。你说你遭到他们的抢劫？”

“不是的，”杰生说，“这件事关系不大。”他走到汽车旁钻了进去。我现在该干什么呢？他想。接着他记起来了。他发动了引擎，顺着街慢慢驶行，直到他找到了一家药房。药房的门锁着。他一只手按在门把上，头稍稍俯伛地站了一会儿。他只好转开身去，过了一会，街上走来了一个人，他问那过路的什么地方有开门营业的药房，那人说哪儿也没有。他又问，北上的火车什么时候开，那人告诉他是两点三十分。他走下人行道，重又钻进汽车，在车里坐了一会儿。过来了两个黑人小青年。他叫住了他们。

“你们有人会开车吧，小伙子？”

“会呀，先生。”

“现在就开车送我到杰弗生去，要多少钱？”

他们对看了一眼，嘴里在嘀嘀咕咕。

“我给一块钱。”杰生说。

他们又嘀咕了一阵。“一块钱不成。”有一个小伙子说。

“那你要多少？”

“你能去吗？”一个小伙子说。

“我走不开，”另外那个说，“你送他去不行吗？你又没事儿。”

“不，我有事儿。”

“你有啥了不起的事儿？”

他们又嘀嘀咕咕起来，还嘻嘻哈哈地笑。

“我给两块钱，”杰生说，“谁去都成。”

“我也走不开。”第一个小伙子说。

“那好，”杰生说，“走你们的吧。”

他在车子里坐了一阵子。他听见一只大钟敲了一下，也不知是几点半，接着穿着星期天和复活节衣服的人开始经过了。有几个人走过时还瞧了瞧他，瞧这个坐在小汽车驾驶盘前一声也不吭的人，他那无形的生命有如一只破袜子那样，线头正在一点点松开来。过了一会儿有个穿工装裤的黑人走了过来。

“是你要去杰弗生吗？”他说。

“是的，”杰生说，“你想要多少钱？”

“四块钱。”

“给你两块。”

“四块，少了不去。”坐在车子里的那位一声不吭。他连看也不看那黑人一眼。黑人又说：“你到底要不要？”

“好吧，”杰生说，“上车吧。”

他挪到一边去，让那黑人接过驾驶盘。杰生闭上了眼睛。我回到杰弗生后可得用点药治一治了，他喃喃自语，一面使自己尽量适应车子的颠簸。我回去后可得用点药了。他们往前驶去，穿过一条条街，街上的人们正安详地走进家门去享用星期天的午餐。接着他们一直开出了镇子。他在想他的头疼。他没有想家，在家里，班和勒斯特正坐在厨房桌子边吃冷餐。某种东西——在每一种经常性的罪恶中，灾难与威胁是根本不存在的——使他得以忘记杰弗生，仿佛它仅仅是他以前见过的某一个小镇，而不是他必须在那儿重新过他那老一套的生活的地方。

班和勒斯特吃完冷餐后，迪尔西把他们支了出去。“你尽力使他安安静静地待到四点钟。到那时 T. P. 也该回来了。”

“好咧，您哪。”勒斯特说。他们走出去了。迪尔西自己吃了饭，把厨房收拾干净。她然后来到楼梯口，谛听了一会儿，可是听不见什么声音。她又回来，穿过厨房，走出通院子的门，站停在台阶上。哪儿也没有班和勒斯特的影子，可是她站在那儿时她听到从地窖的方向又传来一阵发闷的铮锹声。她来到地窖门口，朝下面张望，又看见了早上那一幕的重演。

“那人也是这么干的。”勒斯特说。他带着尚有一丝希望的沮丧神情打量着那把一动不动的锯子。“我还是找不到合适的东西来敲它。”他说。

“在下面地窖里你是怎么也找不到的，”迪尔西说，“你把他带出来，带到太阳底下来。地窖这么潮，你们俩都会得肺炎的。”

她伫立着，看他们穿过院子去到栅栏边的一丛雪松那里。这以后，她往自己的小木屋走去。

“好了，别又开始哼哼了，”勒斯特说，“你今天给我惹的麻烦已经够多的了。”这儿有一张吊床，是把一块块桶板插在编织的绳网里做成的。勒斯特躺在吊床上，班却呆呆地、毫无目的地朝前走去。他又开始哼哼了。“行了，快别出声了，”勒斯特说，“我可真的要抽你啦。”他躺回到吊床上。班站住不动了，可是勒斯特仍能听见他在哼哼。“你到底给我住嘴不住嘴？”勒斯特说。他爬下吊床，循声赶过去，看见班蹲在一个小土墩的前面。土墩的左右方都埋着一只蓝玻璃的小瓶，这种瓶子以前是用来放毒药的。一只瓶子里插着一根枯萎的吉姆生草。班蹲在它前面,呻吟着,发出一种拖长的、含糊不清的声音。他一边哼哼,一边在四下茫然地寻找着什么。他终于找来了一根小树枝,把它插在另外的那个小瓶子里。“你干吗不给我住嘴?”勒斯特说,“你是要我给你来点真格儿的,好让你想不哭也办不到,是吗? 好,我干脆给你来这一手。”他跪了下来,一把拔起瓶子往身后一藏,班止住了呻吟声。他蹲在那里,察看方才埋瓶子的那个小坑,吸进了一大口气,正准备大哭,这时勒斯特把瓶子重新拿了出来。“别叫!”他压低了声音嘶嘶地说,“瞧你敢喊出一下声来! 你敢不敢。瓶子就在这里。看见啦? 给。你待在这里总是要叫的。走吧,咱们去看看他们开始打球没有。”他拽住班的胳膊,把他拖起来,两人来到栅栏跟前,肩并肩地站在那儿,透过密密的一层还未开花的忍冬,朝牧场上望去。

“瞧,”勒斯特说,“有几个人走过来了。看见了吗?”

他们瞧着那四个打球的把球打到小草坪上,打进小洞,接着走到开球处重新开球。班一边看一边哼哼唧唧,嘟嘟哝哝。有一个打球的喊道:

“球在这里,开弟。把球棒袋拿过来。”

“别吵,班吉。”勒斯特说,可班还是把住了栅栏,蹒蹒跚跚地小跑着,一边用嘶哑、绝望的声音哭喊着。那人打了一下球,朝前走去。班亦步亦趋地跟着,直到栅栏拐了一个直角,他就只好紧抓住了栅栏,瞧着那人一点点远去了。

“你给我住嘴行不行?”勒斯特说,“你快给我住嘴行不行?”他摇晃班的胳膊。班攥紧了栅栏,不停地嗄声嚎叫。“你住嘴不住嘴?”勒斯特说,“到底住嘴不住嘴?”班呆呆地透过栅栏朝外张望。“那好吧,”勒斯特说,“我给个因头让你叫。”他扭过头朝屋子的方向看了一眼,接着便轻声地说:“凯蒂! 你现在吼吧。凯蒂! 凯蒂! 凯蒂!”

一分钟之后,透过班一声声拖长的叫唤,勒斯特听到了迪尔西的叫声。他拉住班的胳膊,把班拖到院子另一头迪尔西的面前。

“我早就跟您说过他不肯安静。”勒斯特说。

“你这坏蛋!”迪尔西说,“你把他怎么样啦?”

“我啥也没干呀。我早就跟您说了，只要人家一打球，他就来劲儿了。”

“你们上这儿来，”迪尔西说，“不哭了，班吉。好了，不哭了。”可是他还是不肯停。他们急急地穿过院子，来到小木屋，走了进去。“快跑去把那只拖鞋拿来，”迪尔西说，“只是别吵醒卡罗琳小姐，听见没有。要是她说什么，你就说是我在看着他呢。好，去吧；这件事你总不至于办糟吧，我想。”勒斯特走了出去。迪尔西把班领到床边，让他在自己身边坐下，抱住他，一前一后地摇着，用裙子边擦干他那淌口水的嘴。“好啦，不哭了，”她说，抚摸着他的头，“不哭了。有迪尔西在看着你呢。”可他还是在慢腾腾地、可怜巴巴地干嚎着；那真是世界上所有无言的痛苦中最最严肃、最最绝望的声音了。勒斯特回来了，拿来了一只白缎子的拖鞋。这只拖鞋如今已发黄、脆裂了，弄脏了。他们把它放在班的手里，他就暂时收住了声音。可是他仍然在哼哼，过不多久，他的声音又大起来了。

“你看能找得到 T. P. 吗？”迪尔西说。

“他昨儿个说今天要上圣约翰堂去。说好四点钟回来的。”

迪尔西抚摸着班的头，一前一后地摇晃他。

“要这么久，耶稣啊，”她说，“要这么久。”

“我也会赶那辆马车的，姥姥。”勒斯特说。

“你会把你们俩都摔死的。”迪尔西说。“你是要淘气才想赶车的。我知道你聪明是够聪明的。可我就是对你不放心。不哭了，好了，”她说，“不哭了。不哭了。”

“不，我不会出事的，”勒斯特说，“我和 T. P. 一起赶过车。”迪尔西抱着班摇来摇去。“卡罗琳小姐说，要是你没法让他安静，她就要起床下楼自己来哄他了。”

“别哭了，宝贝儿。”迪尔西说，一边摸摸班的脑袋。“勒斯特，好孩子，”她说，“你能不能听姥姥的话，当心点儿赶马车？”

“可以啊，您哪，”勒斯特说，“我赶车跟 T. P. 一样好。”

迪尔西抚摸着班的头，前后摇晃着。“我已经尽了心了，”她说，“主是知道的。那你去套车吧。”她说，一边站了起来。勒斯特一阵风似的跑了出去。班捏着那只拖鞋在哭喊。“快别哭了。勒斯特去赶马车来带你上墓地去。咱们也不必多事去取你的便帽了。”她说。她走到屋角用花布帘隔开的一个小间那里，取来那顶她戴过的毡帽。“咱们家有一阵比现在还倒霉呢，这事也不用瞒人了，”她说，“不管怎么说，你是主的孩子。我也快要做主的孩子了，赞美耶稣。哪，戴上吧。”她把毡帽扣在他头上，又给他扣上外套的纽扣。他还在不住地哼哭。她把他手里的拖鞋拿掉，放在一边，接着他们走了出去。这时勒斯特赶了一匹拖着辆破破歪歪的马车的老白马来了。

“你会小心的吧，勒斯特？”她说。

“没错儿，姥姥。”勒斯特说。她扶班坐进后面的座位。他刚才不哭了，可是现在又开始在哼哼唧唧了。

“他是要他的花呢，”勒斯特说，“等着，我去给他摘一枝。”

“你先别动。”迪尔西说。她走上去拉住马儿口勒边的一根绳子。“好，快去给他摘吧。”勒斯特飞奔着绕过屋角，朝花园跑去。他回来时只拿着一枝水仙花。

“这枝是断的，”迪尔西说，“干吗不给他摘枝好一点的？”

“只能找到这枝嘛，”勒斯特说，“你们星期五把花摘得一干二净，都拿去打扮教堂了。等等，我来想个办法。”迪尔西拉住了马，勒斯特找来一根小树枝和两段细绳，给花茎做了副“夹板”，然后递给班。接着他爬上马车，拿起缰绳。迪尔西仍然抓住马勒不放。

“你现在认识路了吧？”她说，“先顺着大街走，在广场那儿拐弯，去墓地，然后就直接回家。”

“知道了，姥姥，”勒斯特说，“走起来，‘小王后’。”

“你得小心哟，嗯？”

“知道了，您哪。”于是迪尔西放开了马勒。

“走啰，‘小王后’。”勒斯特说。

“嗨，”迪尔西说，“你把鞭子给我。”

“呦，姥姥。”勒斯特说。

“快点给我。”迪尔西说，朝车轱辘走去。勒斯特老大不情愿地把鞭子给了她。

“那我可没法让‘小王后’挪腿了。”

“这你放心好了，”迪尔西说，“该怎么走‘小王后’比你清楚得多。你只消捏住缰绳，坐稳在座上就得，别的都不用操心。你现在认得路了吧？”

“认得，姥姥。不就是 T. P. 每个星期天赶的路线吗？”

“那你今天就依葫芦画瓢走一遭吧。”

“那还用说。其实我早就替 T. P. 赶过车了，一百次都不止了。”

“那好，你再替他一次，”迪尔西说，“好，走吧。不过要是你让班受了伤，黑小子，那我自己都不知道该怎么来对付你了。反正苦役队是一定要进的，不过不等苦役队来找你，我就先把你送进去。”

“好咧，您哪，”勒斯特说，“打起精神来，‘小王后’。”

他在“小王后”宽阔的背上甩了甩缰绳，那辆马车晃了一下，往前走了。

“当心啊，勒斯特！”迪尔西说。

“走哟，老马！”勒斯特说。他又甩了甩缰绳。在一阵隐隐约约的隆隆声中，“小王后”，慢腾腾地走下车道，拐上大街，来到这里以后，勒斯特催迫它走一种不断慢腾腾地往下摔跤似的向前挪的步姿。

班现在不再哼哼了。他坐在后座正当中，端端正正地举着那枝经过修整的花，他的目光宁静安详、难以描摹。正对着他的是勒斯特那颗子弹般的头，在大房子看不见之前，这颗脑袋老是扭过来朝后面张望。这以后，勒斯特让马车在路边停下，他跳下来，从树篱上折下一根枝条，班呢，眼睁睁地看着他。“小王后”低下了头在啃啮地上的青草，勒斯特登上马车，把它的脑袋拉起来，催它继续前进。然后勒斯特支出双肘，高举树枝和缰绳，屁股一颠一颠的，跟“小王后”疏疏落落的蹄声和腹内发出的风琴般的低音全然合不上拍。一辆辆汽车以及行人从他们身边经过；他们还遇到了一群半大不小的黑小伙儿。

“嗨，勒斯特。你上哪儿啊，勒斯特？是去埋骨头的地方吧？”

“嘻，”勒斯特说，“你们不也都在往埋骨头的地方走吗。打起精神来，我的大象。”

他们接近广场了，那儿有一尊南方联盟士兵的石像，在那只饱经风霜的大理石的手掌下,他那双空无眼珠的眼睛在瞪视着前方。勒斯特更来劲儿了,他往麻木不仁的“小王后”身上狠狠地抽了一下,同时朝广场上瞥了一眼。“杰生先生的汽车在这儿呢。”他说,同时眼角里也扫到了走过来的另一伙黑人。“让那些黑小子看看咱的气派,班吉,”他说,“你说怎么样?”他扭过头去一望。班端坐着,手里紧紧地攥着那枝花,眼光茫茫然地毫无反应。勒斯特又抽了“小王后”一下,驶到纪念碑前,把马头呼地朝左边拐去。

起先,班一动不动地坐在马车上,仿佛是一片空白。接着,他大声地吼叫起来。[①] 一声紧接一声,声音越来越响,而且简直不留喘气的间隙。声音里所包含的不仅仅是惊愕,而且也有恐怖、震惊,是一种没有外形、不可言状的痛苦;它只是一种声音,于是勒斯特眼珠乱转,有一瞬间眼眶里全部是眼白。“老天爷呀,”他说,“别叫了,别叫了! 好老天!”他扭回身去,用树枝抽了“小王后”一下。树枝断了,他把它扔掉,这时班的声音越来越大,越来越高,到了令人难以置信的地步。勒斯特干脆身体前俯,勒紧缰绳,这时杰生边跳边跑地穿过广场,踩上了马车的蹬级。

他手背一挥,把勒斯特推到一边去,一把抓住缰绳,把它一收一放,又把缰绳弯进一段,用它来抽“小王后”的屁股。他抽了一下又一下,它一颠一颠地飞跑起来,这时班的吼叫声还在他们耳边直响,他就驾着马让它从纪念碑的右面拐弯。这以后他朝勒斯特头上揍了一拳。

“你怎么这么傻,让班吉从左边走?”他说。他弯过身去打班,把班的花茎又弄折了。“闭嘴!”他说,“给我闭嘴!”他勒住“小王后”,跳下车来。“快带了他滚回去。要是你再带他走出大门,瞧我不宰了你!”

“是,老爷!”勒斯特说。他拿起缰绳用它的一端抽打“小王后”。“走呀! 走呀,快点儿! 班吉,看在老天的面上,别叫了!”

班的声音吼了又吼。“小王后”又移动了,嘚嘚的蹄声又均匀地响了起来,班马上就不叫了。勒斯特很快地扭过头来看了一眼,又接着赶

---

① 小说中,班吉每星期坐 T. P. 赶的马车上墓地去,都从雕像右边拐弯。这一次勒斯特驾车从雕像左面转弯,故而引起班的情绪激动。

路了。那枝折断的花伞拉在班的拳头上,建筑物的飞檐和门面再次从左到右平稳地滑到后面去,这时,班的蓝色的眼睛又是茫然与安详的了;电杆、树木、窗子、门廊和招牌,每样东西又都是井井有条的了。

附录 康普生家:1699—1945 年

伊凯摩塔勃 一个被废黜的亚美利加王。他被他的义兄称为"l'Homme①"(有时又称为"de1'homme②")。这位义兄乃是法王册封的一位"骑士",他若是降生得早一点,准能成为拿破仑麾下那批名声烜赫的大坏蛋——也就是说那些元帅——组成的灿烂星座里一颗最灼亮的明星。这位义兄就这样把契卡索族③的一种头衔简简单单地译成"人",而伊凯摩塔勃也不是一个没有头脑的傻瓜,他对人的性格——包括他自己的性格在内——有颇为透彻的识别能力,他又往前走了一步,把这名字英语化,变成了"Doom④"。他从自己广袤的疆域中赏给一个苏格兰逃亡者的孙子整整一平方英里密西西比州北部的处女地,这块土地像一张牌桌的四只角那样方方正正,当时还都覆被着原始森林,因为那还是一八三三年以前的事,当时命运之星正在陨落,而密西西比州的杰弗生镇不过是一排杂乱无章的用泥巴堵缝的原木平房,这房子既是那位管理契卡索人的小官儿的官邸,又是他的贸易货栈。上面说的那个苏格兰逃亡者既然把自己的命运与另一位遭到废黜的国王联系在一起进行政治赌博,自然也就失去了自己与生俱来的一切权利。伊凯摩塔勃慷慨大度所得到的报答是可以安全地向蛮荒的西部进发,步行去骑马去都行,由他和他的子民自己决定,不过要是骑马去,也只能骑契卡索人自己的小马。他们去的地方不久之后被人们称为俄克拉荷马,当时他们并不知道那儿地底下蕴藏着石油。

---

① 法语:人。

② 法语:人的。

③ 北美洲印第安人的一个部落,原来居住在今密西西比州北部,1832 年迁至"印第安人居留地"(在俄克拉荷马州)。

④ 英语:厄运。

杰克逊① 一个手持利剑的“伟大的白人父亲”。（这是一个身经百战的决斗者，一头爱争吵的老狮子，瘦削、凶狠、污秽、结实而又坚韧。他把国家的福利置于白宫的利益之上，又把他新建立的政党的健全看得比二者都高。在这三者之上的并不是他妻子的名誉，而是“荣誉必须加以维护”这一原则，至于所维护的究竟是否荣誉这倒是无关紧要的，重要的是它的确受到了维护。）他在华西镇②金色帐篷里亲手批准、盖上火漆印并附署了一个文件，当时他也不知道划归印第安人的土地地底下有石油，其结果是日后有一天，那些失去土地者的无家可归的后裔将醉得人事不省昏昏沉沉四仰八叉地躺在漆得通红的特制的尸车与救火车上，行驶在尘土飞扬的、指定作为他们尸骨埋葬处的地方。

下面这些是康普生家的人：

昆丁·麦克拉昌 格拉斯哥一个印刷工人的儿子，从小是孤儿，由住在佩思高地的母亲的家属抚养大。他从柯洛顿荒原③逃到卡罗来纳，身上只带了一把苏格兰宽刀和一条花格呢裙子，白天他把裙子穿在身上，夜间铺在身子底下当褥子。他曾经和一个英国国王打仗，结果打输了，八十岁那年，他不想重犯过去的错误，便于一七七九年的一个夜晚再次逃走，带了还在襁褓中的孙子和那条花格呢裙子（至于那把宽刀，已经和他的儿子亦即那婴儿的父亲一起，于大约一年前在佐治亚一片战场上和塔尔顿④手下的一个团一并消失了）逃到肯塔基，在那里已经有一个叫波恩或布恩⑤的邻居建立起了一个殖民点。

查尔斯·斯图尔特 曾经加入过一个英国团队，后来被除名并取消军阶。他躺在佐治亚的一片沼泽地里，他所属的那支后撤的部队和

---

① 指安德鲁·杰克逊（1767—1845），曾任美国第七届总统。下文所说维护妻子名誉一事，指他曾为关于妻子的流言蜚语与人决斗过好几次，有一次还把对手杀死。

② 即华盛顿，这是印第安人对它的简略称呼。

③ 1746 年 4 月 16 日苏格兰一次战役的发生地点。

④ 巴纳斯特·塔尔顿（1754—1833），英国将领，曾参加反对美国独立革命的战争。

⑤ 指丹尼尔·布恩（1734—1820），美国边疆开拓者。他小时住在卡罗来纳，1764 年到肯塔基探险，于 1775 年建立了一个殖民点。

后来向前推进的美国部队都以为他死了，可是他们都错了。四年之后，他拖着自己做的一条木腿终于在肯塔基州哈洛兹堡撵上了他的父亲与儿子，那把苏格兰宽刀仍然带在身边，可是等他来到时，父亲已经死了，他刚好能赶上父亲的葬礼。此后，在一个长时期里他变成了一个双重性格的人：一方面仍然费劲地当他的教师，他相信自己是喜欢当教师的，但到后来他终于放弃了这个打算而变成了一个赌徒，其实从他的天性看来他本来就是个赌徒。康普生家的人其实也都是赌徒，可是他们似乎都认识不到这一点，特别是在棋局很险，赢的可能性极小的时候。他最后冒的险可谓大矣，他不仅把自己的脑袋押了上去，而且把他全家的安全与身后的声名全都做了赌注，他居然参加了一个旨在将整个密西西比河流域从美利坚合众国分离出去归并给西班牙的阴谋组织，领导该组织的是一个姓威尔金生①的熟人（此人在才具、魅力、智慧与能力方面都相当突出）。当幻想破灭时（世界上也只有一个姓康普生的学校教师才看不出这一天必然会到来），这一回轮到他逃跑了，在那些阴谋者中，他恰恰又成了唯一需要逃亡出国的人，这倒不是因为他阴谋分裂的政府要制裁他、惩罚他，而是因为他以前的同伙为了求得自身的安全把他看成了眼中钉。他并没有被驱逐出境，他平时就常说自己没有祖国，他之被放逐，不是因为他叛国，而是因为他阴谋叛国时事情做得太张扬、太招摇，往往还没有找到地方可搭下一座桥，便大喊大叫地把刚过的那一座桥给拆了。因此，策划把他从肯塔基、从美国，如果逮住了他的话也许从地球上驱逐出去的既非宪兵司令，也非民政机构，而是他昔日一起搞阴谋的同伙。于是他便夤夜仓促出逃了，而且还遵循他的家庭传统，带走了他的儿子、那把老宽刀和那条花格呢裙子。

杰生·利库格斯　他的父亲就是那个满腹牢骚出口伤人的不屈不挠的木腿人，这个瘸子说不定心里仍然认为还是当一名古典语文的教师更合自己的身份。也许是出于木腿父亲给他起的烜赫名字②的压力的驱使，一八一一年的某一天，这位杰生·利库格斯带了两把精制的手

① 即詹姆士·威尔金生（1757—1825），美军的一个准将，他曾参与分裂美国的图谋。

② 这个名字由两个希腊人的名字组成。杰生是希腊神话中寻找金羊毛的英雄。利库格斯是古希腊一位有名的法律制定者。

枪和一只扁瘪的马褡裢，坐上一匹腰细腿粗的母马，走在纳齐斯古道①上。他胯下的这匹马跑头两弗隆②路绝对不消半分钟，再跑两弗隆路也不会太慢，可是路再长些就不敢保险了。不过，有这点儿能耐倒也够了，因为杰生·利库格斯来到奥卡托拔（此处迟至一八六〇年仍被称为老杰弗生镇）的契卡索人管理处之后，便不再往前行进了。不到六个月，他成了管理员的助理，不到一年，他又成了管理员的合伙人，名义上虽然还是助理，其实已是贸易货栈——如今已变成一家颇为殷实的字号了——的半个东家了。他的货栈里堆满了他用那匹母马与伊凯摩塔勃的子弟赛马时赢来的各种物件。每次比赛，他，康普生，总是小心翼翼地把赛程限制在四分之一英里之内，至多也不超过三弗隆。翌年，那匹小母马成了伊凯摩塔勃的财产，可康普生却得到了整整一平方英里的土地，日后，这块地方几乎占着杰弗生镇的正中心。当时，土地上还覆盖着原始森林，二十年后也仍然有树木，但是那时与其说这是一片森林，不如说是一个公园。这里有奴隶住的小木屋，有马厩，有菜园，有规规整整的草坪、林荫路和亭台楼阁，这些都是营造那座有石柱门廊的大宅的同一位建筑师设计的，种种装备都是用轮船从法国与新奥尔良运来的。到了一八四〇年，这块土地仍然完整无缺。（这时候，它不仅仅开始被一个名叫杰弗生的白人小村落所包围，而且眼看要成为一个纯粹属于白人的县份的一部分。因为几年之内，伊凯摩塔勃的子孙与同族都将离开此地，留下来的那些印第安人也不再当战士与猎人，而是学着当白人——当得过且过的农夫，或者当分散在各处的一片片“庄园”——他们居然也用了这样的名称——的主人，拥有一些得过且过的黑奴。这些印第安人比白人脏一些，懒一些，也更残忍一些——后来，终于连蛮子血统的痕迹也几乎看不见了，只是偶尔能在运棉花的大车上某个黑人的鼻子上可以窥见，能在锯木厂的某个白种工人、某个设陷阱捕获猎物的人或某个机车伙夫的鼻子上可以窥见。）当时，这块土

① 从田纳西州纳什维尔通到密西西比州纳齐斯的一条小路，途经之处大半为契卡索人的聚居地。

② 一弗隆为八分之一英里或201.167米。

地被人们称为“康普生领地”，从这时候起，它像是有资格哺育出亲王、政治家、将军与主教了。在柯洛顿、卡罗来纳与肯塔基，康普生家的人都是一无所有的贱民，这下子他们可以翻身了。嗣后，这个地方又被称为“州长之宅”，因为不久之后，这里真的哺育出，或者至少可以说产生出了一个州长——名字还是叫昆丁·麦克拉昌，为了纪念柯洛顿来的那个祖父——后来（一八六一年），又出现了一位将军，但是这地方仍然被叫作“老州长之宅”。（这么称呼像是得到全镇全县事先一致同意的，好像即使那时候，大家早已知道老州长是最后一位干什么都不会失败的康普生了，当然，长寿与自杀这两件事不在此例。）话说陆军准将杰生·利库格斯二世于一八六二年在希洛打输了一仗，一八六四年在雷萨加又输了一仗，虽然这次输得不算太惨。到了一八六六年他开始把迄今为止仍然完整无缺的那一平方英里土地中的一块抵押给一个从新英格兰来的暴发户。当时老镇区已被北军的史密斯将军一把火夷为平地，新的小镇区——往后去这里的主要居民就不是康普生家的后代，而是那些姓斯诺普斯的了——已经开始朝这一平方英里土地挤逼，后来更是一点点把它蚕食吞并，而那位常败将军只得把下半辈子的四十年工夫用在零敲碎打地把田地逐块卖掉上，以免抵押出去的土地被人籍没。这个过程一直持续到一九〇〇年的有一天，准将在塔拉哈契河床渔猎野营地的一张行军床上安静地死去，壮士的暮年基本上都是在这打猎营地度过的。

如今，连老州长也被人遗忘了；那一平方英里土地中剩下的一小块现在简简单单地被人们称作“康普生家”——当年的草坪与林荫路上长满了野草，大宅已经好久没有上漆，廊柱亦已纷纷剥落，在这里，杰生三世整天坐着，陪伴着他的是一壶威士忌酒与几本到处乱放的卷了角的破旧的贺拉斯、李维和卡图卢斯①的集子，他一面喝酒，一面据说在为已经作古与依然健在的镇民撰写尖酸刻薄的颂诗。（杰生三世学的是法律，他确乎在镇上广场边某幢房子的楼上开设了一家律师事务所。在他积满尘土的档案柜里埋藏着本县最古老的世家——贺尔斯顿家、

① 这三个都是古罗马的拉丁语作家。

塞德潘家、格莱尼尔家、布钱普家和柯菲尔德家——的材料，这些材料在堆积如山的诉讼旧档案筑成的迷宫里颜色变得一年比一年更加暗淡：唉，谁知道他父亲那颗永远不服老的心里是怎么梦想的呢，老人已经成功地取得了三种身份中的第三种身份——第一种身份是做一个精明强干的政治家的儿子，第二种是当驰骋沙场能征惯战的军人，第三种是扮演一个得天独厚的假丹尼尔·布恩加鲁滨孙·克鲁梭[①]的角色。父亲当时并没有返老还童，因为他压根儿就没有离开过童年——他准是希望这间律师办公室能成为再次通向州长官邸与旧日荣光的一个过厅。）康普生家如今只剩下了宅子、菜园、东倒西歪的马厩与一所用人住的木屋，现在由迪尔西一家住着。家中最后的一块地产就是在杰生三世手里卖掉的，卖给了一家高尔夫俱乐部，他需要现钱，好让他的女儿凯丹斯在一九一〇年四月里体体面面地举行婚礼，也为了使他的儿子昆丁能在哈佛完成一年的学业，然后，在当年的六月，结束自己的生命。到了一九二八年，这个地方已经被人称为“康普生旧家”了，其实这家人仍然住在这里。这一年春日的一个黄昏，老州长那个注定要沉沦的没有父姓的十七岁的玄外孙女偷走了她最后一个神志正常的男长辈（她的舅舅杰生四世）秘藏的一笔钱，顺着水落管子[②]爬下楼来，与一个随旅行剧团流动的摊贩私奔出走。再往后去，虽然康普生家的任何痕迹已经荡然无存，人们仍然把这地方叫“老康普生家”。等守寡的老母亲死后，杰生四世对迪尔西不再有任何顾忌，径自把那白痴弟弟班吉明送进了杰克逊的州立精神病院，把祖宅卖给了乡人，此人把它改成了膳宿公寓，专门接待陪审员和牲口贩子，等到后来这家公寓（紧接着还有那家高尔夫俱乐部）关了门，那块地上密密实实地盖满了一排排私人匆匆忙忙盖起的半城市式的平房时，那一平方英里土地倒仍然是完整无缺的。即使到这时候，人们仍旧称它为“老康普生家”。

康普生家还有这些人：

昆丁三世　他倒不是爱他妹妹的肉体，而是爱康普生家的荣誉观

---

① 《鲁滨孙漂流记》中的主人公。

② 在小说中是梨树，下句中的摊贩在小说中是戏子。附录在事实和年代方面有些地方与正文不一致，因为作者写于不同时期所致，下不一一注明。

念，这种荣誉，如今却决定于他妹妹那脆弱的、朝不保夕的贞操，其岌岌可危的程度，不下于一只置放在受过训练的海豹鼻子顶端的地球仪。他也不喜欢乱伦，当然也不会这样做，可是长老会那套万劫不复的天谴的说教却深深地吸引了他。他寻思：靠了这种手段，不用麻烦上帝，他自己就可以把妹妹和自己打入地狱，在那里，他就可以永远监护着她，让她在永恒的烈火中保持白璧无瑕。不过，他最爱的还是死亡，他只爱死亡，一面爱，一面在期待死亡。那是一种从容不迫、几乎病态的期待，犹如一个恋爱着的人一面在期待，一面却又故意抑制着自己去接受他爱人那等待着的、欢迎的、友好的、温柔的、不可思议的肉体。直到有一天他再也不能忍受，倒不是不能忍受那种延宕，而是那种抑制，于是干脆纵身一跃，舍弃一切，向无底的深渊沉沦。一九一〇年六月，他在马萨诸塞州坎布里奇投水自尽。这是在他妹妹举行婚礼的两个月之后，他要等读完一学年才自尽以免浪费了预交的学费。这倒不是因为他身上有柯洛顿、卡罗来纳、肯塔基那些老祖宗的血液，而是因为为了给他妹妹操办婚事并给他筹措学费，家里卖掉了老康普生那一平方英里土地最后剩下的那一块，而这片牧场正是他那个白痴小弟弟最心爱的，除了这片牧场，班吉最喜欢的就是姐姐凯蒂和烧得旺旺的炉火了。

凯丹斯（凯蒂）　她命中注定要做一个堕落的女人，她自己也知道。她接受这样的命运，既不主动迎接，也不回避。她爱她的哥哥，尽管他是那样的一个人。她不仅爱他而且爱他在对待家庭荣誉和这荣誉必将失去这一事实时所流露出来的一个痛苦的先知与铁面无私的法官的品质。在对待她时，他的态度也是这样的。他以为自己爱她（其实是恨她）——因为她是家庭自尊心的脆弱而必将碎裂的容器，又是使家门蒙羞的污秽的工具。不仅如此，她爱他，尽管他本身没有爱的能力，她恰恰是因为这一点才爱他。她接受这样的事实：在他眼里，至高无上的并不是她这个人，而是她的贞操，她本人仅仅是贞操的保管者，其实她根本不认为贞操有什么价值，那一层薄薄的皮膜，在她心目中，连手指甲边皮肤上的一丝倒刺都不如。她知道她哥哥爱死亡甚于一切，她并不妒忌，反倒很愿意将一棵毒草（我们不妨这样假设）奉献给他。（也许她那次精心策划与安排的结婚的确起了这样的作用。）她怀了另一个男人的孩子，有了两个月身孕。当时还不知道肚子里的孩子是男是女，她便为之起名为昆丁，这是为了纪念她的哥哥，因为他们——她和她哥哥——都知道，他活着实际上已和死去一样。她嫁给了——那是在一九一〇年——一个条件极好的印第安纳州的青年，这是头年夏天她与母亲去弗兰区·里克度假时认识的。一九一一年，她被此人离异。一九二〇年，嫁给加利福尼亚州好莱坞的一个电影界小巨头，一九二五年，双方在墨西哥协议仳离。一九四〇年，随着德军占领巴黎她杳无音信了，当时她风韵犹存，也许还很有钱，因为她看上去比她实际年龄四十八岁至少年轻十五岁。这以后再没有人知道她的消息，只除了杰弗生的一个妇女，此人是县立图书馆的管理员，是位老小姐，个子小小的像只耗子，皮肤的颜色也像耗子，是凯丹斯·康普生在中学里的同班同学。她后半辈子的时间都消磨在这些事上：给一本本《琥珀》[①]整整齐齐地包上一本正经的封皮，把《玉尔根》[②]与《汤姆·琼斯》[③]放在偏僻处的书架上，免得让初、高中的学生拿到，其实这些孩子连脚尖不用踮就能拿到，可她自己在藏的时候却非用只木箱垫高不可。一九四三年，整整一个星期，她像是心烦意乱，濒近精神崩溃，来图书馆的人发现她老是匆匆忙忙地关上办公桌抽屉，转动钥匙把它锁上。(因此，那些家庭主妇们，那些银行家、医生和律师的太太，其中有几个也是那所中学那一班的同学，她们下午上图书馆来挟着用孟菲斯与杰克逊出的报纸严严实实包住的《琥珀》与桑恩·史密斯[④]的作品，免得别人看见她们借的是什么书，她们相信老小姐马上要病倒，甚至于要精神失常了。)一天下午三点来钟，她关上图书馆的门，把它锁上了，把手提包挟紧在腋下，一向苍白的脸上，由于决心要干什么事，出现了两摊潮红的晕斑。她走进那家供应农业生产工具的商店，过去杰生四世在

---

① 四十年代很流行的一本历史言情小说，里面有色情描写。

② 美国作家凯贝尔(James Branch Cabell，1879—1958)所写的一本幻想小说，里面有些色情描写。

③ 英国作家亨利·斐尔丁(Henry Fielding，1707—1754)所著的一部小说，写得非常坦白。

④ 桑恩·史密斯(Thorne Smith，1892—1934)，美国幽默作家。常以俏皮笔调写色情故事。

这里当伙计，如今他是老板了，他做的是趸进卖出棉花的生意。老小姐大踏步穿过那个黑乎乎、从来只有男人进去的洞窟般的店堂，——这里，地上堆着、墙上挂着、天花板上吊着犁铧、耙片、绳圈、挽链、车杠和颈轭，还有腌肉、鳖脚皮鞋、马用麻布、面粉、糖浆等等东西，都是黑幽幽的，因为店里的这些货物与其说是展出还不如说是储藏。那些向密西西比州农民（至少可以说是向密西西比州的黑人农民）提供农具用品以便从收成中分成的人，在丰收确实在望并且可以估产之前，是不愿提醒农民他们有些什么需要的，他们仅仅向农民提供他们特别要求的少不了的东西。话说这位老小姐继续往里走，一直走到店堂深处杰生的特殊领地里：这是一个用栅栏围起来的角落，里面摆着几只货架和分成许多小格的柜子，放着插在铁签上的轧花机收据、账簿和棉花样品，上面都积满了尘土与绒毛。这儿有一股混杂的臭味，那是干酪、煤油、马具润滑油以及那只大铁炉发出来的，铁炉上黏着的一口口嚼后吐出的烟草渣，敢情都有一百年历史了。老小姐来到那只又高又长、台面往里倾斜的柜台前，杰生就站在柜台后面，老小姐不再朝那些穿工装裤的男人看了，在她走进来时他们就停止了聊天，甚至连嘴里的烟草也停住不嚼了。老小姐横下几乎使自己昏厥过去的决心，打开手提包，从里面摸出一样东西，把它摊开放在柜台上。杰生低下头来看的时候，她直打哆嗦，呼吸急促——那是一张图片，一张彩色照片，显然是从一本印刷精美的画报上剪下来的——是那种炫示奢华、金钱与阳光的照片——背景是嘎纳比尔①之类的地方，可以看到有山峦、棕榈树、柏树和海滩，还有一辆马力很大的镀铬的高级敞篷跑车。照片上的那个女人没有戴帽子，头上系一条高贵的头巾，身上穿一件海豹皮大衣，那张脸竟让人看不出有多大的年纪，只觉得艳丽、冷漠、镇静，一副什么都无所谓的样子；站在她身边的是个潇洒、瘦削的中年男子，军服上点缀着德国参谋部将军的勋表和领章。——这个老鼠模样、老鼠颜色的老小姐正在为了自己的鲁莽、轻率而发抖、发愣，她的眼睛越过彩色图片朝那个没有子裔的老单身汉看去，在他身上一个古老的世家将告结束，这个家族的

---

① 法国马赛最主要的一条街。

男子自尊心都很强，都很骄傲，即使在他们的人格已不能保持完整，骄傲也基本上变成虚荣心与自我怜悯的时候：这个世家始自那位逃离故土的流亡者，他除了自己的一条命之外几乎一无所有，可是他始终拒绝承认失败；然后是那个把自己的生命与令名当了两次赌注的人，他连输两次也仍然不肯承认失败；接着是那位完全靠了一匹只能跑四分之一英里的聪明的小马赢得一片采邑的人，他总算给穷得一无所有的父亲和祖父报了仇雪了耻；再往下是那位精明强干的州长与英姿飒爽的将军，尽管这一介武夫在率领勇敢豪侠的好儿郎打仗时败了阵，但至少是豁出命来干的；再往后便是那位饱读诗书的酒徒了，他卖去最后一块祖产并非为了买醉，而是为了让他的一个后裔能得到他心目中生活的最好机会。

"这是凯蒂！"那个图书馆馆员悄声说道，"咱们一定得拯救她！"

"是凯特[①]，没错。"杰生说。接着他大笑起来。他站在那里对着那张照片大笑，对着那张冷漠、艳丽的脸大笑，由于一星期来在办公桌抽屉与手提包里取进取出，这张图片连带图上的这张脸都有点发皱和卷曲了。图书馆馆员很清楚他为什么要笑。一九一一年凯丹斯被丈夫抛弃带了女娃娃回家，放下娃娃，搭下一班火车离开杰弗生，再也没有回来，从那时起，三十二年以来，老小姐除了叫他康普生先生以外，再没用别的称呼叫过他[②]。而且打从一九二八年小昆丁爬下水落管子随那摊贩私奔以来，她再没与杰生说过一句话。看出杰生心术不正的，除了黑人厨娘迪尔西，还有这位图书馆馆员，她光凭了自己的本能，觉察出杰生反正是利用了孩子的存在与私生女身份在钳制孩子的母亲，不仅让她一辈子不能回杰弗生，而且使自己成了独一无二的终身不变的财务管理人，掌握了她每月寄给孩子的赡养费。

"杰生！"她喊道，"我们必须拯救她！ 杰生！ 杰生！"——她仍然在喊，可是杰生已经用大拇指和食指夹住图片，往柜台外她脸上扔去。

"那是凯丹斯？"他说，"别逗了。这个婊子连三十岁都不到。咱们

① 凯特（Cad），凯蒂的简称。

② 意思是有意跟他疏远，显示自己的蔑视。

那位现在都有五十了。”

于是第二天图书馆仍然大门紧锁，而那天下午三点钟，我们的老小姐尽管腿脚酸疼、筋疲力尽，却仍然精神亢奋，那只手提包依旧紧紧地挟在腋下，她踅进了孟菲斯黑人区一个整洁的小院，登上一所整洁的小屋子的台阶，按响门铃。门开了，一个与她年纪相仿的黑妇人平静地探出头来瞧着她。“你是弗洛尼，对不对？”图书馆馆员说，“你不记得我啦——我叫梅利莎·米克，是从杰弗生——”

“记得的，”那黑女人说，“进来吧。你是要见妈妈。”于是她走了进去，那是一间老黑人住的洁净然而东西塞得满坑满谷的卧室，里面有一股子老人、老太太、老黑人的气味，那个黑老婆子本人就坐在壁炉前一把摇椅里，虽然是六月，这里还微微地闷着一堆火——这个过去身量高大的女人穿了件干干净净的褪色的印花布衣服，头上缠的头巾也是纤尘不染，她那双眼睛已经模糊昏花，显然没有多少视力了——图书馆馆员把那张卷了角的剪报放在那双黑色的手里，这双手倒仍然很柔软、细巧，好像她三十岁、二十岁甚至十七岁时的一样，黑人妇女的手都是很经老的。

“这是凯蒂！”图书馆馆员说，“正是她！迪尔西！迪尔西！”

“他说什么来着？”黑老太太问道。图书馆馆员一听就知道她话里的“他”指的是谁，老小姐倒也不感到意外，那黑老婆子不仅料到她（图书馆馆员）会明白自己所说的“他”指谁，而且还马上猜出她已经把图片拿去给杰生看了。

“你还猜不出来他会怎么说吗？”她大声嚷道，“他了解到她处境不好时就会说这是她，即使我拿不出照片给他看他也会那么说。可是一等他知道有人，不管是谁，即使仅仅是我一个人，想去拯救她，他就改口说那不是她了。可是这的确是她！你看呀！”

“你瞧我的眼睛，”黑老太太说，“我怎么能看清照片呢？”

“叫弗洛尼来！”图书馆馆员喊道，“她会认出来的！”可是黑老太太已经在把剪报照原来的折痕仔仔细细地叠起来了，她把纸片递还给图书馆馆员。

“我的眼睛不中用了，”她说，“我看不见了。”

事情的经过就是这样。六点钟的时候她在人头攒动的长途汽车终点站挤来挤去,那只包挟在一只胳膊底下,来回票撕剩的那一半捏在另一只手里。她被每天周期性的乘车高峰的人群挤上了喧闹的站台。搭车的人里只有少数是中年平民,绝大多数都是兵士和水手,他们不是去度假、去送死便是去找那些没有家的年轻女人,那是他们的伴侣。这些女的两年来如果运气好就在火车卧车与旅馆里过夜,要是运气不好,就只好在坐铺、长途汽车、车站、旅馆门厅、公共休息室里对付一宿。她们仅仅偶尔在慈善机关的病房里让孽种呱呱坠地以及被警察局拘留时滞留几天,别的日子她们总是不断地兼程赶路。老小姐好不容易挤上了车,她个子比谁都小,因此她基本上是脚不着地,直到后来总算有人(是个穿卡其军服的男人,她看不出是怎样的一个人因为她早已眼泪汪汪了)从座位上站起来,一把将她抱起来,按在窗边的一个座位上。她仍然在不出声地哭泣,但是心情好了一些,已经在望着窗外往后飞掠的街景了。过了一会,汽车把城市抛在后面,要不了多久她就可以回到家中了,可以平平安安地在杰弗生镇生活下去,尽管那儿也有种种不可理喻的激情、混乱、哀伤、愤怒与失望,可是在那儿,六点钟一到,你就可以用一幅布把这种种生活蒙起来。即使是一个小孩也可以用他那双力气不大的手把这包东西放回到那只安静、永恒的架子上去,放回到它那些毫无特色的同类物品当中去,然后转动钥匙把它锁在储藏室里,让自己可以安度没有梦的整整一夜。对了她想,一面不出声地哭泣着就是这么回事她①不要看这张照片她知道不管这是不是凯蒂反正凯蒂并不需要别人的拯救她②已经再也没有什么有价值的东西值得拯救的了因为现在她能丢失的都已经是不值得丢失的东西了

杰生四世　从在柯洛顿之前的祖祖辈辈算起,他是康普生家第一个心智健全的人,并且由于他是个没有后裔的光棍,因而是最后的一个。他性格里有讲逻辑与理性而富有自制的一面,甚至可以算得上是个古老的斯多噶派传统的哲学家:他完全不把上帝这样那样的教诲看

---

① 指迪尔西。

② 指凯蒂。

在眼里，考虑的仅仅是警察会怎么说。他暗中敬畏的只有一个人，那就是给他做饭的黑女人，从他生下时起她就是他的天敌，从一九一一年那一天起更成为他的死敌，当时她也是光凭着自己的洞察力，觉察出杰生反正是拿小外甥女的私生女身份作把柄，在对孩子的妈妈敲诈勒索。杰生不仅与康普生家划清界限独善其身，而且也独树一帜，与斯诺普斯家族①争雄斗法，从上世纪末本世纪初康普生和沙多里斯这些古老的世家衰微以来，斯诺普斯家就逐渐在这个小镇占了上风。（可是促成这样的事的并不是斯诺普斯家的人，而是杰生自己，因为等他母亲一死——那个外甥女已经溜下水落管子跑了，因此迪尔西也失去了这两根可以用来对付杰生的大棒——他马上就把白痴弟弟这副担子扔给了州政府，自己从老宅搬出去，把一度富丽堂皇的大房间隔成一个个他称为公寓的小房间，后来干脆把整个宅子卖给一个乡下人，此人在这里开设了一家膳宿公寓。）不过要这样做也并不困难，因为在他看来，除了他自己之外，全镇、全世界、全人类都是康普生，②反正都是完全无法信赖的人，至于为什么，那是不言自明的。家中变卖牧场的钱都让姐姐办了婚事，让哥哥上哈佛交了学费，他只好从做店伙挣来的微薄工资里一个子儿一个子儿地省下一笔钱，让自己进了孟菲斯的一所学校，学会了鉴定棉花的档级，从而建立起自己的买卖。在他那位嗜酒如命的父亲故世后，他靠这项买卖，挑起了摇摇欲坠的祖宅里这摇摇欲坠的家庭的全副担子。他看在母亲的分上继续供养白痴弟弟，牺牲了一个三十岁的单身汉有权并理应也有必要享受的一切欢乐，使母亲的生活不致有太大的变化。他之所以这样做，倒不是因为他爱母亲，仅仅是因为（一个心智健全的人往往如此）他惧怕那个黑人厨娘，他没法赶她走，他甚至试过停发她每周的工资，即使这样她也不走。不过尽管有以上所说的种种情况，他还是设法积下了近三千块钱（外甥女把钱偷走的那天

---

① 福克纳虚构的约克纳帕塔法县里的一家穷白人，他们利用南北战争后的形势，使自己成为暴发户。他们的故事主要见之于"斯诺普斯"三部曲，即《村子》（1940）、《小镇》（1957）与《大宅》（1959）。

② 在小说正文中，康普生太太经常说康普生一家都是疯疯癫癫，无法信赖的。只有杰生一个像她自己，像她娘家姓巴斯康的人。

晚上他报警时说是2840.50元),都是些抠抠索索硬省下来令人心酸的分币和毛票。他不把这钱存进银行,因为在他眼里银行家也都是些康普生,而是把它藏在卧室一只锁上的橱柜的抽屉里。卧室的床从来都是他自己铺的,床单也是自己换的,房门除了他进去出来那片刻也总是锁上的。有一回他的白痴弟弟想拦截一个在大门口经过的小女孩,他借此机会不禀明母亲就使自己当了这白痴的监护人,而且在母亲连白痴有没有出家门都不知道的情况下,让弟弟做了去势手术。这样,一九三三年等他母亲一死,他就可以不但永远地摆脱掉弟弟和祖宅,也摆脱了那个黑人厨娘。他搬到他那家存有棉花账本与样品的农具店楼上的一套办公室里去住,他把这儿改成了一间带厨房和浴室的卧室。每到周末,人们可以看到有个女人在这里进进出出,她胖胖大大的,相貌平常,脾气和顺,老是笑眯眯的。她头发黄褐色,年纪已经不轻,戴一顶花哨的宽边圆帽,天冷时总穿一件充皮大衣。人们总在星期六晚上看见这两位,这中年的棉花商和这个妇女——镇上干脆管她叫"杰生的孟菲斯朋友"一起在当地的电影院里看电影,在星期天早上又看见他们从食品店里买回一纸包一纸包的面包、鸡蛋、橘子和汤菜罐头,登上楼梯,倒很有点家庭气氛、惧内气氛和正式夫妻的气氛,一直到星期天黄昏,长途汽车又把她带回孟菲斯去。他现在总算是解放了,自由了。他总是说:"一八六五年,亚伯·林肯从康普生一家手里解放了黑鬼。一九三三年,杰生·康普生从黑鬼手里解放了康普生一家。"

班吉明　生下来的时候跟着舅舅(他母亲只有这么一个弟弟)的名字叫,当时的名字是毛莱。(这个舅舅长得挺英俊,但是很浅薄,又爱吹,是个无业的单身汉。他几乎是向谁都借钱,连迪尔西这个黑女人的钱他也借。他把借到的钱塞进口袋,一边把手往外抽一边向她解释说:在他看来,她等于是他姐姐家中的一员,而且在世界上所有的人看来,她的风度气派简直就是一位天生的贵妇人。)到最后,连孩子的母亲也终于相信这孩子的确不大正常,她一边哭泣一边坚持要给孩子改名时,孩子的哥哥昆丁就给他重新起名为班吉明(班吉明,我们被卖到埃及去的最小的孩子)。他爱三样东西:那片为了给凯丹斯办婚事、给昆丁交哈佛学费而卖掉的牧场,他的姐姐凯丹斯还有火光。这三样东西他都没有失去，因为他并不记得姐姐，仅仅是感到自己若有所失；火光嘛，现在的炉火里仍然跳动着他昏昏欲睡时所见到的亮光；至于牧场，卖掉后反倒比以前更有趣了，现在他与 T. P. 不仅可以无休无止地随着人们的活动（他根本不管那是人们在抡高尔夫球棒）在栅栏后面跑来跑去，T. P. 还可以带领他们到野草荆棘丛去，在这里一些白色的圆圆的东西会突然出现在 T. P. 的手里，当你把它们朝地板、熏房墙壁或水泥人行道上扔去时，它们会抗衡甚至制服万有引力和所有别的亘古不变的定律——当然，这一套班吉是连听都没有听说过的。一九一三年，他被做了去势手术。一九三三年，被送进杰克逊的州立精神病院。即使这时候，他仍然什么也没有失去，因为正如他不记得姐姐一样，他也不记得那片牧场了，仅仅是感到自己若有所失。至于炉火，它仍然是他昏昏欲睡时所见到的亮光。

昆丁　最后的一个。凯蒂的女儿。出生前九个月就失去了父亲，生下来便没有姓氏，从卵子分裂决定性别的那一刻起便注定将没有合法的丈夫。十七岁那年，在主耶稣复活一千八百九十五周年纪念日①的前一天，她从中午时被舅舅锁上了门的房间窗子里爬出来，拉住水落管子，身子一悠，攀住舅舅那个锁上没人的寝室的窗子，打碎插紧的窗子的玻璃，爬了进去，用舅舅的拨火棍撬开锁住的抽屉，取走了钱。（数目也不是 2840.50 元，而是近七千元，这件事使杰生火冒三丈，怒不可遏，以至在那天晚上以及以后五年中每当他想起这件事的那一刻，他都相信他真的会事先毫无迹象地突然暴毙，就像中了子弹或挨了雷殛一样；因为虽然他给抢走的数目不仅仅是三千元，而是近七千元之多，可他却有苦难言，没法跟任何人说；因为他被抢走的是七千元而不是仅仅三千元，但他不但不能听到别人——当然是那些跟他一样倒霉的、姐姐不规矩连外甥女也不规矩的男人——说一句公道话，——别人的同情他倒并不需要——而且，他甚至都没法上警察局去报案；由于他失去了不属于他的四千元，连那属于他的三千元他也要不回来了；那四千元不仅是他外甥女的合法财产，是过去十六年她母亲寄来的赡养费的一

① 1928 年 4 月 8 日，因为据《圣经》说耶稣是三十三岁时被处死并复活的。

部分,而且从法律上说,是根本不存在的;作为监护人和委托管理人,为了满足保证人的要求,他每年都要向地区平衡法院递交一份年度报告,在这些报告里他早就正式宣称这些钱已经用去了;因此他给抢走的不仅有他吞没的不义之财,而且也有他省吃俭用节余下来的钱,再说抢走他钱的竟然就是他的受害者;他被抢走的不仅有他冒了蹲监狱的危险弄到手的四千元,而且还有他自我克制、自我牺牲、将近二十年来一角两角地省下来的三千元,更何况抢劫者不仅是他的受害者,而且还是一个毛丫头,她一下子抄去了他的老本,没有计划,也并非预谋,在她撬抽屉的时候甚至都不知道里面有多少钱;也不在乎里面有多少钱;现在,他甚至都没法到警察那里去请求帮助;他一直是对警察很尊重的,从来不去麻烦他们,多年来老老实实地交纳税款,使他们过着一种寄生的、虐待狂的懒散生活;不仅如此,他也不敢自己去追捕那个姑娘,生怕万一捉住了她,她会一五一十把事情都说出来,因此他唯一的出路就是做一个自我安慰的梦,在事情发生后的两年、三年甚至四年里,他本应早把这件事置之脑后了,可是他常常半夜在床上辗转反侧,盗汗不已;他梦见自己猛不丁地捉住了她,在黑暗中跳出来扑在她的身上。乘她还没把所有的钱都花掉,不给她开口说话的机会就立时把她杀了。)小昆丁取走了钱,在昏黑中顺着那条水落管子爬下来,跟一个推销员逃跑了,而这个推销员是犯过重婚罪被判过刑的。从此,她杳无音信,不管她干的是什么营生,反正不会坐了一辆镀铬的“梅塞德斯”牌汽车回来;不管她拍了怎么样的照片,反正上面不会有参谋部的将军。

这就是康普生一家的故事。还有一些不是康普生家的人。他们是黑人:

T. P.　他在孟菲斯城比尔街上溜溜达达,穿的是芝加哥和纽约血汗工厂的老板们特地为他这号人制作的漂亮、鲜艳、俗气、咄咄逼人的衣服。

弗洛尼　她嫁给了一个在火车卧车里当差的侍者,搬到圣路易去住了,后来又搬回到孟菲斯。她把母亲接来在这里安了家,因为她母亲无论如何不愿搬到更远的地方去。

勒斯特　一个十四岁的小伙子。他不仅能够把一个年纪是他两倍、个头是他三倍的白痴照顾好，保证他的安全，而且还能不断地给他解闷。

迪尔西

他们①在苦熬。

1980—1984 年译成。

1993 年根据诺尔·波尔克勘定本校改。

---

① 指以上提到的所有的黑人。

“名著名译丛书”书目

（按著者生年排序）

第 一 辑

书 名	著 者	译 者
荷马史诗·伊利亚特	[古希腊]荷马	罗念生 王焕生
荷马史诗·奥德赛	[古希腊]荷马	王焕生
伊索寓言	[古希腊]伊索	王焕生
一千零一夜		纳 训
源氏物语	[日]紫式部	丰子恺
十日谈	[意大利]薄伽丘	王永年
堂吉诃德	[西班牙]塞万提斯	杨 绛
培根随笔集	[英]培根	曹明伦
罗密欧与朱丽叶	[英]莎士比亚	朱生豪
鲁滨孙飘流记	[英]笛福	徐霞村
格列佛游记	[英]斯威夫特	张 健
浮士德	[德]歌德	绿 原
少年维特的烦恼	[德]歌德	杨武能
傲慢与偏见	[英]简·奥斯丁	张 玲 张 扬
红与黑	[法]司汤达	张冠尧
格林童话全集	[德]格林兄弟	魏以新
希腊神话和传说	[德]施瓦布	楚图南

高老头 欧也妮·葛朗台	[法]巴尔扎克	张冠尧
普希金诗选	[俄]普希金	高 莽 等
巴黎圣母院	[法]雨果	陈敬容
悲惨世界	[法]雨果	李 丹 方 于
基度山伯爵	[法]大仲马	蒋学模
三个火枪手	[法]大仲马	李玉民
安徒生童话故事集	[丹麦]安徒生	叶君健
爱伦·坡短篇小说集	[美]爱伦·坡	陈良廷 等
汤姆叔叔的小屋	[美]斯陀夫人	王家湘
大卫·科波菲尔	[英]查尔斯·狄更斯	庄绎传
双城记	[英]查尔斯·狄更斯	石永礼 赵文娟
雾都孤儿	[英]查尔斯·狄更斯	黄雨石
简·爱	[英]夏洛蒂·勃朗特	吴钧燮
瓦尔登湖	[美]亨利·戴维·梭罗	苏福忠
呼啸山庄	[英]爱米丽·勃朗特	张 玲 张 扬
猎人笔记	[俄]屠格涅夫	丰子恺
包法利夫人	[法]福楼拜	李健吾
昆虫记	[法]亨利·法布尔	陈筱卿
茶花女	[法]小仲马	王振孙
安娜·卡列宁娜	[俄]列夫·托尔斯泰	周 扬 谢素台
复活	[俄]列夫·托尔斯泰	汝 龙
战争与和平	[俄]列夫·托尔斯泰	刘辽逸
海底两万里	[法]儒勒·凡尔纳	赵克非
八十天环游地球	[法]儒勒·凡尔纳	赵克非
马克·吐温中短篇小说选	[美]马克·吐温	叶冬心
汤姆·索亚历险记	[美]马克·吐温	张友松
爱的教育	[意大利]埃·德·阿米琪斯	王干卿
莫泊桑短篇小说选	[法]莫泊桑	张英伦
契诃夫短篇小说选	[俄]契诃夫	汝 龙
泰戈尔诗选	[印度]泰戈尔	冰 心 等
欧·亨利短篇小说选	[美]欧·亨利	王永年

名人传	[法]罗曼·罗兰	张冠尧 艾 珉
童年 在人间 我的大学	[苏联]高尔基	刘辽逸 等
绿山墙的安妮	[加拿大]露西·蒙哥马利	马爱农
杰克·伦敦小说选	[美]杰克·伦敦	万 紫 等
卡夫卡中短篇小说全集	[奥地利]卡夫卡	叶廷芳 等
罗生门	[日]芥川龙之介	文洁若 等
了不起的盖茨比	[美]菲茨杰拉德	姚乃强
老人与海	[美]海明威	陈良廷 等
飘	[美]米切尔	戴 侃 等
小王子	[法]圣埃克苏佩里	马振骋
钢铁是怎样炼成的	[苏联]尼·奥斯特洛夫斯基	梅 益
静静的顿河	[苏联]肖洛霍夫	金 人

第二辑

威尼斯商人	[英]莎士比亚	朱生豪
忏悔录	[法]卢梭	范希衡 等
罪与罚	[俄]陀思妥耶夫斯基	朱海观 王 汶
哈克贝利·费恩历险记	[美]马克·吐温	张友松
漂亮朋友	[法]莫泊桑	张冠尧
斯·茨威格中短篇小说选	[奥地利]斯·茨威格	张玉书
海浪 达洛维太太	[英]弗吉尼亚·吴尔夫	吴钧燮 谷启楠
日瓦戈医生	[苏联]帕斯捷尔纳克	张秉衡
大师和玛格丽特	[苏联]布尔加科夫	钱 诚
太阳照常升起	[美]海明威	周 莉

第三辑

神曲	[意大利]但丁	田德望
吉尔·布拉斯	[法]勒萨日	杨 绛
都兰趣话	[法]巴尔扎克	施康强

叶甫盖尼·奥涅金　［俄］普希金　智　量
笑面人　［法］雨果　郑永慧
红字 七个尖角顶的宅第　［美］纳撒尼尔·霍桑　胡允桓
死魂灵　［俄］果戈理　满　涛 许庆道
南方与北方　［英］盖斯凯尔夫人　主　万
莱蒙托夫诗选 当代英雄　［俄］莱蒙托夫　余　振 等
前夜 父与子　［俄］屠格涅夫　丽　尼 巴　金
白鲸　［美］赫尔曼·梅尔维尔　成　时
米德尔马契　［英］乔治·爱略特　项星耀
小妇人　［美］路易莎·梅·奥尔科特　贾辉丰
娜娜　［法］左拉　郑永慧
一位女士的画像　［美］亨利·詹姆斯　项星耀
十字军骑士　［波兰］亨利克·显克维奇　林洪亮
樱桃园　［俄］契诃夫　汝　龙
约翰-克利斯朵夫　［法］罗曼·罗兰　傅　雷
我是猫　［日］夏目漱石　阎小妹
嘉莉妹妹　［美］德莱塞　潘庆舲
月亮与六便士　［英］威廉·萨默塞特·毛姆　谷启楠
人性的枷锁　［英］威廉·萨默塞特·毛姆　叶　尊
人类群星闪耀时　［奥地利］斯·茨威格　张玉书
尤利西斯　［爱尔兰］詹姆斯·乔伊斯　金　隄
好兵帅克历险记　［捷克］雅·哈谢克　星　灿
城堡　［奥地利］卡夫卡　高年生
喧哗与骚动　［美］威廉·福克纳　李文俊
老妇还乡　［瑞士］迪伦马特　叶廷芳 韩瑞祥
金阁寺　［日］三岛由纪夫　陈德文
万延元年的 Football　［日］大江健三郎　邱雅芬